도둑 일기

Journal du Voleur

JOURNAL DU VOLEUR
by Jean Genet

세계문학전집 184

도둑 일기

Journal du Voleur

장 주네

박형섭 옮김

민음사

카스토르에서 사르트르에게

서문

장폴 사르트르

나르키소스를 원하는 것이 아니다. 얼마나 많은 사람이 연못에 몸을 기울여 명확하지 않은 자신의 모습을 바라보았던가. 주네는 여러 방향에서 자신의 모습을 본다. 그의 이미지는 흐릿한 표면을 통해 반사된다. 그는 심지어 다른 사람들에게서조차 자신의 모습을 보며, 그들의 가장 심오하고 은밀한 부분을 불현듯 드러내기도 한다. 복제된 이미지처럼 정확히 닮은 사람들, 서로 미워하는 동료들 등 그 이중성의 불안한 테마는 장 주네의 모든 작품 속에서 발견된다. 각각은 그 자체로 있고자 하거나, 혹은 그 자신을 반영하고자 하는 이상한 속성을 가지고 있다. 주네는 우리의 호기심을 자극하며 우리를 열광시킨다. 그는 우리와 얽혀서 우글거리는 군중을 보여 준다. 주네는 자기가 바라보는 시선에 따라 또 다른 주네로 바뀐다.

『도둑 일기』에서 복제의 신화는 가장 안정적이고 가장 보편적이고 가장 자연스러운 모습을 취하고 있다. 여기에서 주네는 끊임없이 주네를 말한다. 그는 자신의 삶에 관해 말한다. 자신의 비참함, 영광, 사랑을 말한다. 그리고 자신의 사상을 이야기로 만든다. 그가 몽테뉴처럼 자신을 선량하고 친근하게 묘사하고자 하는 계획을 세운다면 우리는 그렇게 믿을 수 있다. 그러나 주네는 결코 자기 자신에게조차 익숙하지 못하다. 물론 그는 모든 것을 말한다. 모든 진실, 오로지 진실만을 말한다. 그러나 그것은 신성한 진실이다. 그의 자서전은 자서전이 아니다. 그것은 겉모습일 뿐이다. 그것은 신성한 우주진화론이다. 그의 이야기는 이야기가 아니다. 그것은 독자들을 열광시키고 사로잡는다. 독자들은 주네가 자신들에게 진실을 말한다고 믿을 것이다. 독자들은 어느 순간 그가 제의(祭儀)를 묘사하고 있음을 알아차릴 것이다. 만약 그가 바리오치노 거리의 더러운 비렁뱅이들에 관해 말하고 있다면, 그것은 복음주의자의 경이로운 증언으로 자기 삶의 우선적인 문제를 호화롭게 자극시키기 위한 것이다……. 그렇지만 독자들이 '포장된' 신화로부터 '포장하는' 신화를 분리해 주는 가느다란 선을 볼 줄 안다면, 그들은 거기에서 진실을, 무시무시한 진실을 발견할 수 있을 것이다.

차례

죄수복은 분홍색과 흰색 줄무늬로 이루어져 있다. 만약 내 마음의 명령에 따라, 내가 좋아하는 세계를 선택할 수 있다면, 나는 거기에서 내가 원하는 만큼 많은 의미를 찾아낼 수 있는 힘을 갖게 될 것이다. 가령 '꽃과 죄수는 서로 밀접하게 연관되어 있다.' 같은 의미 말이다. 꽃의 연약하고 섬세한 성질은 죄수의 거칠고 무감각한 성질과 본질적으로 똑같다.* 나에게 죄수나 범죄자를 묘사해 보라고 한다면, 나는 그들이 완전히 보이지 않게 될 때까지 수많은 꽃으로 그들을 장식할 것이고, 그러면 그들은 다른 것들과 전혀 다른, 새롭고도 커다란 꽃으로 피어날 것이다. 나는 사랑 때문에, 사람들이 악이라고 부르는 것을 향해 모험을 계속해 왔고, 그 때문에 감옥에까지 가게 되었다.

* 내 감정은 그 두 성질 사이를 왔다 갔다 한다.

악의 세계에 몸을 담고 있는 남자들이 모두 아름다운 것은 아니지만, 사나이다운 미덕은 다들 가지고 있다. 그들*은 자신들의 의지로 혹은 우연한 선택에 의해, 맑은 정신으로 아무 불평 없이, 깊은 사랑 속으로 빠지는 것과 마찬가지로, 비난받을 만한 추잡한 상황 속으로 빠져 들어간다. 에로틱한 유희는 연인들의 밤의 언어가 드러내는 천박한 세계를 보여 준다. 그 언어는 글로 써지지 않는다. 사람들은 밤이 되면 목 쉰 소리로 서로의 귀에 그 언어를 속삭인다. 그리고 날이 밝으면 까맣게 잊어버린다. 범죄자들은 자신들과 다른 세계에 사는 당신들의 미덕을 부정하면서 아무런 희망 없이 금지된 세계를 조직한다. 그들은 그곳의 삶을 수용한다. 구역질이 날 정도로 불결한 그곳의 삶을. 그들은 거기서 숨 쉬며 살아가는 법을 안다. 범죄자들은 당신들과 멀리 떨어져 있다. 마치 사랑을 할 때 스스로 세상과 거리를 두듯이. 그리고 내가 스스로를 세상과 격리시켜 놓듯이. 그들의 사랑에는 땀과 정액과 피 냄새가 배어 있다. 결국 그 사랑은 나의 목마른 영혼과 육체에 희생을 강요한다. 내가 그 악에 집착하는 것은 바로 사랑이 에로티시즘의 조건을 갖추고 있기 때문이다. 나의 모험은 결코 내가 주문하지도, 요구하지도 않은 반항에 의한 것이다. 그것은 그날까지 에로틱하고 버거운 세리머니(이 세리머니는 나를 감옥으로 이끄는, 그리고 그것을 예고하는 구체적

* 나는 이상적인 죄수들, 죄인의 모든 특징을 가지고 있는 남자들에 대해 말하고 있는 것이다.

인 의식(儀式)일 뿐이다.)에 따른 오랜 교미, 난삽하고 부담스러운 성적 교접이 될 것이다. 나에게 그것은 가장 불경한 죄에 대한 당연한 처벌이자 해결책인 동시에 극단적인 타락의 징표다. 바로 그런 이유로 나는 사람들로부터 비난의 대상이 된다. 그것은 사랑이 일치하는 가장 순수하고 이상적인 장소, 말하자면 그 유명한 유해(遺骸)들의 결혼식이 거행되는 가장 고통스러운 장소처럼 보인다. 나는 그 결혼식의 축가를 부르고 싶었다. 그래서 나는 가장 자연스럽고 달콤한 형태로 제공되는 감수성을 이용했고, 죄수들의 옷이 자아내는 느낌을 이용했다. 옷의 색깔이나 거친 질감 너머로 죄수복은 어떤 꽃을 연상시켰고, 꽃잎들은 마치 벨벳의 가벼움과 부드러움을 지니고 있는 듯했다. 나는 거기서 강한 힘과 수치심, 그리고 고귀함과 연약함을 느꼈다. 이러한 느낌은 나 자신에 대한 성찰의 결과일 뿐이다. 결코 다른 영혼들에게 강요하는 법이 없었다. 나의 영혼은 이것을 피해 갈 수 없다. 그래서 나는 죄수들에게 애정을 베풀고 그들을 사랑스러운 이름으로 부르고 싶었다. 또한 그들의 범죄 행위에 대해 매우 조심스럽고 미묘하며 은유적으로 말하고 싶었다.(물론 살인자의 우락부락한 근육과 거친 섹스 행위를 부드럽게 감싸는 투로 이야기하기는 어려운 일이다.) 기아나에서 내가 매우 강하고 단단한 그들의 몸, 망사 모기장 뒤에 가려진 그들의 모습을 표현하면서 더없이 즐거웠던 것은 그 이미지 때문이 아닐까? 내 마음속의 꽃들은 각자 나름대로 심오한 슬픔을 지니고 있다. 그 꽃들은 서글픔과 죽음을 의미하고 있기 때문일 것이다. 그래서 나는 죄수들의 사랑을 탐색하기로 했다. 그런 나의 열정은 사랑에 대한 기대감을 키워 주었고, 어떤 열정은 범죄자들에게 빌미를 제공해 주기도 했으며, 그 열정 때문에 나 자신을 죄수들에게 바치거나 스스로 그들의 범죄에 가담하기도 했다. 지금 내가 이 글을 쓰고 있는 동안에도 죄수들은 프랑스로 돌아가고 있다. 신문을 보면 그 사실을 알 수 있다. 왕들의 후계자라면 공화국이 그의 신성한 왕권을 빼앗았을 때 그러한 공허감을 느낄 수 있을 것이다. 감옥살이의 종말은 생생한 의식으로 우리가 신화적인 지하 세계에 다가가는 것을 가로막을 것이다. 사람들은 우리의 가장 극적인 행동을 방해하고 있다. 그들은 우리가 바다 위로 나아가고, 탈주하고, 항해하는 것을 가로막았다. 그 행동은 저돌적인 삶을 완성하는 일 아닌가! 귀환, 그것은 반대 방향으로 향한다는 것 외에 아무런 의미가 없다. 내 마음의 감옥을 파괴하는 행위는 일종의 징벌에 대한 징벌이다. 사람들은 나를 거세하려고 하고 수치스럽게 만들고자 한다. 그들은 자기들의 영광으로부터 우리의 꿈이 제거될지 모른다는 우려는커녕 감옥살이가 끝나기도 전에 우리를 깨우치려고 든다. 중앙 교도소는 교도소만의 권력을 가지고 있다. 그러나 그 권력은 동일한 것이 아니다. 그것은 중요하지 않다. 다소 측은해하는 듯 우아한 은총은 권력에서 벗어나 있다. 누구라도 그곳의 위압적인 분위기에 압도당하고 만다. 그래서 모두 엉금엉금 기어 다닌다. 중앙 교도소는 특히 더욱 숨 막히고 컴컴하고 혹독해서 늘 긴장감이 감돈다. 감방의 엄숙하고 굼뜬 고뇌를 통해 비천한 삶은 더욱 완벽하게 꽃을 피운다.* 결국 지금 사악한 남자들로 가득 차 있는 중앙 교도소는 탄산가스를 실어 나르는 피처럼 온통 거무스름하다.(나는 "거무스름하다."라고 썼다. 수감된 죄수들의 복장은 그런 색깔이다. 갈색의 거친 모직물로 만들어진 옷이다. 그들을 수감자, 구금자, 체포자 등으로 부른다면 그 표현들은 매우 고상하게 들릴 것이다.) 나의 욕망은 바로 그 중앙 교도소로 향한다. 나는 그들의 우스꽝스러운 외양이 때로 감옥이나 교도소에 의해 만들어진다는 것을 잘 안다. 나막신을 신고 딸그락거리는 소리를 내며 육중한 받침돌 위에서 생활하는 죄수들의 모습은 언제나 초췌해 보인다. 바보처럼 보이는 그들의 실루엣은 간수의 바퀴 달린 의자 앞에서 부서져 버린다. 그들은 간수 앞에서 커다란 밀짚모자를, 아니면 거무튀튀한 갈색 베레모를 벗어 손으로 만지작거리며 고개를 떨어뜨린다. 나이 어린 죄수들은 간수의 묵인 하에 훔친 장미꽃을 밀짚모자에 장식한다. 나 또한 그것을 원하고 있는 것처럼. 그들의 비굴한 태도는 처참할 정도였다.(누군가 그들을 구타한다면 즉각 그들의 마음속에서는 뭔가가 솟구쳐 올라올 것이다. 연한 철이 담금질을 거쳐 단단해지는 것처럼, 비굴함, 속임수, 비열함, 사기 등

* 감옥의 폐지는 내 마음속의 한 장소를 빼앗아 가는 것이다. 그래서 나는 나만을 위한 장소, 즉 마음속 은밀한 곳에 기아나의 감옥보다 더 악독한 감옥을 새로 건립할 것이다. 중앙 교도소는 소위 '어둠 속'에 있음을 덧붙이고자 한다. 감옥은 햇빛 속에 있다. 모든 일은 잔혹한 빛 속에서 발생한다. 나는 그 빛을 명석함의 상징으로 선택하지 않을 수 없다.

도 그 '담금질'에 의해 더욱 강해질 것이다. 사실 그들은 매우 순수하고 단단한 비굴함과 속임수의 상태를 유지하고 있다.) 그들은 노예근성에 젖어 있었지만 그것은 중요하지 않다. 그들이 악행과 일탈을 무시하지 않는다면 그들은 나의 애정에 의해 최고로 미화된 죄수들이 될 것이다.

필로르주나 앙주 솔레이가 완전범죄를 행하기 전에 그랬듯이, 나는 범죄가 오랫동안의 망설임 끝에 이행되어야 한다고 생각한다. 그것을 무사히 마치기 위해 얼마나 많은 우연의 일치가 필요했던가!(또 그 종말은 얼마나 잔혹했던가!) 그들은 범죄적 취향에 잘생긴 얼굴, 육체적 힘과 우아함을 첨가해야 한다. 또한 범죄가 일어나는 상황, 그러한 운명을 수용할 수 있는 정신적 활력, 징벌과 그 징벌의 잔혹성, 어떤 상황에서 범죄를 불러오는 내적인 특성, 어두운 지역에서 발생할 수 있는 모든 일을 덧붙여야 한다. 영웅이 밤과 싸우고, 그 어둠을 물리친다고 해도 그에게 남는 것은 오직 상처뿐이다. 그와 같은 망설임이나 행복의 결정체는 순수한 경찰관 한 명의 성공을 좌우한다. 나는 양쪽 모두 소중하게 생각한다. 그러나 내가 그들의 범죄를 좋아하는 것은 범죄가 징벌과 동시에 '고통'을 포함하고 있기 때문이다.(나는 그들이 그것을 예감하지 못했다고 가정할 수는 없다. 그들 중 지난날 권투 선수였던 르두는 경찰관들의 질문에 "나의 범죄들, 내가 그것들에 대해 후회했던 때가 있다면 아마 그 범죄들을 행하기 이전일 겁니다."라고 웃으면서 대답했다.) 아무튼 나는 죄와 벌과 고통 속에서 나의 사랑이 충족되도록 그들과 동행하고 싶다.

나는 이 『도둑 일기』 속에서 내가 도둑이 된 이유들을 감추고 싶지는 않다. 가장 근본적인 이유는 먹고살아야 했기 때문이었다. 어쨌든 나의 선택 속에 반항, 괴로움, 분노, 혹은 그와 유사한 어떤 감정은 하나도 들어 있지 않다. 사랑을 나누기 위해 침실이나 방을 필요로 하듯, 나는 편집광적인 걱정, 이를테면 '질투 섞인 걱정'과 함께 나의 모험을 준비했던 것이다. 즉 나는 섹스 때문이 아니라 범죄 때문에 발기했던 것이다.

나는 위험한 순간에서부터 감미로운 휴식 시간에 이르는 동안 일어나는 대담한 행위를 폭력이라고 부른다. 그 폭력은 시선에서, 걸음걸이에서, 미소에서 구분된다. 이 대담성은 바로 당신들의 마음속에서 소용돌이를 일으킨다. 당신들은 실망할지도 모른다. 폭력은 당신들을 움직이는 고요다. 사람들은 간혹 '멋지게 생긴 놈'이라고도 말한다. 필로르주의 섬세한 윤곽은 극도의 폭력에 속해 있다. 그의 섬세한 얼굴은 특히 폭력적이다. 하나뿐인 팔, 즉 외팔이인 스틸리타노의 모습을 담은 그림 역시 난폭하게 보였다. 그는 테이블에 손을 올려놓고 부동자세로 휴식을 취하고 있었다. 그림의 폭력성은 휴식 중인 그를 불안하고 위험스러워 보이게 만들었다. 나는 권위적으로 나를 끌고 다니는 도둑들, 그리고 뚜쟁이들과 함께 일했다. 그러나 용감한 자라고 하더라도 폭력을 쓰지 않으면 별로 용감해 보이지 않는다. 기가 바로 그런 인물이었다. 스틸리타노, 필로르주, 미카엘리는 비겁했다. 자바도 마찬가지였다. 그들에 대해서 말하자면, 그들은 휴식 중에는 움직이지 않고 가만히 웃고만 있었다. 그러나 이불이나 옷 속에 있는 억센 장딴지의 굴곡, 두 눈과 콧구멍, 입, 손의 파인 곳, 바지 앞주머니의 불룩 튀어나온 곳에서 빛과 어둠이 교차하는 분노가 수증기처럼 새어 나왔다.

하지만 그 분노는 평소에는 표시가 나지 않기 때문에 거의 알아차릴 수 없다. 르네의 얼굴은 무엇보다도 매력적이다. 굴곡진 코의 곡선조차 쾌활한 분위기를 띠고 있다. 수심에 찬 듯한 창백한 납빛 얼굴 때문에 불안해 보이지만 않는다면 말이다. 그는 시력이 별로 좋지 않으며, 태도가 차분하고 확신에 차 있다. 그는 아무 말 없이 공중변소에서 남색가들 몇 명을 때리곤 한다. 그들의 몸을 뒤져서 강제로 물건을 빼앗고, 가끔은 마지막 일격을 가하듯 그들의 턱에 발길질을 한다. 나는 그를 좋아하지는 않았지만, 그의 차분한 성격에는 익숙해졌다. 관능을 자극하는 밤이 되면 그는 공중변소 근처의 풀밭, 샹젤리제 가로수 아래, 기차역 주변, 포르트 마이요 부근, 낭만적 정취가 사라진 불로뉴 숲 근처에서 조심스럽게 행동한다. 나는 새벽 2~3시경에 돌아오는 그의 모습을 보며, 그가 모험에 필요한 준비를 완벽하게 하고 있었음을 깨달았다. 그의 몸에는 밤새 '그 짓'을 하고 온 흔적이 그대로 남아 있었다. 이를테면 두 손과 두 팔, 두 다리, 그리고 목에까지 그 짓에 관여한 자국이 눈에 띄었다. 그는 그 경이로운 느낌을 잘 모르면서도, 정확한 언어로 경험담을 늘어놓았다. 그리고 그날 밤의 노획물인 금반지, 결혼반지, 손목시계 등을 주머니에서 꺼냈다. 그가 그것들을 커다란 유리그릇에 넣자 이내 그릇이 가득 찼다. 남색가들에게 그런 모험은 조금도 놀라운 일이 아니었다. 그것은 다양한 습관에 불과하다. 습관은 힘든 동작을 용이하게 할 뿐이다. 그가 내 침대에 걸터앉아 이야기를 시작했을 때, 내 귀는 모험의 단편들을 포착하는 데 열중했다. 그에게 지갑*을 도둑맞은 장교가 팬티 차림으로 그를 향해 손짓하며 "나가시오."라고 지시하자 르네는 거기에 대해 빈정거리면서 이렇게 대꾸했다. "당신은 지금 여기가 군부대라고 착각하고 있군!" 나는 또한 '주먹으로 강하게 머리를 얻어맞은 노신사', '르네가 부리나케 모르핀 앰플 상자가 든 서랍을 열자 놀라 자빠진 사람', '르네 앞에 무릎을 꿇어야 했던 파산한 남창' 등에 대한 그의 이야기를 주의 깊게 들었다. 앙베르에서의 내 생활이 거칠고 난폭해질수록 몸은 더욱 강해지고 단단해져 갔다. 나는 르네에게 용기를 북돋아 주었다. 그는 나의 이런저런 충고를 받아들였다. 나는 그에게 결코 먼저 말을 걸지 말라고 일렀다.

"녀석이 오도록 내버려 둬. 그리고 네 주변을 얼쩡거려도 모르는 척해. 놈이 사귀자고 하면 좀 놀란 표정을 지어. 때로는 무시하는 척할 줄도 알아야 해!"

매일 밤 몇 마디씩 경험담이 전해졌다. 나의 상상력은

---

* 그는 "내가 그 지갑을 빼앗았지."라고 말했다.

결코 거기에서 벗어나지 않았다. 마음속에서 희생자와 범죄자의 역할, 즉 피해자와 가해자를 동시에 떠맡는 데서 혼란이 야기되는 듯했다. 사실이 어찌됐든, 나는 밤마다 나에 의해서 만들어지는 희생자와 범죄자를 구상하고 그들에 대해 진술했다. 나는 그들이 어딘가에서 서로 만날 수 있도록 주선했다. 새벽 무렵이면 나의 감정은 더욱 고조되었다. 희생자는 죽음을 맞이하고 범죄자는 감옥이나 사형장으로 보내지는 것으로는 무언가 부족하다는 걸 알았기 때문이다. 그래서 내 마음속의 혼란은 나만의 영역인 기아나까지 이어졌다.

그 녀석들이 원하지 않더라도 그들의 태도와 진로는 순탄하지 못할 것이다. 그들의 영혼은 원치 않았던 폭력을 견뎌 내야만 한다. 그래서 영혼은 폭력에 길들여져 갔다. 폭력을 습관적으로 행하는 자들은 끼리끼리 단순해지는 법이다. 빠르고 파괴적인 삶을 이루는 움직임은, 그것이 무엇이든지 간에, 위대한 데생 화가가 그린 선처럼 단순하고 바르고 분명하다. 그때 그들을 죽이거나 혹은 나를 죽이는 뇌우나 벼락은, 움직이는 그 선들과 만나면서 발생한다. 그렇지만 그들의 폭력이 내 폭력과 충돌하는 이유는 무엇일까? 내 폭력이 그들의 폭력을 받아들이고, 그것을 내 것으로 만들며, 나 자신을 위해 그것을 원하고, 교묘하게 손에 넣으며, 그것을 이용하도록 강요하는 것은 무엇 때문일까? 어디 그뿐인가? 폭력을 알고, 기도하며, 그 폭력으로부터 위험을 분별해 내고, 수용하는 것은 왜일까? 하지만 내부의 화염으로부터 솟구친, 그들을 태우는 외부의 불빛과 동시에 우리를 비추는 저주와 같이 그들이 겪는 폭력 옆에서, 나 자신을 방어하고, 냉혹하고 엄격한 태도를 취하면서, 내가 욕망하고 필요로 하는 폭력이란 무엇인가? 우리는 그들의 모험이 유치하다는 것을 알고 있다. 그들은 어리석다. 그들은 상대방에게(혹은 그들 스스로에게) 속임수를 쓰는 카드놀이 때문에 죽이거나 죽임을 당하기도 한다. 그러나 그런 녀석들 덕분에 이런 비극이 일어나는 것이다.

나는 이로써(상반되는 수많은 예를 제시함으로써) 폭력의 정의를 명확히 밝히려고 한다. 나는 사건이나 인물을 잘 묘사하기 위해서가 아니라 독자들에게 나 자신을 잘 드러내기 위해 폭력의 정의를 이용할 것이기 때문이다. 나를 이해하기 위해서는 독자들도 공범이 되어야 한다. 하지만 나는 내 안에 있는 서정성이 나를 당혹스럽게 만드는 순간, 그 복잡성의 실체를 드러내게 될 것이다.

스틸리타노는 키가 크고 힘이 셌다. 걷는 모습은 유연하면서도 무게 있었고, 활기차면서도 느린 파도와 같았다. 동작은 민첩했다. 나에 대한(그리고 바리오치노 거리의 남창들에 대한) 스틸리타노의 영향력은 거의 대부분 그가 입속에서 가래침을 한쪽에서 다른 쪽으로 옮기거나, 이따금 입 밖으로 천처럼 길게 늘어뜨리는 데에 있었다. 나는 '도대체 그는 어디에 그 무겁고 누릿한 가래침을 묻어 두었다가, 다시 끄집어내는 걸까?' 하고 혼자 골똘히 생각하곤 했다. 나의 가래침은 결코 그의 것처럼 미끈거리거나 색깔이 있거나 하지 않았다. 내 것은 단지 투명하고 연약하며 길게 늘어진 유리 모양에 불과했다. 그러니 만약 그가 내

의도대로, 내가 입속의 연구개라고 불렀던 조직, 거미줄처럼 엉킨 섬세한 천 같은 그 멋진 물질로 페니스의 표면을 덮는다면 어떨까 은근히 상상하는 것은 매우 자연스러운 일일 것이다. 그는 회색 모자를 쓰고 있었다. 챙이 달린 낡고 찢어진 모자였다. 그가 모자를 방바닥에 내던지면 그것은 갑자기 날개 잘린 가엾은 자고새 시체 모양이 되었다. 그는 모자를 살짝 귀에 걸쳤다. 그때 모자챙의 반대쪽은 금발의 머리카락을 매우 자랑스러운 듯 드러내 보일 정도로 기우뚱했다. 이제 맑고 투명한 스틸리타노의 아름다운 눈에 대해 말하려고 한다. 그의 눈은 겸손하게 아래를 향하고 있다.(하지만 "그의 태도는 교만하다."라고 말할 수 있다.) 그의 눈썹과 속눈썹은 금빛을 띠고 있으며 굳게 닫혀 있다. 그것들은 너무 빛나고 무성해서 밤의 그림자가 아니라 악의 그림자를 드리웠다. 드디어 항구에서 돛이 허둥대며 조금씩, 처음에는 어설프게, 나중에는 과감하게, 겨우 펼쳐져 힘겹게 돛대를 올라가는 것을 보는 내 행동은 스틸리타노를 향한 사랑의 움직임, 그 자체를 상징하고 있었다. 그렇지 않다면 내 넋을 홀딱 빼놓는 것이 도대체 무엇이란 말인가? 나는 그를 바르셀로나에서 만났다. 그는 거지, 도둑, 남색가, 창녀 사이에서 살고 있었다. 그는 아름다운 남자였다. 하지만 그는 타락한 내 삶에 기대어 그의 아름다움을 유지해야 했다. 내 옷들은 더럽고 볼품없었다. 나는 배고프고 추웠다. 자, 이제부터는 내가 매우 비참하게 살던 시절의 이야기를 하려고 한다.

1932년. 당시 스페인에는 기생충처럼 남을 등쳐 먹고 사는 놈들과 거지들이 우글거렸다. 그들은 여러 도시를 떠돌아다녔다. 안달루시아는 따뜻했고, 카탈로니아는 풍요로웠는데, 무엇보다도 대부분의 도시들이 우리에게 우호적이었다. 나는 존재 의식을 가진 한 마리의 기생충이었다. 우리는 바르셀로나에서 메디오다 거리와 카르멘 거리를 특히 자주 드나들었다. 이따금 담요도 없는 침대에서 여섯 명이 함께 잠을 자곤 했다. 그리고 날이 밝으면 장바닥으로 구걸하러 다녔다. 우리는 무리 지어 바리오치노 거리를 돌아다니다가, 파랄레로 거리에서는 각자 손에 장바구니를 들고 흩어져 다녔다. 동네 여자들이 동전 대신 파나 무를 줬기 때문이다. 우리는 정오에 돌아와서 동냥해 온 것으로 수프를 만들어 먹었다. 내가 지금 말하고자 하는 것은 바로 기생충과 같았던 그 생활 방식이다. 나는 바르셀로나에서 동성 부부로 살았다. 내가 가장 사랑하는 그 사람은 이따금 "오늘 아침에는 내가 바구니를 들고 다닐게!"라고 말했다. 그는 그렇게 바구니를 들고 외출했다. 어느 날엔가도 살바도르는 내 손에서 슬그머니 바구니를 낚아채면서 이렇게 말했다.

"내가 너를 위해 구걸해 올게."

눈이 내리는 날이었다. 그는 지저분하고 뻣뻣한 내의에다 찢어진 누더기를 웃도리로 걸치고 얼어붙은 거리로 나섰다.(주머니는 실밥이 모두 터져서 축 늘어져 있었다.) 우리는 날씨가 추워 세수할 엄두도 내지 못했다. 그래서 얼굴은 처참하고 창백하고 더러워서, 오히려 가엾고 비참해 보였다.

정오쯤에 그는 채소와 약간의 고깃덩어리를 가지고 돌아왔다. 여기서 내가 받았던 무시무시하고 가슴 터질 듯한 감동에 대해 말하고자 한다. 그것은 아름다움의 숨겨진 부분을 폭로해 준 감동으로, 아주 위험한 것이다. 그런 위험에도 불구하고 나는 그 감동을 불러일으킨 것이다. 그것은 거대한 사랑, 즉 박애였다. 나는 온몸이 사랑으로 잔뜩 긴장된 채 살바도르에게 달려들었다. 잠시 후 나는 그와 사랑의 행위를 끝내고 호텔에서 나왔다. 멀찍이 떨어져서 그가 여자들에게 간청하듯 구걸하고 있는 모습이 어렴풋이 보였다. 나는 나 자신뿐 아니라 다른 사람을 위해서도 이미 구걸을 해 보았기 때문에 구걸하는 방법을 알고 있었다. 그 방법이란, 기독교적인 몸짓에 자비심을 섞는 것이다. 그러한 몸짓은 가난한 자를 하느님과 혼동하게 만든다. 나는 마음으로부터 생겨나는 겸손함 때문에, 구걸할 때 거지의 입에서 나오는 경쾌하고 솔직한 입김이 오랑캐꽃처럼 향기롭다고 생각했다. 스페인 사람이라면 누구나 이렇게 말할 것이다.

"포르 디오스.(자비를 베푸소서.)"

직접 듣지는 못했지만 나는 살바도르가 가게의 진열대마다 동네 여자들을 따라다니며 이 말을 중얼거리는 모습을 상상하곤 했다. 나는 기둥서방이 자신의 매춘부를 감시하는 것처럼 그를 감시했으나, 마음속으로는 그를 정말 사랑했다. 그래서 스페인 그리고 그곳에서의 나의 비렁뱅이 생활은 호화로운 비천함이 어떤 것인지 확실하게 보여 주는 것이다. 그 이유는 그토록 불결하고 비천한 인간들을 미화시키는 데에는 많은 자존심(말하자면 사랑)이 필요했기 때문이다. 또한 나에게도 상당한 재주가 필요했다. 그리고 나는 조금씩 그런 재주를 터득해 나갔다. 그 구조적 측면을 독자들에게 상세히 설명하기는 불가능하다. 그러나 나는 적어도 그 비참한 생활이 절실하게 필요하다는 점을 인식했다. 나는 서서히 나 자신에게 비참한 삶을 강요할 것임을 말하고자 한다. 또한 그 비참한 삶을 결코 다른 삶과 바꾸려고 애쓰지 않을 것이다. 어디 그뿐인가. 그것을 미화하지도 감추지도 않을 것이다. 그와 정반대로 나는 오히려 불결함 속에서 그것이 무엇인지 정확하게 확인하고 싶었다. 결국 가장 추잡한 표현들은 나에게 가장 위대한 표현들로 변하고 말았다.

나는 처음 이 책을 쓰기 시작할 때보다 더 이전에 일어났던 사건에 대해 말하고자 한다. 그것은 경악할 만한 일이었다. 일제 단속이 있던 어느 날 저녁, 경찰관이 내 몸을 수색하던 중 주머니 속에 있던 잡다한 물건들 가운데 바셀린 튜브를 꺼내면서 깜짝 놀란 적이 있었다. 누군가가 그 경찰관에게 농담을 건넸다. 그 바셀린에는 호흡기 질환에 쓰이는 방부유가 들어 있었던 것이다. 그 농담에 경찰서 수사 기록 보관소의 전 직원이 웃었고, 나 자신도 웃음을 참을 수 없었다. 그들의 대화를 듣고 있자니 포복절도할 지경이었다.

"그것을 콧구멍에 바르시려고?"

"감기에 걸리지나 않도록 조심해라, 이놈아. 네 남자에게 백일해나 옮기지 말고."

불량배들이 쓰는 말 중 스페인식 표현에서는 악의적으로

풍자하는 말들이 있는데, 그 느낌까지 제대로 옮기기는 어렵다. 그 말들은 섬광처럼 폭발적이고, 독기를 품고 있는 것 같다. 바셀린 튜브를 여러 번 사용해서 한쪽 끝이 너덜너덜해진 것이 문제였다. 그것은 이미 그것을 써 왔음을 뜻하는 것이었다. 단속으로 붙잡힌 녀석들 주머니에서 나온 귀한 물건들 중에서 그것은 비속함 그 자체를 나타냈다. 아니면 아주 정성껏 숨겨 놓은 천박한 물건의 상징이거나 또는 멸시로부터 즉시 나를 구원해 주는 비밀스러운 은총의 상징이기도 했다. 감옥살이를 할 때, 그리고 체포될 당시의 괴로움을 이기고 안정을 되찾았을 때에도 그 바셀린 튜브에 대한 이미지가 늘 따라다녔다. 경찰관들은 그것으로 자기들의 복수심과 증오, 모멸감을 드러낼 수 있었기 때문에 보란 듯이 의기양양하게 그것을 꺼내 보였던 것이다. 여기 그 비참하고 더러운 물건이 있다. 세상에서 가장 천박한 운명을 타고난 물건이었지만, 내게는 가장 귀중했다. 세상은 경찰관에게 모든 권한을 위암했던 것이다. 우선 스페인 경찰관의 특별 회합이 있었다. 그들은 마늘과 땀과 기름 냄새를 풍겼고, 나방처럼 보이기는 했지만, 건장한 체격으로 보나 정신적인 안정감으로 보나 강해 보였다. 내가 애정을 표현할 때 구별해 사용하는 많은 물건들과는 달리 그 바셀린 튜브에는 그 어떤 후광도 없었다. 테이블 위에는 작은 튜브가 하나 놓여 있었다. 그것은 회색 납으로 만들어졌고, 윤기도 없고, 찌그러진 채 거무튀튀했다. 그 놀라울 정도의 엄중한 분위기와 수사 기록 보관소의 모든 보잘것없는 물건들(의자, 잉크병, 자, 신장 측정기와 향수)이 본질적으로 동일시되고 있다는 사실이 실망스러웠다. 그것은 총체적 무관심에 따른 실망감이었다. 그 튜브 자체의 내용물이 기름 램프를 환기시키면서 경건한 마음을 불러일으켰기 때문에, 나는 어느 노파의 장례식을 떠올리게 되었을 것이다.

나는 이 작은 물건을 묘사하며 그것을 재창조하는 중이다. 여기에는 하나의 이미지가 개입된다. 그것은 지금 이 글을 쓰고 있는 도시의 어느 거리 가로등 밑에서 만났던 자그마한 노파의 희미한 얼굴이다. 달처럼 둥글고 창백한 얼굴. 그 얼굴이 슬픈 표정을 띠고 있었는지, 그런 표정을 가장한 것인지 나로서는 알 수 없다. 노파는 내게 다가와 돈을 구걸했다. 너무 가엾어 보였다. 그녀의 눈가는 개복치 모양으로 부드러웠지만, 감옥에서 나왔음을 겉모습에서 대번에 알아볼 수 있었다.

'도둑이구나.' 나는 속으로 중얼거렸다. 노파로부터 멀어지면서 찌르듯 생생하고 예리한 어떤 몽상이 떠올랐다. 내 마음속에서, 내 영혼 언저리에서, 조금 전 만난 노파가 혹시 나의 어머니가 아닐까 하는 생각이 불현듯 밀려왔다. 나는 어머니에 대해 아무것도 아는 게 없었다. 나를 요람에 버렸다는 것밖에는……. 하지만 나는 그날 밤 내게 구걸했던 그 늙은 도둑이 바로 내 어머니이기를 바랐다.

'만약 그 노파가 어머니라면?' 나는 노파를 떠나면서 생각해 보았다. 아! 그 여자였다면……. 나는 그녀를 꽃으로, 즉 글라디올러스며 장미로 덮어 주고 입맞춤해 주었을 텐데! 그 동그랗고 측은한 얼굴과 개복치 모양의 눈가를 보고 사랑과 연민의 눈물을 흘렸을 텐데! 그런데 나는 왜, 그 모습을 보고 왜 울고 싶을까? 나는 마음속으로 끝없이 질문을 했다. 내 영혼에 있어서는 사랑의 습관적인 표현들을 어떤 행동이든 몸짓으로 대체하는 데 많은 시간이 걸리지 않았다. 즉 입맞춤이나 눈물이나 꽃 이상으로 내가 의미하고자 하는 것을 다른 대체물로 옮기는 것, 이를테면 심한 말로 헐뜯거나 가장 천박한 물건으로 대체하는 것이다. 나는 생각했다.

'그녀에 대한 사랑이 넘쳐나서 그녀를 향해 침을 뱉는 것이니(글라디올러스(glaïeul)라는 단어를 큰 소리로 말하면 마치 가래침(glaviaux)이라는 단어처럼 들린다.) 나는 얼마나 만족스러운가! 그녀의 머리카락에 침을 뱉거나 그녀의 손에 토를 하는 것으로 만족하리라. 그러나 나는 내 어머니인 그 늙은 도둑을 진정 좋아하게 될 것이다.'

바셀린 튜브의 용도에 대해서는 독자들도 충분히 알고 있을 것이다. 그런데 그것을 보자, 그 도시의 어두운 골목길을 따라가며 계속해서 몽상에 젖어 있는 동안에도, 가장 사랑하는 어머니의 얼굴이 떠올랐다. 그것은 진부하지만 조심스러워 보이는 장소에서 수많은 은밀한 기쁨을 준비하는 데 힘이 되어 주었다. 그것은 나에게 행복의 조건이 되었다. 마치 눈물로 얼룩진 손수건이 그것을 증명하듯이. 테이블 위에 놓인 수화기가 경찰관에 대한 나의 승리를 눈에 보이지 않는 대원들에게 전하고 있었다. 나는 독방에 있었다. 나는 알고 있었다. 밤새도록 내 바셀린 튜브가 잘 생기고 힘세며 우락부락한 경찰관들을 무시한 채 그 위용을 드러내고 있었다는 것을. 그것은 영원한 숭배의 대상을 뒤엎어 버리는 것이다. 누구든 아무리 힘이 세도 손가락으로 살짝 쥐는 정도의 약한 힘을 그 튜브에 가하면, 우선 가볍고 더러운 가스가 슬며시 피식하고 새어나온 다음, 우스꽝스러운 침묵 속에서 고무줄이 늘어나듯 계속해서 내용물이 나올 것이다. 그렇지만 나는 그 초라하고 남루한 물건이 경찰관들에게 굴복하지 않을 것임을 확신했다. 또한 독자적으로 존재하면서 세상의 모든 경찰관을 자신과 같은 처지로 만들 수 있다는 것도 알았다. 신들의 분노를 부채질하는 것을 즐기는 비극의 주인공들처럼, 어쩌면 자신이 불멸의 존재라도 되는 것처럼 말이다. 나는 그것이 내 행복에 충실하면서도 오만하게 멸시와 증오, 얼굴이 창백해질 정도의 무언의 분노, 약간은 빈정거리는 듯한 분노를 스스로에게 야기하리라고 확신했다. 나는 그것을 찬양하기 위해 프랑스어 중에서 가장 신선한 어휘를 찾고 싶었다. 또한 나는 그것을 위해 나 자신과 투쟁하고 싶었고, 그것의 영광을 위해 살육하며, 황혼녘에는 들판을 온통 붉은색으로 물들이고 싶었다.*

도덕적 행동의 아름다움은 그 표현의 아름다움에 달려 있다. 아름답다고 말하는 것은 이미 그것이 아름답다는 사실을 단정 짓는 것이다. 그 뒤에는 그것을 증명하는 일만 남는다. 그것은 바로 이미지의 역할이다. 이를테면 물리적

---

* 나는 사실 피가 나도록 싸우면 싸웠지, 이 우스꽝스러운 도구를 부정할 수 없었다.

세계의 웅장함과 조응하는 것이다. 그것이 우리의 목구멍에서 노래를 발견하게 하고 그 노래를 부를 수 있게 한다면 그 행동은 아름다운 것이다. 때때로 우리가 보기에는 별로 가치가 없다고 알려진 행위와 그러한 의식, 그러한 행위를 의미하는 표현의 힘이 우리에게 그 노래를 부르도록 강요한다. 배반 행위가 우리를 노래하게 한다면 그 배반은 아름답다. 도덕의 세계에서 도둑을 배반하는 행위는 나를 재발견하도록 해 준다. 어디 그뿐인가. 나는 동성애의 세계에서도 나 자신을 재발견할 수 있다고 생각한다. 나는 강해짐으로써 스스로 신이 된다. 나는 내 생각을 받아 적는다. 인간에게 적용되는 아름다움이라는 표현은 얼굴과 육체의 조화로운 특성을 나타내 주는 것과 같다. 가끔은 그 조화로운 얼굴과 육체의 특성에 사내다운 매력이 덧붙여진다. 그래서 아름다움에는 웅장하고 지배적이며 권위 있는 행동이 수반된다. 우리는 아주 특별한 도덕적 태도들이 그 행동을 결정한다고 생각한다. 그리고 우리 자신이 지니고 있는 그런 미덕의 문화를 통해, 가엾은 얼굴들, 병든 육체들과 우리 연인들이 가지고 있는 생기발랄함이 자연스럽게 일치하기를 바란다. 그러나 애석한 일이다. 그들 자체가 결코 소유할 수 없는 미덕들은 우리의 약점이니까 말이다.

나는 지금 내 애인들을 생각하며 글을 쓴다. 나는 그들이 박하 향이 약간 나는 바셀린, 그 부드러운 물질을 몸에 바르기를 갈망한다. 또한 나는 그들의 근육이 섬세하고 투명한 채로 있기를 바란다. 그들에게 속한 가장 고귀한 특징들이 조금이라도 아름다움을 상실하는 일 없도록.

신체의 한 부분을 잃으면 남은 부분은 더욱 강해진다. 그것은 누군가 내게 알려준 사실이다. 나는 스틸리타노의 잘려 나간 한 팔의 기력이 그의 페니스에 집중되었으면 하고 바랐다. 나는 오랫동안 견고하고 집요하게 공세를 펴며, 아주 나쁜 짓, 아주 대담한 짓을 할 수 있는 몸의 한 부분에 대해 상상해 왔다. 그러나 무엇보다도 꺼림칙했던 것은 스틸리타노가 나에게 그것을 맛보도록 허용했다는 사실이다. 그것은 바지 한쪽이 볼록 튀어나오도록 주름을 만들었는데, 신기하게도 바지 왼쪽으로 선명하게 드러나 있었다. 스틸리타노가 매 순간 바지 위에 손을 갖다 대지 않았더라면, 그리고 조심성 있는 여자들이 손톱 끝으로 섬세하게 바지 주름을 자극하지 않았더라면, 어쩌면 그러한 세세한 장면들이 꿈속에 자주 등장하지 않았을 것이다. 그는 조금도 침착성을 잃는 법이 없었지만 내 앞이라 특별히 침묵하고 있다는 생각은 들지 않았다. 그는 어색하지만 가볍게 미소 지으며 아무렇지도 않은 듯 자신을 갈망하는 나를 바라보았다. 나는 그가 언젠가 나를 사랑할 것이라고 믿었다.

살바도르가 한 손에 바구니를 들고 호텔 문을 들어서기도 전에, 나는 너무 감격하여 길거리에서 그를 껴안고 말았다. 그러자 그는 나를 뿌리쳤다.

"너 미쳤어? 사람들이 보면 변태라고 하겠다!"

그는 프랑스어를 제법 능숙하게 구사했다. 페르피냥이라는 남프랑스의 시골에 포도 수확 작업을 하러 갔다가 배웠다고 했다. 나는 마음에 상처를 받고 그에게서 떨어졌다. 그는 금세 화난 표정을 지었다. 얼굴빛이 겨울에 뽑아 온 배추처럼 보라색으로 변해 있었다. 살바도르는 웃지 않았다. 그는 충격을 받았다. 아마 이렇게 생각했을 것이다.

'눈이 오는데 뭘 구걸하겠다고 그렇게 일찍 일어날 필요가 있었냐고. 도대체 참을성이 없어!' 그의 머리카락은 헝클어진 채 젖어 있었다. 유리창 너머로 우리를 바라보는 얼굴들이 있었다. 호텔의 아래층은 거리를 향해 나 있었고, 카페의 커다란 홀이 차지하고 있어서 방으로 올라가려면 그 홀을 가로질러야 했다. 살바도르는 옷소매로 얼굴을 쓱쓱 문지르면서 안으로 들어갔다. 나는 좀 망설이다가 그의 뒤를 따라 들어갔다. 당시 나는 스무 살이었다. 눈물이 그 투명함을 지니고 있을 때, 나는 왜 콧구멍 끝에 매달려 떨어지려 하는 콧물을 그와 같은 열정으로 들이마실 수 없는 걸까? 나는 이런 경험을 통해, 상스러운 짓을 한 후 거기서 벗어나는 데 충분히 단련되어 있었다. 살바도르가 반항할지 모른다는 두려움이 없었다면 나는 카페에서 그 짓을 했을 것이다. 그렇지만 그, 살바도르는 코를 훌쩍거리고 있었다. 나는 그가 콧물을 삼키고 있다고 생각했다. 그는 손에 바구니를 들고 거지들과 불량배들을 가로질러 부엌으로 향했다. 나는 그의 뒤를 따라가며 말했다.

"도대체 왜 그래?"

"네 행동이 너무 튀잖아."

"그게 뭐 잘못된 거야?"

"사내끼리 길거리에서 껴안다니……. 하지만 오늘 밤엔

좋아. 네가 원한다면…….”

그는 경멸하는 듯한 표정으로 퉁명스럽게 말을 쏟아 냈다. 나는 그에게 감사의 표시를 하고 싶었고, 보잘것없는 애정으로나마 그를 다시 감싸 주고 싶었다.

“생각을 어디 두고 다니는 거야?”

누군가 미안하다는 말도 없이 그를 밀치고 지나갔다. 그와 나 사이가 멀어졌다. 나는 부엌으로 향하는 그를 따라가지 않았다. 난로 옆에는 긴 의자가 있었는데 한 자리가 비어 있었다. 나는 의자 쪽으로 다가가 앉았다. 그 자리에서 내가 그의 사내다운 매력에 빠져서 어떤 방식으로든 저 이투성이의 더럽고 추잡한 비렁뱅이를 사랑하게 되리라고, 그리고 난폭하게 다루지 않고도 그의 엉덩이에 열중할 수 있으리라고 생각했다. 더구나, 불행한 일이지만, 그가 엄청나게 큰 페니스를 가지고 있다는 걸 알게 되어도 전혀 걱정되지 않았다.

바리오치노 거리는 당시 이투성이인 불결한 건달들이 들끓던 소굴이었다. 그곳에는 스페인 출신들보다 이방인들이 더 많았다. 우리는 이따금 편도 같은 초록색이나 담황색의 비단 셔츠를 입고, 닳아빠진 운동화를 신고 다녔다. 니스칠을 한 것처럼 굳은 머리카락은 착 달라붙어서 바드득 소리를 냈다. 우리에게는 우두머리라기보다 차라리 지도자라고 부를 수 있는 자들이 있었다. 그들이 어떻게 지도자가 되었는지는 모르겠다. 아마도 우리가 고달프게 훔친 물건들을 팔아 치우는 데 뛰어난 수완을 발휘하여 지도자가 됐을 것이다. 그들은 우리의 일을 맡아서 처리해 주면서 우리에게 영향력을 행사했고 그에 따라 합리적인 대가를 미리 떼어 갔다. 우리는 그렇게 잘 조직된 집단은 아니었다. 그러나 기름과 오줌과 똥 냄새가 진동하는 어떤 지역에서는 광범위하게 퍼진 더러운 무질서 속에서 가망 없는 자들 몇 명이 수완 좋은 다른 자에게 그 일을 맡겼다. 그토록 지저분한 분위기 때문에 우리 중 몇몇 젊은 녀석들은 금방 눈에 띄었다. 더욱 돋보였던 녀석들은 신비스러운 광채로 눈이 부실 지경이었다. 그런 육체와 시선과 몸짓을 가진 녀석들은 일종의 최면술을 걸어 우리를 가지고 놀았다. 나도 그들 중 한 녀석에게 호되게 당한 적이 있었다. 외팔이 스틸리타노에 대해 좀 더 자세히 말하기 위해 몇 쪽 더 할애해야겠다. 우선 그는 어떤 기독교적 미덕으로도 치장되지 않았다. 그의 반짝이는 기질과 힘의 원천은 다리 사이에 있는 물건이었다. 그의 물건은 스스로를 완전하게 만들어 주었다. 그 물건은 너무나 훌륭해서 나는 그것을 살아 꿈틀거리는 기관으로 표현할 수밖에 없다. 그러나 독자들은 그것이 아주 드물게, 그리고 천천히 발기되기 때문에 죽은 것으로 생각할 것이다. 이따금 그는 그 짓으로 밤을 지새우기도 한다. 바지 앞쪽의 벌어진 틈으로 물건을 빼낸 뒤 한 손으로만 그 짓을 한다 해도, 그의 물건은 주인을 황홀하게 하는 번쩍이는 쾌락을 밤새도록 공들여 만들어 줄 것이다.

살바도르에 대한 내 사랑은 6개월 동안 지속되었다. 도취적인 사랑은 아니었지만 생산력은 대단했다. 나는 그의 허약한 육체, 음울한 얼굴, 듬성듬성하고 우스꽝스럽게 난 턱수염도 사랑했다. 살바도르는 나를 극진히 보살펴 주었다. 나는 밤에는 촛불을 켜고 그의 바지 이음새에서 이를 잡아 주기도 했다. 우리는 항상 이와 함께 살았기 때문에 이는 우리에게 익숙한 손님이었다. 그 기생충들은 우리의 옷에 활력과 존재감을 불어넣었다. 이가 사라지면 우리의 옷은 죽은 것이나 다름없었다. 우리는 그 반투명의 미물들이 우글거리는 것을 알고 싶었다. 그들을 느끼고 싶었다. 그 미물들은 길들여지지 않았지만 우리와 탈 없이 잘 지냈다. 그러나 우리 두 사람의 몸이 아닌 다른 사람의 몸에서 발견된 이는 불결하게 느껴질 것이다. 우리는 계속해서 이를 잡아 나갔지만, 하루도 지나지 않아 그 알들이 부화할 것이라는 기대를 가지고 있었다. 우리는 아무런 불쾌감이나 증오심 없이 손톱으로 그 미물들을 짓이겨 죽이곤 했다. 우리는 그 시체들과 허물들을 쓰레기통에 버리지 않고, 우리의 지저분한 속옷이 그것들의 피로 물들도록 내버려 두었다. 시간이 지나면 말라서 떨어질 것이다. 이는 우리의 번영, 혹은 번영과 정반대의 것 그 자체를 보여 주는 유일한 징표였다. 그러나 우리가 처한 이러한 상황, 곧 이 잡는 일이 당연하다는 확신이 들기 시작하면서, 스스로 우리의 상황을 정당화하는 것은 꽤 그럴듯하게 보였다. 소위 승리에 대한 인식이 보배인 만큼, 쇠락에 대한 인식으로 사용되는 이 벌레들도 소중한 존재였다. 우리는 이 벌레들을 우리의 수치인 동시에 영광의 징표로 삼았다. 나는 한동안 복도 쪽으로 난 여닫이 창 한 개만 있는 방에서 살았다. 거기에서는 저녁마다 다섯 명의 작은 얼굴들이 우리와 같은 동작으로 이를 잡는 데 열중하고 있었다. 그들은 잔혹하면서도 부드러웠고, 미소를 띠고 있거나 찡그린 표정을 하고 있었다. 아마도 힘든 자세로 인해 옷이 땀에 젖고 관절이 경직되었기 때문에 괴로웠을 것이다. 그 정도로 비천한 밑바닥 삶에서, 가장 보잘것없고 못생긴 벌레의 애인이라는 건 차라리 잘된 일이었다. 그래서 나는 특권을 누리는 상태가 무엇인지 알게 되었다. 나 역시 괴로웠지만, 내가 획득한 승리가 매번 원기를 북돋아 주었다. 턱수염과 긴 머리카락을 자랑스럽게 드러내는 것처럼, 때투성이의 두 손도 거만하게 노출시켰다. 그것은 약점이자 단점이었다. 이곳에서는 약점이 곧 단점이었다. 독자들은 그것을 타락이라고 말하겠지만, 나에게는 승리의 힘이었다. 그 더러운 때와 너저분한 것들은 우리에게 삶의 광채였고, 필연적인 빛이었다. 우리는 어둠 속에서도 유리창과 먼지를 투과하는 한 줄기 햇살을 즐길 수 있었다. 우리에게는 성에와 서리도 있었다. 그런 요소들이 재난을 나타낸다고 해도, 그 즐거움은, 우리의 방에서 동떨어져 있지만, 우리를 만족시키기에 충분했다. 이를테면 그것은 크리스마스나 크리스마스이브에 맛보는 즐거움인데, 우리는 언제나 그런 즐거움과 함께 했고, 축제를 즐기는 자들이 갖는 달콤함을 알고 있었다. 그러니까 겔(gel), 바로 교화(膠化) 상태의 즐거움 말이다.

거지에게는 상처를 키우는 것이 약간이나마 돈을 소유할 수 있는 방법이다. 즉 살아가는 방법인 것이다. 하지만 그들이 무기력하게 비참한 삶을 영위하고 있음에도 멸시를 무시하고 자신을 떠받치는 데 필요한 자존심을 지키는 것은 사내다운 덕목임에 틀림없다. 즉 강물 속의 바위 같은 그 자존심은 모멸감을 뚫고, 쪼개고, 산산이 부셔 버린다. 더욱 처참한 삶으로 추락한다고 해도, 이를테면 내가 그런 거지나 비렁뱅이라고 하더라도, 그 운명을 활용할 수 있는 묘수를 가지고 있으면 자존심은 더욱 강해진다. 그 기술이 약점이든 강점이든 무슨 상관인가. 나는 문둥병 환자 같았던 탓에, 그것과 싸워 물리치고 이겨 내야만 했다. 그래서 나는 점점 더 비천한 존재로 떨어지고 혐오의 대상이 되었다. 내가 누구인지도 모르고, 심지어 나 자신이 도덕적인 것 이상으로 미학적 연구의 대상이 될 정도로 최후의 지점에 와 있는 것이다. 내가 우리의 상황에 빗대어 말한 문둥병, 그 천한 병은 피부에 염증을 일으키고, 환자가 몸을 긁게 만든다. 그러면 발기되는 것이다. 고독한 에로티시즘 속에서 문둥병 환자는 스스로를 위로하며 자신의 고통을 노래한다. 그 비참함이 우리를 일으켜 세운다. 스페인을 거쳐 오는 동안 우리는 베일을 쓴 듯 은밀하게, 그리고 거만하지 않게 품위를 지키며 돌아다녔다. 그러한 행동, 우리를 살게 해 주었던 비천함의 불이 강렬해짐에 따라 그 몸짓들은 점점 움츠러들었고, 우리는 더욱 비참해졌다. 이렇게 나는 보잘것없는 외모에 숭고한 의미를 부여함으로써 내 재능을 키워 나갔다.(나는 아직 나의 문학적인 재능에 대해서는 말하지 않았다.) 그것은 나에게 매우 유익한 교훈이 될 것이다. 그 교훈은 인간이든 사물이든, 쓰레기 같은 존재들 사이에서 가장 비참한 자들에게 사랑스러운 미소를 짓게 만든다. 말하자면 그것들은 구토물이나, 어머니의 얼굴에 내뱉었던 가래침, 당신들의 배설물까지 해당된다. 나는 언제나 마음속에 내가 비렁뱅이라는 생각을 간직하고 다닐 것이다.

나는 자기 딸을 세상 사람들로부터 보호하기 위해 집 안에 꽁꽁 숨겨 두었던 여자를 닮고 싶었다. 딸은 흉측한 기형아에 네 발로 기어 다니며 으르렁대는 괴물, 백치이자 바보였다. 그 아이를 낳았을 때 여자의 절망이 너무 컸기 때문에 절망은 곧 삶의 본질이 되었다. 그녀는 그 괴물을 사랑하기로 결심했다. 그리고 그녀는 자기 배로 낳은 그 추한 괴물을 공들여 사랑하고 헌신적으로 키우기로 결심했다. 이를테면 마음속 깊이 괴물이라는 관념을 지닌 곳을 임시 제단으로 지정해 두었던 것이다. 일상의 일들로 손에 굳은살이 박혔지만, 부드러운 손길로 그리고 헌신적인 정성으로, 그녀는 절망한 사람들이 자발적으로 열을 내듯이 세상과 마주했다. 즉 그녀는 세계와 그녀의 힘이 조화를 이루었던 그 기형의 괴물을 세상과 맞서게 했다. 바로 그 괴물로부터 출발해서, 그녀와 충돌하는 세계의 힘과 끊임없이 싸워서 새로운 원칙들이 만들어졌다. 그러나 그 세계의 힘은 그녀의 딸이 갇혀 있던 집의 벽 앞에서 정지되고 말았다.*

---

* 신문을 통해서 알게 된 사실인데, 그 어머니는 40년 동안 헌신적으로 딸을 보살핀 끝에 집에 휘발유를 끼얹고 불을 질렀다. 딸은 잠들어 있었고, 집 전체가 화염에 휩싸였다. 그 괴물(딸)은 불에 타 죽었고, 그 노파(그녀는 일흔다섯 살이었다.)는 사람들에 의해 구조되어 목숨을 건졌다. 그래서 그녀는 중죄 재판소에 출두하게 되었다.

그러나 가끔은 도둑질을 해야 했기 때문에 우리는 도둑질할 때의 대담성, 그 투명하고 세속적인 아름다움을 체험할 수 있었다. 잠들기 전이면 동료이자 우두머리인 자가 조언을 해 주었다. 예를 들면 우리는 가짜 여권을 들고 본국으로 송환되기 위해 서로 다른 영사관으로 가는 것이다. 우리의 하소연을 듣고 불결하고 처참한 모습을 본 영사는 측은하기도 하고 귀찮기도 해서 국경 초소로 가는 열차표를 주었다. 그러면 우리 우두머리는 바르셀로나 역에서 열차표를 다시 팔았다. 또한 그는 우리에게 성당을 털거나 비싸고 화려한 별장에서 도둑질하는 법을 가르쳐 주었다. 스페인 사람들에게 성당에서의 도둑질은 감히 생각할 수 없는 일이다. 결국 우리는 얼마간의 돈을 벌기 위해 몸 파는 행위를 해야만 했고, 우두머리는 영국이나 네덜란드 선원들을 직접 우리에게 데리고 왔다.

이따금 우리는 도둑질을 했다. 그리고 매번 도둑질을 할 때마다 잠깐이지만 지상의 맑은 공기를 호흡할 수 있었다. 군대에서는 야간 원정을 떠나기 전에 늘 불침번을 서야 한다. 가끔 두려움과 불안감이 야기하는 신경과민은 종교적인 기분에 빠져 들게 만든다. 그래서 나는 가장 사소한 역을 떠맡는 경향이 있었다. 그리고 그것은 행운의 징표가 되었다. 나는 모험의 성공을 좌우하는 듯한 알 수 없는 힘에 끌려 들어가고 싶었다. 그래서 나는 먼저 도덕적 행위와 자비를 통해 그 힘을 끌어들이고자 노력한다. 말하자면 거지들에게 좋은 것을 많이 베풀고, 노인들에게 자리를 양보한 뒤 그들 앞에서 얌전하게 있고, 소경들이 길 건너는 것을 돕는 일들을 한다. 신은 도덕적으로 행동하는 것을 보고 즐거워한다. 그 신이 도둑질 또한 주재하고 있음을 인정해야 할까? 이러한 시도들, 즉 내가 전혀 알 수 없는 신을 사로잡기 위해 모험적인 그물을 던지는 시도들은 나를 지치게 만들고, 짜증나게 만들며, 다시 종교적인 분위기를 조장한다. 그러한 시도들은 도둑질과 제의의 엄숙함이 서로 통하도록 한다. 그 행동은 아주 캄캄한 어둠 속에서 실행되는 것이다. 그것은 밤보다는 오히려 사람들이 잠자는 밀폐된 장소에서 이루어진다. 어쩌면 그 어둠은 암흑에 덮이면서 저절로 생긴 어둠이었을 것이라는 점을 덧붙여 둔다. 우리는 대낮에도 발끝으로 걷거나 침묵하면서 눈에 띄지 않는 연습을 해야 한다. 또한 어둠 속에서 두 손을 더듬거리며 복잡하고 이상야릇한 짓들을 할 수 있어야 한다. 단순히 문의 손잡이를 돌리는 행위를 할 때에도 우리에게는 보석의 단면에서 빛나는 광채의 움직임과 같은 동작이 요구된다.(나는 그것이 금을 발견하는 것처럼 땅에서 발굴해야 한다고 생각한다. 그래서 나는 모든 대륙들과 오대양의 섬들을 파헤쳤다. 원주민들이 독이 발린 창으로 나를 포위한 적도 있다. 그들은 무방비 상태의 나를 위협한다. 그러나 금의 미덕이 진가를 발휘하여 거대한 기운이 나를 땅바닥에 쓰러뜨리기도 하고 흥분시키기도 한다. 원주민들이 창을 거두고 나를 인정하면, 결국 나는 그 부족의 구성원이 된다.) 그 신중함, 속삭이는 듯한 목소리, 곤두선 귀, 신경질적이고 눈에 띄지 않는 공범자의 존재, 그가 보내는 사소한 신호를 알아차리는 일 등 그 모든 것들이 우리 자신의 내부에서 우리를 집중시키고, 압축시키며, 기의 표현대로 우리를 공 같은 존재로 만든다.

"살아 있다는 느낌이 들어!"

하지만 내가 두려워할 만큼 폭발적인 힘으로 변하는 그 완벽한 현존감은 나의 마음속에서 그 행위에 엄숙함을, 어떤 최초의 유일성을 부여한다. 강도짓을 하는 순간에는 언제나 이번이 마지막이라고 여긴다. 강도짓을 하고 난 후에는 더 이상 그 짓을 할 생각이 없어진다. 그러나 그런 자아는 집중력을 발휘하지 않는다.(우리의 삶에서가 아니라 삶 밖으로 더 밀려난 자아가 우리를 이끌고 가는 것이다.) 여기서 어떤 행동에 대한 응집력은 그에게 종교적 제의의 가치를 부여한다. 물론 그 행동은 그에 따른 효력과 애정을 의식한 확실한 몸짓들로부터 발전한 것이다.(장미가 화관으로 변하는 것처럼.) 그러나 몸짓이 그 행동에 부여하는 폭력 역시 의식적이며 확실한 것임을 알아야 한다. 나는 심지어 그러한 종교적 제의를 종종 누군가에게 바치기도 한다. 그런 경의의 표시에 제일 먼저 혜택을 본 사람은 스틸리타노이다. 나는 그에게 한 수를 배웠으며, 또한 그의 육체에 들러붙어 있는 강박관념이 나의 망설임을 물리쳐 주었음을 믿는다. 나는 그의 아름다움과 말없는 후안무치에, 그리고 한 손이 없는 기괴한 소맷자락에 나의 첫 도둑질을 바쳤다. 손목 아래가 잘려 나간 그의 손은 중부 유럽의 어느 숲 속, 밤나무 아래에서 썩어 가고 있을 것이다. 도둑질을 하는 동안 내 몸은 노출되어 있었다. 내 몸짓 하나하나가 빛을 반사하는 것으로 미루어 그것을 알 수 있었다. 비록 세상이 나의 파멸을 원한다 해도, 그 세상은 나의 성공에 관심을 기울일 것이다. 나는 실수에 대해 비싼 대가를 치를 것이다. 그러나 실수를 바로잡는다면 하느님 아버지의 거처에서 좋은 일이 있을 것 같았다. 그렇지 않으면 나는 계속해서 불행의 나락으로 추락할 것이다. 바로 감방으로. 그렇게 되면 죄수는 위험을 무릅쓰고 감방의 야만인들과 대적하며 피할 수 없는 한판 승부를 벌여야 하는 것이다. 내가 앞에서 나의 내적 모험으로 요약해 설명했던 방법으로 말이다. 처녀림을 횡단하다가 옛 부족들이 지키고 있는 장소를 찾아도 그는 그 야만인들에 의해 죽임을 당하거나 혹은 구출될 것이다. 내가 다시 원시적인 생활을 하기로 마음먹은 것은 바로 아주 긴 그 여정 때문이다. 무엇보다도 필요한 것은 나 같은 부류의 존재들에게 유죄판결을 내리는 것이다.

살바도르는 내게 자랑할 만한 것이 전혀 없었다. 그가 도둑질한 물건들은 겨우 진열대에 있는 자질구레한 것들뿐이었다. 저녁이면 그는 처량한 모습으로 우리가 모이는 카페에서 가장 잘생긴 사람들 사이로 슬그머니 끼어들었다. 그는 그런 생활에 기진맥진해졌다. 집으로 돌아가면, 어깨에 걸친 누렇게 빛바랜 면 담요를 끌어안고 허리를 구부정하게 한 채 의자 위에 웅크리고 있는 그가 보였다. 난 그의 모습에 수치심을 느꼈다. 그는 북풍이 부는 날이면 늘 그 담요를 뒤집어쓰고 구걸하러 나갔다. 그는 또 내가 싫어하는 검은 양모로 된 낡은 숄을 걸치고 있었다. 나의 정신이 비천함을 견뎌 내고, 심지어 그 비천함의 삶을 갈망한다고 해도, 나의 젊고 탄탄한 육체는 그런 모욕을 거부했다. 살바도르는 슬픈 목소리로 짧게 말했다.

"프랑스로 돌아가고 싶지 않아? 아마 시골에서 일자리를 얻을 수 있을 거야."

나는 싫다고 말했다. 증오심까지는 아니었지만 프랑스에 대한 나의 거부감을 그는 이해하지 못했다. 그리고 지금은 나의 모험이 지역적으로는 바르셀로나에 멈춰 있지만, 앞으로는 나 자신과 가장 멀리 떨어진 장소에서 점점 더 심오하고 은밀하게 지속되리라는 사실도 이해하지 못했다.

"난 혼자서 일할 거야. 넌 산책이나 해."

"싫어."

나는 그 처량한 빈털터리를 의자에 내버려 두고 하루 종일 주워 모은 담배꽁초를 피우러 카운터 근처 벽난로로 갔다. 그곳에는 흰 양모로 짠 두툼하고 지저분한 스웨터를 입고 있는 앙달루라는 천박한 청년이 있었다. 그는 상반신과 이두박근을 과시하듯 드러내고 있었다. 살바도르는 노인들이 하는 것처럼 양손을 마주 비비면서 의자에서 일어났다. 그는 수프를 만들고 석쇠에 생선을 굽기 위해 공동 취사장으로 갔다. 그는 언젠가 내게 오렌지 나뭇잎을 따러 우엘바에 가자고 제안했다. 어느 날 저녁에는 나를 위해 구걸하다 매정하게 거절당하고 심한 모욕을 받았다. 그날은 벌이가 너무 형편없다며 크리올라에서 나를 비난했던 날이다. 그가 내게 말했다.

"내 말은, 네가 손님을 끌어 왔으면 네가 돈을 내야 한다는 말이야!"

우리는 우리를 건물 밖으로 내쫓으려고 하는 호텔 주인 앞에서 말다툼을 했다. 그래서 살바도르와 나는 그 다음 날 담요 두 장을 훔쳐서, 남부로 가는 화물열차를 몰래 타기로 결심했다. 그러나 나는 워낙 기술이 뛰어나서, 바로 그날 저녁에 한 세관원의 외투를 훔쳐 왔던 것이다. 내막은 이렇다. 나는 세관원들이 경비를 서고 있는 부두 근처를 지나가고 있었다. 그런데 그들 가운데 한 명이 나를 불렀다. 나는 초소 안에서 그가 요구하는 대로 했다. 그는 드러내고 말하지는 않았지만, 내가 초소 밖 수돗가에 가서 몸을 씻고 오기를 바라는 것 같았다. 그는 잠시 나를 혼자 남겨 두었다. 그래서 나는 검은 천으로 된 그의 커다란 외투를 들고 도망쳤다. 그 외투를 걸치고 호텔로 돌아온 나는 알 수 없는 묘한 행복감에 젖어 들었다. 아직 배반의 기쁨을 맛본 것은 아니지만, 근본적으로 정반대의 것들을 부인하는 혼돈 상태, 그 수상쩍은 느낌은 이미 마음속에 엉큼하게 들어 있었다. 나는 카페의 문을 열고 들어가다가 살바도르를 보았다. 그는 거지들 중에서도 가장 처량해 보였다. 그의 피부는 마치 톱밥의 형상을 하고 있었다. 이를테면 카페의 마룻바닥에 덮여 있는 재료와 다를 바 없었다. 그 순간 나는 둥그렇게 모여 앉아 노름하는 녀석들 사이에 스틸리타노가 있다는 것을 알았다. 우리는 시선이 마주쳤다. 그가 나를 뚫어지게 응시하자 내 얼굴은 붉게 물들었다. 나는 그 검은 외투를 벗었다. 사람들이 서둘러 외투 값을 깎으려 했다. 스틸리타노는 외투에는 관심이 없는 듯, 애처로운 표정으로 거래하는 광경을 바라보았다.

"자, 서둘러. 맘에 들면 어서 결정하라고. 세관원이 나를 찾으러 올 테니!"

나의 말에 노름꾼들이 좀 서두르는 것 같았다. 누구나 그런 종류의 이유에 익숙한 법이다. 그 틈을 타서 내가 스틸리타노 곁으로 다가가자 그는 프랑스어로 이렇게 말했다.

"너, 파리 출신이지?"

"그래, 왜?"

"아니, 그냥."

그의 질문은 나를 심문하는 듯했지만, 나는 대답하면서 어떤 성도착자가 젊은 남자에게 다가가 말을 거는 것 같은 그의 몸짓에서 절망감을 느꼈다. 거북한 마음을 숨기려고 나는 갑자기 숨이 가빠졌다고 둘러댔다. 순간 나는 다급해졌다.

"제법 자기 방어를 잘하는군." 그가 말했다.

나는 그 칭찬이 교묘하게 계산된 것임을 알고 있었다. 거지들의 세계에서 스틸리타노는 꽤 미남이었다.(그때는 아직 그의 성을 모르고 있었지만 말이다.) 그의 팔 한쪽 끝은 붕대가 두껍게 감긴 채 가슴에 얹혀 있었다. 마치 어깨걸이에 팔이 매달려 있는 것 같았다. 나는 그 붕대 안에 손이 없다는 것을 알고 있었다. 스틸리타노는 호텔 카페나 길거리를 자주 돌아다니는 사람이 아니었다.

"자, 내게 그 외투를 줘. 얼마에 팔 거야?"

"이걸 사겠다고?"

"왜, 안 돼?"

"뭘 가지고 사겠다는 거지?"

"돈 안 줄까 봐 겁나서 그래?"
"넌 어디 출신이야?"
"세르비아. 외인부대에 있다가 왔어. 난 탈영병이야."
나는 마음이 가벼워졌다. 환상이 깨졌기 때문이었다. 그러자 그 텅 빈 마음속으로 어느 결혼식 장면에 관한 기억이 가득 밀려왔다. 외인부대 병사들은 무도장에서 왈츠를 추고 있었고 나는 그 모습을 바라보고 있었다. 그런데 그때 병사 두 명이 시야에서 완전히 사라져 버린 것 같았다. 그들은 흥분해서 도망을 친 것이었다. 라모나 춤이 시작될 때부터 그들의 동작이 순수했다면, 눈으로 미소를 주고받으며 반지를 교환하는 결혼식 때에도 그 순수함은 남아 있었을 것이다……. 눈에 보이지 않는 성직자의 모든 질문에 외인부대는 "네." 하고 대답했다. 커플은 각자 얇은 명주 망사로 얼굴을 가리고 있었고, 동시에 열병식 제복(하얀 가죽 의장에 진홍색과 초록색 장식 띠를 두른 옷이었다.)을 걸치고 있었다. 그들은 머뭇거리며 남자다운 애정과 신부다운 수줍음을 교환했다. 그들은 절정의 감동을 유지하기 위해 좀 더 경쾌하고 느리게 춤을 추었다. 오래 행군을 하고 난 뒤라 몸도 피곤하고 감각도 둔해진 데다 까칠까칠한 천으로 가로막혀 있었는데도 성욕이 막무가내로 몰려왔다. 니스를 입힌, 군모의 가죽 차양이 가볍게 부딪치고 있었다. 나는 스틸리타노에게 압도되어 있음을 깨달았다.
나는 속임수를 쓰고 싶었다.
"네가 돈을 지불할 수 있는지 증명할 수가 없잖아."

"나를 믿어 달라니까."

너무도 굳은 얼굴, 너무도 날씬한 몸매가 나더러 자기를 믿어 달라고 말하고 있었다! 살바도르가 우리를 바라보았다. 그는 스틸리타노와 나의 거래가 성사되었다는 것, 그리고 이것으로 그는 손해를 보고 포기해야 한다는 사실도 알아차렸다. 사납지만 순수한 나는 새로 시작된 환상의 장소에 있었다. 왈츠가 멈추자, 두 병사는 서로의 팔을 풀었다. 엄숙하며 얼빠진 듯한 모습을 한 채 한 덩어리로 엉켜 있던 두 사람은 머뭇거리다가 각자 움직이기 시작했다. 아무도 모르게 빠져나오며 때로 즐거워하다가 때로 우울한 표정을 지었다. 그리고 계속 이어지는 왈츠를 추려고 어떤 아가씨 쪽으로 다가갔다.

"돈을 지불하는 데 이틀의 시간을 주겠어. 난 돈이 필요하거든. 나 역시 외인부대에 있었어. 그러나 탈영했지. 너처럼." 내가 말했다.

"그렇게 하도록 하지."

나는 그에게 외투를 내밀었다. 그는 하나밖에 없는 손으로 그것을 잡아서 다시 돌려주었다. 그는 웃으며, 그러나 명령하는 투로 말했다.

"둘둘 말아서 줘." 그는 빈정거리며 덧붙였다. "그걸 마는 동안 기다릴게."

'슬리퍼를 말다'*라는 표현이 무슨 뜻인지 알 것이다. 나는 머뭇거리지 않고 그의 말대로 행동했다. 외투는 곧

* '입 안에서 혀를 놀리며 키스하다.'라는 뜻이다—옮긴이.

주인이 숨긴 물건들 중 하나가 되어 자취를 감추고 말았다. 이것은 보잘것없는 도둑질이었지만 내 얼굴에 약간의 광채를 얹어 주었을 것이다. 아니면 단순히 스틸리타노가 스스로 친절한 모습을 보여 주기를 원했는지 모른다. 그는 나에게 다시 말했다.

"이봐, 술 한잔 사야 되지 않겠어? 벨아베스의 고참에게 말이야."

포도주 한잔 값은 2프랑이었다. 내 주머니에는 4프랑이 있었다. 그러나 그 돈은 우리를 보고 있는 살바도르에게 빌린 것이었다.

"난 땡전 한 푼 없어." 스틸리타노가 자랑스럽게 말했다.

카드 노름꾼들은 새로운 패를 짜느라 우리와 살바도르 사이를 잠시 떼어 놓았다. 나는 입속말로 중얼거렸다.

"난 4프랑 있어. 몰래 빌려 줄게. 하지만 곧 갚아야 해."

스틸리타노는 미소를 지었다. 내가 진 것이다. 우리는 테이블에 앉았다. 그는 외인부대에 관한 이야기를 하다가 멈추고 나를 뚫어져라 응시하며 말했다.

"널 만난 적이 있는 것 같아."

나도 그 녀석과 얽힌 추억이 떠올랐다.

나는 보이지 않는 보조 기구를 붙잡고 구구 하면서 산비둘기 울음소리로 속삭일 수밖에 없었다. 그때의 말들은 나의 목소리에 열정이 실려 표현되지도 않았고, 노래를 부르듯 즐거운 것도 아니었다. 사실 목구멍을 통해 흘러나온 말들은 가장 사랑하는 사냥감을 부르는 호소였다. 어쩌면 내 목은 하얀 깃털을 곤두세우고 있었는지 모른다. 언제든 파국이 닥칠 수 있는 법이다. 변화가 우리를 노리고 있다. 공포심이 나를 지켜 주었다.

나는 변화에 대한 두려움 속에 살아왔다. 내가 산비둘기의 개념을 사용하는 것은 바로 공포들 중 가장 달콤한 공포가 내 사랑 속에 녹아 있다는 것을 인정하고, 그 느낌을 독자들에게 전해 주기 위해서이다. 그 사랑을 단순히 거대한 매와 비교하는 것은 수사학적 필요에 의해서가 아니다. 나는 당시 내가 무슨 일을 겪었는지 모른다. 그러나 스틸리타노의 출현을 떠올리는 것으로 충분하다. 지금 내 괴로움이 곧바로 잔혹한 새와 그 희생물의 관계로 표현되도록 말이다.(내가 부드러운 비둘기 울음소리로 가득 찬 목구멍에 대해 느끼지 못했다면 나는 차라리 유럽의 울새에 관해 이야기했을 것이다.)

내가 느끼는 감정을 매번 동물의 각 부위로 표현한다면 괴상한 짐승 한 마리가 만들어질 것이다. 그러니까 내 분노는 코브라의 목 아래에서 으르렁거리게 될 것이며, 그 코브라는 내가 감히 뭐라고 명명할 수 없는 것으로 부풀어 오를 것이다. 어디 그뿐인가. 나의 오만함으로부터 나의 말들, 나의 기마들이 생겨날 것이고……. 하지만 나는 오직 산비둘기로서 목이 쉰 상태로 남아 있을 뿐이다. 스틸리타노는 그 사실을 알아차리고 있다. 나는 기침을 했다.

파라렐로 거리 뒤편에는 건달들이 카드 노름을 하던 넓은 공터가 있었다.(파라렐로 거리는 그 유명한 람블라스 거리와 평행으로 뻗은 바르셀로나의 대로다. 넓은 그 두 대로 사이사이로 나 있는 좁고 컴컴하고 지저분한 여러 길들이 바리오치노 거리를 형성하고 있었다.) 그 건달들은 쭈그리고 앉아서 노름을 했다. 때로는 사각형 모양의 천을 펼쳐 놓고, 때로는 먼지투성이의 땅바닥에서 카드를 돌렸다. 한 젊은 건달이 판돈을 휩쓸어 수중에 넣었다. 나는 그 노름판에서는 몇 푼 안 되는 쌈짓돈이지만 잃을지 모를 위험을 무릅쓰고 노름에 뛰어들었다. 나는 노름꾼이 아니다. 아무리 화려한 카지노라도 나를 유혹하지는 못한다. 전등 아래의 휘황찬란한 분위기는 나를 권태롭게 할 뿐이다. 노련한 노름꾼들의 거침없는 행동을 보니 구역질이 났다. 나는 끝내 이 기계적인 놀이에 익숙해질 수 없었다. 작은 공이며, 룰렛, 작은 말 같은 노름 도구들은 실망스러웠다. 하지만 난 먼지투성이와 때, 건달들의 성급한 몸짓과 비굴한 태도를 좋아한다. 나는 분노나 욕망 때문에 땅바닥에 드러누운 채, 자바를 향해 몸을 기울였다. 그리고 베개 위에 일그러진 그의 얼굴을 바라보았다. 얼굴의 특색이 되어 버린 고통과 경련은 물론이고, 만면에 퍼져 있는 고뇌가 엿보였다. 나는 웅크리고 있는 노름꾼들의 작고 일그러진 입가에서 가끔 그런 것들을 훔쳐보곤 했다. 그 자리에 있는 사람들은 누구나 승리 아니면 패배를 맛보아야 한다. 그들의 넓적다리는 피곤 때문인지 불안 때문인지 떨리고 있었다. 그날따라 비바람이 몰아치고 날씨가 추웠다. 난 그 스페인 청년들 중 좀 어려 보이는 녀석의 요구를 뿌리치지 못하고 붙들렸다. 결국 나는 노름을 했고, 돈을 땄다. 나는 연거푸 돈을 땄다. 노름을 하는 동안에는 한마디도 하지 않았다. 그 떠돌이는 어디에서도 본 적 없는 녀석이었다. 보통은 딴 돈을 주머니에 챙겨 넣고 자리를 떠도 상관이 없었다. 그런데 그 청년의 얼굴이 너무 잘생기고 아름다워서 그를 내버려 두고 떠나는 것은 그 아름다움에 대한 결례가 아닌가 싶었고, 또한 더위와 권태로 찌든 그의 얼굴을 보니 갑자기 슬픈 감정이 북받쳤다. 나는 친절하게 그의 돈을 돌려주었다. 그는 좀 의아해했지만 돈을 받았고, 내게 짧게 고마움을 표시했다.

"안녕, 페페!" 곱슬머리에다 구릿빛 얼굴의 절름발이 친구가 지나가며 그에게 한마디 던졌다.

"페페라고……." 나는 혼자 중얼거렸다. 그의 이름은 페페였다. 그러나 나는 그곳을 떠났다. 그의 손이 작고 섬세하며 거의 여자 손 같다는 것을 알아차렸기 때문이다. 그곳을 떠났대 봤자 나는 도둑들과 창녀들, 거지들과 남색가들 패거리에서 겨우 몇 발자국 자리를 옮겼을 뿐이었다. 잠시 후 누군가 내 어깨를 건드렸다. 페페였다. 그는 방금 노름을 포기한 터였다. 그는 내게 스페인어로 말을 걸었다.

"내 이름은 페페야." 그가 손을 내밀었다.

"난, 주앙."

"가자. 어디 가서 한잔 할까."

키는 나보다 크지 않았다. 얼굴은 일전에 그가 웅크리고 앉아 있을 때보다는 덜 일그러져 보였다. 얼굴의 윤곽이 섬세했다. 나는 그의 가냘픈 손을 떠올리며 생각했다.

'여자구나.'

그를 데리고 가는 것은 권태로운 일인 것 같았다. 그는 방금 내가 딴 돈으로 한잔할 생각이었다. 우리는 술집을 전전하며 하루 종일 함께 있었다. 그가 점점 매력적으로 보였다. 그는 속옷을 입지 않았고, 'V' 자 모양으로 파인 푸른색 셔츠를 입고 있었다. 머리 크기만 한 굵고 견고한 목이 셔츠의 열린 부분 사이로 보였다. 상체를 가만히 둔 채 그가 고개를 돌리자 목 언저리의 근육이 불거져 나왔다. 나는 애써 그의 몸을 상상하기 시작했다. 무척이나 여린 손에 비해, 넓적다리는 바지의 얇은 천을 비집고 나올 정도로 꽉 차서 팽팽해 보였다. 갑자기 그가 강건한 남자일지도 모른다는 생각이 들었다. 날씨가 더웠다. 비바람은 더 이상 몰아치지 않았다. 옆에서 노름꾼들의 신경질이 점점 거세졌다. 매춘부들의 표정은 더욱 어두워졌다. 태양이 우리를 먼지 속에 짓누르고 있었다. 우리는 술은 거의 마시지 않고 레몬주스만 홀짝였다. 우리는 떠돌이 노점상인들 옆에서 은어를 주고받았다. 그는 다소 무기력하게 보였지만 언제나 웃고 있었다. 그는 너그러워 보였다. 소녀 같은 그의 얼굴을 내가 좋아하고 있다는 걸 그가 짐작이나 하고 있을까? 하지만 그는 전혀 내색하지 않았다. 물론 나도 다소 음울한 표정으로 그와 같은 태도를 취하고 있었다. 마치 잘 차려입고 산책하는 사람 앞에서 무슨 짓이라도 할 것처럼. 나는 그와 마찬가지로, 젊고 불결한 때 투성이의 프랑스인이었다. 저녁 무렵이 되자 그는 다시 노름을 하고 싶어 했지만, 노름판은 이미 끼어들 수 없을 정도로 만원이었다. 우리는 노름꾼들 사이로 조금 더 걸었다. 페페는 창녀들 곁으로 살짝 스쳐 가면서 그녀들을 놀렸다. 이따금 창녀들을 꼬집기도 했다. 날씨는 더욱 무더워졌다.

하늘이 땅바닥에 거의 닿을락 말락했다. 도박꾼들은 신경이 날카로워져서 안절부절못했다. 페페는 노름판에 끼지 못한 것이 참을 수 없는 모양이었다. 그는 주머니 속의 동전을 만지작거렸다. 갑자기 그가 내 팔을 낚아챘다.

"가자."

그는 파라렐로 거리 부근에 단 하나뿐인 공중변소로 나를 데리고 갔다. 노파가 지키고 있었다. 나는 그의 갑작스러운 결정에 놀라 물었다.

"도대체 뭘 하려고?"

"좀 기다려."

"왜 그러는데?"

그는 알아들을 수 없는 스페인어로 한마디했다. 그에게 무슨 말인지 모르겠다고 했더니 그는 박장대소하면서 화장실 안쪽에서 동전을 구걸하고 있는 노파에게 다가갔다. 그는 그녀 앞에서 자기의 페니스를 만지며 수음하는 자세를 취했다. 그는 약간 홍조를 띤 얼굴이 되어 밖으로 나왔다. 그는 여전히 웃고 있었다.

"이제 됐어. 난 준비가 됐다고."

그래서 나는 한 가지 사실을 알게 되었다. 노름꾼들이 긴박하고 중요한 순간에 마음의 평정을 유지하기 위해 취하는 방법이 무엇인지를. 우리는 공터로 되돌아왔다. 페페는 한 패거리를 골랐다. 그는 돈을 잃었다. 남은 돈도 모두 잃고 말았다. 그를 말리려 했지만 이제 너무 늦었다. 그곳의 관례대로 그는 패를 잡고 있는 사내에게 다음 판에 걸 돈을 판돈에서 꿔 달라고 요구했다. 사내는 거절했다.

그러자 유통기한 지난 우유가 상해서 시어지듯, 떠돌이의 부드러움은 사나운 분노로 변해 버렸다. 나는 당황하여 넋이 나갈 지경이었다. 그는 갑자기 물주의 돈을 낚아챘다. 사내는 벌떡 일어나 그에게 발길질을 하려고 했다. 페페는 교묘하게 발길질을 피하며 내게 돈을 내밀었다. 내가 그 돈을 받아 주머니에 넣기도 전에 그는 단도를 꺼내 들었다. 그는 그 칼로 스페인 녀석의 가슴을 찔렀다. 햇볕에 그을려 검게 탄 커다란 덩치가 땅바닥에 쓰러졌다. 거무스름한 얼굴이 하얗게 변했고, 끝내 경련을 일으키더니 먼지 구덩이에 처박혀 숨을 거두었다. 나는 생전 처음으로 누군가가 죽는 것을 보았다. 페페는 사라져 버렸다. 내가 죽은 자에게서 시선을 떼고 다시 고개를 돌렸을 때, 가벼운 미소를 지으며 죽은 자를 바라보는 사람이 있었다. 스틸리타노였다. 머지않아 해가 질 것이다. 선원, 군인, 건달, 세상의 온갖 도둑 등, 그 무리 중에서 죽은 자와 가장 아름다운 자가 황금빛 먼지 속에 뒤섞여 있는 듯했다. 지구는 돌지 않았다. 즉, 태양 주위에서 스틸리타노를 떠안고 있는 지구는 떨고 있었다. 나는 죽음과 사랑을 동시에 체험했다. 그러나 이러한 광경은 오래 지속되지 않았다. 누군가가 페페와 함께 있는 나를 보지 않았을까 하는 두려움, 죽은 자의 친구들이 내 주머니에 있는 돈을 빼앗지 않을까 하는 두려움으로 그곳에 계속 머물 수는 없었다. 그러나 그곳을 떠나면서 내 기억은 숭고해 보였던 그 장면을 계속해서 떠올렸다. 그러면서 그 장면에 이런저런 의미를 붙였다. '매혹적인 한 소년에 의해 성인 남자가 살해되었다는 것, 햇볕에 그을려 검게 탄 얼굴도 죽고 나면 창백해지거나 죽음의 색을 띨 수 있다는 것, 그리고 방금 나와 은밀하게 약혼하기로 한 그 덩치 큰 금발의 사나이 덕분에 아이러니하게도 그 사건을 모두 지켜볼 수 있었다는 것' 말이다. 나는 스틸리타노를 한 번 슬쩍 보는 것만으로도 그의 멋진 근육질 몸을 알아볼 수 있었다. 또 그의 반쯤 열린 하얗고 짙은 가래침도 보았다. 마치 입속에서 하얀 누에가 기어 다니는 것 같았다. 그는 불결하게도 가래침을 가지고 장난을 쳤는데, 입이 가려질 때까지 입술 사이에서 그것을 위아래로 늘이곤 했다. 그는 그 먼지 구덩이에 맨발로 서 있었다. 그의 두 다리는 낡고 찢어지고 빛바랜 청바지 속에 갇혀 있었다. 그는 녹색 셔츠 양쪽 소매를 걷어 올리고 있었는데, 그중 한쪽 소매는 손목 부분이 찢어져 있어 가벼워 보였다. 찢어진 사이로 피부를 꿰맨 흔적이 드러나 보였는데, 상처는 아직도 부드럽고 창백한 장밋빛이었다.

* * *

스틸리타노가 웃으면서 나를 놀렸다.

"나를 바보로 보는 거야?"

"좀 그런 것 같아……." 그가 말했다.

"그럼 날 좀 이용해 보시지."

그는 다시 눈을 부라리며 웃었다.

"왜?"

"넌 네가 멋진 사내라는 걸 알고 있어. 그래서 모든 사람을 무시해도 괜찮다고 생각하고 있지!"

"나에겐 그럴 만한 권리가 있어. 하지만 난 마음이 따뜻하다고."

"정말이야?" 그는 웃음을 터뜨렸다.

"그럼, 정말이지. 속일 필요가 없지. 내가 너무 착해서 가끔 사람들이 귀찮게 달라붙었던 거야. 그들에게서 벗어나려면 비열한 짓을 해야만 했다니까."

"그래서 무슨 짓을 했는데?"

"알고 싶어? 기다려. 너도 내 행동을 주시하게 될 테니까. 이해할 때가 올 거야. 근데 넌 어디서 자?"

"여기서."

"여기는 안 돼! 경찰관들이 수색하고 있어. 맨 먼저 여기로 올 거야. 나랑 같이 가자!"

나는 호텔로 돌아가 살바도르에게 그날 밤은 호텔에 있을 수 없으며 외인부대 출신의 옛 친구가 내게 방을 마련해 줄 것이라고 말했다. 내 말에 그의 얼굴은 창백해졌다. 고통스럽고 비참한 그의 표정이 나를 부끄럽게 만들었다. 나는 후회 없이 그를 떠나기 위해 그에게 모욕을 주었다. 그가 나를 헌신적으로 좋아하고 있다는 것을 알고 있었기 때문에 그렇게 할 수밖에 없었다. 그의 유감의 눈빛에는 처참할 정도의 증오심과 당혹감이 담겨 있었다. 난 그의 시선에 "넌 남색가야."라는 말로 응수했다. 나는 밖에서 기다리던 스틸리타노와 재회했다. 그가 묵고 있는 호텔은 그 지역에서 가장 어둡고 막다른 골목에 있었다. 그는 며칠 전부터 그곳에 눌어붙어 있었다. 길 쪽의 복도를 통해 방으로 이어지는 계단이 있었다. 그는 방을 향해 가면서 말했다.

"우리 함께 살까?"

"원한다면."

"네가 옳았어. 우린 이제 곤경에서 벗어날 수 있을 거야."

복도와 연결된 문 앞에서 그가 다시 말했다.

"성냥갑 좀 줘."

우리는 벌써 성냥갑을 공유하기 시작한 것이다.

"속이 비었는걸." 내가 말했다.

그는 굳게 결심한 듯했다. 스틸리타노가 오른손으로 나의 어깨를 감쌌고, 난 그의 손을 잡았다.

"나를 따라와. 그리고 조용히 해. 계단이 삐걱거려서 시끄럽거든." 그가 말했다.

그는 한 걸음씩 천천히 나를 인도했다. 나는 우리가 어디로 가고 있는지 도무지 알 수 없었다. 놀라울 정도로 유연한 어떤 운동선수가 밤새 나를 데리고 다녔다. 안티고네보다 더 고대적이고 더 그리스적인 어떤 여인이 나를 험하고 어두운 골고다 언덕으로 오르게 했던 것이다. 나는 안심하고 손을 맡겼다. 그러나 가끔씩 바위나 나무뿌리에 부딪치고 발을 헛디딜 때마다 부끄러움을 느꼈다.

그날 밤 스틸리타노가 내 손을 잡았을 때, 비극적인 하늘 아래로 세상에서 가장 아름다운 풍경들이 스쳐 지나갔다. 이 녀석으로부터 내게 전해 오는, 이 보이지 않는 힘의 정체는 무엇일까? 그 힘이 내게 정신적 안정감을 주는 것은 왜일까? 나는 음울한 들판을 빠져나와 물소리를 들으며 위험한 강가를 걸었다. 내 몸에 그의 살갗이 닿자마자 계단은 변하기 시작했다. 그는 그 세계의 지배자였다. 그 짧은 순간에 대한 추억들 덕분에 나는 당신들에게 내가 결코 갈 수 없었을 여러 나라를 떠돌아다닌 일, 숨 가쁘게 도주한 일, 추격한 일 등에 대해 설명할 수 있을 것 같다.

그는 나를 납치해서 어딘가로 이끌었다.

'그는 내가 끌려가고 있다는 걸 알고 있을까?' 나는 생각했다.

하지만 그는 친절하고 참을성 있게 나를 도와주었다. 그날 저녁 그가 내게 요구한 침묵과 우리의 첫날밤을 둘러싼 은밀함 때문에 나는 한순간 그가 나를 사랑하고 있다고 믿었다. 그 호텔은 바리오치노 거리의 다른 호텔들보다 더 나쁘지도 더 좋지도 않아 보였다. 그러나 그 호텔에서 풍기는 고약한 냄새는 영원히 기억될 것이다. 그것은 바로 사랑의 냄새일 뿐 아니라 애정과 신뢰의 냄새이기도 했다. 스틸리타노의 냄새, 그의 겨드랑이 냄새, 그의 입 냄새 등. 나의 후각이 그 냄새들을 잘 기억하고 있다면, 그리고 내가 어떤 불안정한 현실에 의해 불현듯 그 냄새들을 다시 떠올린다면, 나는 그 냄새들에 미쳐서 극도로 대담해질 것이다.

(나는 어떤 젊은 녀석과 이따금씩 만났다. 그리고 어느 날 밤은 그 녀석의 방까지 함께 갔다. 주변의 건달들이 뒷골목 호텔에 묵고 있었기 때문에 그 녀석은 계단 아래쪽에서 내 손을 잡아 주었다. 그 녀석은 스틸리타노와 같은 솜씨로 나를 이끌었다.)

"조심해!"

그는 지나칠 정도로 부드럽게 속삭였다. 팔의 위치 때문에 나는 그의 몸에 거의 달라붙다시피 했다. 순간 그의 엉덩이의 움직임이 느껴졌다. 그를 존중하며 나는 약간 거리를 두었다. 우리는 그 호텔에 묵고 있는 창녀들과 기둥서방들, 도둑들, 거지들이 각자 잠을 잘 수 있도록 부실한 칸막이가 오밀조밀하게 세워져 있는 방으로 올라갔다. 나는 아버지가 조심스럽게 이끄는 대로 따라다니는 어린아이였다.(그런데 오늘은 내가 아버지였다. 자기의 아이가 사랑으로 이끄는 대로 따라다니는 아버지.)

나는 네 번째 층계참에서 작고 보잘것없는 그의 방으로 들어갔다. 가쁜 숨을 몰아쉬다 보니 호흡의 리듬이 엉망이었다. 나는 사랑하고 있었다. 그 후, 파라렐로 거리의 술집에서 스틸리타노는 나를 자기 패거리에게 소개했다. 그들 중 어느 누구도 내가 남자를 사랑하는 인간이라는 것을 알아채지 못한 듯했다. 그 정도로 바리오치노 거리에는 게이가 많았다. 그와 나, 우리는 생활에 필요한 것을 얻기 위해 그다지 위험하지 않은 몇 가지 일들을 해치웠다. 나는 그와 숙식을 함께하면서 그의 침대를 사용했다. 그런데 그 덩치 큰 녀석이 성적 수치심은 얼마나 컸던지, 나는 한 번도 완전히 벗은 그의 몸을 본 적이 없었다. 아주 단단한 육체에서 내가 원했던 것을 얻었기 때문에, 내게 있어 스틸리타노는 여전히 매력적이고 강한 지배자였다. 그러나 스틸리타노의 매력과 힘이 원기 왕성한 나의 성적 욕구를 모두 채워 주었던 것은 아니다. 그러니까 내가 병사나 뱃

사람, 모험가, 도둑, 범죄자 들을 향해 느끼는 성욕을 만족시켜 줄 수는 없었다. 다가갈 수 없는 존재로 남아 있기 때문에 그는 지금 내가 열거한, 나를 성적으로 압도하는 사람들의 근본적인 상징이 되었다. 그러므로 나는 순결했다. 때때로 그는 가혹하게도 자기 바지의 단추를 채워 달라고 요구하기도 했는데, 그럴 때마다 나는 손이 떨렸다. 그는 아무것도 안 보는 척하면서 슬그머니 나를 보며 즐겼다.(내 손의 특징과 그 떨림의 의미에 대해서는 나중에 이야기할 것이다. 인도 사람들은 성스러운 사람이나 물건, 혹은 아주 불결한 사람이나 물건은 건드릴 수 없는 것이라고 말한다. 모두 그럴 만한 이유가 있기 때문이다.) 스틸리타노는 자기 명령대로 움직이는 나를 소유했다는 것에 즐거워했다. 그는 친구들에게 나를 마치 자신의 오른팔인 양 소개했다. 그건 그의 오른팔이 잘렸기 때문이기도 했다. 사실 나는 그의 오른팔이 될 수 있는 것이 기뻤고, 그의 사지에서 가장 강력한 부분을 대신하는 오른팔이 되었음을 확신했다. 그는 카르멘 거리의 창녀들 가운데 몇 명을 애인으로 거느리고 있었지만, 나는 그 사실을 몰랐다. 그는 기둥서방들을 지나칠 정도로 멸시했다. 우리는 그렇게 며칠을 살았다.

크리올라 거리에 있던 어느 날 저녁, 창녀 한 명이 나에게 떠나라고 했다. 세관원이 왔다는 것이다. 그는 나를 찾고 있었다. 내가 안심시켜 놓고 물건을 강탈했던 바로 그 세관원인지도 몰랐다. 나는 서둘러 호텔로 돌아왔다. 스틸리타노에게 자초지종을 이야기했더니, 자기가 알아서 문제를 해결해 주겠다고 말하고는 밖으로 나갔다.

나는 1910년 12월 19일 파리에서 태어났다. 나는 빈민 구제소에서 후견하는 미성년 고아였기 때문에 호적에 기록된 사항 외에는 나에 대한 다른 사실을 알아내기 어려웠다. 나는 스물한 살이 되어서야 비로소 출생증명서를 취득했다. 어머니의 이름은 가브리엘 주네였고, 아버지의 이름은 빈칸으로 남아 있었다. 내 출생지는 아사스 거리 22번지였다.

'아사스 거리로 가 보면 내 출생에 관한 정보를 몇 가지 알 수 있을 지도 몰라.' 그 22번지에는 자선단체가 운영하는 조산원이 들어서 있었다. 사람들은 내게 출생에 관한 사실을 알려 주지 않으려고 했다. 나를 길러 준 것은 프랑스 중부 모르방 산맥의 농부들이었다. 들판에서, 특히 황혼 무렵 질 드 레가 살았던 티포주의 폐허에 다녀올 즈음 금작화 꽃들을 보기라도 하면, 나는 깊은 연민을 느꼈다. 나는 그 꽃들을 사랑의 마음으로 극진하게 들여다보곤 했다. 내 마음의 동요는 자연의 모든 것으로부터 자극을 받아 생긴다. 나는 이 세상에서 유일한 존재였다. 내가 왕이 아니라고 단언할 수도 없다. 아마도 나는 그 꽃들 속의 요정일지도 모른다. 내가 곁을 지나갈 때 그 꽃들은, 비록 고개를 숙이지는 않지만, 나를 알아보고 경의를 표했다. 그 꽃들은 내가 살아 있으며 민첩하게 움직이는 그들의 대표라는 것, 그리고 바람의 정복자라는 것도 알고 있었다. 그 꽃들은 자연의 상징물이지만, 나는 질 드 레에 의해 찔리고 학살되고 불태워진 아이들과 청년들의 뼛가루를 마시고 자란 꽃들의 후손, 프랑스 땅에 뿌리를 내린 후손이다.

내가 바세르의 범죄 사건에 가담하게 된 것은 어쩌면 세벤 산맥의 가시 많은 그 식물 때문일 것이다.* 나의 이름을 가지고 있는 그 식물에 의해 세상의 모든 식물이 친밀하게 느껴졌다.** 나는 측은한 감정 없이 그 꽃들을 모두 관찰할 수 있었다. 그 꽃들은 내 가족이기 때문이다. 내가 그 꽃들로부터 열등한 영역으로 분류되어 그들과 합류한다면(나는 늪에 서식하는 교목종(喬木種)의 고사리나 해초류에 합류하고 싶다.) 나는 다시 인간들과 멀어질 것이다.***

우라노스 별에서는 대기가 너무 무거워 고사리가 땅바닥에 붙어서 자랄 것이다. 짐승들 역시 가스의 무게에 짓눌려 몸을 끌고 다닐 것이다. 나 역시 언제나 배로 땅바닥을 기어 다니는 천한 짐승들의 무리에 합류하고 싶다. 윤회라는 것이 내게 새로운 거처를 허용한다면 나는 그 저주받은 별을 선택할 것이다. 아울러 그 별에서 나와 같은 종족인 죄수들과 살 것이다. 나는 그 무시무시한 파충류들 가운데 살면서 나뭇잎들이 검게 변하는 암흑과 질펀하고 차가운 늪 속에서 영원히 비참한 죽음을 추구할 것이다. 나는 수면을 취할 수 없을 것이다. 그와 반대로 언제나 더욱 명철한 상태에서, 웃고 있는 악어들의 음탕한 우애를 발견할 것이다.

나는 정확한 어느 순간에 도둑이 될 결심을 한 것은 아

---

* 나를 만난 그날, 장 콕토는 나보고 "스페인 금작화"라고 했다. 그는 그의 나라가 나를 만들었다는 사실을 모르고 있었다.

** 금작화(genêt)와 주네(Genet)는 프랑스어로 같은 이름이다—옮긴이.

*** 식물학자들은 여러 종류의 금작화를 알고 있을 것이다. 그들은 날개 달린 금작화라고 불렀다.

니었다. 나는 게으름과 몽상벽 때문에 메트레에 있는 어느 교도소로 가게 되었고, 거기서 '스물한 살'이 될 때까지 살았다. 그리고 그곳을 탈출하여 군 입대 지원 수당을 받기 위해 5년 동안 전투에 참가했다. 하지만 그곳에서도 며칠 견디지 못하고 흑인 장교들의 가방을 훔쳐 도망쳤다.

나는 한동안 도둑질을 하며 살았지만, 나의 데면데면한 성격에는 그것보다 매춘이 더 잘 어울렸다. 당시 내 나이 스물한 살이었다. 나는 스페인에서 그런 식으로 군대를 경험했다. 제복이 주는 위엄, 군대가 강요하는 세상과의 고립, 그리고 병사로서의 직업, 그 자체가 나에게 얼마간의 평화를 가져다주었다. 비록 군대는 사회의 한 구석에 불과했지만, 어쨌든 내게 자신감을 불어넣어 주었다. 당연히 어린 시절처럼 상황은 어려웠고, 나로서는 몇 달 동안 온순히 지낼 수밖에 없었다. 더구나 남자들로부터 환대받는 즐거움까지 경험했으니 말이다. 스페인에서의 비참한 생활은 퇴폐적 삶으로의 악화, 치욕스러운 추락이었다. 나는 타락했다. 그것은 군대에서 단순한 병사에 불과했던 내가 엄격한 계급의 명령에만 따라야 했기 때문이 아니라 미래에 모습을 드러낼 비밀스러운 작업이 내 머릿속에서 이루어지고 있었기 때문이었다. 계급사회에서 동성애는 비난받기에 충분했다. 내가 그 음흉한 자들을 찬양하고 사랑하는 것은 내가 갈망하는 도덕적인 고독 때문일 것이다. 고독에 대한 취향은 나의 자부심의 표시이며, 자부심은 나의 힘에 대한 선언이자, 그 힘의 사용법, 그 힘의 증명이기도 하다. 왜냐하면 나는 스스로 세상과 맺고 있는 견고한 관계들, 즉 사랑의 관계들을 깨뜨려 버렸기 때문이다. 나로서는 그 사랑을 파괴하기 위해 충분히 활력을 불어넣어야 할 어떤 사랑도 필요하지 않았다. 내가 처음으로(적어도 나는 그렇게 생각한다.) 물건을 도난당해서 절망하는 자를 본 것은 군대 시절이었다. 병사들의 물건을 훔치는 것, 그것은 배반 행위였다. 나와 물건을 도둑맞은 병사가 맺고 있는 사랑의 관계를 단절시키기 때문이다.

플로스트네르는 잘생기고, 힘이 세고, 믿음직했다. 그는 짐 가방을 챙기려고 침대 위로 올라갔다. 그는 방금 전 내가 훔친 100프랑짜리 지폐를 찾으려고 짐 가방을 뒤적거리고 있었다. 그런 그의 태도는 어릿광대처럼 보였다. 그는 자기가 뭔가 잘못 생각한 게 아닌가 하고 멈칫했다. 그러더니 그는 전혀 다른 엉뚱한 곳을 뒤지고 있었다. 이를테면 자기가 방금 먹어치운 도시락, 브러시 가방, 기름통을 뒤적거렸다. 그가 말했다.

"아니, 내가 미쳤나 봐. 돈을 여기에 넣어 둔 게 아니었나?"

그가 미쳤는지는 알 수 없다. 그는 여기저기 뒤져 보아도 아무것도 찾지 못했다. 그는 이 분명한 사실을 받아들이고 싶어 하지 않았지만 이내 체념하고 말았다. 그는 잠시 침대에 벌렁 누웠다가 다시 일어나서 이미 뒤져 본 곳을 또 확인했다. 나는 그 순간, 자신의 근육과 엉덩이에 만족하며 확신에 차 있던 강한 사내의 자신감이 무너지는 것을 보았다. 나는 지금껏 풀 죽은 적이 없던 그가 기가 꺾여 완전히 유순해져서, 자신의 투박한 성격을 스스로 으깨어 날려 버리는 모습을 보았던 것이다. 아무튼, 나는 그의 말 없는 변화를 유심히 지켜보았다. 나는 모르는 척했다. 그렇지만 자신을 믿는 듯한 그 젊은 병사는 매우 무지하고 측은해 보였다. 그의 두려움, 도무지 알 수 없는 악의적 행동(정당하게 그를 희생자로 만들어 버릴까 하는 사악한 생각이 처음으로 들었기 때문이다.)에 놀라는 모습, 그의 수치심 등을 보고 동정심이 일어 하마터면 훔친 돈을 되돌려줄 뻔했다. 나는 그 100프랑짜리 지폐를 그야말로 꼬깃꼬깃 접어서 건조기 옆 막사의 갈라진 벽 틈에 감추어 두었다. 도둑맞은 사람의 얼굴은 보기 흉하다. 그 얼굴을 둘러싸고 있는 표정들은 도둑에게 오만한 고독을 준다. 나는 감히 퉁명스럽게 말하고 싶어졌다.

"넌 정말 웃기는 새끼야! 배 아픈 것 같은데, 가서 똥이나 싸라."

이렇게 군소리를 퍼부으며 나는 나 자신을 구했다.

나는 묘한 행복감에 빠졌다. 일종의 해방감에 마음이 가벼워졌고 침대 위에 누운 몸이 묘하게 떨려 왔다. 그것은 배반 행위였을까? 나는 방금 불순한 동료애에서 과감하게 벗어났다. 다정다감한 내 성격이 나를 몰고 갔던 그 동료애 말이다. 나는 내가 그런 감정에 그렇게 큰 영향을 받는다는 사실에 무척 놀랐다. 나는 막 군대와 결별을 했고, 우정을 깼다.

「여인과 일각수」*라는 제목의 태피스트리를 보자 마음에

* 파리 클뤼니 박물관에 있는 태피스트리 작품으로 유명하다 — 옮긴이.

동요가 일었다. 여기에 그 이유를 다 열거할 수는 없다. 나는 어느 여름날 정오, 체코슬로바키아에서 폴란드로 넘어가는 국경을 통과하고 있었다. 황금빛의 잘 익은 호밀밭을 가로지르는 지평선이 이상적으로 보였다. 그 호밀밭의 황금빛은 폴란드 청년들의 머리색과 유사했다. 호밀밭에서는 폴란드산 버터 냄새처럼 감미로운 향내가 풍겨 나왔다. 나는 폴란드가 역사적으로 언제나 상처받고 곤경에 처해 왔음을 세계사를 통해 잘 알고 있었다. 나는 나처럼 체코 경찰관으로부터 추방당한 한 청년과 잠시 함께 있었는데, 그는 어느새 보이지 않았다. 아마 숲 속에서 길을 잃었거나 나와 함께 있기 싫어서 어디론가 떠났을 것이다. 그는 사라져 버렸다. 그 호밀밭은 숲을 사이에 두고 폴란드와 경계를 이루었고, 숲의 가장자리에는 자작나무들이 꼿꼿이 서 있었다. 건너편 숲은 체코의 한쪽 끝을 향해 있었으며 전나무들이 울창했다. 오랫동안 나는 숲의 한쪽에 웅크리고 있었다. 그리고 그 들판에 무엇이 숨겨져 있는지, 내가 호밀밭을 가로지른다면 세관원들로부터 나를 숨길 수 있을지 생각하며 주의를 기울이고 있었다. 눈에 띄지는 않았지만, 산토끼들이 들판을 이리저리 뛰어다니고 있었다. 불안감이 엄습해 왔다. 정오의 맑고 투명한 하늘 아래 모든 자연이 수수께끼처럼 보였고, 나를 위해 우아하고 아름다운 풍경을 펼쳐 준 것 같았다. 불현듯 이런 생각이 스쳤다.

'만약 무슨 일이 일어난다면 그건 일각수가 나타나는 일일 것이다. 이 순간, 이 장소에서 생길 수 있는 것은 일각수뿐일 테니까.'

국경을 통과할 때마다 느끼는 두려움과 어떤 묘한 감정이 강렬하게 내리쬐는 정오의 태양 아래서 나에게 첫 번째 환상을 심어 주었다. 나는 물속에 뛰어드는 심정으로 그 채색된 바다, 그 위험한 장소로 용감하게 돌진했다. 나는 서서 헤엄을 치며 호밀밭을 가로질렀다. 자연의 무늬들, 즉 창공, 황금빛 들판, 태양, 숲이라는 자연의 무늬들이 우리 조상이 만든 문장(紋章)의 존재라고 확신하면서 천천히 그리고 당당히 앞으로 나아갔다. 내가 자리 잡고 있는 판화 속에는 폴란드의 이미지가 뒤섞여 있었다.

"이 백주에 하늘 어딘가에는 눈에 띄진 않지만 흰 독수리가 떠돌아다니고 있겠지."

나는 자작나무 숲에 이르렀다. 거기부터는 이미 폴란드 영토였다. 나는 이제 다른 종류의 매혹에 사로잡힐 것만 같았다. '여인과 일각수'는 정오에 국경을 통과한 것에 대한 나의 오만한 표현이다. 나는 조금 전 한낮의 기이함을 던져 주는 자연의 신비 앞에서 불안감을 느꼈다. 특히 밤에 길을 잃고 헤맸던 프랑스 시골 마을에서, 목동들을 살해한 바세르의 유령이 옮겨 온 듯했다. 그때 마을을 돌아다니다가 마음속으로 아코디언 가락을 듣곤 했다. 그 유령은 마음속에서 아코디언을 연주했다. 비록 마음속의 일로 그쳤지만 나는 미지의 아이들을 그 살인자의 손아귀에 제공할 생각을 했다. 나는 방금 자연을 보며 불안감이 들었던 때에 관해서 이야기했다. 즉 내가 마음속으로 두려워하면서도 매혹되었던 죄수의 상황이나 사건, 혹은 전설적인 목신의 자발적인 창조를 환기시키면서 말이다.*

국경을 통과하면서 느낀 감정 덕분에 나는 들어가려는 나라에 대한 본질을 파악할 수 있었다. 그것은 어떤 한 나라에 들어간다기보다 오히려 어떤 한 이미지 속으로 들어가는 느낌이었다. 당연히 나는 그 이미지를 간직하고 싶었고 거기에 영향을 끼치고 싶었다. 군대라는 조직은 그 이미지를 가장 그럴듯하게 가지고 있어서, 나는 무엇보다도 그런 군대가 변화하기를 열망했다. 이방인에게는 스파이 행위 외에 다른 방법이 없다. 아마 거기에 배신 행위를 통해 조직이 보존하길 바라는 근본적 특성인 충성심을 더럽히고 싶다는 생각이 뒤섞여 있었을 것이다. 어쩌면 나는 조국으로부터 더 멀리 떠나고 싶었는지도 모른다.(지금 나의 이러한 설명은 머릿속에 자연스럽게 떠오르는 생각이며, 내게 진정 가치 있는 것들이다. 사람들은 이 설명이 오직 내 경우에만 해당된다고 생각할 것이다.) 어쨌든 내가 말하고 싶은 것은 몽상적 세계에 쉽게 빠지는 나의 천성(강력한 힘을 가진 대자연과 마주하면서 받은 감동으로 나의 마음은 다시 울렁거리고 있었기 때문이다.)으로 인해, 나는 그 경우 도덕적 규율에 따라 행동하는 것이 아니라 어떤 공상적 미학의 법칙에 따라 행동할 준비가 되어 있는 것이다. 이 공상적 미학은 불안정하고 눈에 보이지 않는 인물, 그러나 대단히 힘센 인물을 스파이로 만들었다. 또 어떤 경우 그러한 의도를 갖는다는 것은, 이웃 나라로부터 추방당하는 경우가 아니라면, 그 어떤 이

* 시의 형식을 보고 나 자신이 놀랐던 나의 첫 번째 시구는 '숨이 끊어진, 수확하는 사람'으로 되어 있었다. 내가 앞에서 썼던 이 시구가 이 생각을 떠오르게 했다.

유로도 나를 떠나라고 강요하지 않는 나라에 입국하도록 실제적인 근거를 제공해 주었다.

내가 스파이 행위에 대해 말하는 것은 바로 자연 앞에서의 내 감정을 의미한다. 하지만 스틸리타노에게 버림받았을 때, 나는 그것을 위안으로 삼았다. 게다가 당신들이 살고 있는 땅에 뿌리를 내리기 위한 것이라는 생각마저 들었다. 바로 그 땅에서, 고독과 괴로움 때문에 나는 걷지 않고 날아다녔던 것이다. 나는 너무 가난했기 때문이다. 너무 빈곤했고, 너무 도둑질을 많이 해서 사람들이 비난하는 바람에 아무도 모르게 숨을 죽이고 발끝으로 방을 빠져나올 때, 나는 아직도 커튼이나 벽걸이 천의 고리를 몸에 걸치고 나가지나 않을까 두려워했을 정도였다. 나는 스틸리타노가 얼마만큼 군사기밀에 정통한지, 그가 외인부대의 연대장 사무실에서 어떤 정보를 캐낼 수 있는지 알지 못한다. 하지만 그는 자신을 스파이라고 생각했다. 우리가 그에게서 끌어 올 방책도, 작전에 따르는 위험도 더 이상 나에게는 아무런 매력이 되지 못했다. 오직 배반에 관한 생각만이 이미 그러한 힘을 가지고 있었다. 그 힘은 점점 더 나를 압박해 들어왔다.

"그걸 어디다 팔려고?"

"독일."

그러나 그는 잠시 골똘히 생각하더니 결심한 듯 말했다.

"이탈리아."

"그건 그렇고 넌 세르비아 사람이잖아. 그들은 네 적이야!"

"그게 뭐 어때서?"

우리가 모험을 끝까지 해냈다면 나는 그 모험 덕분에 어느 정도 천박한 짓에서 벗어날 수 있었을 것이다. 스파이 행위는 수치스러운 짓이다. 모든 나라가 스파이 행위를 하고 있는데, 그것은 부끄러운 수법이다. 그런데도 그들은 그 수치스러운 행위를 고상하게 여긴다. 우리는 바로 그 고상함의 혜택을 누리고 있었다. 우리의 경우, 배반이 문제라는 것을 제외하고 말이다. 나중에 내가 이탈리아에서 체포되었을 때, 장교들은 우리 쪽 국경 경비에 대해 심문을 했고, 나는 내 증언을 정당화할 수 있는 논리를 터득했다. 실제로 나는 스틸리타노의 지원을 받았다. 나는 단지 비밀을 폭로했다는 것 하나로 무시무시한 재난을 일으키는 범죄자가 되고 싶었다. 스틸리타노는 조국을 배신할 수 있었다. 나 역시 마찬가지였다. 스틸리타노와의 사랑을 위해서라면 내 조국도 배반할 수 있었다. 내가 자바에 대해 말한다면, 당신들은 그가 스틸리타노와 성격도 비슷하고 얼굴 생김새도 비슷하다는 사실을 알게 될 것이다. 스틸리타노와 자바, 그 둘은 삼각형의 양끝이 하늘에 있는 시차(視差)에서 합류하는 것처럼, 영원히 사라진 별인 마르크 오베르*를 향해 가고 있었다.

비록 그 세관원에게서 훔친 푸른색 외투가 이미 나에게 법과 무법이 한데 뒤섞인 상태(그중 하나가 다른 하나를 감추면서 서로 반대편의 미덕에 대한 향수를 어느 정도 느끼며 뒤섞여 있는 상태)로 결론이 난 듯한 예감을 주기는 했지만, 스틸리타노에게 그것은 나보다는 덜 정신적이며 덜 미묘하게, 그러나 일상적 삶 속에서 더욱 깊이 추구하고 더욱 훌륭하게 이용되는 모험을 가능하게 하는 듯했다. 그것은 또한 배반의 문제가 아닐 것이다. 스틸리타노는 매우 강한 사나이였다. 그는 매우 이기적이어서 경계를 명확히 하곤 했다.(스틸리타노는 내게 하나의 거대한 힘이었다.)

그는 그날 밤 늦게 들어와서는 모든 문제가 해결되었다고 말했다. 자기가 그 세관원을 만나고 왔다는 것이다.

"이제 그 녀석이 널 건드리지 않을 거야! 다 끝났어. 이제 전처럼 외출해도 돼."

"그건 그렇고 외투는 어떻게 하지?"

"내가 보관하면 돼."

그날 밤에는 비열한 행동과 유혹이 이상하게 뒤섞여 있는 것처럼 느껴져 나는 그 일에 대해 감히 더 이상 물어볼 수 없었다. 나는 당연히 그런 느낌을 용납할 수 없었다.

---

* 마르크 오베르의 얼굴은 1936년경 나와 동행했던 깡패 라스뇌르의 얼굴과 혼동되었다. 《탐정》이라는 주간지를 통해 나는 그가 종신형을 받았다는 사실을 알게 되었다. 당시에 나 역시도 종신형을 받았는데, 몇몇 작가들이 대통령에게 나를 특별사면해 줄 것을 탄원했던 바로 그 시기였다. 법정에 있는 라스뇌르의 사진은 그 주간지의 두 번째 쪽에 실렸다. 기자는 그가 종신형을 선고받은 것에 대해 매우 만족해한다고 냉소적으로 썼다. 그것은 내게 별로 놀라운 일이 아니었다. 그는 파리의 상테 교도소에서 '작은 왕'으로 통했다. 그는 리옹이나 클레보 교도소에서는 우두머리가 될 것이다. 내가 보기에 라스뇌르는 낭트 출신인 것 같았다. 그는 남색가나 동성애자를 상대로 종종 날치기를 했다. 한 동료로부터 전해 들었는데, 그의 피해자들 중 한 사람은 자동차를 몰고 다니며 오랫동안 그를 찾아 파리 시내를 뒤졌다고 한다. '우발사고'를 가장해 그를 자동차로 깔아뭉개려고 했던 것이다. 그것이 바로 비역쟁이 여자의 끔찍한 복수였다.

"자, 빨리!"

그는 옷을 벗고 싶다고 남은 한 손으로 시늉을 했다. 그래서 나는 여느 저녁 때처럼 포도송이를 따려는 듯 무릎을 꿇었다.

그는 바지 안쪽에 인조 포도알들 중 하나를 핀으로 고정시켜 놓고 있었는데, 그 포도알은 속에 솜이 들어 있었고 얇은 천으로 둘러싸여 있었다.(그 포도알은 서양 자두만 했다. 당시 이 나라의 멋쟁이 여자들은 끝이 구부러진 밀짚모자에 그것들을 달고 다녔다.) 크리올라 거리에서 어떤 남색가 녀석은 거기가 부풀어 오를 때마다 고통스러워하며 스틸리타노의 바지 앞쪽의 터진 부분에 손을 갖다 댔다가 소스라치게 놀라곤 했다. 그가 손가락으로 그 포도알들을 건드렸기 때문이었다. 그 물건들은 그의 진정한 보물로 이루어진 포도송이라는 생각이 들었고, 그 가지에는 우스꽝스럽게도 많은 포도알들이 달려 있었다.

크리올라 거리는 남색가들의 작은 소굴이었다. 몇몇 사내 녀석들이 거리에서 치마를 입은 채 춤추고 있었다. 그러나 여자는 아니었다. 창녀들은 기둥서방과 단골손님을 좋아했다. 스틸리타노는 남색가들을 좋아하지 않았지만 거기서 돈을 많이 벌었다. 그는 그들을 무시했다. 그는 포도송이 때문에 그들이 분하게 여기는 것을 즐겼다. 그 장난은 며칠 동안 계속되었다. 그래서 나는 그의 청바지에 안전핀으로 고정해 놓은 포도알을 잡아 뜯었다. 그러나 평소처럼 그걸 벽난로 위에 올려놓지 않고 대신 그에게 미소를 지었다.(그 일이 진행되는 동안 우리는 큰 소리로 웃으며 농담을 주고받았기 때문이다.) 나는 두 손으로 그것을 잡을 수가 없었다. 뺨을 댈 수도 없었다. 나를 내려다보는 스틸리타노의 표정이 험상궂게 변했다.

"내버려 둬! 이 갈보 놈아!"

스틸리타노의 바지 앞 단추를 풀기 위해 웅크리고 앉아 있는데 그가 소리를 질렀다. 그는 평소의 내 열정이 충분하지 않다고 생각했는지 화를 내며 무릎을 꿇으라고 말했다. 그것은 내가 그의 앞에 있을 때면 나도 모르게 마음속으로 취하고 있던 자세였다. 나는 정신적으로 매우 위축되었다. 그래서 더 이상 움직이지 않고 있었다. 스틸리타노는 나를 발로 걷어차고 주먹으로 때렸다. 피할 수도 있었지만 나는 그대로 있었다.

'문에 열쇠가 있지!' 나는 생각했다. 미친 듯이 나를 걷어차고 있는 그의 다리 사이로, 나는 열쇠구멍에 끼워져 있는 열쇠를 보았다. 그리고 날 때리고 있는 이 자와 함께 갇혀 있을 수 있도록 그 열쇠가 두 바퀴만 돌려졌으면 하고 바랐다. 그가 그토록 분노할 만한 이유는 없었다. 그러나 나는 알려고 하지 않았다. 내 정신은 심리적 동기에 별로 집착하지 않았기 때문이다. 스틸리타노는 그날 이후, 포도송이를 달고 다니지 않았다. 나는 아침이 밝아 오면 스틸리타노보다 먼저 방으로 들어가서 그를 기다리곤 했다. 정적 속에서, 유리 대신 누렇게 바랜 신문지를 발라 놓은 창문에서는 떨리는 소리가 신기하게 들렸다.

"그것 참 묘하네!" 나는 혼자 중얼거렸다.

많은 새로운 단어가 머릿속에 떠올랐다. 내 마음속의 침묵과 방 안의 정적 속에서 스틸리타노를 기다리고 있을 때, 그 작은 소리의 의미를 이해하기도 전에 고뇌의 짧은 순간이 스쳐 갔다. 그 때문에 나는 불안해졌다. 누가 혹은 무엇이 그토록 덧없이 불쌍한 사람의 방 안에서 신호를 보내고 있는 걸까?

'아, 저건 스페인어로 인쇄된 신문이지!'

신문이 떨리는 소리를 이해하지 못하는 건 당연하다. 바로 그때 내가 정말로 추방당한 삶을 살고 있다는 느낌이 들었다. 나의 예민한 감성이 나로 하여금 그것을 시로 표현하도록 이끌고 가는 듯했다. 별다른 표현이 없다면 말이다.

벽난로 위에 있는 포도송이를 보니 토할 것만 같았다. 어느 날 밤, 스틸리타노는 그것을 화장실에 갖다 버리기 위해 일어났다. 그가 포도송이를 달고 있다고 해서 그의 아름다움이 반감되는 것은 아니었다. 오히려 그 반대였다. 저녁이 되면 그는 포도송이 때문에 거동이 불편해져서, 걸을 때마다 다리를 안쪽으로 살짝 굽히거나 몸을 약간 둥글게 숙여야 했다. 그가 내 옆이나 앞뒤에서 걸어갈 때면 내 손에 감미로운 떨림이 전해져 왔다. 나는 아직도 내가 스틸리타노에게 애정을 가지고 있는 것이 그 포도송이의 숨겨진 힘 때문이라고 믿는다. 어느 날 나는 한 무도장에서 어떤 선원과 함께 춤을 추다가 우연히 한 손을 그의 셔츠 속에 집어넣었을 때 그 미덕을 확인하고 경의를 표했다. 겉으로 보기에 가장 순진한 몸짓이 결정적인 미덕을 드러내도록 했던 것이다. 그 젊은 남자의 등에 갖다 댄 내 손은 선원의 순진성을 상징하는, 부드러우면서도 경건한 숨은 미덕을 깨닫게 해 주었다. 나는 손이 떨리는 것을 느꼈고, 내 손은 자바가 등에 날개를 펴고 있다는 걸 믿도록 하기에 조금도 거리낌이 없었다. 그에 대해 이야기하기에는 아직 좀 이른 것 같다.

나는 매우 신중한 사람이므로, 신비롭게 매달려 있는 그 포도송이에 대해 더는 설명하지 않겠다. 하지만 스틸리타노에게서 스스로를 미워하는 남색가의 면모를 보는 일은 즐거웠다. 그는 자기를 욕망하는 사람들을 난처하게 만들었고, 상처를 주었으며, 메스껍게 했다. 나는 그에 대해 찬찬히 생각해 보았다. 사실 생각을 할수록 내 마음은 혼란스러웠고 더욱 고통스러웠다. 하지만 이런 생각에서 많은 수확을 얻을 수 있었다. 즉 스탈리타노는 잘린 팔(나는 그가 그 팔을 신비롭게 여긴다는 것을 알고 있다.) 때문에 받는 경멸에서 벗어나기 위해 육체의 가장 고상한 부분을 위한 수공품의 상처를 샀던 것이다. 그래서 나는 아주 적당한 구실을 만들어 거지들과 그들의 악에 대해 다시 언급하는 것이다. 그것을 알려 주고 그것을 잊게 하는 실제적이고 허울뿐인 육체적 고통 뒤에 더 악한 영혼이 은밀하게 숨어 있다. 나는 그 은밀한 상처들을 이렇게 나열한다.

썩은 이빨,
악취를 풍기는 입김,
잘려 나간 손,
발에 밴 냄새 등등.

그것들을 숨기고, 우리의 자존심을 자극하려고 그는 다음과 같은 것들을 지니고 있다.

잘려 나간 손,
녹초가 된 눈,
의족 등등.

누구든 타락의 흔적을 가지고 있는 동안은 타락한 채로 있는 법이다. 사기꾼이라는 인식에 주의를 기울여도 별 소용이 없다. 다만 비참한 삶에 의해서 요구된 자부심만이 활용되고 있는 것이며 우리는 가장 구역질나게 하는 상처들을 배양함으로써 연민의 정을 불러일으키는 것이다. 우리는 당신들의 행복을 질책하는 자가 되었다.

그렇지만 스틸리타노와 나는 비참하게 살고 있었다. 몇몇 남색가들에게 서비스를 제공하는 대가로 내가 약간의 돈을 벌자, 그는 나를 대단한 자랑거리로 여겼다. 그러나 그의 그런 자부심은 내가 자기를 가장 가까운 친구라고 여기고 있었기 때문이었고, 가끔 내 기억 속에서는 과연 그가 위대한 존재였는지 의구심이 들기도 했다. 그러나 내가 그에게 강하게 끌렸던 것은 그의 남성다움 때문이었다. 그는 어느 때에는 놀라울 정도로 야수 같았는데, 그런 난폭한 성질이 주위를 어둡게 하거나 혹은 밝게 빛나도록 만들었다. 그는 그 성질에 어울릴 만한 유희에 빠져 있었다. 나는 그에게 도둑질을 하도록 부추겼다.

나는 그와 함께 어느 가게를 털기로 마음먹었다. 아주 어수선하게 널려 있는, 문 근처의 전화선들을 제거하기 위해서는 펜치가 필요했다. 우리는 바르셀로나 시장통의 철물점 골목으로 들어갔다. 선반에 물건들이 가득 놓여 있었다.

“내가 슬쩍 속임수를 쓰고 있을 때, 넌 저자가 이동하지 않도록 방법을 찾아 봐.”

“어떻게 하면 되지?”

“아무것도. 그냥 보기만 하면서!”

스틸리타노는 흰 운동화를 신고 청바지에 카키색 셔츠를 입고 있었다. 나는 처음엔 아무것도 알아차리지 못했다. 그러나 그와 함께 밖으로 나왔을 때 단추로 채워진 그의 셔츠 호주머니 속에 뭔가 들어 있는 것을 보고 깜짝 놀랐다. 그것은 마치 동물의 이빨에 물려 매달린 채 불안하면서도 꼼짝 못하고 있는 작은 도마뱀 같았다. 우리에게 필요한 물건은 무쇠로 된 펜치였다. 그리고 그는 방금 그것을 훔친 것이었다.

‘우와, 그는 정말 원숭이든 남자든 여자든 매혹시킬 만하군!’ 나는 그런 생각이 들었다. 얼마든지 그럴 수 있는 일이다. 하지만 그의 구릿빛 근육으로부터, 그의 곱슬거리는 황갈색 머리카락으로부터 나오는 최면술, 모든 대상을 사로잡는 그 최면술은 도대체 무엇일까? 나는 조금도 의심하지 않았다. 모든 것이 그에게 굴복했다. 다시 말해, 그는 대상들을 잘 파악하고 있었던 것이다. 그는 무쇠의 특징과 갈색으로 남아 있는 강철의 특성을 잘 알고 있었다. 그 가운데 펜치가 있었다. 그 펜치가 셔츠에 매달려 있는 모양은 지쳐 보였고, 고분고분한 듯했고, 사랑스러웠다.

그는 셔츠에서 떨어지지 않도록 그것이 가느다란 장치에 아슬아슬하게 달려 있게 하는 방법을 알고 있었다. 그렇지만 그는 능숙하지 못한 손놀림 때문에 살갗에 자국을 내고 결국 상처를 입고야 말았다. 스틸리타노는 손을 베었다. 손가락 끝이 칼에 미세하고 깊게 찔려 결국 손톱이 으스러지고 까맣게 죽어 버린 것이다. 그러나 그것 역시 아름다워 보였다.(물리학자들은 이렇게 말한다. 해질 무렵 석양의 자줏빛은 오직 단파만을 통과시키는 매우 두터운 대기로 인해 형성된 것이라고. 정오경 하늘에서 아무 일도 일어나지 않을 때, 그 현상은 우리에게 별로 혼란스럽게 보이지 않는다. 신기한 것은 그러한 현상이 하루 중 가장 감동적인 순간인 태양이 질 때, 그 태양이 그 신비로운 운명을 지속하기 위해 사라질 때, 태양이 사라지는 순간인 저녁에 일어난다는 것이다. 하늘에 그토록 휘황찬란한 모습을 남기기 위해, 어떤 물리적 현상은 상상력의 가장 열광적인 순간에 비로소 가능하게 된다. 하늘의 별들로부터 가장 빛나는 석양에 말이다.) 스틸리타노가 평소 사용하는 일상적인 물건들은 그를 아름답게 만든다. 그의 비열한 행동은 나의 올곧은 성격까지 누그러뜨릴 정도이다. 나는 그의 게으름마저도 좋아했다. 그는 부지불식간에 사라져 버리곤 했다. 마치 유리그릇처럼. 우리가 펜치를 손아귀에 넣었을 때 그는 슬그머니 물러설 준비를 했다.

"혹시 개가 있을지 몰라."

우리는 쇠고기에 독약을 넣어 그 개를 없애 버릴 계획이었다.

"부잣집 개들은 아무거나 먹질 않는단 말이야."

불현듯 스틸리타노는 전설적인 집시들의 비법을 기억해냈다. 이를테면 도둑질을 하려면 사자 기름을 먹인 바지를 입으라는 풍문 같은 것 말이다. 스틸리타노는 그런 바지를 손에 넣지는 못했지만 그 생각을 하며 흥분하기 시작했다. 그는 아무 말도 하지 않았다. 아마도 그날 밤 숲 속에서 먹이를 노리며 사자 기름을 먹인 빳빳한 바지를 입은 자신을 상상하고 있었을 것이다. 그는 싸움, 화형대, 쇠꼬챙이와 무덤을 겨냥해서, 사나운 사자만큼이나 강력한 힘을 가진 듯 보였다. 사자 기름과 공상으로 무장한 옷과 투구를 갖춘 그는 경탄할 만했다. 그의 힘과 집시의 대담성으로 치장된 아름다움을 그 스스로가 제대로 의식하고 있는지는 알 수 없었다. 그가 그렇게 자기와 유사한 집단의 비밀들을 꿰뚫고 있음에 즐거워하고 있는지 또한 모를 일이었다.

"집시가 되는 게 그렇게 좋아?" 어느 날 그에게 물었다.

"나 말이야?"

"그래."

"싫지는 않아. 그렇지만 말이야, 난 집시들이 타고 다니는 마차 안에만 처박혀 있을 수는 없어."

그는 때때로 몽상에 잠기곤 했다. 나는 화석처럼 단단해진 등딱지 밑으로, 내 사랑이 살짝 스쳐 갔을지도 모를 균열을 보았다고 믿었다. 그는 밤의 모험으로 완전히 빠지지는 않았다. 그 때문에 나는 그 옆에서 벽들이나 작은 골목들, 정원들을 몰래 염탐하기도 하고, 울타리를 넘어가 도둑질을 하면서 진정한 도취를 맛보기도 했다. 나는 독자들에게 기와 함께 프랑스에서 강도질을 했던 사실을 낱낱이 드러내려고 한다.

(밤이 오기를 기다리면서, 텅 빈 크레디 뮈니시팔 은행에 막 들어가려고 작은 창고에 숨어서 기다릴 때, 기의 모습은 갑자기 단호하고 은밀하게 보였다. 그는 어디에서나 살짝 건드리거나 팔꿈치로 쿡쿡 칠 만한 소년의 탈을 벗고 있었다. 그는 마치 죽음의 천사*와도 같았다. 그는 웃으려 했고, 심지어는 은밀히 웃음을 터뜨리기도 했다. 그의 양 속눈썹은 찰싹 달라붙어 있어서 눈을 감고 있는 듯했다. 어떤 고약한 괴물이 들어 있는 그 작은 남색가의 내부로부터 굳세고 무시무시한 한 사내가 불쑥 나타났고, 모든 것이 준비된 그는 자신의 용감한 행동이 감히 방해를 받게 된다면 당장 살인이라도 저지를 것 같은 기색이었다. 그는 웃고 있었지만, 두 눈에는 나를 죽일 것처럼 살기가 엿보였다. 나는 그에게서 분명한 살인 의지를 읽을 수 있었다. 그는 긴장하고 있었다. 그의 두 눈은 더 냉혹한 빛을 띠고 있었고, 관자놀이는 금속처럼 굳어졌으며, 얼굴 근육은 더욱 일그러져 있었다. 그에 대한 대응으로 나 역시 굳은 표정을 지었다. 나는 적당한 자리에 무기를 내려놓았다. 나는 그를 노리고 있었다. 만약 그 순간 누군가가 우리 둘 사이에 끼어든다면, 서로가 서로를 믿지 못하는 나머지, 상대방에게 자기의 무서운 결심을 저지당할지 모른다는 두려움으로, 아마도 서로 죽여 버렸을 것이라는 생각이 들었다.)

나는 소매치기를 할 때면 언제나 스틸리타노와 동반했다. 평소 알고 지내던 야간 순찰대원이 우리에게 정보를 주곤 했다. 그 덕분에 우리는 한동안 도둑질만 하면서도

---

* 유대인을 괴롭힌 이집트 사람들을 벌하기 위해 그들의 장자를 몰살시키는 천사를 말한다——옮긴이.

먹고살 수 있었다. 그 대담한 도둑질은, 그리고 그러한 행동의 광채는, 스틸리타노가 내 옆에서 지켜보지 않았다면 아무 의미도 없었을 것이다. 내 생활은 그런 남자들 덕분에 멋지게 변했다. 그중 한 친구의 외모는 화려한 느낌이 들 정도로 뛰어났다. 나는 어느 고귀한 물건을 관리하는 하인이자, 그것의 먼지를 털고 얼룩을 닦고 왁스로 광을 내는 종에 불과했다. 그러나 그 물건은 기적 같은 우정으로 내 소유가 되었다. 불현듯 이런 생각이 스쳐 갔다.

'내가 거리를 지나갈 때 혹시 돈 많은 아가씨나 미모의 아가씨가 질투를 하지 않을까? 그녀는 이렇게 생각할 것이다. 원 저런 못된 왕자가 다 있나! 빈털터리로 돌아다니며 저렇게 잘생긴 애인을 둔 저 누더기 공주는 대체 누구란 말이야!'

나는 그 시절에 관한 이야기를 할 때면 벅찬 감정으로 말한다. 그 당시를 영광으로 생각하고 있기 때문이다. 하지만 내 머릿속에 본래의 의미보다 쓸데없이 화려하고 매혹적이며 과장된 단어들이 떠오른다면, 아마도 그건 그 단어들이 드러내는 비참한 삶, 바로 내 것이었던 그 비참함을 의미하고 있을 것이다. 또한 그것이 경이로움의 기원이 되었다고 말하고 싶다. 나는 그 비참함을 가장 고상한 물건들의 이름으로 기록하면서 그 시절의 명예를 되찾고 싶다. 나의 승리는 언어로 이룩된 것이다. 나로서는 그 호화로운 말들에 승리를 되돌려 주어야 하지만 그러한 미사여구를 구사하도록 하는 비참한 삶에 축복을 내릴 것이다.

스틸리타노 옆에서 그런 생활을 하던 시기에 나는 도덕적 비열함을 원하지도 않았고 내 몸에 기생하는 이나 누더기 옷, 때처럼 비열한 행동의 징표가 될 만한 것도 싫어했다. 스틸리타노에게는 대담한 행동은 필요 없고 오직 힘 하나만으로 충분한 듯 보였다. 어쨌든 나는 그와 함께 더 화려하게 살고 싶었다. 비록 나에겐 그의 그림자(흑인의 그림자가 그런 것처럼 그의 어두운 그림자는 마치 나의 궁전과도 같았다.) 속에서 여자들과 남자들로부터 찬탄의 시선을 맛보는 것은 기분 좋은 일이었다. 우리 두 사람 모두 가난한 도둑에 불과하다는 사실을 깨닫긴 했지만 말이다. 나는 계속해서 그를 자극했다. 그가 좀 더 위험한 모험을 하도록.

"권총이 필요해." 내가 그에게 말했다.

"총 쏘는 법은 알아?"

"너와 함께라면 한 녀석쯤은 해치울 수 있을 거야."

내가 그의 오른팔 역할을 하고 있으니 총을 쏴야 할 사람은 바로 나였다. 내가 그의 엄중한 명령에 복종하면 할수록, 명령을 내리는 자와 나 사이의 친밀감은 더욱 커졌다. 그는 언제나 미소를 머금고 있었다. 한 패거리(어느 악당들의 집단) 안에서 대담한 짓을 하는 자는 언제나 젊은 녀석들이거나 성도착자들이다. 그들은 위험한 날치기로 패거리를 선동한다. 침으로 암컷들을 수태시키는 곤충처럼, 유혹자의 역할을 하는 것이다. 수컷들의 능력, 나이, 권위, 우정, 연장자의 존재는 그들을 더욱 강하게 만들고 안심시킨다. 수컷들은 자신들만을 의지한다. 그들은 그들 자신이 하늘이고, 자신의 약점을 파악하면 망설인다. 그 점은 특히 내 경우에 해당되었는데, 남자들, 거친 녀석들은 일종의 여성적인 안개처럼 보였다. 이제 나는 더욱 단단한 덩어리를 느끼기 위해서 그 안개 속에 빠져 들고 싶었다.

내 태도는 어느 정도 분명해졌고 발걸음은 보다 안정되었다. 그것은 세속적인 영역에서의 상승, 즉 나의 성공을 증명해 주는 셈이었다. 나는 스틸리타노 옆에서 공작새 모양으로 걸었다. 나는 그의 충직한 개였다. 하지만 질투심 많은 개였다. 나의 표정은 확신에 차 있었고 당당했다. 어느 날 저녁, 우리는 람블라 거리에서 아들을 데리고 걸어가는 한 여자와 마주쳤다. 그 아이는 예쁘장했고 어림잡아 열다섯 살쯤 되어 보였다. 나는 그의 금발 머리에서 쉽게 눈을 뗄 수 없었다. 우리는 아이를 앞질러 갔고, 나는 고개를 돌려 아이를 보았다. 그 아이는 뒷걸음치지 않았다. 내가 누구를 보고 있나 궁금했는지, 이번에는 스틸리타노가 고개를 돌렸다. 스틸리타노의 눈과 내 눈이 모두 그녀의 아들을 바라보는 순간, 아이의 엄마는 직감적으로 위험을 느끼고 자신의 아들을 보호하려는 듯 아이를 자기 쪽으로 바짝 끌어당겼다. 내가 단 한 번 고개를 돌렸을 뿐인데 스틸리타노는 내 행동에 질투를 느꼈다. 등 뒤에서 아이 엄마로부터 뭔가 위험한 기운이 느껴지는 듯했다.

어느 날 나는 파라렐로 거리의 술집에서 그를 기다리고 있었다.(그 술집은 당시 프랑스 사법경찰관을 피해 도망 다니는 자들이 모두 모여드는 장소였다. 그곳은 뚜쟁이, 도둑, 사기꾼, 프랑스의 감방이나 교도소를 탈주한 자 들로 붐볐다. 거기에서는 마르세유 억양의 노랫소리도 들렸고, 몇 년 후에는 몽마르트르의 은어도 공공연하게 통하게 되었다. 그들은 론다 게임뿐 아니라 주사위나 포커 놀이도 했다.) 스틸리타노가 도착했다. 파리 출신의 매춘부들의 정부들이 습관적으로 예의를 갖춘 채 약간 형식적인 태도로 스틸리타노를 맞아들이고 있었다. 그는 엄숙한 표정으로, 그러나 눈가에는 웃음을 지으며 무거운 엉덩이를 밀짚 의자 위에 의젓하게 얹어 놓았다. 그러자 등에 짐짝을 실은 짐승이 신음하듯이 의자의 나무가 삐걱거렸다. 의자의 삐걱거리는 소리는 마치 내가 스틸리타노의 육중한 엉덩이에 경의를 표하는 소리처럼 들렸다. 그런데 그의 모든 매력이 언제나 그곳에 한정되어 있지는 않았지만, 거기, 그 장소에는, 차라리 그 위에서는 그의 가장 부드러운 속살이 여러 겹으로 쌓이고 만나서 한 덩어리의 무거운 납덩이처럼 엉덩이에 자극적인 중량감과 함께 파동을 일으키고 있었다!

나는 저절로 흘러나오는 언어에 매이길 거부하지만 이번에도 종교적인 이미지를 이용하지 않을 수 없다. 그의 엉덩이는, 말하자면 길거리에 만들어 놓은 임시 제단이었다. 스틸리타노가 앉아 있었다. 언제나 우아한 모습이었지만 지겨워하는 표정으로. “나는 하는 일 없이 지냈어.” 그는 끊임없이 그렇게 말했다. 그는 포커 놀이를 하며 패를 돌리고 있었다. 물론 나는 거기에서 제외되었다. 그 사내들 중 누구도 내게 포커 판에서 떨어져 있으라고 한 사람은 없었지만, 나 스스로 예의상 스틸리타노 뒤에 자리 잡고 있었던 것이다. 내가 자리에 앉으면서 몸을 기울였을 때 그의 셔츠 깃 부근에서 이 한 마리가 꿈틀거리고 있는 것이 보였다. 스틸리타노는 미남인 데다 힘이 셌으며 같은 사내들의 모임에서도 인정받는 존재였다. 또한 그의 권위는 근육질의 몸과 그들처럼 권총을 다룰 줄 아는 데 있었다. 그때까지 다른 사람들의 눈에 띄지는 않았지만, 스틸리타노의 목 언저리에 있는 이는 단지 길을 잃어 헤매는 작은 얼룩은 분명 아니었다. 그 미세한 생물은 부지런히 움직이고 있었다. 마치 돌아다니면서 자신의 영역(차라리 자신의 공간)을 확인하며 질주하는 듯했다. 그 이는 불안한지 민첩하게 이동하고 있었다. 스틸리타노의 목은 이의 서식지 같았다. 하지만 그 이는 단순히 자기 거처에만 머무는 것이 아니라, 명주 셔츠 위, 화장수를 뿌린 옷깃 위까지 활보하고 있었다. 그것은 결국 스틸리타노가 이투성이의 세계에 속해 있음을 적나라하게 보여 주는 것이었다. 나는 주의 깊게 그 미세한 생물을 관찰했다. 목 주변의 머리카락들은 매우 길고 불결하고 뒤죽박죽 엉망으로 잘려 있었다.

"저 이가 앞쪽으로 계속 기어간다면, 옷소매나 술잔 속으로 굴러 떨어지겠지. 매춘부들의 정부들도 그 이를 보게 될 것이고……."

나는 다정함을 표시하기라도 하듯 스틸리타노의 어깨에 몸을 기댔고, 조금씩 손을 그의 목까지 움직여 갔다. 하지만 그가 어깨를 더 높이 올렸기 때문에 동작을 멈춰야 했다. 스틸리타노는 내 손을 뿌리쳤고, 그 미물은 계속 자기 영역을 활보하고 다녔다. 그것을 눈치 챈 사람은 국제 여자 밀매단과 관계를 맺고 있는 피갈의 뚜쟁이였다.

"우아, 너한테 기어오르고 있는 멋진 놈이 있어."

모든 사람이 스틸리타노의 목 주위로 시선을 돌렸다. 그렇다고 해서 노름판에서 눈을 뗀 것은 아니었다. 스틸리타노 역시 그 작은 녀석을 보려고 목을 뒤틀고 있었다.

"이놈을 묻혀 온 건 바로 너야!" 이를 짓이기면서 그가 내게 말했다.

"왜 나야?"

"너라니까."

그의 어조는 거침없고 오만했다. 그러나 눈가에는 웃음이 서려 있었다. 사람들은 다시 포커 놀이를 계속했다.

바로 그날 스틸리타노는 내게 페페가 얼마 전 체포되었다는 사실을 알려 주었다. 그는 몽쥐크 감방에 수감되어 있었다.

"그걸 어떻게 알았어?"

"신문에서 봤어!"

"형을 얼마나 먹었대?"

"종신형이래."

우리는 더 이상 아무 말도 덧붙이지 않았다.

내가 쓰고 있는 이 일기는 단지 문학적으로 위안받기 위함이 아니다. 나는 나의 과거의 삶을 순서대로 이야기함으로써, 또한 작문의 엄격한 규칙에 맞춰 장(章)과 절(節)의 구분, 책 자체의 엄격한 질서에 맞춰 글을 써 내려감으로써 지난날 나의 비참한 삶을 통해 미덕을 보여 주겠다는 의지를 더욱 확고히 다지게 된다. 나는 그 의지의 힘을 체험하고 있다.

스틸리타노는 한 번도 들어가 보지 않았을 남자용 공중 변소에서, 남색가들이 쓰는 비법을 나에게 가르쳐 주었다. 그들은 춤추는 법을 익히면서, 구불거리는 뱀처럼 놀라운 움직임을 보였다. 약간 뒤에서 좌우로 몸의 균형을 잡아가면서 말이다. 나는 그들 중 겉으로 보기에 가장 돈이 많아 보이는 녀석을 데리고 갔다.

그 당시에는 젊은 남창 두 명이 잘 길들여진 작은 원숭이 한 마리를 어깨 위에 얹고 람블라 거리에서 배회했다. 그건 손님들에게 쉽게 접근하기 위한 방편이었다. 말하자면, 그 원숭이는 그들이 지시하는 사람에게 달려들었다. 그 남창들 중 한 명의 이름은 페드로였다. 그의 얼굴은 창백하고 홀쭉했다. 허리는 아주 유연하고 걸음걸이는 날렵했다. 그의 눈은 특히 아름다웠고 눈썹은 두텁게 휘어져 있었다.

우리는 페드로의 어깨에 있는 원숭이가 사람인가 동물인가를 가지고 장난삼아 말다툼을 했다. 나는 그를 향해 주먹을 한 방 날렸다. 그의 눈썹이 떨어져 내 손등에 붙었다. 알고 보니 그의 눈썹은 가짜였다. 나는 그 속임수의 실체를 곧 알아차렸다.

스틸리타노는 몇몇 창녀들로 하여금 조금씩 돈을 갖다 바치게 했다. 대부분의 경우 돈을 갈취하곤 했는데, 어느 때는 그 여자들에게 거스름돈을 주지 않거나 밤에 그녀들이 변기에 앉아 일을 보고 있는 동안 핸드백을 털곤 했다.

그는 눈에 띄는 여자들마다 괴롭히면서 바리오치노 거리와 파라렐로 거리를 종횡했고, 때때로 그녀들을 성가시게 하거나 애무하면서 빈정대기도 했다. 새벽녘이 되어 방으로 돌아올 때 그는 조잡한 그림들로 뒤덮인 아동 잡지를 한 묶음 가지고 오곤 했다. 그는 가끔 그것을 사려고 밤늦게까지 문을 열고 있는 가판대까지 한참을 나갔다 돌아오기도 했다. 그는 소설도 즐겨 읽었는데, 요즘 소설로 말하면 타잔의 모험담과 비슷한 것이었다. 소설의 주인공은 멋지게 묘사되어 있었다. 삽화가의 노력은 주인공의 당당한 근육을 그리는 데 집중되어 있어서, 말 탄 기사는 대개 옷을 벗고 있거나 음탕한 옷을 입고 있었다. 스틸리타노는 잡지를 다 읽고 나서 잠이 들었다. 그는 자기 몸과 내 몸이 닿지 않도록 애썼다. 침대는 아주 비좁았다. 그는 불을 끄면서 이렇게 말했다.

"잘 자게, 마누라!"

그리고 깨어나면 이렇게 말했다.

"잘 잤어, 마누라?"*

우리 방은 아주 작고 더러웠다. 세면기는 때 투성이였다. 바리오치노 거리에서는 그 누구도 방을 청소하거나 물건을 정리하거나 옷을 세탁하지 않았다. 속옷 혹은 속옷 깃을 제외하고 말이다. 방 값을 해결하기 위해 스틸리타노

* 나는 옷을 벗어 여기저기 흩어진 채로 내버려 두었는데, 스틸리타노는 밤마다 자기의 옷들, 그러니까 바지, 속옷, 웃옷을 구겨지지 않도록 의자 위에 가지런히 개어 놓았다. 이처럼 그는 자기의 옷들에 생명을 부여했고, 그것들이 밤에 휴식을 취함으로써 낮의 피곤을 풀기를 원했다.

는 일주일에 한 번씩 여주인과 키스를 해야 했다. 그 여주인은 전에는 스틸리타노를 어르신이라고 불렀다.

어느 날 저녁 그는 싸움을 하지 않을 수 없었다. 우리는 카르멘 거리를 지나가고 있었다. 거의 어두워질 무렵이었다. 스페인 녀석들은 가끔 몸을 물결처럼 유연하게 움직였다. 그 경우 몇몇은 아주 애매한 태도를 취하기도 했다. 백주에 스틸리타노가 착각했을 리가 없다. 땅거미가 질 무렵 그는 세 사람을 스쳐 지나갔는데 그들은 말을 부드럽게 했지만 행동은 제법 생기 있고 거만해 보였다. 스틸리타노는 그들 옆을 지나가다가 몇 마디 욕설을 퍼부었다. 건방진 말투로 시비를 걸었던 것이다. 그런데 성미 고약하고 성급한 그 세 명의 뚜쟁이가 문제였다. 그들 역시 욕설로 응수했던 것이다. 스틸리타노는 소스라치게 놀라 걸음을 멈추었다. 사내 세 명이 다가오고 있었다.

"야, 너 우릴 게이 취급하는 거야? 그런 식으로 말하지 마, 이 자식아!"

스틸리타노는 비록 내 앞에서 실수를 하긴 했지만 허세를 부리고 싶었던 모양이었다.

"그래서 어쨌다는 건데!"

"네놈이 게이지 뭐냐?"

여장을 한 남창과 다른 남자들도 다가왔다. 그들은 무리를 지어 우리를 둘러쌌다. 곧 싸움이 벌어질 것 같았다. 사내들 중 한 명이 퉁명스럽게 굴며 스틸리타노를 자극했다.

"네가 게이가 아니라면 자, 쳐 봐, 임마!"

그 건달들은 주먹이든 무기든 공격을 하기 전 한동안 지껄여 댔다. 그들이 그렇게 지껄이는 건 싸움을 진정시키려는 것이 아니라 오히려 부추기려는 것이었다. 주위의 다른 스페인 사람들 때문에, 그들과 한 패인 세 명의 건달들은 힘을 얻는 듯했다. 스틸리타노는 직감적으로 위협을 느꼈다. 그는 더 이상 내 존재를 거북하게 여기지 않았다. 그가 말했다.

"그래서 뭐 어쩔래? 이 자식들아! 너희 설마 한 팔밖에 없는 병신과 싸우려는 건 아니겠지?"

그는 그들을 향해 손목이 없는 팔을 내밀었다. 그러나 내가 보기에 그는 자신의 불쾌한 모습을 보여 주기는커녕, 추잡하고 서투른 연기를 하는 것 같았다. 그러한 허세는 오히려 잘린 팔을 고상하게 보이려고 하는 듯했다. 그의 행동은, 소박하고 단순하게, 손을 내미는 정도에서 그쳤다. 그는 모욕적인 욕지거리가 아니라 중얼거림을 들으며 몸을 피했다. 그것은 불구자의 비참한 모습을 가까이에서 본 정상인들이 동정심으로 중얼거리는 소리였다. 스틸리타노는 단순히 앞에 놓인 손목 없는 팔의 보호 덕에 천천히 뒷걸음칠 수 있었다. 손이 없다는 사실은 왕족이라는 특권, 혹은 정의의 손을 가진 것처럼 실질적인 효력을 발휘했던 것이다.

한 무리의 여자들*이 이미 파괴되어 사라진 남자 공중변소가 있던 쪽으로 우르르 몰려갔다. 그중에는 카롤린가(家)

* 남창들을 의미한다 — 옮긴이.

에 속하는 사람들이 있었다. 1933년 폭동이 일어났을 때, 폭도들은 가장 더러운, 그러나 가장 애용하던 공중변소 한 곳을 무참히 파괴해 버렸다. 그 변소는 항구와 군대 막사 부근에 있었다. 그곳의 함석이 부식된 것은 군인들이 배설한 뜨거운 오줌 때문이었다. 숄을 걸치고 두건을 쓰고 비단 치마를 두르고 아치 모양의 저고리를 입고 모여서 마침내 그 죽음*을 확인했을 때, 가족 전부는 아니지만 엄숙한 대표자로서 선택된 카롤린가 몇 사람은 그 장소에 와서 미망인이 쓰는 베일로 동여맨 붉은색 장미꽃을 바쳤다. 그 행렬은 파라렐로 거리를 출발해서, 상 파울루 거리를 통과하여, 로스 플로레의 람블라 거리로 내려가서, 콜롱브 동상까지 이어졌다. 아침 8시 해가 떠오를 즈음, 매춘부들의 수는 30여 명으로 늘어나 있었다. 나는 그녀들이 지나가는 것을 보고, 한동안 뒤따라갔다. 나는 그녀들 한가운데에 있었는데, 내가 여자이기 때문에 그녀들 속에 끼어 있는 것이 아니라는 건 알고 있었지만, 그녀들의 날카로운 목소리, 고함 소리, 과도한 몸짓은 벽처럼 두터운 세상의 경멸을 깨부수려는 목적을 띤 것 같았다. 카롤린가는 대가족이었다. 그 여자들은 소위 '치욕의 딸들'이라고 불렸다.

그녀들은 항구에 도착해 오른쪽으로 돌아 부대 쪽으로 향했다. 파괴된 공중변소의 썩은 함석 위에서 고약한 냄새가 풍겨 나왔다. 여자들은 무너져서 고철 더미가 되어 버

* 남창들이 변소가 파괴된 것을 슬퍼했기 때문에 마치 사람이 죽은 것처럼 표현한 것이다 — 옮긴이.

린 그 변소 위에 꽃다발을 내려놓았다.

나는 그 행렬에는 참가하지 않았다. 나는 그것을 즐기는 냉소적이면서도 너그러운 무리에 끼어 있었다. 페드로는 자기의 눈썹이 가짜이고, 카롤린가 사람들이 광적인 행동을 한다며 거침없이 고백했다.

그렇지만 내 즐거움을 받아들이지 않는 스틸리타노는 순결의 상징, 동시에 냉정의 상징이 되었다. 그가 자주 그녀들과 입맞춤을 해도 나는 그것을 무시해 버렸을 것이다. 침대에 있을 때, 그리고 거기에서 잠을 잘 때, 그는 다리 사이의 페니스가 보이지 않도록 옷자락으로 아주 교묘하게 가렸다. 내가 보는 것을 부끄러워했던 것이다. 심지어 그의 에로틱한 동작과 얼굴에 나타난 순수성은 그를 제대로 바로잡아 주었다. 그는 얼음의 표상이 되었다. 나는 스틸리타노에 대한 나의 사랑을 좀 더 전형화하기 위해, 그리고 내 육체를 오로지 성욕을 위한 장소로 만들어 놓기 위해, 흑인 중에서도 가장 야수 같은 자에게, 가장 코가 납작하고 힘센 사내에게 내 몸을 바치고 싶었다. 그래서 나는 그 앞에서 매우 우스꽝스럽고도 굴욕적인 짓을 과감하게 할 수 있었다.

나는 그와 함께 종종 크리올라 거리로 갔다. 그는 그때까지 나에게 돈벌이를 시킬 생각은 한 번도 하지 않았다. 내가 공중변소 근처로 오는 녀석들로부터 벌어 온 돈을 갖다 주었을 때, 스틸리타노는 나에게 크리올라 거리에서 일하라고 지시했다.

"여자 옷차림으로 일해도 괜찮겠어?" 나는 그에게 중얼거리듯 말했다.

그의 힘 있는 어깨에 기대어, 내가 과연 카르멘 거리에서 메디오디아 거리까지 금박 장식으로 번쩍이는 치마를 입고 다니며 손님을 유혹하는 행위를 할 수 있을까? 그래봐야 외국인 선원들을 제외하고는, 아무도 놀라지 않을 것이다. 하지만 스틸리타노도 나도 머리 모양이나 치마를 어떤 스타일로 선택해야 할지 몰랐다. 거기에는 나름대로 고상한 취향이 필요했기 때문이다. 아마도 그 이유 때문에 우리는 그 짓거리를 그만두었는지 모른다. 나는 그즈음 페드로와 교제하고 있었는데, 여자 옷을 입으러 갈 때마다 그가 내뱉던 한숨 소리를 잊을 수 없다.

"번쩍거리는 싸구려 여자 옷이 걸려 있는 걸 보면, 난 정말 우울해져. 마치 성당에 들어가서 성서라도 읽어야 할 것 같은 기분이야! 여자 옷에서는 성직자 냄새가 나거든. 향수 냄새, 오줌 냄새도 난단 말이야. 그것이 내 정신을 빼앗아 가. 어떻게 내가 그런 창자 같은 것 속으로 들어갈 수 있느냔 말이야!"

"나도 그런 것들을 입어야 하는데? 그뿐 아니야. 어쩌면 내 남자의 도움을 받아 가며 옷을 꿰매고, 자르고, 그래야 할지도 몰라. 머리 장식은 또 어떻고. 매듭 같은 것을 한 개, 아니 여러 개는 달아야 할 거야."

나는 리본이 아니라 징그럽게 생긴 얇은 창자 모양의 커다란 매듭으로 장식한 내 모습을 떠올리며 몸서리를 쳤다.

"그건 너덜너덜한 매듭일 거야!" 여전히 나는 빈정대는 소리로 지껄였다. "늙은이의 꾸깃꾸깃한 매듭! 아니, 사기꾼의 헤진 매듭! 그것을 어느 머리카락에 꽂아 둘까? 인조 가발, 아니면 지저분하고 헝클어진 머리카락에 매단단 말이야?"

나는 평소 검소하고 소박한 옷차림을 하고 다닐 생각이었다. 사실 거기에서 벗어나는 유일한 방법은 가장 우스꽝스럽고 기괴한 옷을 입는 것이었다. 어쨌든 나는 옷에 천으로 만든 장미 한 송이를 달겠다는 꿈을 품었다. 그 꽃은 옷을 볼록하게 튀어나오게 할 것이고, 스틸리타노의 포도송이와 짝을 이루는 여성적인 장식품이 되리라.

(오랜 세월이 지난 후 앙베르에서 스틸리타노를 다시 만났을 때, 나는 그에게 바지 속에 숨겼던 가짜 포도송이에 대해 이야기를 꺼냈다. 그의 말로는, 어떤 스페인 창녀는 치마 밑 비슷한 높이에 얇은 천으로 된 장미꽃을 핀으로 매달고 있었다고 한다.

"그녀의 잃어버린 꽃을 대신해서 말이야." 그가 내게 말했다.)

나는 우울한 기분으로 페드로의 방에서 그 치마들을 바라보고 있었다. 그는 내게 몇몇 여자들의 주소를 알려 주었는데, 그것은 헌 옷을 파는, 일종의 장신구 가게 연락처였다. 그곳에 가면 내 몸에 맞는 치마를 찾을 수 있을 것이다.

"너도 이제 몸치장을 하게 되겠군, 주앙!"

나는 백정 같은 말에 구역질이 났다.(나는 아직도 몸치장은 동물의 뱃속에서 내장을 싸고 있는 지방조직과 같은 것이라고 생각했다.) 그때 스틸리타노는 자기 동료가 여자 옷을 입는다는 데에 자존심이 상해서 그만두라고 했다.

"치장은 소용없어!" 그가 말했다. "손님을 끌려면 옷차림이 단정해야 한단 말이야!"

유감스럽게도 크리올라 거리의 주인은 나에게 아가씨처럼 보이도록 요구했다.

아가씨처럼 옷을 입으라니!

나 자신이 아가씨라
내 허리에 걸치고…….

그제서야 나는 혹처럼 달고 다니는 수치심을 털어 버리고 빛에 다가가는 것이 얼마나 어려운 것인지 깨달았다. 나는 페드로와 함께 단 한 번 여자 차림을 하고 손님 앞에 나타났을 뿐이다. 어느 날 저녁 나는 한 무리의 프랑스 장교들의 초대를 받았다. 쉰 살가량의 부인이 식탁에 앉아 있었다. 그녀는 내게 부드럽고 친절한 태도로 미소를 지으며 말을 걸어왔다.

"당신은 남자들을 좋아하나요?"

"예, 부인."

"그럼…… 언제부터 그 일을 시작했죠?"

나는 그 누구의 뺨도 갈기지 않았으나 목소리에는 당황한 기색이 역력했다. 그 부인의 말에 울화가 치밀고 수치심이 들었다. 나는 그 자리를 피하기 위해, 그날 밤에도 장교 한 명의 물건을 날치기했다.

'적어도 내가 수치심을 느끼는 게 사실이라면, 그 수치심은 더 날카롭고 더 위험한 요소, 이를테면 언제나 수치심을 불러일으키는 사람들을 위협하는 일종의 독침 같은 요소를 그 밑에 숨기고 있을 거야. 어쩌면 그 수치심이 올가미로 나를 함정에 빠뜨리고 있는 것인지 몰라. 의도적인 것은 아니지만, 수치심이 있기 때문에 나는 그 수치심 뒤에 숨고 기회를 엿보기를 원하는 거야.' 나는 생각했다.

카니발이 열리는 동안에는 변장을 하기가 쉽다. 나는 호텔 방에서 블라우스가 달린 안달루시아 스타일의 속치마를 훔쳐 왔다. 어느 날 저녁, 나는 만틸라를 뒤집어쓴 채 부채를 들고 크리올라 거리에 가려고 시내를 재빨리 가로질렀다. 당신들의 세계와 단절하는 일이 돌발적으로 일어나지 않도록 치마 밑에 바지를 그대로 입고 있었다. 그런데 내가 카운터에서 계산을 막 끝냈을 때 치마 끝자락이 찢어졌다. 나는 화를 내며 고개를 돌렸다.

"미안. 용서해 줘."

어떤 금발의 젊은 사내가 발로 옷의 레이스를 밟고 있었다. 나는 간신히 입속으로 중얼거리듯 말했다. "조심하라고!"

그 낯선 사람은 용서를 구하는 동시에 미소를 짓고 있었다. 그의 얼굴이 너무 창백해서, 오히려 내 얼굴이 후끈거렸다. 옆에서 누군가 내게 부드럽게 말했다.

"그 사람을 용서해 주세요, 세뇨라.* 그는 절름발이에요."

'내 치마 속에서 다리를 절면 안 돼!' 마음속에 억눌려 있던 비극 여배우의 울림이 솟구쳐 나왔다. 그러나 주변에

* 스페인어로 '부인', '마님'이라는 뜻이다——옮긴이.

서 누군가가 웃고 있었다. '내 옷 속에서 다리를 절면 안 된다고.' 나는 속으로 고함을 질렀다. 마치 이 말은 치마로 둘러싸인 위나 내장 속에서 소화되어 버리는 것처럼 느껴졌다. 그리고 이 말은 내 무서운 시선을 통해 표현되었음에 틀림없었다. 나는 화가 나기도 했고 부끄럽기도 했다. 나는 서둘러서 사내들과 카롤린가 사람들의 비웃음에서 빠져나왔다. 나는 바닷가까지 걸어갔다. 나는 그 바닷물 속에 치마와 블라우스, 만틸라와 부채를 빠뜨려 버렸다. 대서양 한가운데서 홀로* 도시 전체가 온통 육지와 단절된 카니발의 즐거움에 도취되어 있었다. 나는 처량하고 슬펐다.

('옷 입는 취향도 필요하고…….' 나는 이미 그러한 고상함을 포기했다. 나 스스로 그것을 금기시했던 것이다. 물론 나도 그런 취향을 마음껏 발산할 수 있었다. 나는 속으로 그러한 취향이 나를 세련되지 못하고, 유약하게 만든다는 걸 알았다. 스틸리타노 자신도 내가 그처럼 거친 것을 보고 놀랐다. 나는 내 손가락들이 마비되기를 바랐다. 그렇게 되면 바느질을 배우는 것을 삼가야 하니까.)

스틸리타노와 나, 우리는 카디스를 향해 출발했다. 화물열차의 이 칸 저 칸을 옮겨 다니며 산 페르난도 근처에 도착했다. 그다음에는 걸어서 여행하기로 결정했다. 그런데

* 이 글을 다시 읽어 보니 카디스에서의 내 생활 무대가 바르셀로나로 설정되어 있음을 알게 되었다. "대서양 한가운데서 홀로"라는 표현이 그 사실을 상기시켜 주었다. 결국 이 글을 쓰면서 내 생활 무대를 바르셀로나로 잘못 기록하는 오류를 범했다. 그래서 나중에 무대를 올바른 장소로 되돌려놓기 위해 좀 더 상세한 설명을 넌지시 덧붙여야만 했다.

스틸리타노가 보이지 않았다. 나와 역에서 만나기로 약속했지만 그는 거기에 없었다. 나는 오랫동안 기다렸고, 이틀 연속 그 장소에 가 보았다. 그렇게 확신했지만, 그는 결국 나를 배신하고 말았다. 난 홀로 남았고 돈도 없었다. 그때 나는 문득 바지와 속옷의 꿰맨 부분 사이에서 이가 있는 것을 발견했고, 그 벌레와의 서글프고도 달콤한 공존을 느꼈다. 말하자면 스틸리타노와 나는 오트테바이드 수녀들의 삶을 답습했던 것이다. 그녀들은 결코 발을 씻어 본 적이 없고 속옷을 빨아 본 적도 없지 않았던가.

산 페르난도는 바닷가에 있었다. 나는 카디스까지 가기로 결심했다. 그곳은 바다 한가운데 세워졌지만 매우 기다란 방파제로 육지와 이어져 있었다. 내가 그곳에 접어들었을 때는 밤이었다. 내 앞에 산 페르난도 염전의 소금으로 이루어진 높은 피라미드가 보였고, 더 멀리 석양 때문에 바다에 드리워진 그림자는 둥근 모양의 회교 사원의 첨탑이 보이는 도시가 펼쳐져 있었다. 서쪽의 맨 끝자락에 위치한 땅에서 불현듯 동양의 모습이 총체적으로 보였다. 나는 생애 처음으로 그러한 광경을 보며 한 존재를 소홀히 할 수 있었다. 내가 스틸리타노를 잊고 있었던 것이다.

나는 먹고살기 위해 매일 이른 아침에 항구나 부둣가로 나갔다. 낚시꾼들이 전날 밤에 낚아 올린 생선들을 부둣가로 던지고 있었다. 비렁뱅이들은 너 나 할 것 없이 그 사용법을 알고 있었다. 말라가에서처럼, 다른 조그만 걸쇠불로 그 생선들을 굽는 대신, 나는 포르토레알을 향하고 있는 바위들 사이로 혼자 되돌아오곤 했다. 생선들이 구워

질 때쯤이면 해가 떠올랐다. 나는 거의 매번 빵과 소금도 없이 그 생선들을 먹었다. 나는 바위들 위에 서 있거나 누워서, 또는 그 위에 걸터앉아서, 이 섬의 육지를 향한 동쪽 끝에 있었다. 나는 최초의 빛을 받으며 그 빛으로 몸을 따뜻하게 하는 최초의 인간이었다. 그 빛 또한 생명의 첫 번째 발현이었다. 나는 어두워지면 배를 대기 위해 쌓아 놓은 둑 위에서 생선들을 주웠다. 강렬한 태양이 떠오르면서 나를 쓰러뜨리려 했다. 나는 태양에게 미사를 드리고 있었다. 태양과 나 사이에 장난기 어린 어떤 친근감이 생겨났다. 복잡한 의식을 거치지는 않았지만 나는 확실히 태양을 숭배하고 있었다. 원시인들을 흉내 낼 생각은 없었지만, 태양은 나의 신이 되었다. 태양은 내 몸속에서 계속해서 떠올라 곡선을 그리다 자신의 삶을 완성하고 저물었다. 내가 천문학자들의 하늘에서 그것을 보았다 해도, 그것은 내 마음속에 간직하고 있는 대담한 투사물이었을 것이다. 아마도 나는 어디론가 사라진 스틸리타노와 그 신을 모호하게 혼동하고 있었는지도 모른다.

그래서 나는 당신들에게 나의 감수성이 어떤 상태인지 알려 주고자 한다. 나의 성격은 스스로를 불안하게 만들었다. 스틸리타노를 향한 사랑, 내 비참한 생활에 갑자기 침투한 그 사랑의 혼란, 무엇이 나를 그런 상황에 처하게 만들었는지는 알 수 없었다. 그 상황의 요소들은 나에게 악의적이었다. 나는 그 요소들과 친해지기 위해 그것들을 내 안에 품고 싶었다. 그것들의 잔혹성을 부정하기는커녕, 오히려 그것들이 잔혹성을 지닌 것에 칭찬을 하고 아침까지 떨었다.

그와 같은 작용은 논리적으로는 성립될 수 없기 때문에, 마법이랄까 일종의 의도된 성향, 즉 성격과의 직감적인 결탁에 의지했다. 언어는 나에게 아무런 도움이 되지 못했다. 꿀벌의 침처럼 자존심의 뾰족한 끝이 보살펴 주고 있는 대상들과 상황들이 나에게 모성애를 느끼도록 한 것은 바로 그때였다.(모성애, 그것의 본질적인 요소는 다시 말해 여성성이다. 그것을 기록하면서 나는 조로아스터교의 교리가 암시하는 그 무엇도 원치 않았다. 나는 단지 내 감수성이 그 자체로 어떤 여성적인 성향을 띠도록 요구할 뿐이라고 말하고 싶다. 그것은 엄격성, 잔혹성, 무관심과 같은 남성적인 성향을 가질 수도 있으니 얼마든지 그럴 수 있다.)

그 단어들을 가지고 당시의 내 정신적 태도를 재구성한다고 해도, 독자들은 나 이상으로 속아 넘어가지는 않을 것이다. 우리는 우리 언어가 사망한 낯선 상태들을 반영하는 것조차 상기시킬 수 없음을 안다. 만일 나의 과거가 어떠했는지 기록해야 한다면, 마찬가지로 이 일기 전체도 그래야 할 것이다. 그러므로 나는 지금 내가 누구인가, 오늘날 내가 무엇을 쓰고 있는가를 참조하면서 상술해야 한다. 그것은 지나간 시간을 찾는 일이 아니라, 나의 과거의 생활이 혼합되어 표출되는 하나의 예술 작품을 창조하는 일이다. 즉 과거의 도움으로 고정된 현재이지, 그 반대의 것이 아니라는 말이다. 따라서 여기에서 말하는 여러 가지 사실은 내가 말한 대로라는 것, 그러나 거기에서 내가 끌어내는 해석은 현재의 내 모습, 생성된 내 모습을 의미한다는 것을 알아야 한다.

나는 밤마다 시내로 나갔다. 그러고는 바람을 막아 주는 담벼락에 기대어 잠이 들곤 했다. 나는 탕헤르를 떠올렸다. 나는 그 도시가 가까이 있다는 사실에 현혹되었다. 그 도시의 명성은 오히려 배반자들의 은신처라는 점에 있었다. 나는 나의 비참한 삶에서 벗어나기 위해 더욱 대담한 배반 행위를 생각해 냈고, 그것을 침착하게 완수해 내는 장면을 상상했다. 이제 나는 유일하게 나와 프랑스를 맺어 주는 것은 프랑스어에 대한 나의 사랑임을 알고 있다. 그래서 그게 어쨌다는 것인가!

그 배반의 취미는 나중에 스틸리타노가 체포되고, 내가 경찰관의 심문을 받게 될 때 더욱 뚜렷하게 드러날 것이다.

'돈 때문에, 아니면 고문당할지 모른다는 위협 때문에 스틸리타노를 밀고할 것인가? 내가 아직 그를 사랑하고 있으니 그렇지 않다고 대답하겠지. 그렇다면 파라렐로에서 론다 노름꾼을 죽인 페페를 밀고할 것인가?' 나는 혼자 조용히 생각해 보았다.

아마 나는 그랬을지도 모른다. 하지만 그 이후에 내가 치러야 할 대가는 어떻게 해야 할까. 내 영혼이 깊숙이 썩어 있음을 깨닫고 얼마나 부끄러워할 것인가. 더구나 나의 부패한 영혼에서 발산되는 냄새는 사람들의 코를 저리게 할 것이다. 그런데 독자들은 나의 구걸 행위와 매음 행위가 하나의 훈련이었다는 것, 그리고 거기에서 비천한 요소를 이용하는 방법을 배웠고, 그것을 선택한 것에 만족할 줄 아는 법을 배웠다는 사실을 기억할 것이다. 나는 배반에 의해서 썩어 빠진 나의 넋에 대해서(부끄러움으로부터 이익을 도출해 내는 데 익숙하다는 것에 용기를 입어서) 아마 똑같은 짓을 했을 것이다. 그런데 다행히도 내가 그 질문을 받은 것은, 어떤 젊은 해군 소위가 툴롱의 해군 군사법원에서 사형선고를 받은 것과 같은 시기였다. 그 젊은이가 무기인지, 군함인지, 군항의 도면인지를 적국에 넘겼다는 것이다. 그 배반 행위는 결코 스쿠너 선의 돛에 매달려 있는 비현실적이고 가벼운 해전의 패배를 야기하는 정도가 아니라, 기술자들의 수학적 지식으로 지지되고 도움이 되는, 더 이상 유치하지 않은 엄숙한 한 민족의 긍지를 실은 거대한 강철의 괴물들에 의한 전투의 패배를 초래하는 심각한 배반 행위였던 것이다. 간단히 말해서 그 배반 행위는 대단히 현대적인 것이었다. 그 사실을 게재한 신문(나는 그 신문을 카디스에서 보았다.)은 어리석게도, 잘 알지도 못하면서 "배반의 취미에 대해서……"라는 제목을 내걸었다. 그리고 그 기사에는 아주 잘생긴 젊은 해군 장교의 사진이 실려 있었다. 나는 그 모습에 반해 그 사진을 몸에 지니고 다녔다. 사랑은 위험한 상황에서 더 자극을 받기 때문에 나는 마음속으로 은근히 그 추방자와 시베리아에서 함께하겠다고 맹세했다. 해군 군사법원는 나를 거부하는 선고를 내림으로써, 그 사나이에게로 향하는 무겁지만 날개가 돋친 신발을 신고 단계적으로 접근하려는 나의 계획을 보다 수월하게 해 주었다. 그의 이름은 마르크 오베르였다. 나는 탕헤르로 가리라 마음먹었다. 그러면 아마도 배반자들에게 불려 가서 그들 중 한 사람이 될지도 모른다.

나는 카디스를 떠나 우엘바로 향했다. 나는 경찰관에게 추방되어 크세레스에 돌아왔다가 다시 해변을 따라 알리칸테로 갔다. 나는 홀로 걸어갔다. 때로는 다른 부랑자와 마주치거나 앞지르기도 했다. 우리는 함께 자갈더미 위에 앉아 쉬기는커녕 어떤 마을이 거지들에게 제일 친절한가, 어떤 관리가 덜 비인간적인가를 이야기하면서 각자 고독한 여정을 따라갔다. 사람들은 우리가 짊어진 짐꾸러미를 보고 비웃으면서 말했다. "저 녀석은 천으로 만든 총을 들고 사냥하러 가는군." 나는 혼자 남았다. 나는 말없이 길가의 도랑 옆으로 걸었다. 거기에 나 있는 하얀 풀의 먼지가 발에 묻었다. 배가 난파되듯이 이 세상의 모든 불행이 나를 절망의 바다로 밀어 넣고 있었다. 나는 그래도 여전히 흑인의 무섭고 힘센 나뭇가지에 매달리는 달콤한 맛을 보았다. 세상의 모든 물결을 이겨 내는 그 나뭇가지는 더욱 굳세고, 더욱 위로가 되었으며, 단숨에 당신들의 대륙을 모두 합한 것만큼의 가치를 지니게 되었다. 저녁때쯤 나의 두 발은 온통 땀으로 범벅이 되었다. 그 때문에 여름날 저녁 진창을 걸어가는 느낌이었다. 태양은 납덩어리 같은 무게로, 생각을 대신해서 나의 머릿속을 채워 주기도 하고 텅 비워 주기도 했다. 안달루시아는 아름다웠지만, 덥고 메마른 지방이었다. 나는 그 지방을 구석구석 돌아다녔다. 나이도 잊은 채 피로한 기색도 없이. 나는 너무나 무거운 슬픔을 몸에 지니고 있었기 때문에 일생을 계속 그렇게 떠돌게 되지 않을까 생각했다. 방랑은 단순히 나의 생애를 장식하는 일시적인 것이 아니라, 현실이었다. 내가 무슨 생각을 했는지 이제 기억나지 않지만, 신에게 바친 나의 온갖 비참한 삶이 떠올랐다. 인간들과 멀리 떨어진 고독 속에서 내 온몸이 곧 사랑이자 헌신이었다.

'그들과 너무 멀리 떨어져 있어서, 더 이상 다시 만날 희망이 없어. 나는 완전히 격리되어 있는 거야. 그들과 내가 관련된 일은 점차 사라지겠지. 그래서 나에 대한 그들의 경멸과 그들에 대한 나의 사랑이 대립하는 순간, 우리의 관계는 완전히 단절될 거야.' 나는 생각했다.

그렇게 울적한 상태를 전복함으로써 나는 당신들에게 동정심을 구하게 된 것이다. 나의 절망감이 그런 식으로 표현되지 않은 것은 확실했다. 사실 나의 머릿속에는 모든 것이 산산이 흩어져 있었다. 그러나 지금 내가 말하는 동정심은 명확한 성찰 속에 응고되어 있다. 이를테면 그 성찰은 햇빛에 타 버린 나의 머릿속에서 확고한 형태, 고정관념적인 형태를 취했다. 나는 너무나 무기력해져서 쉴 수조차 없었다. 나는 그것을 피곤이라고 생각하지 않았다. 나는 더 이상 샘물을 마시러 가지 않았다. 목구멍이 타들어 갔고 두 눈에서 불이 났다. 배가 고팠다. 수염이 더부룩한 나의 얼굴에 태양이 구릿빛 그림자를 드리웠다. 나는 초췌하고 누렇게 뜬 모습이었다. 슬픔이 몰려왔다. 나는 사물들에게 미소를 짓고, 그것들에 관해 명상하는 법을 배웠다. 나의 자존심은 해변을 거니는 젊은 프랑스 인으로서의 나의 존재, 고독, 비렁뱅이로서의 조건, 발을 내디딜 때마다 새롭게 일어나는 먼지들, 그 먼지 덩어리들이 조각난 구름이 되어 발 주변을 맴돌 때 마음의 위로를 느끼는 독특한 출발을 원했다. 그런데 그 독특한 출발은 평범하고 추잡한 내 옷차림과 대립하고 있는 듯했다. 찌그러진 구두와 더러운 양말은 결코 저 카르멘파 수도승의 신발처럼 공중에 받들고 먼지 위로 실어 간 듯한 고상한 힘을 지닌 적이 없었다. 또 더러운 저고리는 단 한 번도 나의 몸짓이 고귀하게 보이도록 해 준 일이 없었다. 나는 1934년 여름 내내 안달루시아 지방을 떠돌아다녔다. 마을에서 돈 몇 푼을 구걸하고 나서 밤이 되도록 계속해서 시골길을 걷다가 도랑에서 잠이 들기도 했다. 개들이 냄새를 맡고 덤벼들었다. 그러나 다시 나의 냄새가 나를 고립시켰다. 개들은 내가 농가에 도착할 때와 떠날 때마다 짖어 댔다.

'동냥하러 갈까 말까?' 석회를 칠한 담으로 둘러싸인 하얀 집 근처를 지나면서 나는 속으로 생각했다.

나의 망설임은 그렇게 오래가지 않았다. 문에 매 놓은 개는 여전히 짖어 대고 있었다. 나는 개를 향해 다가갔다. 그놈은 더욱 거칠게 짖어 댔다. 문지방에 모습을 드러낸 뒤 떠날 생각을 않는 부인에게, 나는 정확하지 못한 스페인어로 동냥을 했다. 어쩌면 외국인이라는 것이 나에게 보호막이 되었는지 모른다. 만약 거절당하면 굳은 표정으로 고개를 숙인 채 물러나면 그만이었다.

나는 이 세상의 아름다움을 감히 알아차릴 수 없었다. 그 아름다움의 비밀을 탐구하기 위한 것을 제외하고, 만약 그 아름다움을 믿으면, 그 배후에는 나를 희생자로 만드는 속임수가 있을 것 같았다. 나는 그 아름다움을 거부함으로써 시를 발견했다.

"그렇지만 그러한 아름다움은 나를 위해 만들어진 것이다. 나는 그 아름다움을 마음속에 기록해 두는 동시에, 그 아름다움이 나의 비참함을 설명하기 위해 내 주변에 그렇게 분명한 모습으로 있음을 알게 되었다."

나는 대서양과 지중해 연안의 몇몇 항구들, 어촌의 작은 항구들을 통과했다. 그런데 초라한 항구의 모습은 너무 아름다워서 오히려 나의 빈곤함이 무색해졌다. 사람들은 나를 보지 못했지만, 나는 그늘에 서 있는 남자들과 여자들, 광장에서 놀고 있는 아이들 곁을 스쳐 지나갔다. 그들에게서 느껴지는 사랑이 내 마음속 깊은 곳을 건드렸다. 두 사나이가 길에서 마주치자 미소 지으며 서로 인사를 나누는 모습을 보는 순간, 나는 세계의 맨 끝에 있는 외진 곳에 물러나 있다는 느낌이 들었다. 두 사내가 주고받는 시선, 그리고 때때로 그들이 교환하는 말들은 각자의 마음속에서 나오는 광선의 미묘한 빛줄기였다. 매우 부드럽고 섬세하게 엮어 만든 빛의 선, 즉 실처럼 뽑아낸 사랑의 광선이었다. 나는 그처럼 섬세하고 고운 것, 그리고 사랑같이 고귀한 물건으로 만들어진 순결한 화살이, 그렇게 근육이 울퉁불퉁한 수컷들 몸통의 어두운 용광로 속에서 단련되는 것에 놀라지 않을 수 없었다. 그동안에도 그들은 때로 거기에 어떤 신비한 이슬방울이 반짝이고 있던, 그 달콤한 빛을 계속 방사하고 있었다. 나는 그중 가장 나이 많은 남자가 어떤 남자(더 이상 내가 아닌 남자)에게 자기가 아끼고 있는 육체의 그 부분에 대해 이야기하는 것을 들은 적이 있다.

"오늘 밤에도 네 물건을 팽팽하게 만들어 줄게. 너의 그 후광을 말이야!"

나는 사람들이 나를 빼놓고 서로 사랑하는 것이 별로 유쾌하지 않았다.

(벨일의 감화원에서 모리스 G와 로제 B가 만났다. 두 사람 모두 열일곱 살이었다. 나는 그들을 파리에서 알았다. 서로 모르는 사이였던 그 두 소년은 나와 몇 번 섹스를 한 적이 있다. 그들은 어느 날 벨일의 감화원에서 암소들과 양들을 지키며 서로 알게 되었다. 어찌된 영문인지 모르겠지만, 파리 이야기를 하다가, 그들이 제일 먼저 떠올린 사람은 바로 나였다. 그들은 서로가 나의 친구였다는 것을 알고 놀라워하면서도 즐거워했다. 내게 이 이야기를 전해 준 사람은 바로 모리스였다.

"우리는 당신 생각을 하면서 진정한 친구가 되었어요. 그래도 매일 저녁 힘들었지만……."

"그건 왜지?"

"사람들을 나눠 놓은 칸막이 뒤에서 끙끙거리는 그의 목소리가 들렸어요. 그 녀석이 나보다 훨씬 더 예쁘장하게 생겨서 힘센 녀석들이라면 누구나 자기 것을 처박곤 했어요. 나는 어쩔 수 없었죠."

나는 어린 시절 내가 메트레 감화원에서 겪었던 끔찍한 불행이 여전히 지속되고 있다는 사실을 알고 큰 충격을 받았다.)

나는 창공을 들쑥날쑥하게 만들고 하늘에 상처를 내는 날카로운 바위들의 풍경 속을 달려가고 있었다. 그 혹독하고 메마르고 악의에 찬 궁핍함이 나의 빈곤을, 나의 인간적 사랑을 비웃고 있었다. 그렇지만 그것은 내게 냉엄한 자극제가 되었다. 나는 자연 속에서 가장 본질적인 성격의 하나인 자존심을 발견하고 덜 고독함을 느꼈다. 나는 다른 무엇보다도 하나의 바위이기를 원했다. 그렇게만 된다면 나로서는 행복하고 자랑스러운 일일 것이다. 그래서 나는 대지를 떠나지 못하고 있다. 그리고 나는 나 자신에게도 친구가 되었다. 나는 광물의 세계가 어떠한지 알게 되었다.

"우리는 비, 바람, 벼락을 향해 고개를 쳐들고 다닐 거야."

스틸리타노와 나의 모험은 나의 정신 속에서 뒷걸음치고 있었다. 그는 점점 희미해져 하나의 반짝이는 점으로, 경이로운 순수의 점으로 변해 갔다.

'남자구나.'

나는 속으로 생각했다.

그는 외인부대에서 사람을 죽였다고 고백하면서, 다음과 같이 자신을 정당화했다.

"그 자식이 먼저 나를 죽이려고 했지. 그래서 내가 놈을 죽였어. 그놈은 나보다 더 큰 몽둥이를 들고 있었단 말이야. 그러니까 난 죄가 없어."

내가 구별할 수 있는 것은 그의 남자다움과 행동뿐이었다. 과거 속에 영원히 응고되고 고정된 그것은 견고하고 파괴되지 않는 하나의 사물이 되었다. 그것은 잊어버릴 수 없는 몇 가지 상세한 특징들을 지니고 있었기 때문이다.

간혹 그러한 부정적 삶의 내부에서, 나는 가난한 자들을 희생시키는 도둑질을, 그리고 그러한 행동의 완성을 나 자신에게 허용하고 있었다. 그 행위의 중대함이 어느 정도 나의 의식을 깨우쳐 주었다.

종려나무 잎! 아침의 태양이 그것들을 황금빛으로 물들이고 있었다. 빛이 떨고 있는 것이지, 종려나무가 떨고 있는 게 아니었다. 나는 나뭇잎을 보고 있었다. 그 나무들은 지중해를 아름답게 수놓고 있었다. 겨울철 유리창의 빙화(氷花)가 더욱 다채롭긴 하지만, 종려나무 잎들은 빙화처럼, 아니 그것보다 더 깊숙이 나를 크리스마스의 이미지 속으로 밀어 넣었다. 역설적이지만 신의 죽음보다 선행하는 축일에 관한 성서의 한 구절, 예루살렘 입구에서 예수의 발아래 던져진 종려나무에 관한 한 구절에서 나온 크리스마스의 이미지 속에 내던져진 것이다. 어린 시절에 나는 종려나무를 꿈꾸던 적이 있었다. 나는 지금 바로 그 나무들 곁에 있다. 베들레헴에는 눈이 오지 않는다고 한다. 알리칸테라는 명칭은 동양의 모습을 어렴풋이 보여 주었다. 나는 내가 가장 귀하게 여기던 소년 시절의 중심으로 돌아와 있었다. 길이 꼬부라지는 모퉁이에서, 그 세 그루의 종려나무 밑에서, 어린아이였던 내가 거기에서, 소와 당나귀 사이의 나의 탄생에 참석한 크리스마스의 구유를 본 것 같았다. 그때 나는 이 세상에서 가장 초라한 가난뱅이였다. 나는 비참한 모습으로 먼지와 피로에 싸인 채 길 위에 있었다. 그리고 마침내 감옥살이하기에 충분한 인간, 밀짚모자와 종려나무 잎의 훈장을 받을 만한 인간이 되었다.

가난한 자에게 푼돈은 부귀의 상징이 아니라 그 반대였다. 나 역시 길을 가다가 돈 많은 스페인 신사의 지갑을 훔친 적이 있다. 그러나 그것은 흔히 있는 일이 아니었다. 그만큼 그들은 스스로를 방어할 줄 알았다. 그러나 그런 도둑질은 나의 영혼에 아무런 영향도 미치지 않았다. 나는 다른 거지들로부터 도둑질한 것을 말하고자 한다. 알리칸테의 범행이 참고가 될 만하다.

기억할지 모르겠지만 바르셀로나에서 도망쳐 나온 페페는 길바닥에서 주운 돈을 내게 건네줄 여유가 있었다. 나는 한 영웅에 대한 헌신적인 충성심과 페페나 그의 패거리들 중 하나가 나를 찾아낼지도 모른다는 두려움 때문에 그 돈을 몬주이크 언덕 부근의 공터에 있는 소나무 밑에 묻어 두었다. 나는 그것을 스틸리타노에게 말하지 않을 만큼의 용기는 있었지만, 그와 남쪽으로 가기로 마음먹었을 때, 그 돈(200~300페세타 정도였다.)을 알리칸테 우체국에 가서 내 앞으로 부쳤다. 풍경이 감정에 어떤 영향을 미치는지에 대해서는 여러 번 언급했지만, 그 풍경이 윤리적 태도에 미치는 영향에 대해서는 전혀 언급하지 않은 것 같다. 나는 무르시에 들어가기 전 엘체의 종려나무 숲을 가로질렀다. 나의 마음은 자연 때문에 너무 의식적으로 전도되어 있어서 나와 사람들의 관계는 습관적으로 사람과 사물의 관계처럼 변해 가기 시작했다. 내가 알리칸테에 도착한 것은 한밤중이었다. 나는 선창에서 자야만 했다. 이어서 아침 무렵, 그 도시와 이름 사이에 신비스러움이 있음을 알게 되었다. 즉 고요한 바닷가에 잠겨 있는 하얀 산들, 종려나무 몇 그루와 집 몇 채, 항구, 그리고 밝아 오는 아침의 태양 속에서 밝고 신선한 공기를 보았다.(나중에 베네치아에서 그러한 위기의 순간을 경험하게 될 것이다.) 모든 사물 사이에는 경쾌함이 있었다. 그러한 체계 속에 들어가려면 사람들과의 인연을 깨끗이 끊고, 자기 스스로를 정화할 필요가 있다는 생각이 들었다. 나와 사람들 사이의 관계는 감정적인 것이었기 때문에 눈에 띄지 않게 그들로부터 벗어날 필요가 있었다. 나는 돌아다니는 동안 그 돈을 우체국에서 찾아 몬주이크의 감옥에 있는 페페에게 송금하는 고통스러운 즐거움을 누리겠다고 스스로 다짐하고 있었다. 나는 방금 문을 연 허름한 가게에서 따뜻한 우유를 마시고 우체국 창구로 갔다. 별 어려움 없이 두툼한 돈 다발이 내게 건네졌다. 돈이 빽빽하게 들어 있었던 것이다. 나는 밖으로 나가서 지폐를 갈기갈기 찢었다. 그것들을 하수구에 내버릴 작정이었다. 그러나 사람들과의 절연을 더욱 확실하게 하기 위해 다시 공원의 벤치로 갔다. 거기에서 지폐 조각들을 풀로 붙인 뒤, 호화로운 점심으로 배를 채웠다. 페페는 감옥 속에서 배를 곯고 있겠지만, 그 범행을 통해 나는 모든 도덕적 편견에서 해방된 느낌이었다.

그렇지만 내가 정처 없이 떠돌아다닌 건 아니었다. 나의 여정은 다른 거지들과 다를 바 없어서 나 역시 그들처럼 지브롤터로 가야 했다. 돌아다니는 병사들과 졸린 듯한 대포에 휩싸여 있는 암벽의 밤, 그 에로틱한 장면의 덩어리 때문에 나는 미칠 것만 같았다. 나는 라리네아라는 마을에 살았는데, 그곳은 마을 전체가 하나의 거대한 창녀촌 같았다. 나의 통조림 깡통 생활은 그곳에서 시작되었다. 세상의 거지들은 모두 똑같다. 중부 유럽에서도 프랑스에서도 거지들의 생활 방식은 똑같았다. 그들은 완두콩이나 스튜가 들어 있던 빈 깡통을 한 개 또는 여러 개 가지고 있다. 그 깡통의 양 끝에 철사 줄로 손잡이를 만들어 들고 다닌다. 그들은 깡통을 어깨에 걸고 시골길이나 철로 위를 걸어 다니기도 한다. 나는 라리네아에서 처음으로 깡통을 들었다. 새 깡통이었다. 나는 그것을 전날 밤 누군가 버린 쓰레기 더미에서 주웠다. 깡통의 금속 면이 반짝거렸다. 나는 손을 베지 않도록 돌멩이로 가장자리를 두드린 다음, 지브롤터의 철조망 근처로 영국군이 먹다 버린 밥찌꺼기를 주우러 갔다. 나는 그렇게 처참한 상태였다. 나는 더 이상 돈을 구걸하러 다니지 않고, 부대의 밥찌꺼기를 얻어먹으며 지냈다. 그 행위는 병사들에게 애원하는 치욕스러움을 더해 준 꼴이 되었다. 나는 병사들의 아름다움이나 혹은 그들이 입고 있는 군복의 남성다움에 마음이 동하곤 했다. 하지만 나는 그들과 비교가 될 수 없었다. 밤이 되자 몸을 팔 시도를 해 보았다. 다행히 골목이 어두워 성공할 수 있었다. 정오에 거지들은 울타리 어디든지 자리를 잡고 있었다. 그러다 저녁 무렵이면 언제나 부대 막사의 철조망 근처로 몰려들었다. 어느 날 저녁, 그 무리 속에서 살바도르의 모습이 보였다.

2년 후 앙베르에서 만난 스틸리타노는 몸이 비대해져 있었다. 그의 옆에는 긴 인조 속눈썹을 달고 검은 비단 치마를 입은 고급 갈보가 그와 팔짱을 끼고 있었다. 그는 얼굴색이 좀 더 거무튀튀해졌지만 여전히 아름다웠고 값비싼 모직 양복을 입고 금반지도 끼고 있었다. 게다가 몹시 우스꽝스럽게 작은 몸을 떠는 하얀 개를 앞세우고 걸어갔다. 바로 그때 나는 그의 모습에서 뚜쟁이를 발견했다. 그는 스스로를 애지중지하며 꾸미곤 했던 비속함과 어리석음을 여전히 몸에 지니고 있었다. 나는 언제나 비에 젖은 그 슬픈 도시에서 그를 앞장섰으며, 그를 데리고 다녔다. 나는 부두 근처 사크 거리에서 살았다. 밤마다 술집들을 전전했고, 에스코 부두를 어슬렁거렸다. 나는 이 강가에서, 그리고 도난당하고 잘려 나간 다이아몬드들의 도시에서 마농 레스코의 찬란한 이야기를 떠올리곤 했다. 나는 소설 속에 빠져 들었고, 그 이미지 속으로 들어갔으며, 나를 이상화시키는 것, 뒤섞인 사랑과 교도소에 관한 이념이 되어 가는 것을 느꼈다. 나는 시장통의 회전목마 일에 고용되어 있던 어떤 프랑스 청년과 함께, 황금의 도시, 해양 정복의 도시에서 자전거를 훔쳤다. 나는 스틸리타노가 돈을 많이 벌고 사랑했던 그 도시에서 계속 가난을 추구할 것이다. 나는 그가 페페를 경찰관에 넘긴 것에 대해 감히 비난하지 못할 것이다. 나는 그 젊은 떠돌이의 범죄행위보다 스틸리타노가 비열하게 밀고한 사실에 더욱 충격받았다는 것을 알았다. 나에게 상세한 내용이 낱낱이 전해지지는 않았지만, 이야기의 불명료함이 오히려 진실성을 더해 주는 듯했고, 그래서 한층 아름답게 들렸다. 살바도르는 내게 그 밀고 이야기를 하면서 행복해했다. 그것이 너무 뚜렷한 희생자의 넋두리가 되는 것을 피하려고, 가끔 중단되곤 했던 그의 즐겁고 도취한 음성은 스틸리타노를 향한 증오와 고민을 드러내고 있었다. 그러한 그의 감정은 스틸리타노를 보다 굳세고 훌륭하게 만든 것 같았다. 살바도르도 나도 우리가 만난 것에 대해 조금도 놀라지 않았다.

그는 우리가 속한 무리 중 첫 번째에 속했기 때문에, 라리네아에서 고참 대우를 받았다. 나는 두세 명의 거칠고 힘센 거지들이 자신들의 봉사료로 요구하는 10퍼센트의 세금을 면제받았다. 나는 그에게 다가갔다.

"무슨 일이 있었는지 다 알고 있어!" 그가 내게 말했다.

"뭘?"

"뭐냐고? 스틸리타노가 체포된 것 말이야!"

"체포? 왜?"

"시치미 떼지 마. 나보다 더 잘 알면서."

살바도르의 모든 부드러움이 일종의 까다로운 기질로 변해 버렸다. 그는 악의적으로 말하면서 내 동료의 체포에 관해서 이야기했다. 그것은 외투를 도둑질한 것 때문도, 그 밖의 다른 물건을 도둑질한 것 때문도 아니라, 스페인 사람을 살인한 것 때문이라고 했다.

"그가 죽이지 않았어." 내가 말했다.

"물론이지. 그건 누구나 알아. 어느 떠돌이가 죽였지. 하지만 그것을 고자질한 게 스틸리타노란 말이야. 그가 범인의 이름을 알고 있었어. 그래서 알바이신에서 그 떠돌이가 체포됐지. 경찰관은 그 떠돌이의 형제들이나 그의 패거리로부터 스틸리타노를 보호하기 위해 체포한 거야."

알리칸테로 가는 도중, 내가 했던 저항과 소위 후회라고 할 만한 것을 없애려고 저지른 일 덕분에 내가 행한 도둑질은 대단히 확고하고 순수하고 거의 빛나는 행위, 오로지 다이아몬드처럼 광채가 나는 행위로 보였다. 적어도 내 눈에는 그렇게 보였다. 나는 그 일을 수행함으로써 다시 한 번 그 고귀한 우애 관계를 끊어 버렸다. 이번엔 정말이라고 다짐했다.

'그다음에, 그 범행 다음에, 어떤 종류의 윤리적 완성을 기대할 수 있을까?'

도둑질을 없앨 수는 없는 것이기에, 나는 그것을 윤리적 완성의 근원으로 삼기로 결심했다.

'그것은 비겁하고, 무기력하고, 더럽고, 저속한 짓이야…….(나는 도둑질에 대해 말할 때 오직 수치심을 나타내는 단어만을 사용할 것이다.) 그것을 구성하는 어떤 요소들도 그 행위를 찬양할 기회를 주지 않을 것이다. 그렇지만 나는 내 자손들의 가장 괴물 같은 특성을 결코 부정하지 않을 것이다. 나는 그 가증스러운 자손들로 이 세상을 뒤덮고 말 것이다.'

그러나 나는 그 당시의 생활을 제대로 묘사할 수 없다. 나는 그 기억을 지우고 싶었다. 아마도 그 기억은 윤곽을 애매하게 하는 것, 그것에 텔컴 파우더를 뿌리는 것, 게다가 16세기의 멋쟁이 귀부인들이 절제의 목욕이라고 불렀던 그 우유 목욕과 견줄 만한 화장을 제안하고 싶어 하는 듯하다.

나는 부대의 밥찌꺼기로 도시락 깡통을 채웠다. 그리고 혼자 구석으로 가서 그것을 먹었다. 나는 두 팔로 머리를 얼싸안고 있는 스틸리타노의 모습, 숭고하고도 천박한 스틸리타노에 대한 기억 하나를 간직하고 있다. 나는 그의 힘이 자랑스러웠고, 그와 경찰관과의 공조가 든든하게 여겨졌다. 나는 하루 종일 슬펐으나 엄숙한 기분을 유지했다. 어떤 감정, 일종의 불만족이 나의 모든 행동을 간섭하고 가장 단순한 행동에도 과도한 반응을 보였다. 나는 어떤 분명하고 찬란한 영광이 나의 손가락 끝에 나타나기를 원했고, 또 나의 강력한 힘이 나를 이 땅에서 들어올려, 내부에서 나를 폭발시키고, 나를 용해시키고, 바람 부는 대로 사방으로 소낙비처럼 흩어지게 하기를 원했다. 그러면 나는 온 세상에 비처럼 뿌려졌을 것이다. 나의 가루, 나의 화분은 별들까지 닿았을 것이다. 나는 스틸리타노를 사랑했다. 그러나 바위투성이인 이 지역의 건조함 속에서, 그리고 돌이킬 수 없는 태양 아래에서 그를 사랑한다는 것은 나를 기진맥진하게 만들고 나의 눈시울에 뜨겁게 불을 지피는 것이었다. 눈물을 펑펑 쏟아 냈다면 나의 눈가는 한결 가라앉았을 것이다. 그렇지 않으면, 존경심을 가지고 주의 깊게 경청하는 청중 앞에서 오랫동안 찬란하게 많은 이야기를 했다면 마음이 수그러들었을 것이다. 나는 친구도 없이 고독했다.

나는 며칠 동안 지브롤터에 체류했지만, 주로 라리네아에 있었다. 나중에도 살바도르와 식사 시간에 영국군의 철조망 앞에서 만났지만 서로 별다른 관심은 보이지 않았다. 멀리서 그가 몇 차례인가 턱이나 손가락으로 다른 거지들에게 나를 가리키는 모습을 보았다. 스틸리타노와 함께 지내던 때의 내 생활이 그를 불안하게 했던 모양이다. 그는 그 신비감을 해석하려고 애쓰고 있었다. 그때는 한 남자 곁에서, 그와 함께 뒤섞여 생활하며 보냈기 때문에 그것이 하나의 증인, 진실한 순교자를 통해 이야기로 전해짐으로써 다른 거지들의 눈에 내가 이상한 특권을 가지고 있는 것처럼 비춰졌다. 미묘한 지적이기는 하지만, 세세하게 체험한 것은 사실이다. 나는 전혀 오만하지 않게, 그러나 마음속으로는 스틸리타노가 알려 준 것을 추구한다는 부담감을 지니고 있었다. 적어도 나는 그렇게 생각했다.

나는 탕헤르 항구로 가는 배를 타고 싶었다. 영화들과 소설들이 그 도시를 무서운 장소, 지구상의 모든 군대가 다양한 비밀을 팔기 위해 흥정하는, 일종의 도박장 같은 장소로 만들어 놓았다. 스페인 쪽에서 볼 때, 탕헤르는 우화 속의 도시 같았다. 그것은 배반의 상징 그 자체였다.

이따끔 나는 걸어서 알제시라스까지 가곤 했는데, 항구에서 길을 잃고 방황을 했다. 그럴 때면 멀리 지평선에 떠오르는 그 유명한 도시를 바라보며 생각했다.

'저기에서 사람들은 어떤 배반, 어떤 거래의 방탕한 짓에 넋을 잃을까?'

이성이 있는 사람이라면 나 같은 놈을 스파이 업무에 활용할 것 같지는 않았지만, 스파이 활동에 대한 나의 욕망이 너무 컸기 때문에, 나는 스파이가 되는 계시를 받도록 선택된 인간이라고 믿었다. 내 이마에는 누구나 볼 수 있도록 또렷이 배반자라는 말이 새겨져 있다. 나는 돈을 좀 절약해서 어선에 자리를 잡았으나, 날씨가 좋지 않아서 알제시라스로 돌아와야 했다. 또 한번은 어떤 수부와 공모하여 대형 여객선의 갑판에 탈 수가 있었다. 누더기가 된 옷, 때로 얼룩진 얼굴, 더부룩하고 불결한 머리카락 때문에 세관원이 나의 하선을 금지한 일이 있었다. 스페인으로 돌아와서부터, 나는 세우타를 통과하기로 마음먹었다. 그런데 거기에 도착했을 때, 사흘간 유치장 신세를 지고, 처음 출발했던 장소로 돌아와야 했다.

물론 탕헤르에서도 다른 곳과 마찬가지로, 그 관청을 본거지로 해서 하나의 조직으로 통제된 모험, 국제정치적 전략에 의해 여러 법칙으로 조절된 모험을 추구하는 데 성공할 수는 없었겠지만, 나에게 그 도시는 배반이라는 것을 멋지게, 그야말로 훌륭하게 체득할 수 있도록 해 준 곳이어서 나는 그만큼 접근한 것만으로도 충분히 만족스러웠다.

"그래도 거기서 멋진 예를 찾을 수 있었을 텐데!"

어쩌면 거기서 마르크 오베르나 스틸리타노, 그 밖의 다른 사내들을 찾을 수 있었을지도 모른다. 나는 그들이 충성과 강직이라는 도덕적 규범에 대해 무관심한 것은 아닌지 의구심이 들기도 했지만 꼭 그렇게 믿었던 건 아니었다. 그들이 이야기를 할 때, "그들은 오류를 범하고 있다."라고 말하는 것이 나를 측은하게 만들었다. 그것은 지금도 때때로 나를 측은하게 만든다. 그들이야말로 모든 분야에 있어서 대담하다고 생각되는 유일한 자들이다. 그들의 윤리적 선의 다양성, 그것의 굴곡이야말로 내가 모험이라고 부르는 매듭진 끈을 형성한다. 그들은 당신들의 규범에서 벗어난다. 그들은 충실하지 못하다. 특히 그들은 스틸리타노의 바지 속의 포도송이와 비할 만한 결함이나 흠집을 가지고 있었다. 아무튼 당신들이 보기에 나의 죄의식이 크면 클수록, 그리고 전반적으로 완전하게 범죄의 상황을 수용할수록 나의 자유는 커질 것이다. 그만큼 나의 고독과 나의 유일성은 완벽해지는 것이다. 또 나는 죄의식을 통해 지성에 대한 권리를 얻을 수 있었다. 사람들은 생각할 권리도 없으면서 너무 많은 생각을 한다. 그들은 생각하는 일을 자신의 구원에 불가피한 것인만큼 어떤 치밀한 계획으로 맞서지 않는다.

배반자와 배반에 대한 이러한 추적은 에로티시즘의 여러 형태 중 하나에 불과하다. 한 소년이 나에게 기절할 정도로 즐거움을 주는 경우는 매우 드물다. 그런 경험은 거의 해보지 못했다. 그러한 놀라운 기쁨은 오로지 내가 소년과 뒤엉켜 이룩한 삶의 매듭만이 제공할 수 있다. 이불 속에 누워 있는 나의 육체, 또는 거리에 서 있는 채로, 밤에 숲 속에서, 모래사장에서, 애무를 받고 있는 육체는 내게 부분적 쾌락만을 줄 뿐이다. 이를테면 나는 사랑을 하고 있는 나의 육체를 내려다볼 용기가 나지 않는다. 나라는 인간은 우아함 속에 쾌락의 중요성을 간직하고 있는 순간적 매력의 요소 그 자체이며, 그러한 상황을 수도 없이 경험했기 때문이다. 나는 이제 다시는 그런 경험을 할 수 없을 것이다. 결국 나는 지금까지 에로틱한 상황만을 추구하고 있었다는 걸 알게 되었다. 무엇보다도 이런 것들이 나의 삶을 지배했다. 나는 주인공과 작품의 내용에 에로틱한 모험이 존재하고 있음을 안다. 그것이 바로 내가 원한 삶이었다.

며칠 후 나는 페페가 종신형을 선고받은 것을 알게 되었다. 나는 가지고 있던 돈 전부를 털어 감옥살이를 하고 있던 스틸리타노에게 보냈다.

재판 기록 서류에 붙인 사진 두 장을 발견했다. 그 가운데 한 장은 내가 열여섯에서 열일곱 살쯤에 찍은 것이었다. 나는 빈민 구호소에서 지급받은 상의와 찢어진 자켓을 입고 있었다. 나의 얼굴은 타원형으로, 아주 순수하게 생겼고, 코는 일그러져 있었다. 지금은 잘 생각나지 않지만, 싸움을 하던 중 주먹으로 한 대 얻어맞은 것처럼 보였다. 눈은 멍하고 슬퍼 보였으며, 때로 열정적이고 진중했다. 머리카락은 길고 흐트러져 있었다. 그 나이, 그 시절의 모습을 보면서 나는 거의 고함치듯 감정을 토로했다.

"가엾은 녀석, 정말 고생 많이 했구나!"

나는 나 자신이 아닌 또 다른 '장(Jean)'에 대해 호의적으로 말했다. 그는 또 다른 나와 다름없었다. 이제 더 이상 찾아볼 수 없는 어린 시절의 못생긴 얼굴이었지만 당시로선 꽤 고민했었다. 그럼에도 불구하고 늘 거만했기 때문에, 심지어 뻔뻔스러웠기 때문에 생활하는 데는 어려움이 없었다. 조금 마음이 불편하기는 했지만 처음에는 그런 기색을 별로 드러내지 않았다. 그러나 황혼이 다가올 즈음, 심신이 피곤해졌을 때, 나는 허리가 굽어지고 눈도 침침해졌다. 세상을 보는 눈이 혼란스러워지거나 내 안으로 향하거나 사라지는 것을 느꼈다. 나의 시선은 절대적 고독을 알고 있는 것 같았다. 농장에서 머슴살이를 하고 있었을 때, 군인이었을 때, 고아원에 있었을 때, 주인집 사람들이 우정과 애정을 듬뿍 주었음에도 나는 무척 고독하다고 느꼈다. 감옥은 내게 최초의 위안을, 최초의 평화를, 최초의 친근감을 주었다. 그것은 바로 불결한 세상 속이었다. 그처럼 고독했기 때문에 나로서는 스스로를 벗으로 삼을 수밖에 없었다. 나의 외부 세계, 그 무한성, 밤이면 한층 더 완벽해지는 혼란에 직면함으로써, 나는 그것을 신의 경지로 받아들일 정도였다. 그것은 신이 선택한 방법인 시련, 절망의 기슭에서 방황하는 괴롭고 기진맥진한 시련을 통한 것이기는 했지만, 특별히 고려하여 인도된 수많은 주의와 경계의 대상, 사랑받는 구실이 되었을 뿐 아니라 그 수많은 일들의 유일한 목적이기도 했다. 그리고 나로서는 묘사할 수 없는 어떤 작용에 의해, 내 몸의 차원을 변경하는 일 없이, 하지만 그 많은 영광만큼 귀중한 원인을 간직하는 것이 수월했기 때문에 나는 그 성스러움, 나 자신의 뿌리이자 성향인 그 성스러움을 마음속에 품고 있었다. 그리고 나는 그것을 뱃속에 넣었고 내가 만든 노래를 그것에게 바쳤다. 밤이 오면 자주 휘파람을 불었다. 그것은 종교적이었다. 멜로디는 느렸고, 리듬은 좀 무거웠다. 나는 그것을 통해 신과 교감할 수 있다고 생각했다. 실제로 그런 일이 발생했다. 신은 곧 나의 노래에 포함된 희망과 열정이었다. 나는 길을 걸어가면서, 두 손을 호주머니에 찔러 넣은 채, 때때로 고개를 숙이기도 하고 쳐들기도 하면서 집들과 나무들을 바라보며 서투른 솜씨로, 즐겁지도 그렇다고 슬프지도 않은 숙연한 찬가를 휘파람으로 불어 댔다. 나는 희망이란 그저 사람들이 부여해 놓은 표현 이외에 아무것도 아님을 알게 되었다. 신의 가호도 마찬가지다. 나는 결코 경쾌한 리듬으로 휘파람을 불 수 없었다. 나는 여러 가지 종교적 테마들을 알고 있다. 그것들은 비너스나 메르쿠리우스*나 성모마리아를 창조한다.

두 번째 사진 속의 나는 서른 살이다. 표정은 굳어 있고

광대뼈는 도드라져 보인다. 입은 입맛이 쓴 듯한 모양이고, 악의가 있다. 눈은 매우 부드럽지만 건달처럼 보인다. 그 두 눈의 부드러움조차 사진 찍을 때 사진사가 앞을 보라고 지시한 대로 동작을 취할 때 찍혔는지 분명하게 드러나 있지는 않았다. 그 두 모습을 보니 당시 내게 생기를 불어넣어 주던 난폭함이 느껴진다. 열여섯 살부터 서른 살까지, 소년 감화원이며 감옥이며 술집 같은 곳에서, 나는 영웅적인 모험을 찾고 있던 것이 아니라 가장 아름다운 범죄자들, 그리고 가장 불행한 범죄자들과 나의 동일성을 끊임없이 추구하고 있었다. 나는 사랑하는 남자를 따라 시베리아로 가는 젊은 매춘부, 또는 애인이 죽고 나서 애인의 복수를 하기 위해서가 아니라 애인을 추도하며 눈물을 짓고 그의 기억을 떠올리기 위해서 살아남으려는 매춘부가 되고 싶다고 생각했다.

나는 훌륭한 가문에서 태어나기는커녕 출신조차 불분명했다. 그래서 더욱 그러한 생각이 가능했다. 게다가 내 생활의 비참한 특성이 거기에 덧붙었다. 나는 가족들로부터 버림받은 데다 소년들과의 애정 행각, 도둑질을 하면서 느낀 사랑, 혹은 도둑질에의 공감 등으로 당연히 더욱 생활이 악화된 것 같았다. 그래서 나도 나를 거부한 세계를 단호히 거부했다. 심지어 가장 치욕적인 상황에 대해 즐거운 타락이라고 말할 정도이니, 아마 어린 시절의 공상이 필요했을 것이다. 그래서 나는 성(城)이며, 조상(彫像)보다 경

---

* 그리스신화에 등장하는 상업의 신이다──옮긴이.

비원을 더 많이 가지고 있는 공원이며, 결혼식 신부들의 화려한 의상이며, 장례식이나 결혼식 등을 상상했다. 작고 거만한 고아 하나를 그 속에서 거닐도록 하기 위해서 말이다. 그러나 잠시 후 그러한 몽상이 철저히 방해받았을 때, 감화원이나 교도소나 도둑질이나 모욕적 언사나 매음 행위 등의 비참한 생활 속에서 탕진했을 때, 나는 정신적 습관을 장식하고 있던 그 장식물들(그리고 그것들과 관련된 고상한 말들)로, 즉 나의 욕망의 대상물들을 가지고 남자로서의 현실적인 환경을 갖추게 되었다. 그러나 무엇보다도 그것은 어린아이에게 너무 모욕적인 환경이었다. 나는 그것을 감옥에 대한 경험으로 간주했다. 죄수에게 감옥은 마치 왕의 손님이 궁전에서 느끼는 것과 같은 안정감을 준다. 그 두 건물은 가장 큰 신념을 가지고 세워졌으며, 그것들이 존재하는 모습 그대로 누구에게나 가장 확실한 느낌을 준다. 즉 그것들은 존재하기를 원하는 대로 머물러 있다. 벽돌의 구조, 재료, 비율, 건축양식 등은 그 건물들이 상징하는 사회체제가 유지되는 한, 그것들이 파괴될 수 없는 것으로 남아 있는 도덕적 구조와 일치한다. 감옥은 나를 완벽하게 보장해 준다. 그 건물이 재판소, 부속 건물, 웅장한 현관과 더불어 나를 위해 지어진 것임을 확신한다. 그 모든 것은 나를 매우 진지하게 맞이할 준비가 되어 있다. 규칙의 엄격함, 엄중함, 정확성 같은 것은 궁정의 여러 가지 예절, 방문객을 그 대상으로 하는 상세하고 억압적인 예의와 본질적으로 같다. 그리고 감옥의 토대는 궁전과 마찬가지로 커다란 고급 석재에 대리석 계단, 순금 장식, 왕국의 가장 진귀한 조상 그리고 그곳의 주인인 절대 권력 위에 놓여 있다. 두 건물 사이를 끊임없이 순환하는 하나의 살아 있는 체계, 한쪽이 뿌리이고 또 다른 한쪽이 꼭대기라는, 양쪽 모두 순수한 상태의 힘으로써 그 체계를 내포하고 압박하는 양극단이라는 점은 매우 유사하다. 궁전의 양탄자들과 거울들은 얼마나 안정감을 주는가. 궁전의 변소에서 느낄 수 있는 친밀한 분위기는 말로 설명할 필요가 없다. 새벽에 똥을 누는 행위는 유리창의 젖빛 유리를 통해, 조각이 새겨진 현관이며 늘어선 호위병이나 조상(彫像), 정면에 보이는 정원 같은 것이 어렴풋이 보이는 뒷간 속에서 행해지는 의식의 중요성에 비추어 다른 어떤 장소와도 비교할 수 없다. 그 조그만 변기 옆에 명주로 만든 천이 있는 것은 다른 곳과 마찬가지이다. 하지만 잠시 후 비단 실내복에 분홍색의 슬리퍼를 신고 헝클어진 머리와 다 지워져 가는 분으로 얼룩진 어떤 지체 높은 여인이 육중한 자태로 거기에 똥을 누러 오는 것이다. 나는 작은 변기 위에 앉아 있다가 거친 경비원들에게 강제로 끌려 나오는 법이 없다. 거기서 똥을 누는 행위는 왕의 초대를 받아 궁궐에서 생활하는 것만큼이나 중요한 일이기 때문이다. 감옥은 내게 그와 동일한 안정감을 준다. 그 어느 것으로도 그것을 파괴할 수는 없다. 어떤 회오리바람도, 폭풍도, 파산선고도 감옥을 파괴할 수는 없다. 감옥은 스스로를 신뢰한다. 그 속에 있는 우리도 우리 자신을 신뢰한다. 그렇지만 그 두 건물을 주관하고 있는 진지한 사람들, 즉 그들을 스스로 존경할 만한 것으로 간주하게 만들고,

멀리서 서로 상대방과 경쟁하고 서로를 이해시키려고 하는 그 진지한 사람들에 의해서, 이를테면 그것의 세속적인 중요성에 의해서 그것들은 멸망하고 말 것이다. 그것들이 땅 위에, 혹은 세상에 아무렇게 놓여 있었다면, 오랫동안 그 자리를 지킬 수 있었을지 모르지만, 나는 그것들의 중요성을 별 관심 없이 지나치고 말았을 것이다. 나는 그것들의 토대가 나의 내부에 있다는 것, 그것들이 나의 가장 폭력적이고 극단적인 성향의 상징임을 인정하지만, 이미 나의 부식된 정신은 그것들을 파괴하기 시작했다. 나는 이미 망가진 육체로 비참한 생활을 하고 있었다. 비참한 인생은 파괴된 궁전, 약탈된 정원, 장엄한 사자(死者)들의 실제 외관과 다를 바 없었다. 내 인생은 그런 폐허 같았다. 그러나 그 폐허의 정도가 심할수록 상징적으로 보일 수 있었던 것이 저 멀리 성스러운 과거 속으로 더욱 깊이 파묻혀 버리는 것이었다. 그 결과 이미 당시에 내가 호화로운 비천함 속에 살고 있었는지, 혹은 나의 비천한 삶이 호화로운 것이었지는 통 알 수가 없다. 마침내 굴욕적이라는 생각은 시간이 지남에 따라 조금씩 삶의 조건에서 분리되었다. 그 굴욕의 관념을 여러 가지 이념적 금박으로 붙들어 매고 있던 끈들이 끊어져 버렸다. 그것에 대한 변명을 자처했던 것이다. 이를테면 그 관념을 세상 사람들이나 나 자신의 눈에 정당화시켰다. 그 굴욕의 관념은, 그 관념 자체로 유일한 존재 이유, 유일한 필요성, 그리고 자기의 유일한 목적으로 남게 되었다. 이 세상에 내버려진 어린이의 영화(榮華), 즉 왕의 영화를 사랑하는 상상력은 나에게 수치심에 금박을 입히고, 그 수치심을 갈고 닦고, 그것을 재료로 세상의 패물을 만드는 것을 허용했다. 그 이후 나는 수치심을 숨기기 위해 말을 사용하고, 말을 소비함으로써 그 비천함으로부터 완전히 벗어날 수 있었다. 사실 스틸리타노에 대한 나의 사랑은 매우 이례적인 것이었다. 내가 그를 통해 일종의 고귀함을 경험한 것은 내 삶의 진정한 의미를 재발견하고, 보통 사람들의 세계를 벗어나 내 삶에 의미를 부여하게 되었다는 뜻이었다. 나는 그 시기에 가난한 인간들을 바라보는 나의 태도가 어떠했는지 설명하면서 스스로 혹독하고 명석하다는 것을 알았다. 나는 너무 비참했기 때문에 내가 마치 비참함으로 빚은 반죽이 된 느낌이었다. 비참한 삶은 나의 본질 그 자체였으며, 나의 넋과 마찬가지로 나의 몸속을 배회했다. 그것은 나의 몸을 키워 주는 요소였다. 나는 세계에서 가장 호화로운 도시의 궁전에서 지금 이 글을 쓰고 있다. 이곳에서 나는 부자다. 그렇지만 가난한 자들을 동정할 수는 없다. 나 역시 그들과 마찬가지이기 때문이다. 그들 앞에서 활개를 치고 돌아다니는 것은 유쾌한 일이지만, 솔직히 말하면 좀 더 호사스러운 모습으로 건방을 떨며 다닐 수 없다는 사실이 무척 유감스럽다.

"나는 소음이 없고 번쩍거리는 검은색 자동차를 가질 거야. 그 차를 몰고 가면서 데면데면한 태도로 빈곤을 바라볼 거야. 나는 빈곤한 자들 앞에서 몸소 호사스러운 장식품의 행렬을 이끌고 다닐 거야. 빈곤 앞에서 그런 내 모습이 잘 보이도록, 그리고 호화로운 자동차의 고요함 속의, 다른 세상에서 볼 때 언제나 그러한 존재인 가난한 자들에게, 지상의 영광의 상징으로 여겨지는 부귀영화의 극치를 맛보며 내가 그토록 고상한 태도로 활보하는 것을 보여 줄 거야."

나는 스틸리타노와 함께 아무 희망도 없이 빈곤하게 살았다. 나는 가장 메마른 유럽의 어느 국가에서 아주 건조한 시학의 표현을 체험했다. 때때로 그것은 밤마다 자연 앞에서 나의 불안에 떠는 전율을 부드럽게 해 주었다.

이 글의 앞 쪽에서 나는 "황혼의 벌판……"이라고 썼다. 그런데 나는 당시에 그것이 중대한 위험을 지니고 있어서 나를 죽이거나 고문하려고 하는 전사들을 감추고 있다고는 생각하지 않았다. 오히려 정반대로 그 벌판이 매우 편안하고 모성적이며 좋았기 때문에, 내가 완전히 다른 사람으로 변해 착한 사람, 자비로운 사람이 되지나 않을까 두려웠다. 나는 자주 기차의 화물칸에서 내려 밤길을 떠돌아다녔다. 그리고 밤의 느릿느릿한 활동을 귀담아 듣곤 했다. 나는 풀밭 속에서 쪼그리고 앉아 있거나, 아니면 감히 그렇게 할 수가 없을 때에는 풀밭에서 꼼짝도 하지 않고 서 있거나 했다. 때로는 시골의 벌판을 신문의 삼면기사의 무대로 가정하기도 했다. 거기에서 나의 진정한 드라마를 죽을 때까지 가장 효과적으로 상징할 주인공들을 설정하는 것이었다. 가령 뚝 떨어져 있는 버드나무 두 그루 사이에서 권총을 쥔 손을 호주머니에 넣고, 뒤에서 어떤 농부를 쏘는 젊은 살인자 역을 하는 것이다. 인간적 모험에 대한 상상을 하기 시작하면서 나무는 그토록 부드럽고 예민한 존재가 되었단 말인가? 나는 나무를 이해할 수 있었다. 나는 이제 살바도르를 불쾌하게 만들었던 솜털 깎기를 중단했다. 그래서 나는 점점 이끼가 낀 줄기 같은 용모로 변해갔다.

살바도르는 더 이상 스틸리타노에 관한 이야기를 늘어놓지 않았다. 그는 더 추해졌지만, 그래도 닥치는 대로 좁은 골목이나 초라한 침대에서 다른 거지들에게 쾌락을 나누어 주고 있었다.

"그 자식하고 그 짓을 하다니, 변태인 게 분명해!" 스틸리타노는 어느 날 살바도르의 이야기를 들려주었다.

추악하고, 더럽고, 일그러진 사람들을 사랑하게 하다니, 그 얼마나 훌륭하고 달콤하고 정다운 악인가!

"여전히 녀석들을 만나?"

"그야 물론이지." 그는 거의 다 빠진 누런 이빨을 드러내면서 말했다. "양식 바리나 밥통에 있는 찌꺼기를 주는 놈들도 있어."

아주 착실하게 또박또박 그는 자기의 단순한 기능을 완수하는 것이었다. 그의 거지 생활은 침체 상태에 빠져 있었다. 마치 산들바람에 의해서는 결코 동요되지 않는, 투명하고 요지부동인 호수 같았다. 그리고 가난하고 파렴치한 내가 원했던 완전한 모습이 거기 있었다. 그때 내가 나의 어머니를 만났다면, 그리고 그 여자가 나보다 더 비천했다면, 나는 그 여자와 함께(하기야 언어상으로 그 말 대신에, 타락이나 또는 아래로 향하는 동작을 나타내는 뭔가 다른 말을 사용하기를 원했겠지만 말이다.) 정말이지 괴로움이나 고통스러움, 또는 모욕으로 이끌려 가는 상승을 추구했을 것이다. 나는 가장 천한 말들, 천한 태도들이나 어휘들을 사랑으로 멋지게 포장하기 위해 그녀와 함께 모험을 하고 그것을 글로 썼을 것이다.

나는 프랑스로 돌아왔다. 거뜬히 국경을 넘을 수 있었다. 그러나 몇 킬로미터 정도 프랑스의 시골길을 걸어오고 있는데 보안 경찰관이 나를 불러 세웠다. 나의 누더기 차림이 너무 스페인적으로 보였던 것이다.

"신분증!"

나는 아주 차곡차곡 접어 보관해 오던, 때 묻고 너덜너덜한 종잇조각을 내밀었다.

"수첩은?"

"무슨 수첩요?"

나는 그 굴욕적인 신체 특징을 기록한 수첩이 있다는 걸 깨달았다. 모든 부랑자들에게 교부된 수첩이었다. 그리고 어느 경찰서에서나 그것을 검사했다. 그것 때문에 나는 유치장 신세를 지게 되었다.

나는 여러 교도소에서 수많은 날들을 보내고 나서 프랑스를 떠났다. 우선은 이탈리아를 떠돌아다녔다. 왜 그곳으로 갔는지는 정확히 알 수 없다. 아마도 국경과 가장 가깝다는 이유 때문이었을 것이다. 나는 로마, 나폴리, 브린디시, 알바니아를 거쳐 산티콰란타에 정박한 로디호 위에 있었다. 나는 트렁크 하나를 날치기했다. 나는 코르푸 항구에서 체류를 거부당했다. 나는 타고 다니려고 빌렸던 나룻

배 위에서 출발할 때까지 밤을 지새워야 했다. 그 이후에는 세르비아로 갔다. 이어서 오스트리아, 체코슬로바키아, 그리고 네덜란드, 거기서 나는 위조된 즐로티*를 팔아먹으려고 애썼다. 가는 곳마다 도둑질, 감방, 그리고 앞에 열거한 여러 나라로부터의 추방이 있었다. 나는 밤에 몇몇 나라의 국경을 지나 젊은 녀석들이 모두 침통하고 피로한 채로 있는 서글픈 가을철, 그리고 땅거미가 질 무렵 어딘지 알 수 없지만 그들이 기다리고 있는 은신처에서 수많은 또 다른 젊은 녀석들이 불현듯 나타나 뒷골목이나 부두, 둑, 공원, 영화관, 부대 근처에 득시글거리는 봄철을 통과했다. 히틀러 치하의 독일, 벨기에, 앙베르에서 나는 스틸리타노와 다시 만날 것이다.

브르노(또는 브륀)는 체코슬로바키아의 어느 도시다. 나는 레츠에서 오스트리아 국경을 넘은 다음, 빗속을 걸어 그곳에 도착했다. 처음 며칠 동안은 가게를 털어 먹고살았지만, 시간이 갈수록 동료도 없이 신경질적인 사람들 속에서 어떻게 처신해야할지 당혹스러웠다. 세르비아와 오스트리아를 거쳐 힘들게 여행을 한 뒤라 나는 좀 쉬고 싶었다. 당시 나로서는 이들 나라의 경찰관들과 어떻게 해서든 나를 망치게 하려는 계략들을 피해 겨우 도망쳐 나온 후였다. 브르노 시는 공장의 연기와 돌담의 색깔로 어둡고 음습하여 가라앉아 있었다. 며칠 동안만이라도 돈 걱정 없이

* 폴란드의 화폐 단위이다—옮긴이.

지낼 수 있었다면, 내 영혼은 덧문을 닫은 방 안에서처럼 길게 늘어지거나 맥이 빠져 버렸을 것이다. 브르노에서는 독일어와 체코어가 통했다. 도심의 어느 거리에서는 라이벌인 젊은 가수들이 서로 무리를 지어 싸움질을 하고 있었다. 어느 날 나는 그들 가운데 독일어로 노래하는 가수들의 환영을 받게 되었다. 우리는 모두 여섯 명이었다. 나는 돈을 걷어서 보관하는 책임을 맡았다. 동료들 중 세 명이 기타를 치고, 한 명이 아코디언을 연주하고, 마지막 한 명이 노래를 했다. 안개가 짙게 깔린 어느 날, 나는 돌담에 기대어 물끄러미 서서 처음으로 그 패들이 연주하는 모습을 보았다. 기타를 치는 녀석 중 한 명은 스무 살 쯤으로 보였다. 그는 금발에 스코틀랜드식 셔츠와 골덴 바지를 입고 있었다. 브르노에서는 아름다운 것을 볼 기회가 거의 없어서 그랬는지 그의 얼굴이 매혹적으로 느껴지기 시작했다. 나는 한동안 그를 바라보았다. 그는 공범으로 보이는 혈색 좋고 덩치가 큰 남자와 미소를 나누고 있었다. 그 남자는 옷차림이 깔끔했고, 손에 가죽 손가방을 들고 있었다. 나는 그들과 헤어지면서 마음속으로 그 젊은이들 중 한 패거리가 이 도시의 돈 많은 남색가들에게 몸을 팔고 있다는 걸 알고 있을지 생각해 보았다. 나는 멀리 있었지만 여러 차례 다른 장소에서 그들을 만날 수 있도록 조치를 취해 놓았다. 그들 중에 브르노 출신은 없었다. 나와 친구 사이가 된 미카엘리스 안드리치만은 예외였다. 그는 여성스럽게 행동하지는 않았지만 부드러웠다. 그는 나하고 있는 동안만큼은 단 한 차례도 여자에게 관심을 보이지 않았다. 나는 그렇게 난폭하다고 할 정도로 남성적인 남색가는 처음이라 적잖이 놀랐다. 그는 그 패거리 안에서는 귀족이었다. 모두들 지하실에서 잠을 잤고, 음식도 거기서 만들어 먹었다. 나로서는 그 패들과 함께 지낸 몇 주일에 대해 이야기할 거리가 별로 없다. 내가 미카엘리스를 사랑한다는 것을 제외하고는 중요한 내용이 없었다. 나와 그는 이탈리아어로 대화를 나눴다. 그는 내게 어떤 실업가 한 사람을 소개했다. 그 남자는 혈색이 좋고 뚱뚱했지만, 그리 미련해 보이지는 않았다. 나는 미카엘리스가 그 남자에 대해서 아무런 애정도 느끼지 않고 있음을 확신했지만, 그래도 몸 파는 일보다 도둑질이 더 낫다고 설명해 주었다.

"나도 남자야!" 그는 거만하게 말했다. 나는 의심이 갔지만 그의 말을 믿는 척했다. 나는 그에게 나의 도둑질과 감옥살이 경험에 대해 들려주었다. 내 말을 들으면서 그는 감탄사를 연발했다. 얼마 지나지 않아, 그는 내가 좋은 옷을 걸치고 있는 걸 보더니 나를 특권층의 존재로 바라보는 듯했다. 우리는 함께 도둑질하는 데 몇 번 성공했다. 나는 그의 스승이 되었다.

약간 과장된 겉멋으로 이야기하자면 나는 매우 능숙한 도둑이다. 나는 도둑질을 하다가 현행범으로 걸려 본 적이 한 차례도 없었다. 하지만 내가 나의 세속적인 이득을 위해 멋지게 도둑질할 줄 안다는 것은 별로 중요하지 않다. 특히 이 자리에서 내가 추구하는 것은 도둑질에 관한 시를 쓰는 것이다. 이를테면 시를 쓴다는 것은 내가 이룩한 여러 공적을 나열하기를 거부하고, 윤리적 질서 안에서 내가 그것들에게 빚지고 있는 것, 그것들에서 출발하여 내가 건설해 놓은 것, 보다 단순한 도둑들이 막연하게 추구하고 있는 것, 그들 스스로 얻을 수 있는 것을 보여 주는 일인 것이다.

"과장된 겉멋", 그것은 바로 내가 극도로 조심하고 있다는 뜻이다.

이 책『도둑 일기』는 '불가능한 무가치성'을 추구하고 있다.

우리는 어떤 늙은 부르주아한테서 날치기를 하고 재빨리 도망치기로 결정했다. 우리는 폴란드로 갈 예정이었다. 거기에는 미카엘리스가 잘 아는 위조화폐 제조자들이 있었다. 우리는 폴란드 화폐인 즐로티를 위조할 계획을 세웠다.

나는 아직 스틸리타노를 잊지 않고 있었지만 나의 몸과 마음은 다른 사람이 차지하고 있었다. 스틸리타노에 관해 남아 있는 것이라고는 나의 미소에 미치는 영향력이랄까 그것이 전부였다. 그에 관한 기억 때문에 내 태도는 약간의 잔인함과 엄격함을 띠게 되었다. 나는 지난날 그토록 아름다운 맹금(猛禽)의 애인이었다. 그는 가장 고귀한 종류의 신성성을 몸에 지니고 있었다. 나는 상냥한 기타 연주자에게, 그의 눈이 대단히 예민했기 때문에 마음대로 하지는 못했지만, 어느 정도 거만하게 굴 수 있었다. 여기서 그의 모습을 묘사하는 만용은 부리지 않을 것이다. 독자들은 거기에서 나의 친구라면 누구나 가지고 있는 특징을 알게 될 것이다.(내가 지금 언급한 그 소년들은 나의 무지개 빛의 광채라는 구실로, 그리고 나의 투명성이라는 구실로, 끝으로 나의 부재라는 구실로 증발할 것이다. 그들이 남긴 것이 있다면 그것은 오직 내게 남아 있는 것뿐이다. 즉 나는 무(無)에 불과한 그들에 의해서 존재한다. 그들은 나에 의해서만 존재하기 때문이다. 그들은 나의 광채를 빛내 주지만, 나는 완충 지대에 있다. 소년들, 그들은 내 황혼의 호위병들인 것이다.) 그는 아마 좀 더 상냥하고 교활했을지 모른다. 그의 특징을 멋지게 정의 내리기 위해 낡아 빠진 표현으로 말하자면 그는 은총으로 떨고 있었다.

"그는 친절한 하나의 바이올린이었지!"

그 늙은이가 우리를 의심했기 때문에 우리는 약간의 돈을 가지고 국경을 넘어 카토비체에 도착했다. 거기에서 미카엘리스의 친구들을 만났다. 그러나 우리는 이틀 만에 위조화폐를 유통시켰다는 이유로 경찰관에 체포되었다. 결국 감방 생활을 했는데, 그는 3개월, 나는 2개월을 복역했다. 내 정신세계에서 흥미로운 사건은 바로 감옥에서 일어났다. 나는 미카엘리스를 사랑했던 것이다. 젊은이들이 노래를 하는 동안, 돈을 받으러 다니는 일은 결코 굴욕적인 것이 아니다. 중부 유럽에서 그러한 젊은이들을 만나는 것은 흔히 있는 일이며, 우리의 모든 태도는 젊음과 즐거움으로 순수하게 보였다. 나는 별 부끄러움 없이 다정하게 미카엘리스를 사랑할 수 있었고, 그에게 사랑의 언어를 속삭일 수 있었다. 결국 우리는 밤마다 연인의 집에서 비밀스럽게 호사스러운 시간을 보내게 되었다. 카토비체 감옥에 투옥되기 전, 우리는 경찰서 유치장에서 한 달 간 함께 지냈다. 각자 독방에 갇혀 있었지만, 아침이면 경찰관 두 명이 나타나 경찰서 업무 시간 전에 변기를 비우고 마룻바닥의 청소를 시키려고 우리를 불렀다. 우리가 서로를 볼 수 있는 유일한 순간은 그 굴욕적인 상황 아래서뿐이었다. 그 이유는 경찰관들이 프랑스 인과 체코슬로바키아 인의 고상한 행위에 대해 복수를 했기 때문이다. 그들은 이른 아침 깨어나자마자 오줌통을 비우도록 시켰다. 우리는 다섯 계단이나 내려가야 했다. 더구나 계단은 경사가 매우 심했다. 계단을 내려갈 때마다 지저분한 오줌이 흘러나와 미카엘리스의 손은 젖어 있었고, 경찰관들은 나에게 그를 안드리치라고 부르도록 강요했다. 우리는 그 순간 뭔가 가벼운 유머를 구사하기 위해 입가에 미소를 지었지만 구린내 때문에 코를 틀어막아야 했고, 얼굴은 피로에 지쳐 경련이 일었다. 우리는 이탈리아어로 말해야 했기 때문에 훨씬 더 불리했다. 신중하게, 그리고 엄숙할 정도의 느린 속도로 아주 조심스럽게, 금속으로 만든 거대한 실내용 오줌통을 아래로 운반했다. 그 통은 처음에는 건장한 경찰관들이 밤새 배설한 똥과 오줌으로 따뜻했겠지만, 아침이면 냉기로 채워져 있었다. 우리는 그것을 마당의 변소에 버리고, 빈 통을 들고 다시 올라왔다. 우리는 서로 눈이 마주치는 것을 피했다. 만약 내가 수치심을 느끼며 안드리치를 알아보았다면, 그리고 그에게 휘황찬란한 내 모습을 보여 주지 않았다면, 나는 그와 함께 간수들의 똥이나 운반하면서 조용히 지냈을 것이다. 그러나 나는 그가 굴욕감에서 벗어나도록 하고, 가난한 자들에게 용기를 주며, 또한 그에게 훌륭한 노래가 되기 위해 나 자신이 일종의 성스러운 상징물이 될 때까지 긴장하다 보니 몸이 굳어졌다. 오줌통을 비우고 나면, 경찰관들은 걸레를 내던졌고 우리는 그것으로 마룻바닥을 닦았다. 우리는 그들 앞에 엎드려서 땅바닥을 문지르고 닦으면서 기어 다녔다. 그들은 구두 발꿈치로 우리를 차기도 했다. 분명 미카엘리스는 나의 고통을 눈치채고 있었을 것이다. 그러나 나는 그의 시선이나 태도를 간파할 수 없었기 때문에 그가 나의 추한 꼴을 보고 용서해 줄지 어떨지 확실하지 않았다. 어느 날 아침 나는 반항할 생각으로 경찰관놈들의 발 위에 오줌통을 쏟아 버릴까 생각했지만, 그 순간 끔찍한 복수를 당할지 모른다는 생각이 떠올라 그만두었다.

'아마 그놈들은 나를 오줌과 똥 속에 처넣고 끌고 다닐 거야.'

그런 생각이 들었다. 그놈들은 분노를 이기지 못해 온몸으로 치를 떨며 내게 똥을 처먹일 것이다. 그래서 나는 그 특별한 상황이 어떤 다른 것도 그만큼 나를 실감나게 못할 것이므로 오히려 내게 어울릴지도 모르겠다고 생각했다.

'정말 희한한 상황이야!' 그것은 예외였다. 내가 그토록 사랑하는 존재 앞에서, 천사처럼 보인 인간의 시선으로 나는 짓밟히고, 입속에 먼지를 처넣으며 마치 장갑처럼 뒤집어진 채, 정확하게 과거의 내 모습과는 반대되는 나를 보여 줄 것이다. 왜 나는 그 '뒤집어진 상태' 그대로 멈춰 버릴 수는 없을까? 미카엘리스가 나에게 바친 그 사랑(오히려 경탄)이 과거에만 가능했기 때문에, 나는 그런 사랑 없이도 지낼 수 있을 것이다.'

그런 생각에 이르자 얼굴 표정이 굳어졌다. 나는 내가 다시 모든 애정이 추방된 세계 속에 들어갔다는 것을 깨달았다. 그 까닭은 그것이 고귀함이나 아름다움과 대립하는 여러 가지 감정의 세계이기 때문이다. 그것은 육체적 세계 속에서 경멸의 세계와 상응한다. 미카엘리스는 그러한 상태에 있다는 것을 모르지 않는 듯했으나 그것을 가볍게 견뎌 냈다. 그는 간수들에게 농담을 건넸으며, 자주 웃는 얼굴은 순진함으로 가득 차 있었다. 나는 그의 친절한 태도에 오히려 화가 났다. 그는 나의 고된 일을 떠맡고 싶어 했지만, 난 그런 그를 매몰차게 대했다.

그와 더 멀어지려면 구실이 필요했다. 나는 조금도 머뭇거리지 않았다. 어느 날 아침, 그는 경찰관 한 사람이 막 떨어뜨린 연필을 주워 주려고 허리를 굽혔다. 나는 계단에서 그에게 욕설을 퍼부었다. 그는 이해할 수 없다고 응수했다. 그는 더욱 다정한 태도를 보이면서 나를 진정시키려고 했지만, 나는 그 때문에 더 화가 났다.

"비겁한 자식." 나는 그에게 퍼부었다. "더러워. 경찰관 놈들이 네게는 지나칠 정도로 관대하더군. 언젠가 넌 정말 놈들의 발바닥을 핥게 될 거야! 아마도 놈들이 너의 독방을 방문하겠지!"

나는 그를 증오했다. 그가 내 추락의 증인이었기 때문이다. 그는 내가 어떻게 자유로운 몸이 되었는지, 또한 내가 어떻게 추락했는지 알고 있었다. 나는 빛바랜 옷을 입고 있었고, 얼굴은 수염이 더부룩하여 지저분했다. 머리카락도 엉망진창이었다. 한마디로 나는 추했다. 아마도 그게 건달인 나의 본 모습일 것이다. 미카엘리스는 그런 내 모습에 불쾌감이 들었을 것이다. 나 역시 점점 수치심이 들어 몸 둘 바를 몰랐다. 나는 이제 더 이상 동료를 사랑하지 않는다. 그 사랑, 내가 처음으로 보호자가 된 것을 경험한 그 사랑을 승계한 것은 동료로서 사랑한 것이라기보다는 일종의 불순하고 건강하지 못한 증오심이었다. 그것이 아직 몇몇의 애정의 끄나풀을 간직하고 있었기 때문이다. 그러나 내가 그곳에 혼자 있었다면, 경찰관들을 열렬히 사랑했을지도 모른다. 나는 독방에 갇히자마자, 경찰관들이 가진 권력을 꿈꿨고, 그들의 우정, 그들과 나 사이에 생길 수 있는 어떤 공모를 꿈꿨다. 거기에서 우리는 서로의 덕성을 교환함으로써 그들은 건달, 나는 배반자임이 드러날 것이다.

'너무 늦었어.' 나는 다시 이런 생각이 스쳤다. '옷을 잘 입고 시계를 차고 반짝이는 구두를 신고 다녔을 때라면 그들과 대등할 수 있었겠지만, 지금은 아니야. 너무 늦었어. 난 비렁뱅이일 뿐이야!'

몇 달 동안의 행복한 시도 덕분에 세상에 모습을 드러내기는 했지만, 이미 나는 수치심 속에서 살아가야 할 운명인 듯했다. 나는 고개를 숙이고 살기로 결심했다. 나 자신의 운명을 당신들의 운명과 달리 어둠의 방향으로 나아가기로, 그리하여 당신들의 미학과 반대 방향으로 나아가기로 작정했다.

수많은 문학가들은 때때로 강도에 대한 생각을 하면서 정신적 휴식을 취한다. 프랑스라는 나라에 소위 강도들이 들끓던 적이 있었다고 한다. 그러면 사람들은 약탈하겠다는 의지와 잔혹성과 증오로 뭉쳐진 난폭한 도둑들을 상상한다. 그러나 그것이 가능할까? 그러한 사내들이 하나의 조직을 구성할 수 있을까? 강도단을 만든 매개물은 아마도 인간의 탐욕에서 나왔을 것이다. 그러나 그것은 가장 정당한 요구, 즉 분노 아래에 숨겨져 있다. 그런데 그러한 구실, 정당성을 스스로 부여하기 위해 사람들은 곧 그러한 핑계를 대고 간략한 윤리를 만들어 내기에 이른다. 어린이들의 경우를 제외하고, '악' 그리고 그대 독자들의 도덕과 정반대되는 것에 대한 열렬한 고집이 무법자들을 결합시켜 강도단을 결성시키는 일은 절대 없다. 감옥 안에서 범죄자들은 각자 공모한 조직, 세상과 세상의 도덕에 대한 피난처인 양, 견고하고 굳게 닫힌 조직을 꿈꿀 수 있다. 그러나 그것은 몽상에 불과하다. 감옥이야말로 이 세상의 여러 가지 힘이 그 벽에 와서 부딪혀 깨지는, 성 이상의 얼굴이며 도둑들의 은신처다. 그 힘들과 접촉하자마자 범죄자들은 이내 통속적인 법칙에 복종하고 만다. 그리고 지금 신문들에서는 미국 인 탈주병들과 프랑스 인 건달들로 조직된 강도단에 대해 여러 가지 말들이 많지만, 그것은 결코 조직적이 아니라 많아야 서너 명이 모여서 하는 우발적이고 단기간에 걸친 강도단에 불과하다.

내가 미카엘리스를 다시 만난 것은 그가 카토비체 감옥

을 출소했을 때였다. 나는 한 달 전부터 자유의 몸이었다. 그동안 근처 마을을 떠돌며 이런저런 잡동사니를 약탈하면서 살아왔고, 잠은 시외에서 좀 떨어져 있는 공원에서 잤다. 여름이었다. 또 다른 건달 녀석들도 그곳으로 잠을 자러 왔다. 그들은 서양 삼나무의 그늘 아래에서, 혹은 잔디 위의 작은 나뭇가지들 사이에서 뒹굴었다. 새벽이 되면 어떤 도둑놈이 거대한 꽃다발 속에서 일어나거나 어린 거지 녀석이 아침 해를 보면서 하품을 했다. 또 다른 부류의 녀석들은 그리스 교회를 본뜬 교회당의 돌계단 위에서 이를 잡고 있었다. 나는 그들 중 누구하고도 말하지 않았다. 나는 혼자서 몇 킬로미터 떨어진 곳으로 가 그곳의 어떤 교회 안으로 들어갔다. 나는 끝에 끈끈이를 붙인 막대기로 헌금함 속의 돈을 훔쳤다. 그리고 저녁이면 항상 걸어서 공원으로 되돌아왔다. 그 '기적의 뜰'은 밝았다. 그곳의 방문객들은 하나같이 젊었다. 그들은 스페인에서 무리를 지어 다니며 서로 돈벌이가 될 만한 장소를 알려 주곤 했는데, 여기서는 어떤 거지도, 또 어떤 도둑놈도 자기 이외의 타인에게 관심이 없었다. 그들은 비밀 통로를 통해 공원에 들어온 것 같았다. 그들은 말없이 덤불이나 나뭇가지 사이를 슬며시 미끄러져 들어갔다. 담뱃불이나 살짝 찍혀 있는 발자국만으로 그들이 지나갔다는 것을 알 수 있었다. 아침이 오면 그들의 흔적은 말끔히 사라졌다. 그런데 그 많은 기상천외한 일들이 나를 더욱 공중에 붕 뜨게 만들었다. 나는 나무 그늘 한쪽에 쭈그리고 앉아서, 비렁뱅이이자 게으른 도둑놈에 불과한 내가 그 옛날 알렉산더나 카이 사르가 바라보던 별들을 똑같이 바라보며 같은 하늘 아래에 있다는 사실이 어처구니없이 여겨졌다. 나는 명예로운 것과는 정반대되는 방식으로 유럽을 횡단했다. 그렇지만 나는 위대한 정복자들의 역사만큼 귀중한 나의 비밀스러운 역사를 상세하게 기록하고 있었다. 그러므로 그 세부적인 사항들은 나를 가장 기이하고 가장 희귀한 인물로 만들었음에 틀림없다. 나는 나의 길을 따라가며 지속적으로 가장 어두운 불행을 맛보고 있었다. 아마도 거기에 남창으로서 부끄러운 여자의 옷치장이 결여되어 있었다는 것이 유감스러웠다. 이를테면 그것은 나의 여행 가방이나 성스럽지 못한 옷 밑에라도 끌고 다녀야 하지 않았을까. 아무튼 밤에 공원의 울타리를 넘자마자, 나는 은근히 그 금박으로 장식된, 군데군데 찢어진 얇은 망사 옷을 입고 다녔다.

나는 얇은 베일의 스카프 아래 드러난 내 어깨 위에 비치는 반투명의 창백한 빛을 상상해 본다. 그것은 바르셀로나의 카롤린가의 남창들이 공중변소를 꽃으로 장식하려고 열을 지어 행진하던 당시, 바로 그 아침녘의 순수한 빛이었다.* 도시는 잠에서 깨어나고 있었다. 노동자들은 일터로 향했다. 집집마다 문 앞에서 사람들이 물통을 들고 보도 위에 물을 뿌리고 있었다. 카롤린가 남창들은 우스꽝스러운 은신처의 보호 아래 있었다. 어떠한 비웃음도 그녀들에게 상처를 줄 수 없었다. 그녀들의 야하고 번쩍거리는 옷의 불결함이 궁핍을 증거하고 있었다. 태양은 고유한 광채를 발산하는 꽃 장식을 피하고 있었다. 모든 것이 죽은 채로 있었다. 거리를 산책하며 걷는 우리 자신의 모습은 세상에 버려진 그림자였다. 여자 역의 남창들은 선량한 사람들의 의식을 가지고 근근이 살아가는 얼룩덜룩한 모습의 창백한 얼굴을 한 종족이다. 그들은 결코 한낮의 진정한 태양을 누릴 권리가 없다. 그러나 그들은 변두리로 물러나 새로운 아름다움을 알려 주는 자의 가장 기이한 참혹함을 야기하는 것이다. 그들 중의 한 사람인 거대한 몸집의 테레즈는 길가의 공중변소에서 손님을 기다리곤 했다. 황혼이 되자, 그 여자는 항구 근처에 있는 둥근 모양의 공중변소에 접이식 간이의자를 가지고 들어가 앉아서 뜨개질이나 바느질을 했다. 그러다 샌드위치를 먹으려고 하던 일을 멈추곤 했다. 그녀는 자기 집에서 생활하고 있는 듯했다.

도라라는 이름의 또 다른 여자가 있었다. 그녀는 날카로운 목소리로 고함을 질러 댔다.

"못된 년들……. 못된 자식들!"

내가 기억하는 그 고함 소리는 짧았지만 절망감에 대한

---

* 이번에는 독자들 편에서 미리 알아주었으면 좋겠다. 이 글은 나의 은밀한 삶에 관한 것이며, 내 삶이 시사하는 것은 오직 사랑의 찬가뿐이다. 정확하게 지금까지의 내 삶은 유희가 아니라 에로틱한 모험의 준비였다. 나는 거기서 의미를 발견하고 싶었다. 그런데 애석하게도 나에게는 영웅적 행위야말로 사랑의 미덕을 가장 많이 갖춘 것으로 생각되며, 영웅은 우리의 정신에서만 존재하기 때문에, 그래서 나는 영웅을 창조해야 한다. 결국 나는 말의 도움을 받을 수밖에 없다. 나는 단어들로 설명을 하려고 하지만 실제로는 노래를 부르고 있다. 지금 내가 쓰고 있는 글이 사실인가, 거짓인가? 오직 이 사랑의 책만이 사실이다. 혹시 핑계를 대기 위한 구실로 쓰이는 것은 아닐까? 나는 그것을 위탁받은 자가 되어야 한다. 내가 재건하려고 하는 것은 그것들이 아니다.

깊은 명상을 담고 있었다. 그들의 절망감이자 나의 절망감에 대한 명상을. 처참한 삶으로부터의 도피, 다만 얼마 동안만이라도! 그러나 난 곧 그곳으로 돌아가고 싶어졌다. 당신들의 세계에 머물고 있는 내가 적어도 카롤린가에 대한 책이나 한 권 쓸 수 있다면 얼마나 좋을까.

나는 정숙한 태도를 유지했다. 나의 치마가 나를 보호해 주었다. 그리고 나는 예술적 자세를 취한 채 잠이 오기를 기다렸다. 나는 점점 세상으로부터 멀어져 갔다. 나는 공중을 날면서 세상을 바라보았다. 나는 분명 과거와 같은 안락함으로 세상을 질주할 수 있었고, 교회에서 도둑질을 하고 나면 한층 마음이 가벼워졌다. 미카엘리스가 돌아오자 내 마음은 다소 무거워졌다. 그는 옆에서 나의 도둑질을 도와주기는 했지만, 거의 언제나 얼굴에 미소를 띠고 있었다. 나는 그 미소의 의미를 알고 있었다.

나는 밤에 벌어지는 이런 신비한 일에, 그리고 낮이라도 세상이 어둡다는 사실에 경탄을 자아냈다. 나는 비참한 삶이 어떤 것인지에 대해 많이 알고 있었고, 그것이 처절하다는 것도 알고 있었다. 여기서 나는 달빛 아래 그 윤곽이 새겨지고, 나뭇잎 그늘 속에서 도무지 알 수 없는 수많은 그림자로 뚜렷하게 드러나는 것을 보았던 것이다. 가난은 더 이상 깊이를 가지고 있지 않았다. 그것은 내가 두터운 고난과 고통을 가지고 그 세계를 관통한다는 위험한 특권의 실루엣에 불과할 뿐이다. 또한 나는, 비록 꽃일지라도 밤에는 그것이 검게 보인다는 것을 알았다. 아침마다 헌금함을 부수던 성당의 제단에 바치려고 꽃을 꺾으려 했을 때 나는 그 사실을 깨달았다. 물론 나는 그 꽃다발을 통해 어떤 성자나 성모마리아의 가호를 받으려고 한 것이 아니라, 두 팔과 가슴으로 나를 당신들의 세계와 통합시킬 수 있는 전통적인 아름다움의 태도를 취하고 싶었던 것이다.

독자들은 보통 소설에서처럼 등장인물의 묘사가 거의 없다는 사실에 의구심이 들 것이다. 애정을 갖고 바라보는 나의 시선은 개별적 인간을 어떤 물건으로 간주하는 것과 같은 이상한 모습과 구별해 준다. 그것은 과거나 지금이나 마찬가지다. 나는 아무리 겉모습이 이상하게 보여도 모든 행동에 대해서, 그것을 깊이 통찰하는 일 없이 단번에 정당화시키고 있음을 체험했다. 아주 이상하게 보이는 몸짓들이나 태도들은 아마도 내부적으로 어떤 필연성을 지니고 있는 것이 아닐까 하는 생각이 들었다. 아무튼 나는 타인을 조소할 줄 몰랐다. 매 순간 귀에 들려오는 이야기들이 아무리 특수한 것이라 해도 나에게는 언제나 적절한 것으로 들렸던 것이다. 결국 나는 어떤 뜻밖의 놀라움 없이 몇몇 보호시설과 교도소를 거쳤고, 여러 술집과 매음굴, 누추한 거리를 경험했다. 기억을 되살려 그 생각을 떠올려 보면, 나는 나보다 호기심 많은 눈으로 그 모습을 핀으로 고정시켜 놓은 듯 바라보는 그 어떤 사람도 다시 찾아볼 수 없을 것이다. 독자들은 분명 이 책에 실망할 것이다. 나는 그 단조로움을 떨쳐 버리기 위해 몇 가지 재미있었던 일화와 경험담을 소개하려 한다.

법정에서, 재판장 "왜 이 냄비를 훔쳤지?"

피고 "가난해서요."
재판장 "그건 이유가 안 돼."

"나는 전 유럽을 돌아다녔어." 언젠가 스틸리타노가 내게 말했다. "그리스에도 갔었지."

"어때, 마음에 들었어?"

"나쁘진 않았어. 그런데 여기저기 파괴된 곳이 좀 있었어."

미남인 미카엘리스는 언젠가 내게 남자들로부터 찬사의 눈길을 받는 게 여자들한테 받는 것보다 훨씬 더 자랑스럽다고 고백했다.

"그러면 나는 더 허세를 부리게 돼."

"그렇지만 넌 남자들을 좋아하지 않잖아."

"상관없어. 나의 잘생긴 얼굴 앞에서 남자들이 침을 질질 흘리는 모습을 보는 것도 좋거든. 그래서 나는 남자들에게 친절하지."

쿠론 거리에서 경찰관들에게 추적당했을 때 그들이 무섭게 보였던 것은, 그들이 입고 있는 고무로 만든 우비에서 나는 무서운 소음을 들어서였다. 매번 그 소리를 들을 때마다 나는 심장이 조이는 것 같았다.

이번에 나는 제4차 인터내셔널에 관한 서류를 훔쳤다는 죄목으로 체포되었다. 이 사건을 통해 나는 B와 알게 되었다. 당시 그의 나이는 스물둘이나 스물셋쯤 되었다. 그는 유배형을 받을까 봐 두려워했다. 우리 몇 사람이 신체검사를 받기 위해 기다리고 있었을 때, 그가 내 옆에 와서 앉았다.

"나도 유배형일지 몰라." 내가 말했다.

"정말? 그럼 내 곁에 같이 있어 줘. 저들이 우리를 함께 골방(죄수는 자기 감방을 이런 애칭으로 부른다.)에 넣어 줄지 모르니까. 함께 유배를 가게 되면, 둘이서 재밌게 지내자고."

우리가 신체검사를 마치고 돌아왔을 때, 그는 교묘하게 짬을 내서 다음과 같이 고백했다.

"내가 아는 스무 살쯤 먹은 녀석이 어느 날 내게 뚜쟁이 하나를 소개해 달라고 부탁한 적이 있었지."

그러나 그는 바로 그날 밤 이렇게 고백했다.

"아까 말한 것, 거짓말이야. 정말 뚜쟁이가 필요한 건 나야."

"그럼 넌 여기서 충분히 찾을 수 있어." 내가 말했다.

"응, 사실 나도 그렇게 생각해. 그래서 실망하지는 않았어."

B는 그 죄목으로 종신 유배형을 받지는 않았다. 나는 그 후 몽마르트르에서 그를 다시 만났다. 그는 내게 친구 한 사람을 소개했다. 그 남자는 신부였는데 밤마다 그와 함께 잤다. 한 번은 내가 그에게 물어보았다.

"왜 그 신부를 위협해서 돈을 빼앗았지?"

"모르겠어. 아무튼 그는 매우 좋은 친구야."

그는 만날 때마다 자주 그 남자에 관해 이야기했다. 그는 그를 "나의 신부님"이라고 다정하게 불렀다. B를 경애하는 듯한 신부는 언젠가 그를 자기 성당 신자들 모임에 끼워 주겠다고 약속한 모양이었다.

경찰관들은 자기들이 어떤 행동을 하는지 아무런 의혹도 없이 내가 가지고 있던 데생 열두서너 장을 찢어 버렸다. 그들은 그곳에 그려져 있던 아라베스크 무늬를 분별할 수 없었겠으나, 거기에는 고판본 책의 앞뒷장 같은 철제 부분이 그려져 있었다. A와 G와 나, 셋이서 C 박물관을 털기로 했을 때, 나는 그곳의 구조를 파악하고 훔쳐 낼 물건들을 조사하는 일을 맡았다. 결국 그 물건들은 우리가 아닌 다른 자들에 의해 털렸으나 비교적 최근 일이었으므로 상술하지 않겠다. 나는 그 박물관에 들어가기 위해 어떤 핑계를 댈 것인가 궁리한 끝에 몇몇 진열창 속에 전시된 고서들에 대한 관람객의 찬탄을 듣고, 그 고서들의 일부분을 대강 모사하는 것을 허가해 달라고 요청하기로 했다. 그러고는 며칠 동안 계속해서 박물관에 가서 몇 시간이고 고서들 앞에 가만히 앉아 온갖 기교를 부려 가면서 데생을 했다. 파리에 돌아오자마자 그 책들이 어느 정도의 가치가 있는지 알아보았다. 그 가치는 놀라웠다. 엄청나게 높은 가격을 받을 수 있었다. 그때까지 책이 도둑질의 대상이 될 수 있으리라고 생각해 본 적은 없었다. 우리는 결국 그 책들을 손에 넣지는 못했지만, 그 이후 자주 서점에 드나들어야겠다고 생각했다. 나는 눈속임이 가능한 손가방에 초점을 맞추어 교묘하게 도둑질을 반복했다. 마침내 책방 주인의 눈앞에서도 섬세하게 그 짓을 할 수 있을 정도로 능숙해졌다.

자바의 거동은 스틸리타노처럼 몸 전체가 한 덩어리가 되어 삭풍을 뚫고 헤쳐 나가는 듯했으며, 다소 춤을 추는 것 같았다. 그가 자리를 뜨려고 일어서면, 즉 그가 이동할 때면, 나는 앞에 고급 승용차 한 대가 소리 없이 부드럽게 지나가거나 출발할 때의 감동을 느낀다. 아마 스틸리타노는 엉덩이의 근육에 보다 민감했을 것이다. 그의 엉덩이는 더욱 율동적이었다. 그러나 자바도 그처럼 기꺼이 배반했다. 역시 그와 마찬가지로 창녀들을 모욕하기를 즐겼다.

"정말 그년은 더러운 년이야." 그가 말했다. "나보고 뭐라고 했는지 알아? 아마 모를 거야. 오늘 저녁 어떤 늙은이하고 약속이 있어서 올 수 없다는 거야. 늙은 놈들을 상대하면 돈을 더 받거든. 더러운 년 같으니. 본때를 보여줘야지!"

그는 흥분하여 담뱃갑에서 담배 한 개비를 꺼내 뭉개 버렸다. 그리고 숨을 헐떡거렸다.

그의 몸에, 정확히 그의 손목에는 잠수부의 흔적이 있었다. 그리고 두 팔이 드러나 있는 흰 셔츠에는 도려낸 흔적이 보였다. 양쪽 팔에는 나른하고 음탕한 선원의 활력과 우아한 개성이 있었다.

나는 그의 겨드랑이 밑에 'A' 자가 문신으로 새겨져 있는 것을 보았다.

"그게 뭐야?"

"혈액형이지. 내가 바펜 SS*로 근무했을 때, 누구나 다 문신을 했어."

그리고 나를 바라보지 않은 채 덧붙였다.

"난 이 글자가 하나도 부끄럽지 않아. 아무도 그것을 없애 버릴 수 없어. 그것을 지키기 위해서라면 살인도 불사하겠어!"

"넌 SS에 있었던 것이 자랑스러워?"

"물론이지."

그의 얼굴은 이상할 정도로 마르크 오베르와 닮았다. 차가우면서도 아름다웠다. 그는 팔을 내리고 일어서서 옷매무새를 고쳤다. 그리고 머리카락에 붙은 이끼며 나무껍질 부스러기를 털었다. 우리는 담을 뛰어넘어 아무 말 없이 자갈길을 걸어갔다. 그는 군중 속에서 다소 슬픔과 악의가 뒤섞인 표정으로 나를 바라보았다.

"우리가 히틀러한테 비역을 당했다고 말한들 난 상관없어."

그리고 그는 활짝 웃었다. 푸른 두 눈이 태양의 빛줄기로 보호받으며, 그는 아주 위풍당당하게 군중 속을, 바람 속을, 추위 속을 뚫고 나갔다. 그런 태도에 의해 그의 수치심을 떠맡는 건 바로 나였다.

에릭을 알고 나서부터 그를 사랑하고, 그를 잃고, ……를 만났다.** 그 역시 에릭처럼 저주스러운 군대에 속한 소름끼치는 기쁨을 알았던 것이다. 그는 어떤 독일 장군의 경호원 출신으로, 성품이 온화했다. 그는 한 훈련소에서 몇 주간 견습 생활을 했다. 거기에서 단도를 사용하는 기술을 배웠으며, 언제든 장군의 신변을 경호해야 한다는 것과 장

---

* 무장 친위대. 히틀러 치하 독일의 친위대 소속 무장 전투 집단을 말한다—옮긴이.

** 나는 이 이름의 자리를 이렇게 빈 자리로 남겨 둘 수밖에 없다.

군을 위해 목숨을 아끼지 말아야 한다는 것 등을 배웠다. 그는 러시아 대륙의 눈을 경험했고 지금껏 거쳐 온 나라들, 즉 체코슬로바키아, 네덜란드, 독일 등에서도 약탈을 일삼았다. 그러나 약탈한 물건들 중 남은 것은 하나도 없었다. 법정에서 2년의 감옥살이를 선고받고, 이제 막 형기를 마치고 출옥한 참이었다. 그는 이따금 당시의 일을 들려주곤 했다. 그중 가장 기억에 남는 이야기는, 어떤 남자를 죽이기 직전, 공포에 질린 그 남자의 동공이 커지는 모습을 보며 희열을 느꼈다는 내용이었다. 그는 허세를 부리며 거리를 배회했다. 가령 차도로만 걷는다든지, 혹은 저녁때쯤 어떤 자들에게는 자기의 뒤를, 또 어떤 자들에게는 앞을 제공한다는 등.

살인 행위가 비열하고 천박한 세계에 발을 들여놓는 가장 효과적인 방법은 아니다. 오히려 살인자의 몸뚱어리는 언젠가 피를 흘리고, 목이 잘릴지 모른다는 위험에 언제나 노출되어 있다.(살인자는 물러나지만, 그 물러남은 상승한다.) 사람들은 그가 그 정도로 생명의 법칙과 대립하는 인간이므로 가장 강한 힘의 속성들을 갖추고 있는 것으로 쉽게 상상한다. 이는 그가 발산하는 매력 같은 것으로 사람들이 그 살인이라는 범죄를 경멸하는 것을 막아 준다. 또 도둑질, 구걸, 배반, 배신 등 다른 범죄들이 그것을 범한 자를 타락시킨다. 내 머릿속을 가득 채우고 있는 살인에 대한 생각은 독자들의 세계와는 엄청난 거리가 있지만 나는 주저없이 그런 행위를 선택했다.

나의 행운은 폴란드에서 매우 빠르게 진척되었다. 나의 우아한 모습은 세상을 놀라게 할 지경이었다. 폴란드 사람들은 나를 전혀 의심하지 않았지만 프랑스 영사는 속아 넘어가지 않았다. 그는 나에게 즉시 영사관 밖으로 나갈 것과 48시간 내에 카토비체를, 그리고 가능하면 신속히 폴란드를 떠나라고 요구했다. 우리는 미카엘리스와 함께 체코슬로바키아로 돌아가기로 결심했지만, 두 사람 모두 입국 비자를 거절당했다. 결국 우리는 산악 지대를 가로질러 안전하게 국경까지 데려다 줄 운전사와 자동차를 대절하기로 했다. 나는 권총을 지니고 있었다.

"저놈이 어딘가에서 더 이상 운전을 못하겠다고 하면 그를 죽이고 우리가 계속 몰고 가는 거야!"

나는 뒷자리에 앉아서 한 손으로는 총을 잡고, 다른 한 손으로는 미카엘리스의 손을 잡고 있었다. 그의 손은 나보다 더 우락부락했지만 나만큼 젊어 보였다. 나는 기분 좋게 운전사의 뒤통수를 쏘아 버릴까도 생각했다. 자동차는 천천히 산비탈을 달려갔다. 우리가 알아차리지 못하는 사이에 운전사가 국경 수비대 앞에 슬며시 차를 세웠다. 바로 그 순간 미카엘리스가 핸들을 낚아채려고 했지만 너무 늦었다. 우리의 행위가 들통이 나고 말았다. 우리는 두 명의 보안 경찰관의 감시를 받으며 카토비체로 돌아왔다. 밤이었다.

'호주머니 속에 넣어 둔 권총이 발각되면 어쩌지? 우린 체포되고 재판을 받겠지.' 나는 생각했다.

경찰서장실로 가는 계단은 음침했다. 계단을 올라가면서

불현듯 나는 총을 숨겨 놓을 곳이 없나 하고 계단 위를 살폈다. 나는 발을 헛디딘 척하고 허리를 굽혀 총을 벽 구석에 놓았다. 조사를 받으면서(왜 체코슬로바키아로 가려고 했나? 여기서 무엇을 했나?) 나의 계략이 드러나지는 않을까 안절부절못했다. 그때 나는 개암나무 꽃에 붙은 꽃가루보다 연약하고 불안정한 기쁨을 체험했으며, 도망치는 살인자의 황금빛 아침의 상큼함을 맛보았다. 비록 범행에 성공하지는 못했지만, 적어도 나는 부드러운 매듭의 끝자락 같은 여명의 광선을 온몸으로 내리받을 수 있었다.

미카엘리스는 나를 사랑하고 있었다. 어쩌면 유치장에서 보인 나의 고통스러운 상황 때문에 그 사랑이 어떤 연민으로 바뀌었는지도 모르겠다. 그러나 신화 속에는 하녀로 변신하는 영웅이 수없이 등장한다. 아마도 그는 내가 애벌레처럼 몸을 구부리고 남몰래 이상한 일을 꾸민다는 것에 두려움을 느꼈을 것이다. 포위하고 있는 개들로부터 벗어나는 기적적인 은총을 받은 암사슴처럼, 내가 어느 날 갑자기 날개를 달고 간수들 앞에서 영광스럽게 비상하지나 않을까 공포에 떨고 있었는지 모른다. 어쨌든 오로지 살인을 저지르는 것으로 충분했던 미카엘리스는 예전과 같은 눈초리로 나를 바라보았다. 그렇지만 난 그 이후 더 이상 그를 사랑하지 않았다. 이런 식으로 그에 대한 나의 경험을 기술하는 이유는, 나의 영웅이 몰락하는 일이든, 또는 나 자신이 처참한 진흙 구덩이로부터 나타나는 일이든, 운명이라는 것이 수단과 방법을 가리지 않고 나의 정신 구조를 파괴하려고 했다는 것을 독자들에게 보여 주기 위함이다.

자바는 그 일을 가로막을 사람이 아니었다. 나는 이미 그의 단호함이 오직 겉모습에 불과하다는 걸 알고 있었다. 더구나 그 단호함은 그를 포장하고 있는 외양이 아니라 매우 유연한 젤라틴으로 만들어진 것이었다.

지금 내가 작가로서 내 글쓰기에 대해 말하는 것은 중언부언이 될 것이다. 나는 권태로운 교도소 생활에서 벗어나 과거의 혹독하고 처참한 방랑 생활을 회상하는 데 시간을 보냈다. 나중에 자유를 되찾고 나서도 나는 돈을 벌기 위해 글을 썼다. 누군가 문학작품을 쓸 작정이었느냐고 물으면, 나는 대답 대신 어깨만 으쓱하고 말 것이다. 그러나 내가 쓴 내용을 검토해 보면, 오늘날 비천한 것으로 알려진 감정과 물건, 존재의 복권 의지를 지속적으로 추구하고 있었음이 확연히 드러난다. 그러한 것들을 일반적으로 고귀함을 의미하는 말로 명명하는 것, 그것은 아마도 편리하지만 유치한 수법일지 모른다. 나는 너무 서둘렀다. 나는 가장 손쉬운 수단을 동원했다. 그러나 만일 내 마음속에서 그 물건들, 그 감정들(배반할 때의 감정, 도둑질할 때의 감정, 비겁함, 두려움)이 습관적으로 당신들에 의해 반대의 의미로 뒤바뀐 수식어로 불리지 않았다면 나는 그렇게 하지 않았을 것이다. 내가 글을 쓰는 순간에, 즉석에서 내가 존경을 표하곤 했던 아름다움 앞에서 어느 훌륭한 젊은이가 명예롭게 생각했던 감정, 태도, 사물을 찬양하고 싶었는지도 모른다. 그러나 지금 내가 쓴 것을 다시 읽어 보면 나는 그 젊은이를 잊어버리고 있었던 것이다. 그들에게 남아 있는 것은 오직 내가 노래했던 그 속성뿐이다. 그리고 그런 것이야말로 나의 여러 작품들 중 자부심이나 영웅적 행위, 대담함 등과 동일한 광채로 빛날 것이다. 나는 거기서 핑계거리를 찾지 않았다. 그것들에 대한 정당성도 모색하지 않았다. 나는 단지 그것들에게 '이름'을 부여하는 명예를 주고 싶었던 것이다. 그런 작업이 헛수고만은 아니었던 모양이다. 나는 이미 그 효과를 느끼고 있다. 즉 내 정신은, 이를테면 당신들이 경멸하는 것을 아름다운 것으로 만들어 냄으로써 나의 마음을 완전히 뒤흔드는 것을 명예로운 이름으로 부르는 이 역할에 지쳐서 모든 수식어를 거부할 따름이다. 내 정신은 생명이 있는 것이든 혹은 없는 것이든 서로 혼동하는 일 없이 모든 것을 똑같이 있는 그대로의 모습으로 받아들인다. 나는 그들에게 옷을 입히고 싶지 않다. 그래서 나는 더 이상 아무것도 쓰지 않으려 한다. 나는 문학과 결별할 것이다. 그런데 며칠 전부터 여러 신문들이 세상이 불안하다고 전하고 있다. 사람들은 또다시 전쟁 이야기를 하기 시작했다. 불안감이 심해질수록, 전쟁을 준비하는 분위기가 명확해질수록(정치가들의 떠들썩한 선언이 아니라, 기술자들의 위협적인 정확성으로 말이다.), 나는 이상하게도 평온을 느끼곤 했다. 나는 다시 나 자신 속으로 칩거한다. 나는 마음의 감미롭고 잔인한 장소에 몸을 정착시키고, 거기서 아무런 두려움 없이 분노하는 인간들을 바라볼 것이다. 나는 포탄 소리와 죽음의 나팔 소리를 희망한다. 끊임없이 침묵의 거품들을 재창조해서 설치하기 위하여, 지난날 겪었던 수많은 모험을 음미하고 또

음미하면서 누에고치의 명주실처럼 감고 또 감는 것이다. 그래서 나는 언제나 더 두꺼워지고 다양한 지층에 의해 그것들을 멀리하게 된다. 어리석은 희생의 욕망이 그것들로부터 나를 밖으로 끄집어내지만 않는다면 나는 내 고독과 내 불멸성을 구상하는 데 온 힘을 쏟을 것이다.

감옥에서 나는 철저히 고독했다. 지금은 그 정도는 아니지만, 당시에는 정말 외로웠다. 밤마다 나는 자신을 내팽개치는 흐름 속에 몸을 던지곤 했다. 세상은 하나의 급류와 같았다. 나를 바다로, 죽음으로 내몰기 위해 수많은 힘이 하나로 뭉쳐진 격류였다. 나는 고독을 체험하는 쓰디쓴 즐거움을 맛보았다. 그 소리는 내게 향수를 불러일으킬 정도다. 독방 안에서 멍하니 몽상에 잠겨 있으면, 내 머리 위에서 돌연히 한 죄수가 일어나 감방 안을 계속 같은 속도로 왔다 갔다 하는 소리가 들렸다. 나의 몽상은 여전히 희미하게 지속되었다. 그러나 그 소리, 그 정확성 때문에 바로 눈앞에서 펼쳐지는 듯한 그 소리는 내게 몽상하고 있는 육체, 몽상이 저절로 사라지는 육체가 감방에 갇혀 있다는 것, 갑작스러운, 규칙적인, 순수한 발소리의 포로라는 것을 끊임없이 상기시키고 있었다. 나는 지난날 비참했던 시절의 동료들, 불행했던 아이들이 되고 싶었다. 나는 그들이 발산하는 영광을 기쁘게 생각하고 있으며, 그 영광을 순수하지 못한 목적으로 사용하고 있다. 재능이란 물질에 대한 친절함일 뿐이다. 재능은 침묵하고 있었던 것에 노래를 주는 데 있다. 나의 재능은 오직 교도소나 도형장의 세계를 구성하면서 거기에 사랑을 부여할 뿐이다. 나는 결코 그것들에 변화를 주거나 당신들의 인생에까지 이르게 하는 것을 원하지 않는다. 더구나 그것들을 결코 관용이나 연민으로 대하고 싶지도 않다. 즉 나는 도둑놈에게도, 배반자에게도, 살인자에게도, 사악한 자에게도, 교활한 자에게도, 당신들은 없다고 생각하는 심오한 아름다움(구멍 뚫린 아름다움)이 있음을 인정한다. 소클레, 필로르주, 와이드만, 세르주 드 렌츠, 경찰관들, 엉큼한 밀고자들 등 그들은 때로 장례식의 장신구나 흑옥(黑玉)으로 장식되어 내게 나타나며, 나는 이들의 멋진 범죄를 부러워한다. 어떤 자에게는 그들이 야기하는 신화적 공포를, 어떤 자에게는 그들이 받은 고통을 그리고 그 밖의 다른 자들에게는 그들이 궁극적으로 뒤섞이는 모욕을 부러워한다. 과거를 되돌아보면 내게는 오직 일련의 불쌍한 행동들만이 눈에 보일 뿐이다. 나의 책들은 바로 그 점을 이야기한다. 그 책이 멋진 수식어들로 포장되어 있는 이유는 내게 행복한 기억으로 남아 있기 때문이다. 그래서 나는 다만 배고픔, 육체의 치욕, 빈곤, 공포, 천박함만을 경험했던 비참하고 가엾은 녀석이었다. 나는 이와 같은 수많은 모습들, 그야말로 얼굴을 찌푸릴 정도로 부끄러운 모습들에서 영광의 근거를 끌어낸다.

'분명 난 그런 인간이야.' 그러나 적어도 난 내가 그런 놈이라는 것을 자각은 하고 있다. 그러한 자각은 부끄러움을 물리치게 해 주며, 다른 사람들이 잘 인식할 수 없는 아주 독특한 감정이다. 그것이 바로 자존심이다. 나를 경멸하는 당신들의 삶은 비참한 나의 삶과 크게 다르지 않다. 그러나 그대들은 결코 나와 같은 자각을 하지는 못할 것이다. 따라서 나는 그러한 자각을 한다는 사실에 자부심을 느낀다. 이를테면 그것은 우리만의 고유한 비참함이 아니라 인류 전체가 가지고 있는 비참함을, 그리고 그 비참함에 저항하도록 하는 힘을 인식하는 일이다.

책 몇 권과 시 몇 편이 나의 불행한 체험에서 비롯되었다는 사실, 그리고 그 불행한 체험들이 내가 주장하는 아름다움에 필연적이라는 사실을 당신들이 납득하도록 어떻게 증명할 수 있을까? 나는 이미 너무 많은 것을 말했고 이미 지쳐 버렸다. 나는 나의 주인공들이 그렇게 신속하게 해치웠던 일을 서술하는 일조차 어려움을 겪었다.

자바가 공포에 떨며 몸을 움츠리는 모습은 정말 아름다웠다. 그 덕분에 공포는 고귀한 것이 되었다. 그때 공포는 살아 있는 존재의 두려움, 즉 죽음이나 고통에 맞서는 몸속 기관들의 두려움 이외에 다른 의미가 없는 자연 운동의 존엄성으로 회복되었다. 자바는 떨고 있었다. 그의 거대한 넓적다리 사이로 누런 배설물이 흐르는 게 보였다. 그의 매혹적인 얼굴, 그토록 다정스럽고 탐욕스럽게 키스 세례를 받은 얼굴, 바로 그 위에 거대한 공포의 그림자가 드리워져서 얼굴의 윤곽이 뒤죽박죽되고 말았다.

이 큰 재난이 감히 고귀한 균형을 교란시킬 정도로 광기로 몰고 갔다. 게다가 그토록 흥분을 고조시키고 조화로웠던 비례들이 무질서하게 흐트러졌다. 이러한 균형과 비례는 공포의 원천인 동시에 거기에 책임이 있었다. 아름다운 균형이나 비례는 표현 그 자체인 것이다. 그 까닭은 내가 자바라고 부르는 사람이 육체의 주인인 동시에 공포의 책임자이기도 했기 때문이다. 그의 공포에는 아름다움이 묻어났다. 모든 것이 미의 상징이었다. 머리카락, 근육, 두 눈, 이빨, 성기, 그리고 소년의 남성적 우아함까지도.

그 이후, 그는 치욕조차도 고귀한 것으로 만들었다. 그는 내 앞에서 그것을 무거운 짐처럼, 그리고 자신의 어깨 위에 날카로운 발톱을 가진 한 마리의 호랑이처럼 걸머지고 있었다. 그러나 그 절박한 위협은 그의 거동에 얼마나 거만한 복종심을 부여했던가! 위협을 느끼자마자 그의 언행에는 어떤 섬세하고 감미로운 공손함이 더해졌다. 그의 남성다운 씩씩함, 거친 행동은 태양의 강렬한 빛이 그렇듯이 베일에 싸여 있는 것처럼 흐릿해진다. 하나의 크레이프처럼. 그가 싸우는 모습을 보고 있으면 머지않아 싸움을 포기할 것이라는 생각이 드는 것은 바로 이러한 느낌 때문이다. 그는 자기 편이 약하다는 생각이 들었거나 상대편 젊은 녀석에게 맞아 얼굴이 상하게 될까 봐 걱정했는지 모른다. 아무튼 그는 심한 공포감에 사로잡혀 있었다. 그의 몸은 무서워서 오그라들었다. 심지어 그 자리에서 잠이 들어 버린 다음 인도에서 깨어나든가, 경찰관에게 잡혀서 사형선고라도 받고 싶은 것처럼 보였다. 그는 비겁한 놈이다. 그러나 나는 그를 통해서 공포와 비굴함이 매우 사랑스러운 찡그린 표정으로 표현될 수 있음을 알았다.

"용서해 주지!" 상대편 젊은 녀석이 무시하는 말투로 말했다.

자바는 꼼짝도 하지 않았다. 그는 모욕을 받아들였다.

그는 먼지 속에서 일어나 베레모를 주워 들고 흙투성이의 무릎을 털지도 않은 채 떠나 버렸다. 그래도 그는 정말 아름다웠다.

마르크 오베르를 보면 훌륭한 육체 속에서 배반이 나온다는 것을 알 수 있다. 그래서 만일 배반이 배반자와 배반 행위에 의해 형성되는 모든 상징으로 해독된다면 누구나 그것을 정확히 해독할 수 있을 것이다. 그의 경우에 있어서 배반은 금발 머리와 맑은 눈, 그을린 금빛 피부, 아첨하는 듯한 미소에 의해, 그리고 내가 그것을 위해 삶을 바치고 여러 차례 배반을 거듭했을지 모를 목, 가슴, 팔, 다리, 그리고 성기로 표현되었다.

'이런 영웅들은 이미 완벽한 경지에 도달해 있을 것이다.' 나는 생각해 보았다. '나는 그들이 대담한 운명을 완성하기 위해 살아가는 모습을 보겠다는 욕망이 더 이상 생기지 않는다. 그리고 그들이 완전한 상태에 도달해 있다면, 그들은 죽음의 근처에 와 있는 것이며, 인간의 심판을 두려워하지 않는 경지인 것이다. 그 무엇으로도 그들의 놀라운 성공을 대체할 수 없다. 그래서 그들은 불쌍한 사람들에게 허용되지 않는 것을 내게 허용하는 것이다.'

나는 거의 언제나 혼자서, 그러나 이상적인 반려자의 도움을 받으며 또 다른 나라의 국경을 넘었다. 나는 언제나 큰 감동을 받았다. 나는 온갖 길을 지나서 알프스 산을 넘었다. 슬로베니아로부터 이탈리아로 갔을 때, 처음에 국경 수비대의 도움을 받은 뒤로, 더 이상 그들의 도움을 받을 수 없게 되자, 흙탕물의 격류를 거슬러 올라갔다. 11월의 바람과 추위, 가시덤불과 싸운 후, 건너편의 이탈리아 산봉우리에 겨우 도달했다. 그리고 이탈리아 땅에 들어가기까지, 밤의 어둠에 가려져 있던 것, 혹은 밤의 어둠이 제공해주는 다양한 괴물들과 만났다. 나는 어떤 요새의 철조망을 발견했는데, 그쪽에서 보초병들이 걸어 다니며 수군대는 소리가 들렸다. 나는 어둠 속에 웅크리고 앉아 두근거리는 가슴으로 그들이 내게 총을 쏘기 전에 그들과 애무를 하고 사랑을 나누었으면 하고 바랐다. 이처럼 나는 밤마다 성욕을 자극하는 보초병들이 많이 있기를 기대했다. 나는 하늘에 운명을 맡기고 모험의 길을 떠나고 있었던 것이다. 그것은 멋진 여정이었다. 나는 그 사실을 나의 신발창이 정직한 땅바닥을 인정함으로써 파악할 수 있었다. 얼마 후 이탈리아를 떠나 오스트리아로 향했다. 그때 나는 매일 밤 눈 덮인 들판을 횡단했다. 나의 그림자가 달빛 속에서 눈 위에 어른거렸다. 나는 어떤 나라를 통과할 때마다 그곳에서 도둑질을 했고 감옥 생활을 체험했지만, 그 당시의 나는 유럽을 횡단한 것이 아니라 더욱 신선하고 순진한 마음으로 다양한 물건과 세계의 상황을 관통하고 있었던 것이다. 그토록 많은 경이로움을 맛본 것이 조금 불안하기는 했지만, 습관적으로 내게 다가오는 신비감을 아무런 위험 없이 탐색하기 위해 나는 스스로를 더욱 단련시키고자 했다.

중부 유럽의 경찰관들은 철저하고 엄격했기 때문에 도둑질을 하려면 위험을 감수해야만 했다. 나는 그 사실을 재빨리 알아차렸다. 의사소통 수단도 빈약한 데다 지나치게 엄한 감시 속에서 국경을 넘는 것이 어려웠고 신속하게 도망치기도 힘들었다. 프랑스 사람으로서의 특징이 나의 존재를 더욱 눈에 띄게 만들었다. 더구나 나의 동포들이 외국에서 도둑질이나 거지 노릇을 하는 경우가 매우 드물다는 사실도 알고 있었다. 그래서 나는 프랑스로 귀환해서도 도둑의 운명으로 살아갈 것을 결심했다. 이를테면 나의 활동 범위를 다시 파리로 한정한 것이다. 물론 세계를 무대로 해서, 다소간 경중의 차이는 있었지만 남의 것을 훔치며 나의 길을 계속 가는 것에 마음이 끌리기도 했다. 내가 프랑스로 가기로 마음먹은 것은 신중한 선택이었다. 그즈음 나는 프랑스에 관해 이미 어느 정도 알고 있었기에 그곳에서의 도둑질은 온갖 주의와 집중을 요한다는 사실을 확실히 터득하고 있었다. 말하자면 나는 그 짓을 나의 전문 분야로 간주하면서 헌신적인 노동자가 되어야 했다. 당시 내 나이는 스물넷에서 스물다섯 살쯤이었다. 나는 정신적 모험을 추구하면서 분산과 장식을 제물로 바쳤다. 선택의 이유는 분명하지 않다. 다만 오늘날 당시의 일을 기록하다 보니 그 의미가 분명해진 것이다. 나는 자유자재로 생각할 수 있는 언어의 덩어리에 구멍을 내고 조탁할 필요성이 있다고 믿는다. 나는 내 언어로 나 자신을 비난하고 싶었던 것인지도 모르겠다. 이런 점을 고려할 때, 알바니아, 헝가리, 폴란드, 인도 혹은 브라질 등은 프랑스만큼 풍부한 소재를 내게 제공할 수 없었을 것이다. 사실, 도둑질과 그것에 결부된 일, 즉 도둑놈이라는 직업의 수치심과 더불어 감옥의 고통은 어떤 이득을 취하려고 하는 것과 전혀 다른 일이 되고 말았다. 일종의 활동적인 동시에 사려 깊은 예술품으로서, 그것은 오로지 언어 작용에 의해서, 그것도 내 언어의 도움으로만 성취될 수 있을 뿐이다. 이 언어는 동일한 언어활동에서 나오는 규칙들과 대립하고 있다. 외국에서는 단지 내가 어느 정도 능숙한 도둑놈이며 프랑스어로 사고하는 도둑놈으로 알려져 있으며, 실제로 나는 외국인들 사이에서 프랑스 인으로 인식되었다. 이런 특징은 다른 특징으로 대체될 수 없다. 그러나 나는 조국에서 도둑놈이라는 것, 그렇게 되기 위해서, 도둑맞는 자의 언어를 사용하면서 스스로를 정당화하는 것이다. 그만큼 언어는 중요하다. 이 도둑놈이라는 특징은 유일한 존재가 될 기회를 제공한다. 나는 이방인이 되어 가고 있었다.

아마도 정치적 혼란이 야기하는 불안한 치안 상태가 중부 유럽의 국가들에게 좀 더 완벽한 경찰 조직을 강요하고 있는 게 아닐까 하는 생각이 든다. 여기서 내가 말하는 완벽함이란 당연히 신속함을 뜻한다. 어떤 경범죄라도 밀고 행위에 의해 그것이 저질러지기 전에 발각되었다고 생각될 정도였다. 그러나 경찰관들에게는 우리와 같은 섬세함이 없었다. 오스트리아 출신인 안톤과 함께 알바니아에서 유고슬라비아에 입국했을 때, 국경의 세관원들은 내게 여권을 요구했다. 내가 가지고 있던 것은 단지 프랑스 군대 수첩이었다. 나는 그 수첩에 오스트리아 정부가 안톤에게 교부한 여권에서 네 쪽를 떼어 붙여 놓았다. 거기에 세르비아 영사관의 입국 비자가 들어 있었다. 나는 기차, 길거리, 그리고 호텔 등에서 여러 차례 유고슬라비아 경찰관들에게 이 기묘한 증서를 내보였다. 그들은 별 문제가 없는 것으로 취급하는 듯했다. 여권의 도장이나 비자를 보고 만족했던 것이다. 안톤에게 총을 쏜 일로 체포되었을 때, 경찰관들은 내게 그것을 그대로 돌려주었다.

나는 프랑스를 사랑하는가? 프랑스는 후광이 되어 배후에서 나를 밝게 비춰 주고 있었다. 베오그라드 주재 프랑스 대사관의 무관이 나를 넘겨 달라고 여러 번 요청했다. 그러나 그것은 국제법에 위반되는 일이었다. 유고슬라비아 경찰관은 타협을 제안했다. 이를테면 프랑스와 가장 가까운 나라인 이탈리아 국경까지 나를 데리고 가서 추방하겠다는 것이었다. 이곳에 오기까지 나는 여러 교도소를 전전하며 유고슬라비아를 관통해 왔다. 도중에 여기저기에서 난폭하고 음울한 범죄자들을 만난 것은 두말할 것도 없다. 그들은 거친 말로 욕설을 해 댔는데, 놀랍게도 그 욕설은 이 세상에서 가장 아름다운 신성모독의 언사였다.

"나는 성모마리아의 똥구멍에다 쑤시겠어."

"나는 이 벽에다 박지."

잠시 후 그들은 하얀 이를 드러내며 큰 소리로 웃었다. 당시 유고슬라비아의 국왕은 열두 살 혹은 열다섯 살 정도의 귀여운 소년이었다. 그의 머리는 옆으로 가르마를 탄 스타일이었다. 이 피에르 2세의 초상화는 우표를 장식했고, 동시에 전국의 모든 교도소와 경찰서의 사무실에 걸렸다. 이 소년을 향한 건달들, 도둑놈들의 분노는 점점 커져 갔다. 그들은 욕지거리를 하며 비웃었다. 그들은 그에게 불만을 토로했다. 이들이 쉰 목소리로 퍼붓는 욕설은 공개적으로 잔혹한 애인과 사랑을 나누는 장면과 흡사했다. 즉, 그들은 그를 갈보 취급했던 것이다. 내가 수차크 교도소(그곳은 이탈리아 국경 지역에 있었다.)에 도착했을 때, 난 어림잡아 스무 명쯤 있는 감방에 수감되었다. 물론 나는 이미 다른 몇몇 유치장에서 며칠 밤을 보냈다. 나는 얼마 되지 않아 라데 페리치를 만났다. 그는 절도죄로 2년의 금고형을 받은 크로아티아 인이었다. 그는 나의 외투를 함께 쓰려고 나를 자기 옆의 널판지 위에서 자도록 배려했다. 그는 몸맵시가 좋은 갈색 피부를 지녔고, 다소 빛바랜 푸른색의 기계공 작업복을 입은 채, 커다란 주머니에 두 손을 찔러 넣고 있었다. 나는 수차크 교도소에서 겨우 이틀 밤을 지냈지만 그 시간이면 라데 페리치에게 반하기에 충분했다.

이 교도소는 높은 담이 아니라 도랑으로 도로와 분리된 채 격리되어 있었다. 감방의 창은 바로 그 도랑 쪽으로 나 있었다. 경찰관들, 그리고 국경 세관원들이 이탈리아 국경을 통과시켜 준 후, 나는 혹독한 추위의 밤과 산야를 가로질러 트리에스테에 도착했다. 나는 프랑스 대사관 복도에서 외투 한 벌을 훔쳐서 팔았다. 그 돈으로 밧줄 10미터와 금속용 톱을 산 후, 피에디콜을 지나 유고슬라비아로 돌아왔다. 그리고 자동차를 타고 밤중에 수차크 교도소에 도착했다. 나는 도로 쪽에서 휘파람을 불었다. 라데 페리치가 창문에 모습을 드러냈다. 나는 별 어려움 없이 그에게 연장들을 건넬 수 있었다. 다음 날 밤 나는 다시 창가로 가

보았다. 매우 쉽게 탈옥할 수 있었지만 라데는 거절했다. 나는 그를 설득하겠다는 희망을 접지 않고 새벽까지 기다렸다. 그러나 끝내 설득을 포기하고 추위를 머금고 산길로 되돌아왔다. 그 겁쟁이는 나와 모험하기보다는 감옥의 안정된 삶을 더 좋아한다는 사실을 알고 마음이 아프고 슬펐다. 나는 이탈리아 국경을 넘을 수 있었고, 트리에스테로 돌아가 베네치아를 경유해 팔레르모 감옥에 투옥되었다. 나는 아직도 여기서 겪었던 우스꽝스러운 일이 기억난다. 팔레르모 교도소의 감방에 들어갔을 때 죄수들이 내게 물었다.

"세자비께서는 안녕하신가?"

"글쎄 잘 모르겠는걸."

다음 날 아침 교도소 앞마당을 산책할 때에도 누군가 내게 같은 질문을 했으나, 나는 국왕의 며느리인 피에몽 공주의 건강 상태에 대해서는 아무것도 모르고 있었다.(바로 그것이 문제였다.) 그 후 나는 그 황태자비가 당시 임신 중이었으며, 왕손이 태어날 때면 당연히 시행되는 특별사면의 숫자가 아이의 성별에 따라 좌우된다는 것을 알게 되었다. 이탈리아의 여러 교도소 수감자들은 퀴리날레 궁의 신하들과 똑같은 걱정을 하고 있었다.

나는 출감과 동시에 오스트리아 국경으로 인도되었고, 빌라하 부근의 국경을 넘었다.

라데는 나와 함께 떠나기를 거절했다. 중부 유럽의 한 지역을 여행하던 중 나의 이상적인 존재인 그가 나와 동반했다. 그는 오직 내 옆에서 걷거나 잤다. 내가 어떤 중요한 결정을 해야 할 때마다 나는 그와 유사한 대담한 이미지를 지니고 싶었다. 아름다운 얼굴과 육체를 가진 한 사나이가 나의 용기를 증명할 기회를 주었다.

나는 여러 가지 사실(시간과 공간 속에서 그 사실을 제한하고 있는 것이 무엇인지 모르겠지만 말이다.), 어쨌든 그 사실들을 파괴하거나 새로 재창조하는 해석이 아닌, 그리고 교차되거나 중첩되는 것이 아닌 단지 그 사실들의 나열을 통해서 그것의 열쇠를, 혹은 나 자신의 열쇠를 찾아낼 수가 없다. 나는 바로크적인 구상을 통해서, 그 사실들 가운데 어떤 것은 인용하기도 했고, 어떤 것은 생략하기도 했다. 초창기의 것은 나의 외적 삶의 대강의 줄거리를 형성했다. 즉 그것은 다채로운 실들의 매듭으로 엮여 있었다. 프랑스라는 나라가 하나의 감동, 이를테면 예술가에서 예술가로 이어지는 감동이라면(예술가란 본디 계속 이어지는 일종의 신경조직과 같은 것이다.) 나는 마지막 순간까지 처음의 것들을 모르는 감동의 순간이 구슬로 꿰어진 염주로 존재할 것이다. 연못에 빠진 익사자를 물속에서 건져 내기 위한 갈고리의 결쇠에 걸리게 하는 것처럼, 나의 어린 시절은 육체적 고통의 연속이었다. 도대체 꼬챙이로 시체를 찾는 일이 있을 수 있는 일인가? 나는 벌판을 질주하며 쏘다녔다. 보리밭 속이나 전나무 숲 속에서 익사자를 찾는 즐거움을 누리기 위해서였다. 있음직하지 않은 장례식까지 상상하면서 말이다. 그러한 일들이 과거의 것이라고 말해야 할까, 아니면 미래의 것이라고 말해야 할까? 모든 것은 이미 나의 죽음에 이르기까지 결정되어 있었다. 극지의 거대한 빙하 속에 응고되어 있는 것처럼. 카니발이 있던 날 밤, 인도 지방의 어떤 말라바르 인이 애인이 되어 달라고 말했을 때 나는 전율이 느껴졌다.(나는 그의 욕망이 곧 나의 전율이라는 것을 깨달았다.) 황혼의 모래언덕 위에서 아랍 군인들이 프랑스 장군에게 항복하고 있는 광경, 한 병사의 바지 앞에 얹어 놓은 나의 손바닥, 특히 나의 손을 응시하는 병사의 빈정거리는 듯한 시선, 비아리츠에서 두 집 사이에 갑자기 나타난 바다를 보고 느꼈던 공포감, 다시 붙잡힐지 모른다는 두려움보다 오히려 자유분방함에 빠지게 될지 모른다는 두려움 속에 발소리를 죽이고 감화원에서 탈주하던 일, 외인부대의 한 병사가 거대한 나무판 위에 나를 태운 채 담벼락을 따라 20미터나 끌고 갔던 일. 훌륭한 축구 선수도 아니며 발도 구두도 아름답지 않았지만 축구공이 너무 아름답게 보였고, 이어서 그 공을 발로 걷어찬 일, 그리고 나는 발에서 공으로 이동해 가는 이념이 되기 위해 존재하기를 멈췄다. 감방 속에서 알 수 없는 몇몇 도둑놈들이 나를 '장'이라고 불렀다. 맨발로 샌들을 끌고 결코 넘을 수 없을 것 같았던 오스트리아 국경의 하얀 눈밭을 밤마다 횡단했을 때, 나는 마음속으로 이 고통스러운 순간이 내 생애의 아름다움에 반드시 편입될 것이라고 믿었다. 그 순간은 물론 그 밖의 다른 순간들도 결코 헛되이 되는 것을 용납하지 않을 것이다. 그 괴로움을 이용해서 나는 정신의 하늘에 내 모습을 투사할 것이다. 보르도의 부두에서 몇몇 흑인들이 내게 먹을 것을 건넸다. 한 유명한 시인이 나의 두 손을 자기 이마에 가져다 댔다. 독일군 한 명이 러시아의 눈밭에 죽어 있고, 그의 형제가 내게 그 사실을 편지로 알려 왔다. 툴루즈 출신의 젊은 녀석이 브레스트에서 내가 속한 부대의 장교와 하사관들의 방을 약탈하는 것을 도왔다. 그는 결국 옥사할 것이다. 내가 조금 전부터 말하는 누군가(그 속에는 장미꽃 향기를 들이마시는 시간의 나, 어느 날 밤 도형장으로 끌려가는 죄수가 부르는 노래를 듣는 감방 속의 나, 하얀 장갑을 낀 곡예사에게 사로잡혀 있는 나의 모습이 포함되어 있다.)는 언제나 죽은 채로 있었다. 이를테면 고정되어 있는 것이다. 왜냐하면 나는 처음의 불행을 포함하여 내가 생각한 종말과 다른 종말을 위해 살아가기를 거부하고 있기 때문이다. 즉 나의 삶은 읽혀질 수 있는 하나의 전설이 되어야 하기 때문이다. 그리고 그것이 읽혀지면 시라고 부를 수 있는 새로운 정서가 탄생할 것이다. 나는 하나의 구실일 뿐 아무것도 아니다.

스틸리타노는 천천히 움직이면서 일광욕을 하듯 자신을 사랑의 행위에 노출시켰다. 몸의 구석구석을 광선에 쬐이려는 것처럼. 우연히 앙베르에서 만났을 때, 그는 살이 붙어 있었다. 그러나 비대해진 정도는 아니었고 여위었던 몸이 다소 둥글둥글하게 보일 정도로 두터워졌다는 뜻이다. 나는 그의 거동에서 그와 동일한 야성적인 부드러움을, 하지만 보다 강렬하고 느리며 더욱 근육이 발달한 모습을, 더욱 예민한 부드러움을 발견했다. 그날 에스코 강 근처, 앙베르의 가장 지저분한 거리에서 때마침 회색 하늘 아래에 있던 스틸리타노의 뒷모습은 스페인 양식의 덧문에서 교차되어 비치는 빛과 그림자에 의해 얼룩말처럼 보였다. 검은색 비단 스커트를 입은 여자가 그와 함께 걷고 있었다. 그녀는 그에게 잘 어울리는 암컷이었다. 그는 나를 보고 놀란 표정을 지었다. 그는 행복해 보였다.

"자노! 너 앙베르에 있었니?"

"응, 잘 있었어?"

나는 그와 악수를 했다. 그는 나를 실비아에게 소개했다. 처음에는 알아들을 수 없을 정도로 큰 소리로 말했지만, 곧 부드러운 목소리로 말하자 그가 입을 열 때마다 입속에 가득 들어 있는 하얀 침이 보였다. 어떤 종류의 점액이 그것을 형성하고 있는지 모르겠지만 어쨌든 치아 사이에서 드러나 보이는 전과 다름없는 타액을 통해 그가 아직 지난날의 스틸리타노라는 사실을 인식할 수 있었다.

"넌 여전히 그걸 입에 물고 다니는구나."

스틸리타노는 내가 하는 말의 의미를 금세 알아차렸다. 그는 얼굴을 약간 붉히며 미소를 지었다.

"그게 눈에 보여?"

"물론이지. 너의 큰 자랑거리인걸."

실비아가 물었다.

"무슨 얘기를 하는 거지?"

"우리끼리 하는 얘기야. 너와는 상관이 없어."

이 단순한 공모가 순간적으로 나와 스틸리티노의 관계를 맺어 주었다. 지난날 그의 모든 매력이 내게 한꺼번에 몰려왔다. 양 어깨의 강한 힘, 엉덩이의 움직임, 아마도 밀림 속에서 또 다른 야수에게 빼앗겼을지 모를 그 오른손,

무엇보다도 죽음의 냄새로 둘러싸인 위험한 밤 속에 파묻힌, 그토록 오랫동안 나를 거절해 왔던 그의 성기. 내 존재는 다시 그에게 좌우되기 시작했다. 그때 그가 어떤 일에 종사하고 있었는지 모르지만, 나는 그가 매음굴이나 부둣가, 술집 등을 근거로 하는 사람들, 그러니까 이 도시 전체를 지배하고 있다고 확신했다. 악취미에서 나오는 것과 조화를 이루는 것, 바로 우아함의 절정에 도달한 것이었다. 스틸리타노는 전혀 빈틈없는 감식안을 가지고 몸을 치장했다. 노란색과 녹색의 악어가죽 구두, 자주색 옷과 비단 와이셔츠, 장밋빛 넥타이, 다양한 색깔의 스카프, 그리고 녹색 모자를 쓰고 있었다. 그리고 이들 모두에 금으로 만든 핀, 단추, 고리 등이 달려 있었다. 스틸리타노는 정말 멋있었다. 그런 그 앞에서 나는 예전처럼 불행한 인간의 모습을 하고 있었다. 하지만 그는 나를 조금도 귀찮게 여기지 않았다.

"사흘 전부터 여기 와 있었어." 내가 말했다.

"그래, 버티고 있는 거야?"

"응, 전처럼."

그는 웃으며 말했다.

"너 기억나?"

"이 젊은 친구 좀 봐." 그가 자기 정부에게 말했다. "나와 단짝이지. 형제처럼 말이야. 이 녀석은 원하면 언제든 내 방을 출입할 수 있어."

그들은 저녁 식사를 하기 위해 항구 쪽의 식당으로 나를 데리고 갔다. 스틸리타노는 최근 마약 밀매를 하고 있다고 말했다. 그의 정부는 갈보였다. 스틸리타노가 코카인이나 아편 같은 말을 하는 것을 들으니, 나의 상상력은 멀리 날아가서 그가 돈 많은 대담한 모험가로 보였다. 그는 거대한 연륜을 가진 육식조 같았다. 그의 시선이 때로 육식조처럼 잔혹해 보이긴 했지만, 그렇다고 탐욕적으로 보이지는 않았다. 하지만 스틸리타노는 호탕한 성격에도 불구하고 여전히 장난기가 있어 보였다. 나는 그에게 있어 호탕한 것은 외모뿐이라는 것을 금방 알아차렸다. 그는 자그마한 호텔에 살고 있었다. 그의 방에 들어가니 우선 벽난로 위에 그림 투성이의 아동 잡지가 산처럼 쌓여 있는 것이 눈에 띄었다. 그 잡지들은 스페인어가 아니라 프랑스어로 된 것들이었다. 그 내용의 유치함은 두말할 것도 없었으며, 주인공들의 아름다움, 쾌활함, 용맹, 그리고 거의 나체의 모습 역시 변함이 없었다. 매일 아침 실비아는 새로운 책을 몇 권 가지고 왔고, 스틸리타노는 침대에서 그것들을 읽었다. 나는 그가 2년이라는 세월을 거쳐 오는 동안 울긋불긋하고 유치한 아동용 책들을 읽으면서 지내 왔음을 알았다. 그렇지만 그 와중에도 몸매는 멋지게 완성되고 있었다. 아마 그의 정신도 성숙해졌을 것이다. 그는 선원들로부터 마약을 사서 다른 곳에 팔아넘겼다. 그리고 자기의 정부를 감시하고 있었다. 그는 전 재산을 몸에 지니고 있었다. 옷과 보석과 돈지갑 등. 그는 내게 자기 밑에서 일할 생각이 없느냐고 물었다. 그래서 나는 며칠 동안 그와 함께 작은 종이 봉지에 싼 것을 음흉하고 불안해 보이는 고객들에게 운반하는 일을 했다.

스틸리타노는 스페인에서처럼 민첩하게 앙베르의 건달들과 친교를 맺었다. 술집에 가면 여기저기서 그에게 술을 권하는 갈보들이나 남색가들과 시끄럽게 떠들며 소란을 피웠다. 나는 그의 새로운 미모와 육체의 풍만함에 매혹되었고, 우정의 기억에 사로잡혀 그를 사랑하기로 마음먹었다. 나는 어디든지 그를 따라다녔다. 나는 그의 친구들과 실비아에게 질투심을 느꼈다. 정오쯤 그를 만나러 갈 때마다 마음이 괴로웠다. 그가 게슴츠레한 눈으로 향수 냄새를 풍기며 단정한 모습으로 있었기 때문이었다. 우리는 함께 부둣가로 갔다. 그리고 옛 이야기를 나누었다. 그는 허풍쟁이여서 자신의 무용담을 늘어놓기 좋아했다. 그러나 나는 조금도 그의 교활함이나 배반 행위, 비열한 행동을 비난하고 싶지 않았다. 오히려 나는 그가 나의 기억 속에서 그러한 자신의 모습을 꾸밈없이 그리고 의기양양하게 견지하고 있다는 사실이 감탄스러웠다.

"넌 여전히 남자를 좋아해?"

"물론이지. 왜, 그게 거북해?"

그는 친절한 동시에 빈정거리는 투로 웃으며 대답했다.

"내가? 바보 같으니, 오히려 그 반대지."

"무슨 뜻이야? 반대라니?"

그는 주저하며 즉답을 피하려고 했다.

"뭐가?"

"지금, 네가 그 반대라고 했잖아? 너도 남자가 좋다는 거야?"

"내가?"

"그래."

"아냐! 하지만 이따금, 그게 어떤 걸까 하고 생각할 때는 있어."

"그게 너를 흥분시킬 테지."

"천만에, 내 말은 단지……"

그는 난처해하며 어색하게 웃었다.

"그럼, 실비아는?"

"실비아는 말이지, 그녀는 내 밥을 벌어다 줘."

"그게 전부야?"

"그럼. 그것으로 족하지."

스틸리타노가 나에게 터무니없는 희망을 품고 있었다는 것은 내게 원기를 북돋워 준 것이 아니라 나를 노예 상태에 놓이도록 한 것이다. 이미 나는 깊고 슬픈 경지 속에 빠져 있는 것 같았다. 그리고 어떻게 스틸리타노의 갑작스러운 변덕이 나를 지켜 줄지 생각해 보았다. 나는 그 점에 대해 그에게 말했다.

"알고 있겠지만 난 아직도 너에게 끌려. 언제든 너와 사랑을 나누고 싶단 말이야."

그러자 그는 시선을 고정한 채 웃으며 대답했다.

"어디, 두고 보지."

잠시 침묵이 흐른 후, 그는 이렇게 말했다.

"넌 도대체 뭘 하고 싶은 거야?"

"너와 함께라면 무엇이든!"

"두고 보자."

그는 눈썹 하나 까딱하지 않았다. 나의 모든 존재가 그의 내부로 들어가기를 원했을 때, 내가 버들가지처럼 부드러운 몸으로 그의 몸을 휘감고 싶었을 때, 그와 내가 서로 엉키고 포개고 뒤틀리며 포옹하고 싶었을 때, 그는 조금도 나를 향한 동작을 취하지 않았다. 앙베르는 짜증나는 도시였다. 항구의 악취와 소란이 내 마음을 뒤집어 놓았다. 때때로 플라망 출신의 부두 인부들이 우리에게 시비를 걸었지만, 팔 하나 없는 불구자 스틸리타노는 언제나 그들보다 강했다. 스틸리타노는 정말 용의주도하고 노련했다. 늘 주머니 속에 약간의 아편을 지니고 다녔을 정도였으니 말이다. 아편은 그의 진가를 높여 주는 동시에 비난의 대상으로 만들기도 했다.

앙베르에 도착하기에 앞서 나는 히틀러 치하의 독일을 지나왔다. 나는 거기서 몇 개월을 보냈다. 나는 걸어서 폴란드 브로츠와프를 지나 베를린에 도착했다. 나는 도둑질을 하고 싶었다. 그런데 어떤 이상한 힘이 나를 억제했다. 당시 독일은 전 유럽을 공포의 도가니로 몰아넣고 있었다. 특히 내 눈에 독일은 잔혹성의 상징이었다. 이미 법 외의 존재였던 것이다. 베를린의 운터 덴 린덴 거리를 거닐 때조차도 나는 도둑들이 조직한 캠프 속을 산책하는 기분이었다. 내가 보기에 가장 근검한 베를린 시민의 머릿속에도 위선, 증오, 악행, 잔혹성, 탐욕 등의 보물들을 숨기고 있는 듯했다. 이 나라 사람들 모두가 요감시자의 대상인데 나 홀로 자유인이라는 것에 가슴이 뭉클했다. 나는 다른 나라들에서와 마찬가지로 이 나라에서도 당연히 도둑질을 했다. 그러나 도둑질을 하면서 나에게 매우 의아한 생각이 들었다. 국가가 도둑질을 지시하고, 그 도둑질에 따른 결과를 모든 국민이 인식하고 있으며, 오히려 그것을 다른 나라와 대항하는 것으로 몰고 간다는 사실이 납득되지 않았다. 이 특수한 윤리적 태도가 민족의 미덕으로 치켜세워져 있는 것이었다.

'도둑질하는 민족이군.' 나는 마음속으로 생각했다. '내가 여기서 도둑질을 한다면, 나는 어떤 특이한 행동을 완수하는 것이 아니라 평상시의 질서를 따르는 것일 뿐이다. 그것을 파괴하고 싶지는 않다. 나는 악을 범하지 않고, 아무것도 문란하게 만들지 않는다. 부도덕한 사건들은 결코 일어나지 않는다. 나는 공연히 도둑질을 하는 것이다.'

나에게는 규칙을 지배하는 신들이 반항하지 않고 단순히 동요하고 있는 것처럼 보였다. 나는 부끄러웠다. 그러나 특히 지금 통용되는 도덕률이 신앙의 목적이 되고, 그 바탕 위에서 삶을 영위하는 나라로 돌아가고 싶었다. 나는 베를린에서의 생활 방편으로 매음을 택했다. 며칠간은 만족스러웠지만 곧 싫증이 났다. 앙베르는 여러 가지 전설적인 보배들을 제공해 주었다. 이를테면 플랑드르의 미술관들, 유대인 다이아몬드 상인들, 늦은 밤 할 일 없이 돌아다니는 선박 소유자들, 대서양을 횡단하는 여행객들 등. 나는 사랑에 자극되어 몸이 달아 있었기 때문에 스틸리타노와 함께 위험한 모험을 하며 살고 싶었다. 그 역시 나의 희망에 부응하여 대담한 행동으로 나를 현혹시키려고 하는 듯했다. 그는 어느 날 저녁 한 손으로 경찰관 오토바이를 운전하면서 호텔로 돌아왔다.

"방금 경찰관에게서 날치기한 거야." 그는 오토바이에서 내릴 생각은 않고 웃으며 말했다. 그렇지만 그는 자기가 거기 걸터앉은 채 달리는 광경을 내가 보면 경악하리라는 것을 알고 있었다. 그는 오토바이에서 내려 엔진을 점검하는 척하면서 나를 뒤에 태우고 출발했다.

"헐값으로라도 당장 팔아 버려야겠어." 그가 내게 말했다.

"너 미쳤어? 이놈으로 우리는 여러 가지 일을 할 수 있어……."

나는 달리면서 불어오는 바람 때문에 한껏 들떠 있었다. 마치 추격을 당해 위급한 상황에 처한 듯한 기분이 들었다. 한 시간 후, 오토바이는 어떤 그리스 인 뱃사람에게 팔렸고, 곧 배에 실렸다. 그러나 나는 이때 스틸리타노가 진정한 태도로 흥정하고 잘 마무리했음을 알았다. 왜냐하면 오토바이 같은 물건의 매각은 값을 흥정하거나 대금을 받아 낼 때 성공적으로 일을 끝내는 술책의 걸작에 해당되었기 때문이다.*

스틸리타노도 나와 마찬가지로 진정한 의미에서 성숙한 남자는 아니었다. 비록 진짜 강도는 아니었지만, 그는 강도짓을 즐기고 있었다. 말하자면 그는 강도인 척하면서 그런 태도를 취하고 다녔다. 나는 아직 어린아이 같지 않은

* 최근의 일이지만 기동 경찰관의 스물한 살 먹은 아들이자 경찰관 견습생인 피에르 피에브르에게서 오토바이를 타고 싶어서 경찰관이 되려고 한다는 말을 듣고 나는 감격했다. 그때 나는 훔친 오토바이의 안장 위에 털썩 앉아 있던 스틸리타노의 모습이 눈에 선하게 떠올랐다.

깡패를 보지 못했다. 귀금속 상점이나 은행 앞을 지날 때, 그곳을 털기로 마음먹고 공격할 때, 치밀하고 신중하게 행동하는 '진지한' 강도가 어디 있단 말인가? 조직의 이익을 위해 연합하는 것이 아니라 서로 돕는 것을 목적으로 하는 친구, 즉 그 우정 때문에 공범이 된다는 생각은 일종의 몽상 혹은 무상의 행위가 아닐까? 사람들이 소위 허구적이라고 부르는 그것 말이다. 스틸리타노는 유희를 즐기고 있었다. 그는 항상 자신이 치외법권에 속해 있으며 위험에 처해 있다고 느끼기를 좋아했다. 그것은 미적 고민으로부터 발생하는 것이다. 그는 한 사람의 이상적 영웅을 모방하려고 했고, 그 이미지는 이미 영광의 하늘에 새겨져 있는 스틸리타노였다. 그래서 그 역시 깡패들의 규율, 그들을 설명해 주는 규율에 따르고 있었다. 그 규율이 없다면 그는 아무것도 될 수 없었을 것이다. 처음에 나는 그의 위엄 있는 고독, 차분함과 냉정한 모습에 현혹되어서, 그리고 단지 그의 파렴치한 행동과 뻔뻔한 태도에 이끌려서, 그가 스스로 무질서한 행동으로 일관하고 있는 게 아닌가 생각했다. 그런데 그는 하나의 전형적인 인간을 모색하고 있었다. 아마도 그런 인간은 아동 잡지에나 등장하는, 언제나 승리하는 영웅을 표상하고 있을지 모른다. 어쨌든 스틸리타노의 가벼운 몽상은 그의 건강한 근육이나 동작의 취향과 완전한 조화를 이루었다. 아마도 그림책 속 영웅의 이미지가 스틸리타노의 마음속에 기록되어 있는 게 아닌가 하고 여겨졌다. 그렇지만 나는 여전히 그를 우러러보고 있다. 비록 그가 스스로 깡패 사회에 휩쓸려서 그 예법의 외양을 따르고 있었지만, 사람 눈에 띄지 않는 곳에서도 그의 육체나 마음은 그 영웅 이미지에 강요받고 있었고, 언제나 자신의 정부에게 애정 표현하기를 거절했다.

우리는 서로가 서로에게 모든 것을 맡기는 사이는 아니었지만 매일 습관적으로 만났다. 나는 그의 방에서 점심을 먹었고, 실비아가 일하러 나가면 저녁도 함께 먹었다. 그러고는 취하도록 마시기 위해 술집을 전전했다. 그는 거의 매일 저녁 예쁜 여자들과 춤을 추었다. 일단 그가 나타나면 어디든 분위기가 달라졌다. 우선 그의 자리에서 시작하여 차례차례 다른 테이블까지 분위기가 완전히 변하는 것이었다. 그 분위기는 육중하면서도 열광적이었다. 그는 거의 매일 밤 싸움질을 했다. 순간적으로 주머니 속에서 꺼낸 칼로 무장한 그의 손은 날렵하고 야수와 같아서 경탄을 자아낼 정도였다. 부두 노동자들, 뱃사람들 또는 건달들이 우리와 대적했다. 그렇지 않으면 우리 편이 되었다. 나는 곧 이런 생활에 지쳐 갔다. 사실 나로서는 될 수 있으면 안개와 비 오는 부두를 하릴없이 배회하고 싶었다. 내 기억 속에 그곳의 밤은 온통 불빛으로 번쩍거렸다. 어느 신문기자가 한 영화에 대해 "난투극 속에서 사랑이 꽃피다."라고 쓴 걸 본 적이 있다. 이 우스꽝스러운 문장은 어떤 멋진 말보다도 말라빠진 엉겅퀴 잎에서 피어난 금어초라는 꽃을 내게 연상시켰다. 게다가 이 꽃에서 발전하여 스틸리타노에게 상처받은 애정, 벨벳처럼 부드러운 나의 애정이 떠올랐다.

그가 내게 아무 일도 맡기지 않았을 때, 나는 이따금 자전거를 훔쳐서 네덜란드의 마스트리히트로 가서 팔아 치우곤 했다. 스틸리타노는 내가 능숙하게 국경을 넘나드는 것을 알고 어느 날 나와 함께 암스테르담으로 갔다. 그는 도시 자체에는 흥미가 없었다. 그는 어느 카페에서 내게 몇 시간 기다리라고 명령하고는 어디론가 사라졌다. 나는 그에게 물어볼 필요가 없음을 경험을 통해 잘 알고 있었다. 다시 말해, 나의 일은 그의 관심사였으나 그의 일은 내가 알 바가 아니었다. 우리는 저녁때 벨기에로 돌아가려고 했으나, 그는 역에서 끈으로 묶고 봉인한 벽돌만 한 보따리를 건네며 이렇게 말했다.

"나는 기차를 타고 갈 거야."

"그럼 국경에서 경비원에게 뭐라고 말하지?"

"뭐 별 문제없어. 네 일이나 신경 써. 너는 여느 때처럼 걸어서 가란 말이야. 그리고 결코 보따리를 펼쳐서는 안 돼. 그건 친구 것이니까."

"붙잡히면 어쩌지?"

"그런 농담하지 마. 네 주둥아릴 가만 두지 않을 테니!"

내가 중심을 못 잡고 우물쭈물하면서도 정반대의 매력들을 적당히 안배하는 법을 알고 있었기 때문에, 스틸리타노는 나를 부드럽게 포옹하고 나서 역으로 갔다. 나는 그 말없는 '이성(理性)'이 내 앞으로 걸어가는 모습을 지켜보았다. 나는 법칙의 수호자요, 거동의 확실함 속에 있는 권위, 빛나는 엉덩이의 움직임 속에서 데면데면하게 걸어가는 그를 전송했다. 나는 그의 보따리 속에 무엇이 들어 있는지 몰랐다. 그러나 그것은 신뢰와 기회의 상징이었다.

그 덕분에 나는 나의 저속한 필요성 때문이 아니라, 지상(至上)의 힘에 대한 복종, 그것에 대한 심복 때문에 더 이상 국경을 넘어가지 않았다. 스틸리타노가 내 눈앞에서 사라진 순간부터 나의 모든 집착은 오직 이 '지상의 힘'을 찾는 것에만 집중되었다. 바로 그 보따리가 나를 인도해 준 것이다. 내가 그토록 재빠르게 도둑질을 하고 경찰을 보고 도망쳤을 때, 물건들은 모두 생명을 얻게 되었다. 이를테면 내가 밤에 대해 생각하면, 그날 밤은 매우 특별해졌다. 길 위의 돌이나 자갈 하나하나가 감각을 지니고 있어서, 나는 그것을 통해 나 스스로를 알아차릴 수 있었다. 나무는 나를 보고 놀랐다. 내 공포는 '공황'이라는 이름을 가지고 있었다. 그것은 모든 물건으로부터 스스로 감동하도록 나의 동요를 기다리는 정신을 해방시켰다. 내 주위의 세상, 생명 없는 세계가 부드럽게 진동하고 있었다. 나는 심지어 비하고도 대화를 나누었다. 나는 즉시 이러한 감동을 특권으로 간주하기 시작했다. 그리고 이 감동을 그 구실, 즉 강도 행위 또는 경찰관으로부터 도망치는 것보다 더 귀한 것으로 생각하게 되었고, 그 구실을 그것에 대한 수단으로 여겼다. 처음에는 어두운 밤이라서 불안해하기 시작했지만 나중에는 낮에도 불안한 감정이 일었다. 결국 나는 수수께끼 같은 우주 속에 놓여 있었는데, 그 이유는 우주가 실제적 의미를 상실했기 때문이었다. 나는 위험한 상태에 놓여 있었다. 사실 나는 모든 물건이 더 이상 그 평소 용도로 쓰이는 것이 아니라 오히려 그 물건들로부터 어떤 우정 어린 불안을 느낄 것이다. 스틸리타노의 물건들은 내 앞섶과 속옷 사이에 끼여 있었고 물건들 하나하나가 내게 신비한 느낌을 새겨 주었다. 그 물건들은 내가 자유롭게 통하도록 입술을 스치며 이를 살짝 드러내고 웃을 때면 신비감이 풀리곤 했다. 혹시 이 물건들 속에 도둑질한 보석이 들어 있는 것은 아닐까? 이 조그만 짐은 경찰관의 어떤 걱정, 수많은 유능한 경찰관, 경찰견, 비밀 정보 등의 구실이 되지는 않을까? 그렇다면 그쪽의 모든 적대적인 힘을 쳐부수지 않으면 안 된다. 스틸리타노가 나를 기다리고 있었다.

'비열한 놈.' 나는 속으로 중얼거렸다. '말려들지 않으려고 꽤나 몸을 사리고 있어. 한쪽 팔이 없다는 게 이유가 될 수는 없지.'

앙베르에 도착했을 때, 나는 면도도, 세수도 하지 않고 그의 호텔로 곧장 달려갔다. 왜냐하면 나는 승리의 부속물인 수염, 때 그리고 양쪽 팔에 무겁게 부과된 피로를 몸에 지닌 채 그의 앞에 나타나고 싶었기 때문이다. 이 피로라는 것은 사람들이 승리자를 월계관으로, 꽃으로, 금장식으로 덮었을 때 상징적으로 드러내고 싶어 하는 것이 아닐까? 나는 몹시 피로했다. 나는 그의 방에 들어가 그의 앞에서 당연하다는 듯 보따리를 펼쳐 놓았다.

"자, 여기 있어."

그는 미소를 지었다. 승리의 미소였다. 나는 나에게 미친 그의 힘이 모든 일을 수행했다는 걸 그가 모르지 않을 것이라 생각했다.

"어려움은 없었어?"

"아니, 전혀. 쉬웠어."

"아, 그래!" 그는 다시 웃으며 덧붙였다. "잘됐군!"

감히 그에게 말을 건넬 수는 없었지만, 그도 역시 아무런 위험 없이 여행할 수 있었을 것이라고 말해 주고 싶었다. 왜냐하면 스틸리타노라는 인물은 나의 창조물 이외에 아무것도 아니며, 내 의지 하나만으로도 그 창조물을 파괴할 수 있다는 것을 알고 있었기 때문이다. 동시에 어째서 신이 그 자신이 할 수 없는 하나의 임무를 성취하기 위해 사자(使者)라고 칭하는 천사를 필요로 했는지 나는 알고 있었다.

"그 속에 뭐가 들었지?"

"뭐긴, 코카인이지."

나는 몰래 마약을 들여왔다.* 스틸리타노가 자기 대신 내가 현행범으로 체포될지 모르는 위험을 감수하도록 했던 것이다. 그러나 나는 그를 조금도 경멸하지 않았다.

'이건 당연한 일이야.' 나는 생각했다. '저놈은 비열한 놈이고 나는 멍텅구리니까.'

나는 그가 그런 식으로 자신의 모습을 드러낸 것이 고맙게 느껴졌다. 만일 그가 내 앞에서 나의 참여가 배제된 여러 가지 대담한 행위들을 통해 자기를 나타내고, 그 자체로 원인이자 목적이 되었다면 그는 나에 대한 지배력을 완

* 1974년. 한 석간신문을 보고 나는 그가 무장 강도범으로 밤에 일을 벌이다가 체포된 것을 알 수 있었다. 신문에는 "……그 미남 외팔이의 얼굴은 창백했다……."라고 적혀 있었다. 나는 그 기사를 읽으며 조금도 마음이 동하지 않았다.

전히 상실하고 말았을 것이다. 나는 막연하지만 그가 자신의 전부를 내놓는 행동은 할 수 없을 것이라고 믿었다. 자기 몸을 지나치게 배려하는 것을 보면 그 증거가 되고도 남았다. 이를테면 자주 목욕하는 일, 향수를 뿌리는 일, 아침에 늦잠 자는 일, 그리고 체격 좋고 살이 붙은 그의 몸이 그렇다. 그렇지만 그는 반드시 나에 의해서만 행동하는 인간이었고, 나는 그 사실을 인지하고 있었다. 그래서 나는 그를 형성하고 있는 기본적이고 무질서한 힘으로부터 나 자신의 에너지를 끌어낼 수 있다는 확신을 하고 그에게 집착했던 것이다.

1년 중 이 시기, 즉 가을이 되면 나는 비와 어두운 건물의 색깔, 플랑드르 사람들의 무거운 기질, 이 도시의 특수한 성격, 게다가 나 자신의 비참한 생활 등으로 슬퍼지곤 했다. 무엇보다도 마음의 동요를 일으키고 고통을 준 것들, 내가 그것들 앞에서 발견한 것은 바로 심오한 우울증이었다. 이번 전쟁 중 독일 점령 하에 있었던 시절, 나는 시사 뉴스를 통해 100~150명 가량의 앙베르 폭격 희생자들의 장례식을 보았다. 앙베르의 폐허 속에 놓여진 수많은 관들은 튤립이나 달리아로 덮여 있었다. 그것은 마치 시장의 꽃집 진열대에 놓인 꽃바구니처럼 보였다. 그들의 명복을 빌기 위해 레이스가 달린 성의(聖衣)를 걸친 수많은 신부들이나 합창대의 어린아이들이 그 앞을 지나가고 있었다. 나는 이 마지막 모습을 보고 앙베르가 내게 어둠의 단층을 드러내고 있다고 확신했다. 이 장면을 보면서 나는 마음속으로 '정령이 죽음인 도시에서 사람들이 미사를 올리고 있는 것'이라고 생각했다. 그렇지만 사물의 외관은 내게 무엇보다도 공포심에서 비롯한 마음의 흔들림을 야기할 뿐이었다. 곧이어 그러한 동요는 사라져 버렸다. 그리고 모든 사물이 투명하게 빛나는 것처럼 느껴졌다. 가장 일상적이고 평범한 일인데도 그 보편적 의미를 잃고 있어서, 나중에 나는 도대체 컵이 물을 마시기 위한 것인지, 구두는 신기 위한 것인지, 과연 그것이 옳은 것인지 의문이 생길 지경이었다. 또한 나는 물건 하나하나의 독자적 의미를 발견하고 있었으므로 같은 종류의 것을 나열한다는 생각을 할 수 없게 되었다. 스틸리타노는 점점 내게 끼치고 있던 가공할 만한 영향력을 잃어 가고 있었다. 그는 내가 몽상에 잠겨 있다고 믿었다. 사실 나는 긴장하고 있었다. 나는 침묵을 지키고 있지는 않았지만, 마음은 다른 곳에 있었다. 용도가 정반대로 보이는 물건들을 서로 가까이 놓도록 내가 제안했기 때문에, 나의 대화는 우스꽝스럽게 되었다.

"저런, 넌 돌았어."

"돌았다니!" 나는 눈을 부라리며 대꾸했다. "돌았다." 그렇다면 내가 지금 이 사치스러운 초월적 정신에 따라 말하고 있는 것처럼 철사 줄에 방치된 빨래집게 하나를 생각하면서 어떤 절대적 앎을 폭로했다는 기억이 떠올랐다. 누구나 알고 있는 작고 고상하고 기이한 이 물건이 나를 놀라게 하는 일 없이 내 앞에 나타난 것이다. 나는 사건 그 자체를 하나하나 독립적인 것으로 지각했다. 독자들은 당시 이러한 나의 생활 태도가 매우 위험하다고 판단할 것이다.

이를테면 매 순간 경계심을 갖고 살아야 했고, 사물을 통상적 의미로 바라보지 않으면 체포될 위험이 있는 생활 말이다.

또한 나는 스틸리타노의 도움과 충고를 받아 멋진 옷차림으로 치장하는 데 성공했다. 그것은 아주 특별한 우아함이었다. 나는 일반적으로 깡패들의 엄격한 격식에 따르지 않고 환상적인 느낌의 옷차림을 하고 있었다. 그래서 내가 창피함 때문에 현실 세계와 단절된 거지 노릇을 중단했을 때 이 세계는 나를 벗어나고 말았다. 나는 물건들을 구별하는 데 그 특징이 아니라 본질을 중시했다. 결국 나의 유머는 이때까지 내가 그토록 정열적으로 관계를 맺어 오던 존재들과 나를 떼어 놓았다. 나는 길을 잃어버리고 엉뚱하게도 가벼운 사람이 된 느낌이 들었다.

술집에서 한 젊은 뚜쟁이가 쭈그리고 앉아 개와 놀고 있었다. 장소가 장소인만큼 그 모습은 매우 기이하게 보였다. 나는 뚜쟁이와 개에게 미소를 지었다. 나는 그들을 이해할 수 있었다. 진지하고 바쁜 사람들을 가득 실은 버스가 한 아이의 작은 손가락 하나로 차분히 정차할 수 있는 것처럼, 또한 스틸리타노의 콧구멍 밖으로 삐죽 나온 털 하나가 위협적으로 보이자 내가 조금도 두려워하지 않고 그것을 자르기 위해 거침없이 가위를 집어 들었던 것처럼.

나중에 내가 한 아름다운 청년에 의해 받은 충격을 거절하는 일 없이 이와 동일한 정신적 초월을 적용할 때, 즉 내가 받은 깊은 감동을 받아들일 때, 감정이 나를 지배할 권리를 거부하면서 그와 동일한 명석한 눈으로 그것을 관찰할 때, 나는 진정으로 나의 사랑을 알게 될 것이다. 그리고 나는 이 사랑에서 출발해 세상과 모든 관계를 맺을 것이다. 그러고 나면 지성이 탄생할 것이다.

그러나 스틸리타노는 이미 매력을 상실해 가고 있었다. 나는 더 이상 그에게 봉사하지 않았다. 그가 나를 때리거나 욕지거리를 해 대도 그건 마찬가지였다. 그가 내게 모욕과 구타가 어떤 것인지 깨우쳐 줘도 별수 없었다. 내가 보기에 앙베르라는 도시는 항구의 서글픈 특징과 서민적 시정을 잃고 있었다. 내게는 모든 게 뚜렷이 보였다. 또한 나는 어떤 것이든 거침없이 받아들일 수 있을 것 같았다. 나는 범죄를 저지를 수도 있었다. 이런 기간이 아마도 여섯 달이나 지속되었을 것이다. 그동안 나는 별 탈 없이 잘 지냈다.

아르망은 아직 여행 중이었다. 나는 이 친구가 몇몇 다른 이름들로 불리는 것을 들은 적이 있으나 여기서는 이 이름만 사용할 것이다. 장 갈리앙이라는 이름까지 합하면 내 이름도 열다섯 혹은 열여섯 개는 될 것이다. 아르망이 프랑스에서 돌아왔다. 나중에 알게 된 사실이지만 그는 그곳에서 마약을 밀수하고 있었다. 어떤 얼굴에 대해 한마디로 표현하려면, 내게 그 얼굴이 오직 몇 초 동안만 나타나야 한다. 그 이상 지체된다면, 이를테면 충성심이라든가, 명랑함, 진솔함 등 내게 그 얼굴이 암시하는 것들, 그리고 입가의 주름, 눈초리, 드러난 미소 등이 얼굴의 해석을 복잡하게 만들어 버린다. 얼굴은 보면 볼수록 점점 복잡해진다. 여러 가지 표정이 서로 얽혀서 결국 파악할 수 없게 되어 버린다. 스틸리타노의 얼굴에서 나는 오로지 그의 눈 혹은 입의 한구석에서 냉소적으로 비웃는 표정이 변질되어 무뚝뚝한 표정이 되는 것을 알았다. 아르망의 얼굴은 거짓되고, 음험하고, 사악하며, 교활한 야수 같았다. 의심할 것도 없이 그 친구를 알고 난 이후, 그에게서 그런 특징을 발견하기는 쉬운 일이었다. 그러나 그를 처음 만났을 때 내가 받은 인상은 오직 한 얼굴에 기적적으로 모여 있는 이러한 특징들이 줄 수 있는 것이었다. 우선 거짓 표정, 사악함, 어리석음, 잔혹함, 난폭함 등 이런 단어들은 오직 하나의 말로만 집약시킬 수 있다. 아르망의 얼굴에 이런 특징들이 나열되어 있다는 말은 아니다. 그보다 내가 말하고자 하는 것은 공간이 아니라 시간 속에서 일컬어질 수 있는 것들이다. 그래서 자신의 기분에 따라서 혹은 아르망의 심리 상태가 얼굴색과 함께 드러나는 표정에 따라서 읽혀지는 것들이다. 그는 한 마리 거친 야수였다. 그에게서 평범한 아름다움은 결코 찾아볼 수 없다. 그러나 그의 얼굴이 지니고 있는 특색들, 즉 지금 열거한 것들의 존재는 그 반대의 것에 의해 순수성을 상실하는 경우가 없었으므로 의미가 변질되는 일은 없었다. 그야말로 순수했다. 그것들은 그에게 어둡고도 빛나는 외관을 유지해 주었다. 그의 체력은 신비할 정도였다. 당시 그의 나이는 대략 마흔다섯 정도였다. 그는 오랫동안 활기찬 삶을 살아왔으므로 어렵지 않게 그런 체력을 유지할 수 있었다. 그에게는 체력을 최대한으로 써먹을 기술이 있었고, 두개골의 형태와 목덜미에 드러나 있는 근육, 그리고 그 근육의 힘은 위에 말한 가증스러운 특징들을 더욱 견고하고 위압적으로 보이게 했다. 그 힘이 그것들을 돋보이게 했던 것이다. 그의 얼굴에 있는 납작한 코는 타고난 듯 자연스러워 보였다. 그의 코에서 주먹으로 맞아 일그러진 흔적은 찾아볼 수 없었다. 턱은 강하고 견고해 보였다. 머리통은 거의 동그랗고, 언제나 면도질을 해서 깔끔했다. 목 주변의 피부에는 주름이 세 개 있었는데, 때 때문에 뚜렷이 드러나 보였다. 그는 큰 키에 뛰어난 골격을 가졌다. 그는 언제나 몸을 천천히 육중하게 움직였다. 웃는 경우는 거의 없었으며, 웃어도 솔직한 웃음이 아니었다. 목소리는 매우 두텁고 낮아서 거의 들리지 않을 정도였다. 굵직한 음성이라고는 할 수 없지만, 음색은 무슨 마개로 틀어 막힌 곳에서 나오는 소리 같았다. 아르망은 매우 빨리 말했으며 혹은 거닐면서, 그것도 빨리 걸으면서 지껄여 댔다. 그래서 가속도가 붙은 목소리는 저음과의 대조적 효과에 따라 묘한 음악성을 자아냈다. 이처럼 빠른 어조는 보통 날카로운 음색이나 무겁고 힘들게 말하는 둔중한 목소리를 기대하게 한다. 그러나 그의 목소리는 의외로 경쾌했다. 이러한 대립이 오히려 우아한 억양을 만들어 낸 것이다. 아르망의 발음은 분명하게 들리지 않았다. 음절끼리 서로 부딪치지도 않았다. 그는 단순하면서도 유창하게 말했다. 말은 일직선으로 이어져서 고요히 흘러가는 듯했다. 무엇보다도 그가 목소리를 통해 젊은 시절 내내 끊임없이 타인으로부터, 특히 남자들로부터 찬탄을 받아 왔다는 것은 이해할 만했다. 힘이나 아름다움 때문에 다른 남자들로부터 찬탄을 받아 온 사내라는 것이 터무니없는 자만심을 키워 줄 것이다. 이런 부류의 남자는 자신에 대해 더욱 확신을 가지고 있으며, 동시에 더욱 친절한 마음씨를 지닐 것이다. 아르망의 목소리는 내 후두의 어느 한 지점을 건드리고, 호흡이 끊어지게 하는 것 같았다. 그는 별로 성급하지 않았다. 그러나 간혹 서둘러 약속 장소에 가야 할 경우가 생기면, 스틸리타노와 나 사이에서 고개를 높이 쳐들고 몸을 앞으로 구부린 채 그 육중한 체격으로 경쾌한 발걸음으로 걸어가고는 했다. 그러면 그의 목소리는 특유의 저음을 유지하면서 점점 빨라졌고, 매우 대담하다고 할 정도의 걸작품을 만들어냈다. 조금이나마 안개가 끼어 있는 날이면, 납처럼 건장한 사내의 목구멍에서는 창공에서 들려오는 듯한 소리가 났다. 사람들은 그 목소리가 틀림없이 이전에 민첩하고 경쾌하며 기쁨이 넘치고 축제를 즐기면서 주위의 인기를 독차지하던 젊은이, 자신의 매력과 힘과 아름다움에 대해 확신에 차 있으며, 역시 자기 목소리의 아름다움과 독특함에 자신만만한 젊은이의 것이라고 믿었다.

그는 자신의 내부에서, 즉 뜨겁고 관대한 마음속에서, 내가 상상하건대 최소한의 매우 예쁜 무지갯빛의 색조와 견고한 섬유로 만들어진 그의 기관들 속에서 자신의 의지를 공들여 완성하고 있었다. 이를테면 위선, 어리석음, 악의, 잔혹성, 비열함 등과 같은 것들을 눈에 보이게 하고 적용하고 강요함으로써 자신의 의지를 불태웠던 것이다. 또한 그는 가장 음흉한 성공을 자신의 모든 인격을 걸고 획득하려는 의지를 기르고 있었다. 나는 그를 실비아의 방에서 만났다. 내가 방으로 들어가자, 스틸리타노는 그에게 황급히 내가 프랑스 인이며 우리 두 사람이 스페인에서 알게 되었다고 설명했다. 아르망은 서 있었다. 그는 나에게 악수를 청하지는 않았지만 힐끗 바라보았다. 나는 창가에 그대로 서 있었다. 그들이 하는 행동에 전혀 개의치 않는다는 듯. 그들이 술집에 가기로 결정했을 때 스틸리타노가 내게 말했다.

"너도 갈 거지, 자노?"

내가 대답도 하기 전에 아르망이 물었다.

"너는 늘 저 친구와 함께 나가?"

스틸리타노는 웃으면서 말했다.

"네가 싫으면, 내버려 둬도 괜찮아."

"그럼 함께 가지, 뭐."

나는 그들을 따라갔다. 술을 마신 후 그들은 헤어졌다. 아르망과 나는 악수를 나누지 않았다. 그는 나를 거들떠보지도 않고 술집을 나가 버렸다. 그 이후 스틸리타노는 내게 아르망에 관한 말을 한마디도 하지 않았다. 며칠 후 선창 부근에서 아르망과 마주쳤을 때, 그는 나에게 따라오라고 명령했다. 그는 거의 말도 하지 않고 나를 자기 방으로 데리고 갔다. 그리고 다분히 무시하는 듯한 태도로 나를 자기의 쾌락에 응하도록 했다.

나는 그의 힘과 나이에 압도되어 그가 시키는 대로 정성껏 했다. 결국 나는 최소한의 정신조차 포기해 버린 고깃덩어리에 으스러지고 말았다. 나는 나의 행복에는 아랑곳하지 않는 완전히 동물 같은 놈을 만났다는 사실에 기절할 것만 같았다. 또 나는 가슴과 배, 그리고 두 다리에 난 무성한 털들이 얼마만큼의 부드러움을 지니고 있는지를 발견했다. 그리고 사내의 힘이 어떻게 전달되는지도 알게 되었다. 나는 폭풍우가 몰아치는 밤에 나 자신을 그에게 내맡겨 그 안에 파묻혔다. 고마움 때문이었는지 혹은 두려움 때문이었는지 나는 아르망의 덥수룩한 팔에 입맞춤을 했다.

"이봐, 왜 그래. 어디 아파?"

"난 전혀 아프게 하지 않았는데."

나는 밤의 쾌락에 시중들기 위해 그의 곁에 머물 것이다. 그는 매일 밤 잠자러 갈 때마다 바지에서 가죽 허리띠를 거칠게 빼내어 철썩 소리가 나도록 채찍질을 해 댔다. 그것은 눈에 보이지 않는 희생자, 즉 투명한 형태의 육체에 가하는 채찍질이었다. 공기가 피를 흘렸다. 그때 그가 내게 공포심을 주었다면, 그것은 내 눈에 비친 아르망의 육중하고 고약한 모습과는 대조적으로 그의 무력감이 주는 공포감이었을 것이다. 회초리 소리가 그를 동반했고, 그를 지탱해 주었다. 그렇게밖에 할 수 없는 그의 격분과 절망감에 그는 전율했다. 그림자를 보고 겁에 질려 신음 소리를 내는 말처럼. 그것은 가장 아름다운 것을 보고 몸을 떠는 것과 같았다. 그렇지만 그동안에도 그는 내가 아무 일 없이 빈둥대는 것을 허용하지 않았다. 그는 내게 역이나 동물원 주변을 배회하며 손님을 끌어오라고 충고했다. 내가 그의 성품에 공포심을 느낀다는 사실을 알게 되자, 그는 나에 대한 감시를 소홀히 했다. 나는 벌어들인 돈을 전부 가지고 돌아갔다. 그도 술집에서 일하고 있었다. 그는 부두의 남자들이나 선원들을 상대로 이런저런 암거래를 하며 돈을 벌었다. 모두가 그에게 경외심을 가지고 있었다. 당시 이 도시의 건달들이나 비렁뱅이들은 모두 그랬다. 그의 구두 바닥에는 고무 밑창이 달려 있었다. 걸을 때 소리가 나지 않아서 발걸음은 더욱 무겁고 탄력이 있어 보였다. 그는 때로 선원들이 입는 청바지를 입고 있었다. 다리라고 불리는 앞부분에는 한 번도 단추가 완전히 채워진 적이 없었다. 그 때문에 늘 삼각형으로 된 헝겊이 그의 앞부분에 늘어져 있거나, 그렇지 않으면 배 위에 구멍 나고 늘어진 자락의 호주머니를 달고 다녔다. 그의 거동은 다른 누구보다도 물결처럼 부드러웠다. 물 흐르는 듯한 그의 거동은 그가 스무 살의 선원으로서, 뚜쟁이로서, 건달로서 자신의 육체에 대한 기억을 되살리기 위한 것이 아닌가 하는 생각이 든다. 그는 젊은 시절에 살아온 방식대로 자신에게 충실했다. 그러나 그에게 여전히 성욕의 매력적인 특징이 구체적으로 남아 있었음에도 그는 굳이 그것을 말이나 몸짓으로 표현하려고 했다. 스틸리타노의 추잡한 행위와 술집에서 경험한 뱃사람들의 난폭한 언동에 익숙해져 있던 나는 그의 대담하고 노골적인 표현을 눈앞에서 보고 들으며 때때로 그 앞잡이 노릇을 했다. 아르망은 상대가 누구든 상관없이 자기의 성기에 대해 감동적으로 이야기했다. 그의 말을 막는 자는 아무도 없었다. 물론 그 어조와 내용에 동요하여 어떤 투박한 친구가 맞장구를 치는 일은 있었다.

그는 어떤 때는 계산대 앞에서 술을 마시며 한 손을 바지 주머니에 넣고 은근히 자기의 성기를 애무하기도 했다. 또 어떤 때는 실제로 거대한 성기의 크기와 아름다움을 자랑하기도 했다. 물론 그 힘과 지혜 역시 자랑에서 빠지지 않았다. 이처럼 성기와 자신의 능력에 대한 집착이 무엇과 일치하는지 몰라서 나는 그에게 경탄의 메시지를 보냈다. 함께 거리를 걷다가도 그는 한 팔로 나를 껴안으려고 끌어당기거나 뻗고 있던 팔로 거칠게 일격을 가하며 나를 밀어내기도 했다. 그가 플랑드르 사람이라는 것과 세계를 떠돌아다녔다는 사실을 제외하고 나는 그의 생애에 관해 아는 것이 없었다. 그래서 나는 그에게 도형장의 징후를 찾으려고 했고, 그가 그곳으로부터 탈옥해서 중머리와 둔감한 근육, 위선과 난폭함, 잔인함을 가지고 돌아왔을 것이라고 믿었다.

아르망을 만난 것은 너무 갑작스러운 일이었다. 그 후 스틸리타노는 비교적 자주 만났지만 시간적으로나 공간적으로 멀어진 느낌이었다. 내가 이 젊은 녀석에게 몸과 마음을 바치게 된 것, 그리고 빈정거리듯 베일에 싸인 냉정함이 돌연 감미로운 부드러움으로 변한 것은 아주 오랜 옛날, 어딘가 먼 곳에서 일어난 일처럼 느껴졌다. 내가 아르망과 함께 사는 동안 스틸리타노는 한 번도 그 일에 대해 조롱하지 않았다. 그의 신중함이 오히려 내게 묘한 고통을 주었다. 얼마 안 되어 그는 내게 '사라진 날들'의 표상이 되었다.

그와 정반대로 아르망은 비겁하지 않았다. 그는 적들과 홀로 싸우기를 마다하지 않았으며 위험한 일도 맡아서 처리했다. 그뿐 아니었다. 그는 스스로 그 일을 떠맡을 생각을 했으며 일을 마무리 짓기도 했다. 우리가 함께 지낸 지 일주일쯤 되었을 때, 그는 갑자기 얼마간 집을 떠나 있을 것이니 돌아올 때까지 기다려 달라고 했다. 그는 자기 물건들을 내게 맡겼다. 소지품이 들어 있는 손가방, 홑이불들 몇 개를 남기고 그는 어디론가 떠나 버렸다. 며칠동안 나는 마음이 가벼웠다. 이제 두려움의 압박에서 해방된 것이다. 나는 가끔 스틸리타노와 함께 외출했다.

그가 윈치를 돌리려고 손바닥에 침을 뱉지 않았다면, 나는 나와 동갑 정도의 젊은 녀석을 보지 못했을 것이다. 이 노동자의 일하는 모습을 보자 현기증이 심하게 일어났다. 나는 오랫동안 잊혀져 왔던 어떤 시기, 혹은 나의 어떤 부분으로 자유롭게 추락하고 있다는 생각이 들었다. 우선 마음이 깨어났고, 동시에 육체도 마비에서 깨어났다. 나는 미친 듯한 속도와 정확성으로 그 소년을 머릿속에 기록했다. 그의 몸짓, 머리카락, 허리의 움직임, 활 모양으로 휘어지는 몸, 회전목마와 같은 동작, 움직임과 음악, 장터의 극장과 같은 가설무대, 앙베르라는 도시가 간직하고 있는 모든 것, 나 자신과 함께 그토록 귀중한 짐을 끌어안고 있는 우주, 자신이 세계를 소유하고 있으며 그 사실을 알고 두려워하고 있는 내 모습을 머릿속에 기록했다.

내가 그의 양손에 뱉은 침을 직접 본 것은 아니었다. 다만 뺨의 수축 작용과 이 사이에 드러나 보이는 혀끝으로 그 사실을 짐작할 수 있었다. 나는 그 소년이 거칠고 때묻은 양 손바닥을 비비는 것도 보았다. 그가 손잡이를 잡으려고 허리를 굽혔을 때, 나는 터져 갈라진 틈이 있는 두꺼운 가죽 허리띠를 보았다. 이런 허리띠는 멋쟁이들의 바지에 어울리는 장식품은 아니었지만 재질이나 두께 모두 그 기능을 나타내고 있었다. 그 기능이란 바로 가장 명백한 남성성의 상징을 매어 두는 것이며, 그 가죽 허리띠가 없으면 남성의 보물을 더 이상 지킬 수도, 간직할 수도 없고, 남성으로서 전혀 무의미한 것이 될 것이다. 그것은 발뒤꿈치 주위에 떨어져 수컷의 발을 옭아 매는 족쇄가 될 것이다. 그 소년은 저고리를 입고 있었는데, 저고리와 바지 사이로 살갗이 드러나 보였다. 허리띠가 버클에 끼어 있지 않았기 때문에 그가 몸을 움직일 때마다 바지는 밑으로 내려갔고, 저고리는 조금씩 위로 올라갔다. 나는 매혹적인 듯 허리띠를 바라보았다. 그런 움직임이 지속되고 있었다. 그가 여섯 번째 허리를 앞으로 쑥 내미는 순간, 바지 양단을 연결했던 허리띠는 바지 앞쪽의 튼 곳을 남기고, 소년의 발가벗은 등과 몸통에 찰싹 붙어 있었다.

"정말 멋진 볼거리야, 안 그래?" 스틸리타노가 내게 말했다.

내 시선을 의식하면서, 그는 회전목마에 대해서가 아니라 자신의 천재성에 대해 말하고 있었다.

"가서 저 녀석에게 사랑한다고 말해, 자 어서."

"넌 미쳤어!"

"아냐, 진지하게 말하는 거야."

그는 웃고 있었다. 나는 그 소년과 견줄 만한 나이도 자세도 더 이상 아니었다. 또한 고상한 신사들에게나 있는 즐겁고 경쾌한, 그러나 거만한 태도로 관찰하기도 어려워서 그 소년을 멀리 하려고 했다. 그때 스틸리타노가 나의 옷소매를 잡아끌었다.

"자, 가자."

나는 그의 손을 뿌리쳤다.

"내버려 둬!"

"하지만, 넌 저놈에게 마음이 있잖아."

"그래서 뭘 어쩌라고."

"뭐라고? 아무튼 한잔 하자고 저 녀석을 불러 봐."

그는 다시 웃으며 말했다.

"너, 아르망이 무서운 거지?"

"천만에."

"그럼 너 대신 내가 가 볼까?"

바로 그 순간 소년이 일어났다. 얼굴은 홍조를 띠고 번들거렸다. 마치 한껏 부풀어 오른 남자의 성기 같았다. 그는 바지의 허리띠를 고쳐 매고 우리에게 다가왔다. 우리는 길가에 있었고, 그는 회전목마 장치의 널빤지 위에 서 있었다. 우리가 그를 보고 있는 것을 알고 웃으며 말했다.

"이 일을 하다 보니 더워요."

"그리고 목도 마르지?" 스틸리타노가 말했다. 그리고 내 쪽으로 고개를 돌리고 말했다.

"우리가 한잔 살래?"

로베르는 우리와 함께 카페로 갔다. 나는 이 일이 주는 기쁨과 단순함에 완전히 매료되었다. 나는 더 이상 로베르 곁에 있지 않았다. 스틸리타노 역시 옆에 없었다. 나는 내가 세상의 모든 장소로 흩어져서, 그리고 주위의 무수한 가벼운 별들이 되어 날아가고 있는 광경을 머릿속에 기록했다. 그것들이 무엇이었는지는 더 이상 알 수 없었다. 그러나 내가 처음으로 뤼시앵을 데리고 외출했을 때 경험했던, 넋이 나간 상태와 같았다. 내 곁에서 부인 한 명이 제라늄 값을 흥정하고 있었다.

"집에서 꼭 하나 기르고 싶어요……." 그녀가 말했다. "멋진 꽃나무로……."

이렇게 하여 이 세상의 무수한 식물들 가운데 하나의 식물, 그 여자에게만 속하는 뿌리와 흙이 있는 식물을 갖고 싶도록 한 그 소유욕에 나는 조금도 놀라지 않았다. 이 여자의 생각에 의해 나는 소유의 감정에 익숙해졌다.

'그녀는 꽃나무에 물을 뿌려 주겠지.' 나는 마음속으로 생각했다. '그녀는 또 마졸리카 도자기로 된 장식 화분을 살 거야. 그리고 그 꽃나무를 햇볕이 잘 드는 곳에 놓겠지. 그녀는 그것을 소중히 가꿀 거야…….'

로베르가 내 옆에서 걷고 있었다.

그는 밤마다 담요를 두르고 회전목마의 덮개 밑에서 잤다. 나는 원한다면 내 방에서 함께 살자고 제안했다. 그는 내 말을 받아들여 내 방으로 잠자러 왔다. 이틀째 되는 날 밤, 그의 귀가가 늦어서 나는 그를 마중 나갔다. 그는 나를 보지 못했지만, 나는 부두 가까이의 어느 술집에서 그의 모습을 보았다. 그는 남색가 특유의 몸짓을 하고 있는 남자와 이야기하고 있었다. 나는 그 점에 대해 아무 말도 하지 않았다. 하지만 스틸리타노에게는 귀띔을 해 주었다.

다음 날 아침 로베르가 일을 나가기 전에 스틸리타노가 우리를 만나러 왔다. 스틸리타노가 믿을 수 없을 정도로 그를 괴롭혔기 때문에, 그는 수치심 때문에 하고 싶은 말을 꺼내지도 못하고 당혹스러워했다. 그러나 드디어 입을 열었다.

"함께 일하자! 우선 네가 놈들을 공중변소나 호텔 방으로 끌어들여. 거기로 자노와 내가 들이닥치는 거지. 그리고 네 정부라 속이고 상대방 놈에게 돈을 뜯어내는 거야."

나는 하마터면 이렇게 대꾸할 뻔했다. "그럼 아르망은, 그놈의 역할은 뭐지?" 그러나 나는 아무 말도 하지 않았다.

로베르는 침대에 있었다. 시트가 없이 매트 윗부분이 세워진 침대였다. 그를 방해하지 않으려고, 나는 살짝 스치는 것조차 조심하고 있었다. 그는 스틸리타노에게 그런 시도가 위험할 수도 있다고 경고했다. 그러나 나는 그 자신이 위험 그 자체를, 두터운 안개 속에서처럼 멀리서 불명확하게 보고 있다고 이해했다. 결국 그는 승낙했다. 스틸리타노의 매력이 그에게 먹혀들기 시작한 것이다. 나는 그 점에 대해 수치심을 느꼈다. 나는 로베르를 사랑했고, 그를 받아들이도록 하는 데 성공하지 못했으나, 그는 나를 특히 잔혹하게 다루었다. 마치 스페인에서 스틸리타노와 내가 단둘이 은밀한 생활을 하던 때와 거의 유사한 일들이 반복되었고, 그 생활 목록이 활용되는 것 같았다. 스틸리타노가 외출했을 때, 로베르가 슬며시 침대 속으로 들어왔다. 그리고 내게 몸을 바싹 붙였다.

"저놈이 네 남자야? 으음……."

"그건 왜 묻지?"

"네 남자로 보이던데."

나는 그를 꽉 껴안았다. 그리고 입맞춤을 하려고 하니 그가 나를 밀어냈다.

"너 미쳤구나. 그렇게 함께 할 수 없어!"

"왜?"

"뭐라고? 모르겠어. 우린 같은 나이잖아. 그게 좀 거북해."

그날 그는 늦잠을 잤다. 우리는 스틸리타노, 실비아와 함께 점심을 먹었다. 이어서 로베르는 이제 더 이상 회전목마에서 일하지 않겠다고 주인에게 말하고, 그동안 일한 임금을 받으러 나갔다. 우리는 저녁 내내 마셨다. 그가 떠난 지 일주일이 되었지만 아르망은 그에 대한 소식을 전해주지 않았다. 나는 우선 앙베르로 도망갈 생각을 했다. 이어서 그의 소지품을 챙겨 벨기에로 떠날 생각도 했다. 그의 능력은 멀리 떨어져서도 작용했기 때문에 나는 두려움 때문이 아니라 성숙한 남자의 폭력에 대한 매력에 사로잡혀 있었다. 성숙한 남자라는 것은 악행이나 진정한 강도짓을 할 수 있는 남자라는 뜻이다. 그는 홀로 공포의 세상에서 나를 이끌고 다니거나 훈련시킬 수 있었다. 나는 그가 원래의 세상으로 돌아갔다고 생각했다. 나는 그에 대한 생각을 포기했으나 고뇌는 매일 커져만 갔다. 스틸리타노는 로베르에 대한 나의 사랑을 그에게 말하지 않겠노라고 약속했다. 그러나 로베르가 장난으로 그 사실을 누설할 수도 있었다. 로베르는 팔 하나가 없는 불구자와 함께 매우 편안한 모습으로 있었다. 모든 불편함을 제거하고, 그는 쾌활했고 빈정거렸으며 다소 뻔뻔스러웠다. 그들이 가능한 동작에 관해 말했을 때, 그의 시선이 갑자기 조심스러워졌다. 설명이 끝나자 로베르는 명백한 몸짓으로 마지막을 장식했다. 엄지손가락과 가운뎃손가락을 합쳐서 눈에 보이지 않는 윗도리의 안쪽 주머니에 집어넣고, 눈에 보이지 않는 보석을 조심스럽게 꺼내는 것처럼 보였다. 이러한 몸짓은 경쾌해 보였다. 로베르는 틈 사이로 천천히 허공에 그것을 그렸다. 하나는 손이 도둑맞은 사람의 호주머니에서 나오는 듯했고, 다른 하나는 손을 호주머니 속에 집어넣는 것처럼 보였다.

로베르와 나는 사제를 섬기듯 혹은 위험한 총을 다루듯 스틸리타노의 시중을 들었다. 그의 앞에서 무릎을 꿇고, 그의 구두끈을 각자 한쪽씩 매기도 했다. 그러나 손이 하나라서 하나밖에 없는 장갑을 대할 때는 복잡했다. 대부분의 경우, 그 단추 위에 손을 대는 특권은 당연히 로베르의 몫이었다.

우리 셋이서 성공적으로 행했던 몇몇 행위에 관해서는 별로 새로울 것이 없으므로 독자들에게 들려주지 않을 것이다. 어쨌든 대부분은 로베르 혹은 내가 남색가와 함께 호텔 방으로 올라갔다. 그리고 상대가 잠들면 돈을 훔쳐서, 창문 아래 대기하고 있던 스틸리타노에게 던졌다. 아침이면 매춘부가 와서 우리에게 따지고 들었다. 우리는 그에게 몸 전체를 뒤져 보라고 내맡겼다. 그러나 그것으로 끝이었다. 더 이상 과감히 고발하는 자는 없었다. 초창기에 로베르는 그의 절도 행위를 정당화하려고 애썼다. 처음

도둑질을 시작하는 자는 반드시 응징해야 할 놈의 물건을 강탈함으로써 그에게 벌주기를 원한다.

"저자들은 사악한 놈들이야." 로베르가 말했다.

도둑질의 피해자였던 남색가들에게 이런저런 결점을 찾으려고 하면서 그는 매우 권태로워졌다. 스틸리타노는 거칠었지만 솔직하게 그를 각성시켰다.

"이봐, 이런 식으로 계속 설교를 해 대면 너는 성직자가 되고 말 거야. 우리가 지금 여기서 하는 짓은 오직 한 가지 이유밖에 없어! 바로 돈, 돈 때문이라구."

그의 말투에 로베르는 더욱 긴장이 풀렸다. 스틸리타노가 자신을 지지하고 있다고 확신에 차서, 그는 미치광이처럼 제멋대로 행동하기 시작했다. 그의 말은 매우 우스꽝스럽게 되었다. 그는 스틸리타노를 기쁘게 해 주었고, 스틸리타노는 오직 그하고만 외출했다. 나는 더욱 우울해졌다. 나는 두 친구에게 질투심을 느꼈다. 결국 로베르는 여자를 좋아했으며, 모든 여자에게 미소를 보냈다. 그리고 모두 그를 좋아했다. 이 일에 의해서, 나는 그를 스틸리타노와 함께 나와 대립적인 존재로서가 아니라, 나의 손이 미치지 않는 존재로 느꼈던 것이다. 그가 나보다 훨씬 귀여웠기 때문에 더욱 쉽게 남자들을 유인할 수 있었고, 따라서 스틸리타노는 내가 입고 있던 옷가지를 그에게 주었다. 로베르는 스스럼없이 웃으며 그것들을 입고 다녔다. 나는 오직 바지 한 벌, 저고리 한 벌, 찢어진 내의 몇 벌을 가지고 있을 뿐이었다. 나는 머릿속에서 스틸리타노에게 보잘것없는 복수를 했다. 그를 아르망과 비교해서 점점 깊이가 낮은 존재로 여기기 시작한 것이다. 그의 아름다움은 이제 퇴색한 것처럼 보였다. 그의 말에는 광채가 없었다. 나는 아르망에게서 어떤 새로운 사실들이 나오리라 기대했다.

아르망의 음란한 태도들, 그것들이 내가 포르노 소설을 쓰는 데 결정적 계기로 작용하지는 않았다. 결코 그렇게 말할 수는 없으리라. 그러나 스틸리타노가 내게 한 말에 충격을 받은 것은 확실했다. 그는 언젠가, 왜 성의 문제를 말할 때 그렇게 고양되어 있는가 하는 질문에 대해, 매우 차분하고 가볍게 무관심으로 일관하며 건방진 태도를 보였다.

"나의 불알들, 두 개의 불알들 말이야." 그가 말했다. "여자들은 보란 듯 젖통을 앞으로 내밀고 걸어 다니지. 행진하는 것처럼! 나 역시 앞으로 나아가면서 불알 두 쪽을 보여 줄 권리가 있어. 어디 그뿐인가. 나의 불알들을 쟁반에 받쳐 꺼내놓을 수도 있어. 아냐, 그 이상이야! 내 물건은 너무 훌륭해서 폴라 네그리 혹은 영국의 황태자에게 선물로 보낼 만하다고!"

스틸리타노는 파렴치한 행동은 할 수 있었지만 노래는 부르지 못했다. 오랫동안 나의 깊은 곳에 쌓여 있던 그의 비겁함, 무력함, 태만함 등이 악취를 풍기며 숨결에 묻어 치솟아 올라왔다. 사실 그것들은 나의 원한을 증대시키면서 누적되게 했다. 이전에 그를 아름답게 만들어 주던 것, 마치 부스럼이 살에 조각을 하고 채색을 하던 것들이 지금은 그를 경멸하는 이유가 되고 말았다. 스틸리타노와 로베르는 내가 질투와 어찌할 바 모르는 분노에 사로잡혀 있다는 것, 그리고 이들의 감정이 우리의 관계에 영향을 주고 있다는 것을 모르고 있는 듯했다. 어느 날 실비아와 내가 단둘이 있었을 때 그녀는 거리에서 내 팔짱을 꼈다. 그리고 몸을 바싹 붙여 왔다. 내가 사랑하던 두 남자, 그들 상호 간의 우정, 그러나 결코 모호하지 않다고 할 수 없는 우정에 의해 나를 떠나가고, 즐겁고 허물없는 온정의 분위기로부터 나를 몰아내고 있었다. 또한 한 남자의 정부가 가난한 자들의 위안에 속하는 욕망에 의해 나를 더욱 비굴하게 만들었다. 그 정부의 허리나 유방이 내 몸에 닿았다면, 나는 구토를 했을지도 모른다. 그 후 스틸리타노 앞에서, 그에게 상처를 주려는 심산으로 그녀는 과감하게 내가 맘에 든다고 말했다. 그와 로베르는 박장대소를 터뜨렸다.

"너희 둘은 어디론가 함께 돌아다니기만 하면 돼. 우리는 우리대로 떠날 테니까."

나는 그들의 비웃음에 쫓기면서 스틸리타노가 지배하고 있던 빛의 계단들이 산산조각나는 것을 보았다. 나는 다시 스페인과 누더기, 가난한 자들과 섞여 지내던 나의 밤으로 돌아가 있었다. 그동안 약간 행복을 누리기는 했지만 절망적이었다. 지금 내가 할 수 있는 일이란 오직 피로에 지친 걸음걸이에 의해 먼지투성이가 된 발을 핥는 일뿐이었다. 내 몸에 있는 이를 생각하면 벌써 그 벌레가 알을 품고 있는 것처럼 느껴졌다. 그들이 부화하는 시기가 왔다고 생각되어서, 나는 더 이상 머리를 자르지 않았다. 나는 스틸리타노와 로베르를 죽여야겠다고 생각했다. 나는 영광의 부랑자가 되지 못했기에 고통 속의 부랑자가 되기를 희망할 것이다. 나는 교도소나 혹은 불명예스러운 죽음을 선택했다. 그렇지만 나에게 힘을 북돋아 주는 것으로써, 아르망에 대한 추억과 그가 돌아오리라는 희망이 있었지만 그는 나타나지 않았다.

우리는 벨기에에 있었다. 그러나 나에게 영향을 끼치는 건 오직 프랑스 경찰관뿐이었다. 교도소도 마찬가지다. 내가 프랑스 밖에서 저지르는 범행은 죄가 아니라 실수로 간주되었다. 도대체 벨기에의 감옥이나 교도소에서 나는 무엇을 발견할 수 있는가? 아마도 자유가 박탈된 권태로움이 전부가 아닐까? 그래서 나는 스틸리타노와 로베르에게 모베주로 원정을 가자고 제안했다.

"내가 만일 그들을 아르덴 지방에서 죽이면, 프랑스 경찰관이 나를 체포할 것이고, 기아나로 유배 보내는 정도로 단죄가 내려질 거야."

그러나 두 사람 모두 내 의견을 따르지 않았다. 어느 날 내가 그의 방에 홀로 있었을 때, 나는 장롱 속에 걸려 있던 저고리 주머니에서 스틸리타노의 권총을 훔쳤다.

지금까지 앞에서 말한 내용은 내가 1932년과 1940년 사이에 겪은 일들이다. 이번에는 독자들에게 내가 글을 쓰고 있는 동안 집착하고 있던 사랑이 어떤 것이었는지 이야기하고자 한다. 물론 과거에 기록해 놓았던 것들을 이용할 것이다. 그것들이 이 글을 쓰는 데 큰 도움이 되었으니.

나는 뤼시앵을 피가 나도록 깨물었다. 아파서 괴성을 지를 줄 알았는데 그는 오히려 무감각했다. 나는 곧 거기에 압도되고 말았다. 하지만 나는 기어이 친구의 살이 찢어질 때까지 멈추지 않으리라는 걸 알고 있었다. 돌이킬 수 없는 야만적인 행동으로 이성을 잃을 때까지. 그러면서도 정신만은 멀쩡해서 이 타락의 기쁨을 맛보고 싶었다.

'그래, 내 몸에 표적이 늘어난들 어때.' 나는 속으로 생각했다. '손톱들이며 긴 머리카락들이며 날카로운 이빨들이며 입속의 거품 할 것 없이 말이야. 그리고 아무리 내가 물어뜯어도 뤼시앵의 얼굴 표정에 변화가 없는데 그게 뭐 대수겠어. 오히려 매우 고통스러워하는 모습을 보이면 물었던 이빨을 놓아 주고 미안하다고 사과라도 할 텐데!' 내가 그를 깨물었을 때, 턱에 얼마나 힘을 주었던지, 나는 온몸이 떨리고 오한이 날 지경이었다. 나는 헐떡거리면서도 기분이 좋았다. 내가 얼마나 다정하게 쉬케의 작은 낚시꾼을 사랑하고 있었던가. 그는 옆에 누울 때면 항상 양다리를 내 다리 사이로 슬그머니 끼워 넣었고, 그럴 때면 우리가 입고 있는 파자마의 부드러운 천들이 서로 엉켜서 누구 다리인지 알 수 없었다. 그러고 나서 그는 아주 조심스럽게 뺨을 댈 곳을 찾았다. 그가 잠자고 있지 않는 한 나는 감각이 매우 예민한 내 목덜미 주위에서 그의 눈꺼풀과 함께 위로 길게 뻗은 속눈썹이 깜박이는 것을 느꼈을 것이다. 콧구멍이 가려웠을 때 그의 게으름과 무기력함은 손을 움직이는 것조차 귀찮아했다. 그래서 내 수염에다 자신의 코를 비벼 대곤 했다. 마치 송아지가 어미 소의 젖을 빨면서 귀여운 머리를 움직이는 것 같았다. 그는 쉽게 상처받는 편이었다. 내가 사악한 시선을 던지거나 딱딱한 말을 쏘아붙이거나 하면 그는 크게 상처받을 것이다. 그렇지 않으면 그것은 매우 부드럽고 물렁물렁해서 탄력적으로 변한 물질을 흔적도 없이 관통하고 말 것이다. 어떤 때는 내 마음속에서 불현듯 일어나는 애정의 물결이 내가 그걸 막을 사이도 없이 내 팔 안으로 밀려들어와 그를 좀 더 강하게 껴안으면, 그는 그대로 머리를 고정시킨 채 자기 입술이 닿는 대로 내 얼굴이나 몸을 압박하곤 했다. 그것은 내 팔의 거친 저항에 대한 반사적인 반응이었다. 이 애정의 물결에 대한 그의 반응은 언제나 내 피부 위에 천진난만하고 단순한 소년의 부드러운 마음이 꽃을 피우는 듯한 느낌을 주었다. 이러한 기호에 대해 나는 그의 순진성이 내 마음의 명령을 인식하고 또 그의 몸은 내 마음을 따르고 있음을 알 수 있었다. 그래서 나는 그의 머리 무게에 눌린 채 질식할 듯한 목소리로 이렇게 속삭였다.

"네가 이렇게 힘없이 내게 기대어 있으면, 나는 너를 보호하고 있다는 느낌이 들어."

"나도 마찬가지야." 그는 그렇게 말하고는 내게 가볍게 입맞춤을 했다.

"뭐? 너도?"

"그럼, 나 역시 널 보호하고 있다는 느낌이 드는걸."

"그래? 내가 그렇게 약하게 보여?"

그는 다정히 속삭이듯 말했다.

"응…… 널 보호하고 싶어."

그리고 그는 감고 있는 나의 눈에 키스를 하고 침대를 떠났다. 그가 나가면서 문을 닫는 소리가 들렸다. 감은 눈꺼풀 속에서 여러 가지 영상들이 어른거렸다. 맑은 물속에서 매우 빠르게 움직이는 회색 벌레들이 바닥이 진흙탕인 어떤 샘에서 움직이고 있었다. 이 벌레들은 밑바닥이 진흙처럼 흐려 있는 내 눈의 어둠속에서 맑은 물속으로 달려갔다.

저런 근육질 몸을 가진 자가 나의 따뜻한 배려에 저렇게 누그러지다니 놀라운 일이다. 거리에서 그는 어깨를 둥글게 구부리고 걸었다. 말하자면 그의 엄격함이 다 녹아 버렸다고나 할까. 그의 늠름하고 찬란한 모습을 이루던 모든 요소가 한꺼번에 약화된 것이다. 녹아 떨어진 눈〔雪〕 속에서도 빛을 잃지 않고 있는 눈〔目〕을 제외하고. 주먹질, 박치기, 걷어차기를 하는 기계가 바닥에 드러누워 전신을 뻗기도 하고 구부리기도 한다. 이것은 부드러운 마음씨가 여러 번 반복적으로 긴장하거나 이완하거나 오그라들거나 혹은 부풀어 오르거나 하는 것일 뿐이라는 사실이 정말 놀라웠다. 만일 이 부드러움이 더 이상 본래의 모습대로 유지될 수 없거나, 그에 대한 나의 애정이 사라져서 그를 버리거나 한다면, 이를테면 나의 연약한 마음이 이 놀라운 육체를 차지할 가능성을 빼앗아 가면 내 애정에 순순히 응하던 그의 온순한 성격과 착한 마음이 어떻게 폭력과 악으로 변하게 될지 나는 알고 있었다. 나는 그 경우 그가 얼마나 소스라쳐 놀랄 것인지, 배반을 깨닫고 얼마나 격노할 것인지 알 수 있을 듯했다. 그의 부드러움은 저절로 얽히고 수축되며, 또 여러 겹으로 포개져 하나의 무서운 용수철로 변할 것이다.

"형이 나를 버리면 난 미칠 거야." 그는 나에게 말했다. "그야말로 깡패 중에 가장 난폭한 깡패가 될 거야."

때때로 나는 나의 사랑에 순순히 응하는 그의 태도가 갑자기 변하지 않을까 걱정이 되었다. 그래서 언제나 신중을 기해야 했고 그가 나의 행복을 위해 제공하는 것을 신속하게 이용해야 했다. 저녁 무렵, 뤼시앵이 팔로 나를 껴안고 얼굴에 키스 세례를 퍼부을 때 나의 몸은 언제나 슬픔에 휩싸이고 말았다. 나는 몸이 어두워지는 듯했다. 마치 어둠이 크레이프처럼 내 몸을 감쌌다. 그러면 나의 두 눈은 내부로 향한다. 이 아이가 내게서 멀어지는 것을 그냥 내버려 둘 것인가. 이 아이가 나라는 나무에서 떨어져 땅바닥에서 부서지는 것을 방치할 것인가.

"내 사랑은 언제나 슬퍼."

"사실, 그래. 내가 형을 껴안기만 하면 형은 슬퍼지거든. 난 그 모습을 봤어."

"그래서 귀찮니?"

"아니, 상관없어. 형 대신 내가 더 쾌활해지면 되니깐."

나는 속으로 중얼거렸다.

'널 사랑해……. 널 사랑해……. 널 사랑해……."

내 사랑은 언젠가 기어코 이 단어들에 실려서 밖으로 튀어나오고 말 것이다. 독극물이 우유나 설사약에 실려서 몸 밖으로 쏟아져 나오듯. 나는 그의 손을 잡았다. 손가락 끝이 그의 손가락 끝에 한동안 머물러 있었다. 나는 마침내 그와의 접촉을 그만두었다. 나는 아직 그를 사랑하고 있었다. 조금 전에 말했던 것과 같은 슬픔이 온몸을 감쌌다. 나는 처음에 이런 식으로 그를 만났다. 뤼시앵은 쉬케에서 맨발로 걸어 내려왔다. 그는 맨발로 시내를 가로질러 영화관으로 들어갔다. 그의 복장은 우아하고 반듯했다. 청바지에 푸른색과 흰색 줄무늬 셔츠를 입고, 짧은 소매를 어깨까지 걷어올리고 있었다. 좀 과장해서 말하면 맨발까지 코디했다고 할 수 있었을 것이다. 그처럼 그의 맨발은 아름다움을 완성하기 위해 공들여 만든 의상의 부속품 같았다.

나는 그의 어울리는 몸맵시와 권위에 탄성을 지르곤 했다. 허영이 가득한 도시의 군중 속에서도 그의 단순하고 귀여운 태도는 멋과 아름다움, 젊음, 힘, 우아함을 돋보이게 했다. 바로 그런 점 때문에 그에게는 권위가 있었다. 행복에 겨운 나머지 그는 나에게 엄숙한 표정으로 나타나 미소를 지었다.

남양 삼나무의 잎사귀는 잔털이 많고 두껍고 기름진 붉은색과 갈색을 띠고 있었다. 공동묘지는 이 나뭇잎들로 장식되어 있었다. 오래전에 죽은 어부들의 무덤이었다. 이 어부들은 여전히 야생의 완만한 해안을 여러 세기 동안 거닐던 장본인이었다. 그들은 배와 그물을 끌어당기느라 이미 검게 그을린 근육을 땡볕에서 태우고 있었다. 당시 그들이 입었던 옷의 세세한 부분들은 벌써 잊히고 말았지만 그다지 변한 것은 없었다. 이를테면 앞가슴에 넓게 터진 셔츠, 갈색 곱슬머리에 두른 다양한 색깔의 스카프. 그들은 맨발로 다녔다. 그들은 모두 죽고 없다. 묘원 안까지 늘어서 있는 이 남양 삼나무는 그들에 대한 추억을 불러일으켰다. 오늘날에는 그림자에 불과한 사람들이지만 그들은 여전히 여자들을 희롱하거나 열띤 잡담을 늘어놓곤 했다. 나는 그들의 죽음을 인정하지 않았다. 나는 1730년의 젊은 어부를 살려 낼 더 훌륭한 다른 방법을 찾을 수 없어서 좀 더 그의 모습을 생생하게 그려 보기 위해 낮이면 햇빛 가득한 바위 위에서, 혹은 저녁이면 소나무 그늘에 웅크리고 앉아서 그의 이미지를 떠올리며 즐거워했다. 어린 소년을 데리고 다니는 것이 그들을 그리워하는 마음을 충분히 보상해 주지는 못했다. 어느 날 저녁 내 머리와 웃옷 위에 떨어진 낙엽을 흔들어 털어 버리고, 바지 단추를 잠그며 밥에게 물었다.

"너 뤼시앵이라는 녀석 알아?"

"응. 근데 왜?"

"아니, 아무것도 아냐, 그냥 궁금해서."

그 젊은이는 감정을 조금도 드러내지 않았다. 그는 옷에 붙은 솔잎을 손으로 하나씩 떼어 냈다. 그리고 머리카락에 이끼가 묻었는지 살짝 만져 보고 나서, 군복 바지에 흙탕물이 묻었는지 살피려고 숲의 그늘진 곳으로 몇 걸음 옮기고 있었다.

"어떤 부류의 녀석이지?" 내가 물었다.

"그 녀석? 쪼그만 부랑배야. 게슈타포 녀석들하고 만나던데."

나는 다시 한 번 넋을 빼는 소용돌이 속으로 사정없이 빨려 들어갔다. 프랑스의 게슈타포는 매혹적인 점이 두 가지 있었다. 배반과 절도. 거기에 동성애를 더하면, 게슈타포는 그야말로 화려하고 나무랄 데 없는 조직이었다. 게슈타포는 뤼시앵의 몸만큼이나 강한 몸을 가질 수 있는, 내가 대신덕(對神德)*으로 모시는 세 가지 덕을 지니고 있었다. 그러니 이 게슈타포를 내가 어떻게 비난할 것인가? 게슈타포는 이 세상 밖에 있었다. 그들은 배반(여기서 배반이

* 가톨릭 교리로 믿음, 소망, 사랑을 의미한다—옮긴이.

라는 말은 사랑의 법칙을 깨뜨린다는 의미다.)을 일삼았다. 게다가 게슈타포는 약탈을 해 댔다. 또 남색 행위 때문에 세상에서 추방되기도 했다. 그래서 이 조직은 어쩔 수 없이 스스로를 고립으로 몰아갔다. 게슈타포에 관한 이야기는 대부분 자바에게 얻어들은 것인데 나중에 또 말할 기회가 있을 것이다.

"네 말, 정말이야?"

밥이 나를 바라보았다. 그는 머리를 뒤로 젖히면서 갈색 곱슬머리를 넘겼다. 그는 나와 나란히 어둠 속을 걸었다.

"글쎄 그렇다니까."

나는 침묵을 지켰다. 나 자신을 면밀히 돌아보고 있었던 것이다. 마음속에서 게슈타포라는 단어가 물결을 일으키며 요동치고 있었다. 그 파도 위를 뤼시앵이 걷고 있었다. 파도는 뤼시앵의 우아한 발과 근육질 몸매, 그 유연함, 그의 목덜미, 빛나는 머리카락으로 휘감긴 머리를 싣고 있었다. 나는 그 육체의 궁전 깊숙한 곳에 완전한 악이 터를 잡고 있다는 생각, 그것이 사지 또는 몸통, 그림자 또는 빛과 완벽하게 균형을 이루고 있을 것이라는 생각에 황홀해졌다. 그 궁전은 천천히 물결 속으로 잠겼다. 그것은 우리가 거닐고 있던 해안과 맞닿아 있는 바다 한가운데를 떠돌다 마침내 조금씩 액체로 변하며 결국 바다와 하나가 되고 말았다. 얼마나 거대한 평화와 사랑이 나를 압도했던가! 그토록 풍요로운 보석 상자 속에서, 그토록 고귀한 고독 앞에서. 나는 물결 위에서 팔을 가슴에 얹고 조금씩 이동하면서 그대로 깊은 수면에 빠져 들고 싶었다. 이 세계와 하늘과 길과 나무의 그림자는 내 눈 속으로 들어와 내 안에 자리를 잡았다.

"그래 너, 너는 그 속에 들어가서 한몫 챙길 생각이 전혀 없는 거야?"

밥은 나에게 비스듬히 고개를 돌렸다. 그의 얼굴이 밝아졌다가 어두워졌다가 했지만 그는 태연했다.

"미쳤구나. 그럼 내가 지금 어떻게 여기 있겠어? 다른 놈들처럼 감방에 있겠지!"

감옥에 있거나 죽었을 것이다. 이 조직의 우두머리들인 라퐁, 보니, 클라비에, 파농, 라뷔시에르처럼. 내가 이 사내들 사진이 실려 있는 신문을 오려서 모아 둔 것은 배반 행위를 변호하는 데 도움이 될 논거를 끄집어내 보려는 욕구에서였다. 사실 나는 항상 배반이란 빛나는 얼굴을 하고 있을 것이라 믿어 왔다. 그렇게 밝고, 아침 날씨처럼 청명한 얼굴을 한 모리스 필로르주 역시 대단한 위선자였다. 그는 언제나 거짓말을 일삼았다. 심지어 내게도 거짓말을 했고, 웃으면서 자기 친구들을 배반했다. 나는 그를 사랑하고 있었다. 그가 에스퀴데로를 죽인 것을 알았을 때, 나는 한순간 정신이 아찔했다. 왜냐하면 또다시 비극이 내게 가까이 다가오고 있으며, 그것이 내 몸에 닿아 삶 속으로 파고들 것이기 때문이었다. 나는 고양되기 시작했고, 새삼스럽게 내 존재의 중요성을 깨달았다.(이 경우 깡패들은 "자기가 똥 누는 것도 느끼지 못하는 놈이 됐군!" 하고 말한다.) 나는 그의 목이 잘린 지 8년이 지난 오늘날까지도 혹 남아 있을지 모를 숭배심을 그에게 바쳤다. 살인이라는 범죄를 저지르고 사형을 당하던 날까지 필로르주는 나보다 더 큰 존재였다. 또한 그의 잘려 나간 목숨과 썩어 가는 육체를 생각하면서 "불쌍한 녀석!"이라고 말하고 싶어질 때마다 나는 그를 사랑했다. 그래서 내가 그와 만나기를("다시 만나기를"이라고는 쓰고 싶지 않다.) 기대하며 하늘까지 가는데, 그는 내가 그 길을 질주할 수 있도록 하나의 예가 아닌 실질적인 도움을 주었다고 받아들였다.

신문을 펼쳐 든 내 눈 아래로 얼굴들이 나와 있었다. 공포와 비열함으로 지쳐 일그러진 가엾은 얼굴들이었다.(라뷔시에르를 제외하고.) 신문지의 질이 나쁘거나, 인쇄가 나쁘거나, 고통의 순간에 찍은 것이거나, 여러 불리한 조건 때문에 더욱 험악한 모습이었다. 이들은 모두 함정에 빠진 자들의 표정을 하고 있었다. 그렇지만 그 함정은 그들 자신이 만든 함정, 즉 내부의 함정이었다. 벨포 와이드만은 체포 당시 머리에 부상을 입었는데, 체포한 경찰관이 그의 상처를 붕대로 싸매고 있는 사진 속에서 매우 그럴듯하게 보였지만, 이 역시 함정에 걸린 짐승의 모양을 하고 있었다. 그러나 이것은 자기 밖의 함정, 즉 인간들이 쳐 둔 함정이었다. 이 사진 속 인물이 가진 고유한 진실은 주둥아리를 더럽히기에 충분했다. 이에 반해 내가 라퐁이나 그 친구들의 사진을 펴 보았거나 관찰할 때마다 예나 지금이나 한결같이 느끼는 것은 그들의 참 모습이 아닌 뒤집어진 모습이 나타나 있다는 점이다.

'진정한 배반자, 사랑의 배반자는 가짜가 아닌 진짜의 얼굴을 드러내지.' 나는 생각했다.

내가 지금 말하고 있는 남자들은 저마다 영광의 시절을 체험한 자들이다. 그래서 그들은 빛나는 존재였다. 나는 라뷔시에르를 알고 있었다. 일찍이 그가 호화로운 차에서 정부들과 함께 내리는 것을 보았던 것이다. 그는 자신만만한 얼굴에 진솔함이 하늘을 찌를 듯했으며, 돈을 많이 받는 밀고자 활동을 하는 침착한 자였다. 그를 괴롭히는 것은 아무것도 없었다.

"양심의 가책, 그리고 다른 사람들에게서 그들의 표정에 나타나 있는 것만큼의 불안을 일으키는 감정들은 뤼시앵의 얼굴에 그대로 천진난만한 표정을 남겨 두었군." 나는 혼잣말을 했다.

밥은 나에게 뤼시앵을 더러운 놈으로 소개함으로써 나를 그에게서 떼어 놓으려고 했다. 그러나 오히려 그로 인해 뤼시앵과 나는 더욱 가까워지고 사랑하는 사이가 되었다. 나는 사랑스럽게 뤼시앵이 남을 죽이는 장면, 고문하는 장면을 상상해 보았다. 그건 나의 오판이었다. 그는 결코 배반하지 않을 것이다. 나는 다소 위험한 일에 노출되기는 하지만 나와 함께 생활하는 것이 어떤지 그에게 물어보았다. 그는 내 눈을 또렷이 바라보았다. 그때 그의 시선은 지금까지 내가 본 것 중 가장 신선했다. 그것은 물망초 혹은 모르방 지방에서 떨리는 풀이라고 불리는 식물이 자라나도록 하는 습기 있는 초원을 적시는 샘물 같았다. 그는 내게 말했다.

"응, 좋아."

"그럼 널 믿어도 좋지. 너의 우정 말이야."

그는 동일한 시선에 같은 대답으로 일관했다.

"난 형과 같은 생활을 하겠어. 도둑질만 빼고."

"왜?"

"그건 싫어. 차라리 일하는 게 나아."

나는 한동안 말없이 있었다.

"하지만 언젠가 네가 말했잖아. 내가 널 떠나면 깡패가 되겠다고. 그건 왜지?"

"그건 나 자신에게 부끄럽기 때문이야."

며칠 지나서 나는 그에게 말했다.

"이봐, 뤼시앵. 이제는 남은 것으로 어떻게든 꾸려 가야 해. 돈이 거의 바닥났어."

뤼시앵은 땅바닥을 바라보며 걸었다.

"뭐, 좀 도둑질할 것이나 찾아볼까?" 그가 말했다.

나는 뤼시앵의 마음이 상하지 않도록 조심했다. 그가 마음이 약해서 그런 기계적인 말을 반복하는 것이라고 생각하면서 말이다. 언쟁에서 이기기 위해 난폭하게 말하는 것은 삼가는 게 좋다. 그래서 나는 화제를 돌리려고 했다. GH와 만나고 난 다음 날 그는 좀 더 상세하게 자기 생각을 털어놓았다.

GH라는 친구는 독일군이 파리에 입성했을 때, 가구 딸린 한 아파트에 나흘 동안 머물고 있었다. 독일군 군복(그것은 피로와 술과 사랑에 의해 녹초가 된 병사들한테서 매춘부가 훔친 옷이었다.)을 걸친 다른 친구 세 명과 함께, 그는 파리 사람들이 피난을 가서 비어 있는 저택 몇 군데를 약탈했다. 짐을 가득 실은 트럭은 파시와 차고 사이를 몇 차례 오갔다. 그래서 지금 그는 가구와 양탄자가 깔린 아파트를 소유하게 된 것이었다. 발로 밟고 다니기조차 송구스러운 이런 양탄자는 확실히 사방에 정적을 가져온다. 게다가 외부 세계와의 단절에서 오는 고독감, 그리고 모성이 베푸는 안정감도 주었다. 나는 마음속으로 그렇게 생각했다. 여기서는 어떤 나쁜 말을 내뱉어도, 어떤 가증스러운 범죄를 계획해도 밖으로 새어 나갈 것 같지 않았다. 그밖에도 아파트에는 호화한 촛대들이 널려 있었다. 도둑질로 얻은 수확을 나눌 권리를 가지고 있던 친구들 중 둘은 다르낭에 이어 이탈리아에서 총살당했고, 나머지 한 명은 이번에 강제 노동 종신형을 언도받았다. 이처럼 두 명이 죽고 한 명이 감옥에 들어갔기 때문에, GH는 소유권을 승인받은 것이나 다름없었다. 즉 이 같은 사실들이 그의 소유권을 정당화시켰다. 그는 이 범죄가 드러나지 않을 것이라고 확신하고 있었다. 아니, 확신하지 않는다 한들 어쩔 것인가. 그는 전에는 볼 수 없었던 권위적인 태도로 양탄자 위를 걸어 다니거나 안락의자에 털썩 몸을 내던지곤 했다.

"어디, 나를 몰아내라고 해 봐." 그는 나에게 말했다.

그의 이러한 태도는 약탈한 가구들, 특히 뤼시앵이 감탄하는 호화로운 전리품들이 자기 소유임을 확실히 믿는 데에서 오는 자신감이었다. 그 아파트는, 한 번 소유한 이상, 연극이 지속적으로 진행된다는 점에서 비극에 속한다. 그것은 항상 증인이 감시하고 있는 더할 수 없이 귀중한 신전과 다름없다. 나는 친구들의 죽음을 알게 된 뒤부터 GH의 집으로 들어갔다. 그러자 마음은 한층 안정되었고,

경이로움은 줄어들었다. 모든 물건이 다른 주인에게 속해 있다거나 다른 영혼의 지배 하에 있다거나 하는 생각이 없어졌기 때문이었다. 이곳에 있는 모든 것은 최종적으로 현 소유자의 것이다. 뤼시앵은 집을 나서며 계단에서 이렇게 말했다.

"저 친구와 함께 일하면 재미날 것 같은데."

"무슨 일?"

"그가 하는 일!"

"어떤 일?"

"뭐, 잘 알면서……. 도둑질 말이야."

모르긴 해도 아르망 역시 이런 호화로운 생활을 하고 있을 것이다. 아니면 총살을 당했을지도 모른다. 독일군이 프랑스를 점령했을 때, 그는 프랑스로 돌아와 있었다. 그러니 그가 게슈타포에 들어간 것은 당연한 일이었다. 나는 체포되었을 때 내 옷에서 발견된 그의 사진을 본 경찰관으로부터 그 사실을 알게 되었다. 거기가 바로 그 친구가 가야 했던 곳이다. 나 역시 그와 함께 있었더라면 그의 뒤를 따라갔을 것이다. 그의 영향력은 나를 그곳으로 데려 가고도 남았다.

(이 일기의 많은 부분을 잃어버린 탓에 알베르와 D의 사건을 회상하는 데 실마리가 될 만한 단어들을 기억할 수 없다. 사건에 직접 참여하지는 않았지만, 나는 그것을 직접 보고 들은 증인이었다. 나는 그 사건을 새삼 이야기할 생각은 없었지만, 그들이 서로 사랑하면서

만들어 낸 비극적 분위기를 존중하기 때문에 그 사건을 인용해야 할 것 같은 의무감을 느낀다. 당시 알베르는 스무 살이었고 르 아브르 출신이었다. D는 그를 상테 교도소에서 만났다. 그들은 거기에서 나오자 함께 살기 시작했다. 독일군은 아직도 프랑스에 있었기 때문에 D는 게슈타포에 들어갈 수 있었다. 어느 날 한 술집에서 자기 친구를 조롱하는 독일 장교를 보고 그는 권총으로 그를 죽여 버렸다. 그리고 그때 어수선한 틈을 이용해 알베르에게 권총을 넘겨주었다.

"이걸 좀 숨겨 줘."

"도망가, 빨리 내빼라니까, 데데!"

그러나 채 50미터를 뛰기도 전에 그는 경계망에 걸려 도망칠 수 없었다. 그 순간 그는 독일군으로부터 당했던 고문이 번개처럼 머릿속에 떠오른 모양이었다.

"권총을 내게 넘겨." 그가 알베르에게 말했다. 그러나 알베르는 듣지 않았다.

"권총을 달라니까. 자살할 거야."

그러나 때는 늦었다. 독일군들이 벌써 그들 옆에 와 있었다.

"알베르, 저놈들에게 산 채로 잡히긴 싫어. 나를 죽여."

알베르는 그의 머리에 권총 한 발을 쏘고 자기도 자살해 버렸다.

내가 잃어버린 부분에 관해 일기를 쓰는 동안 나는 알베르에 대한 아름다운 환상에서 벗어날 수 없었다. 그는 언제나 해병의 군모(검은 리본과 꽃무늬로 장식된 모자였다.)를 쓰고 있었다. D는 구두를 자랑하려는 듯 몽마르트르 구역에서 자주 거만하게 걸어 다녔다. 이 두 사람은 언제나 말다툼을 했지만, 결국 이렇게 생을 마쳤다. D는 당시 마흔 살이었다. 나는 그들이 죽는 자리에 없었다. 처음 이 이야기를 시작할 때는, 어떤 교훈적인 결론을 끄집어내려고 했다. 하지만 지금은 잘 생각나지 않는다. 다시 그 이야기를 쓰겠다는 열정은 내 안에서 조금도 일어나지 않는다.)

나는 도둑질을 성공적으로 끝내는 순간마다 어떤 알 수 없는 평온을 느낀다. 물론 그에 뒤따르는 두려움도 있다. 전신이 공포감에 사로잡히는 것이다. 나는 보석 가게의 진열창 앞에 있을 때, 이를테면 상점의 밖에 있는 한, 도둑질에 대해서는 생각하지 않는다. 그러나 안으로 들어가자마자, 상점에서 나올 때는 반드시 보석을 가지고 나와야 한다고 생각하게 된다. 반지 아니면 수갑, 둘 중 하나인 것이다. 이러한 확신은 나를 꼼짝할 수 없는 상태로 머물게 하는데, 잠시 동안 나는 머리끝에서 발끝까지 전율에 휩싸인다. 이 전율은 내 눈앞에까지 와서야 사라진다. 이 때문에 내 눈가는 말라붙고 말았다. 내 세포는 실체가 평온 그 자체인 물결치는 운동, 즉 하나의 파상운동을 전달하고 있는 듯하다. 그래서 나는 발바닥에서부터 머리에 이르는 온 부분을 의식한다. 나는 언제나 이 물결과 함께 있다. 그것은 공포에서 태어난다. 공포가 없다면 내 육체가 그 속에 푹 젖어 있고, 그것에 도달하는 평온도 존재할 수 없을 것이다. 도망치지 않으려면 극도로 주의를 기울여야만 했다. 나는 상점에서 밖으로 나오자마자 달렸다. 그러나 달리기는커녕 빨리 걷는 것조차 힘에 겨웠다. 어떤 고무줄 같은 것이 나를 붙들어 매고 있는 것 같았다. 근육은 무거웠고 무언가에 짓눌린 듯한 느낌이었다. 그러나 늘 섬세하게 관리하는 근육들은 나를 거리로 이끌었다. 나는 뒤시앵이 이런 상태에 놓인 것을 상상할 수 없었다. 그의 체력이 쇠퇴한 것일까? 그럼 강도질할 때는 어떻게 할까? 내가 자물쇠를 부수고 그것을 잡아당기자 문은 내 속에서 첩첩이 쌓인 어둠을 물리쳤다. 더 정확히 말하자면, 내 육체가 그 속으로 들어가야 할 두꺼운 짐을 밀어냈다. 나는 그 속으로 들어간다. 그리고 30분 동안, 내가 만일 거기에 홀로 있다면, 보통 세계와 전혀 다른 세계에서 활동하게 되는 것이다. 심장이 강하게 뛴다. 손은 전혀 떨리지 않는다. 두려움이 엄습해 한순간도 나를 떠나지 않는다. 나는 특별히 그 집의 소유자를 생각한 것은 아니지만 내 모든 몸짓이 그를 의식하고 그를 떠올리기 시작한다. 소유권을 빼앗으려고 하면 나는 소유권에 대한 생각에 빠진다. 나는 부재하는 소유자를 떠올려 본다. 그는 내 앞에서가 아니라 내 주위에서 살고 있다. 그는 내 속으로 들어와, 내가 호흡하고 내 가슴을 부풀게 하는 유동적 요소가 된다. 처음 행동을 개시할 때는 별로 두려움이 없었다. 그러나 일을 마치고 자리를 떠날 결심을 하자마자 공포가 밀려온다. 이러한 결정은 아파트 내부에 어떤 비밀 장소도 사라지고 없을 때, 즉 내가 진정 소유자의 자리를 차지했을 때 내려진다. 그리고 그것은 반드시 내가 보석을 손에 넣었다고 해서 얻어지는 것은 아니다. 기라는 녀석은 거의 언제나 도둑질을 한 직후 뭔가 먹는 버릇이 있었다. 그것도 꼭 부엌이나 객실 등 약탈 현장에서 먹었다. 어떤 강도들은 도둑질을 하고 나서 꼭 대변을 본다. 나는 뤼시앵이 이러한 습관을 추종한다는 것을 참을 수가 없었다. 그의 성격은 종교적인 것과는 거리가 멀었다. 일단 보석을 발견하면 반드시 외출을 해야 한다. 그러면 그때 공포가 엄습해 온다. 나는 모든 것을 신속하게 처리하려고 한다. 하지만 일부러 일을 서둘러 하는 것도, 재빨리 하는 것도 아니고, 다만 모든 것이 마술에 걸린 듯 신속하게 처리되기를 바라는 것뿐이다. 어서 이곳을 벗어나 내 몸이 먼 곳에 있었으면 하고 바라지만, 일을 빨리 끝내려면 도대체 어떻게 행동해야 하는가? 가장 육중하고 가장 느리게 해야 하는 것 아닌가. 그러나 느린 동작은 두려움을 일으킨다. 그것은 내 마음이 아니라 박동하는 내 몸 전체다. 내 몸은 거대한 관자놀이가 된 듯하다. 바로 그 약탈된 방 전체가 윙윙거리는 관자놀이가 되는 것이다. 그럴 때는 밖으로 뛰어나가 도망치는 것보다 문 뒤에 숨어서 한 시간 가량 잠을 자며 마음을 가라앉히는 편이 더 나을 것이다. 나는 실제로 그렇게 해 본 적이 있었다. 왜냐하면 내가 추적당하지 않는다는 것을 알면서도 허둥지둥 지그재그로 이 골목 저 골목을 배회하기도 하고, 지나갔던 길을 다시 되돌아가기도 할 것이기 때문이다.* 재빨리 도둑질을 마친 경우에도 불안하기는 마찬가지다. 그래서 나는 더욱 서두르지만, 속도는 더 느려지고 도피를 위한 노선들은 짧아진다.** 내가 도둑질을 성공적으로 끝내는 동작에 몰입해 있다고들 말할지 모른다. 나는 뤼시앵이 그런 식으로 노출되는 것에 참을 수 없었다.

---

* 추적하는 자에게 행적을 감춤으로써 미궁에 빠지게 하려는 듯 말이다.

** 나는 도둑질을 할 때 마지막까지 동작의 속도에 지배를 받는 것 같았다.

그의 동작에는 남의 눈을 피하는 듯한 기미가 없다. 우리는 그의 동작과 태도에서 어떤 가벼운 망설임이나 신중함과 같은 것을 볼 수 있다. 그것은 미국 젊은이들의 젖은 입 구석에서 맴도는 마지막 음절의 발음과 흡사하다. 뤼시앵은 신중했다.

어느 날 나는 그를 떠나겠다고 위협했다.

"어쩌다 한 번이면 모를까, 늘 이럴 거면 끝내! 그 변덕, 이젠 지긋지긋해."

나는 그에게 키스도 하지 않고 나와 버렸다. 나는 3일 동안이나 그와 만나지 않았다. 그는 전혀 불만스러워하는 기색이 없었다.

'어떻게 저 녀석을 떼어 버리지?' 그때는 이런 생각도 했었다. 그러나 양심의 가책이 일어났다. 그러한 생각이 마음을 무겁게 했고, 이미 불안하던 내 생활을 우울하게 만들었다. 나는 그가 내 목에 매달렸으면 하고 바랐다. 나는 기적을 바라고 있었던 것이다. 그러나 하늘의 구름이 걷히려면, 소나기가 쏟아져야 했다. 사흘째 되던 날 저녁, 나는 그의 방으로 들어갔다.

"밥 먹으러 안 가냐?"

"땡전 한 푼 없어."

"돈 달라고 하지."

"해도 안 줄 거라고 생각했거든."

그는 짧게 대답하고 입을 다물었다. 그는 목숨을 부지하기 위해 아무런 시도도 하지 않았다. 자신의 불행에 대해서 그 정도로 무감각한 그에게 울화가 치밀었다.

'뭔가 해 보려고 애는 쓰는데, 단지 상상력이 부족해서 어떤 행동을 해야 할지 찾기가 쉽지 않았을 거야.' 나는 이렇게 생각했다.

그가 목소리를 밖으로 전달할 수 없는 지하에 묻혀 있는 게 아닌가 하는 생각이 들었다. 그의 목소리는 매우 신중하고 부드러웠다. 말하자면 전신마비 환자가 몸을 움직일 수 없어서 마음을 태우고 있는 격이었다. 그러나 결정적으로 그가 언젠가 자기의 탈골된 어깨에 관해 말한 것이 생각났을 때 나의 냉정한 태도는 금세 누그러졌다. "그건 내 잘못이 아니야." 그가 이런 변명을 늘어놓았을 때 얼마나 그 말투가 조심스러웠던지 어두운 밤인데도 그의 얼굴이 붉어지는 게 보일 정도였다.

'이 불쌍한 소년을 도저히 혼자 내버려 둘 수 없어. 어쩌면 이 아인 내게 이런 말을 한 적이 있는 걸 기억하고, 나를 무정한 사람이라고 생각할지도 몰라.' 나는 스스로에게 타일렀다.

잠시 후, 그가 내 팔에 안겼을 때, 나는 가슴에 파묻힌 그의 얼굴을 들추려고 그의 머리카락을 움켜잡았다.* 그는 울고 있었다. 그는 지난 사흘 동안 완전히 처참한 생활을 맛보았던 것이다. 이 아이에게 평화를 가져다 주었다고 생각하니 내 마음에도 평화가 찾아왔다. 나 자신이 한 소년의 눈물이나 기쁨, 고통의 원인이 될 수 있다는 것이 자랑스러웠다. 그는 나의 은총으로 눈물이나 괴로움이 굳어져

* 그를 부둥켜안고서 말이다.

서 휘황하게 빛나는 일종의 보배였다. 그의 절망, 그리고 삶에의 복귀는 그를 아름답게 만들었다. 그 때문에 그는 귀중한 존재가 되었다. 내 가슴에 기대어 그가 울었을 때 그의 눈물과 흐느낌은 역시 내가 남성임을 증명해 주었다. 나는 그의 남자였다. 뤼시앵은 얼굴을 닦고 침대 위에서 내 곁에 눕자마자 내 귀를 어루만졌다. 그는 귀를 둥글게 말았다가 풀었다가 접기를 반복했다.

그가 말했다.

"귀에 주름살이 하나 생길 것 같아."

그는 귀에서 손을 떼고, 손가락으로 뺨과 이마를 거칠게 일그러뜨렸다.(그는 손가락으로 내 피부를 매우 섬세하게 주물러 댔다. 그의 몸짓은 기계적이지 않았다. 뤼시앵은 자기가 하는 행동에 대단히 주의를 기울였다.) 그는 내 얼굴을 다양한 모양으로 일그러뜨리는 장난을 하는 듯했다. 하지만 그는 어떤 모양에도 만족하지 못했다. 나는 그가 내 얼굴을 가지고 장난치도록 내버려 두었다. 이 장난이 울적한 그의 마음을 다소 덜어 주기를 바라면서. 얼굴을 주름지게 하거나 볼록하게 혹은 움푹 패게 하는 놀이가 그에겐 재미있었던 모양이다. 그러나 표정은 다소 엄숙해 보였다. 이 손가락 놀이에서 그의 선한 마음이 느껴졌다. 그가 손가락으로 내 얼굴을 주무르거나 어떤 윤곽을 만들거나 하면 나는 축복을 받는 기분이었다. 결국 나는 조각가의 재료로서, 그토록 큰 기쁨으로 조각해 주는 이에게 얼마나 깊은 사랑을 받고 있는지를 느꼈던 것이다.

"내 뺨에다 뭘 하고 있는 거야?"

나의 질문은 먼 곳에 있다. 나는 어디에 있는가? 여기 이 호텔방의 철제 침대 위에서는 무슨 일이 벌어지고 있는가? 나는 대체 어디에 있는가? 그가 무엇을 하든 나는 상관하지 않는다. 나의 정신은 휴식을 취하고 있다. 잠시 후, 윙윙거리는 저 비행기는 땅에서 부서질 것이다. 나는 여기 그의 가슴에 얼굴을 묻은 채 그대로 있을 것이다. 나는 움직이지 않으리라. 나는 얼음이나 진흙이나 공포 속에서처럼 사랑에 빠져 꼼짝할 수 없었다.

뤼시앵은 내· 살갗, 눈썹, 턱, 뺨을 쓰다듬고 만졌다. 나는 눈을 부릅뜨고 그를 보았다. 그리고 미소 지을 힘조차 없어서 슬픈 어조로 말했다.(사실 나는 말투를 바꿀 기력도 없었다.)

"내 뺨에다 뭘 하고 있는 거냐니까?"

"혹을 만들고 있어."

누군가 이해할 수 있는 사람에게 당연한 이야기를 들려주듯, 혹은 결코 이해할 수 없는 사람에게 단순하면서도 신비스러운 이야기를 들려 주듯 간단한 대답이었다. 그의 목소리는 다소 희미했다. 그가 내 눈썹을 집어 올리면서 혹을 만들려고 했을 때, 난 약간 얼굴을 피했다. 그는 손을 뻗어서 내 머리를 잡아당기려고 했다. 나는 더 멀리 피했다. 그는 팔을 내밀며 거의 어린아이처럼 애처롭게 요청했다.

"장, 제발 부탁해. 그대로 있어!"

"아프단 말이야!"

"잠깐 이리 와, 귀여운 장. 그 예쁜 눈썹 좀 보여 줘."

나는 조각가가 흙에, 화가가 물감에, 그렇게 모든 장인(匠人)이 자신이 작업하는 재료에 얼마나 예속되어 있는지 잘 알고 있었다. 또한 작품을 이루는 물질은, 자기에게 영혼을 불어넣어 줌으로써 하나의 완성된 작품으로 만들어 주는 예술가의 몸짓에 얼마나 고분고분 순종하는지도, 결국 나는 뤼시앵의 손가락들이 나의 주름과 구멍과 혹을 얼마나 사랑하고 있는지도 알고 있었다.

그를 버려야 할 것인가? 뤼시앵은 내 삶에 방해가 될 것이다. 그의 말없는 애정과 겁을 주어도 수줍어하는 태도가 사랑의 태양 아래에서 호랑이나 사자로 변해 버리기 전에 마음을 정해야 한다. 그가 나를 사랑한다고 나를 따라올까?

'내가 없다면 과연 그는 어떻게 될까?'

그는 자존심이 강해서 자기 가족에게 돌아가지 않을 것이다. 내 곁에서 게으름과 호화한 생활에 길들여졌으니, 술집에 출입을 할까? 만약 그가 술집 같은 곳에 출입한다면 그는 인간에 대한 복수심과 반항심, 증오심으로 사납고 냉혹한 사나이가 되겠지. 그렇게 불행이 많은 세상에서 또 하나의 불행이 생긴다 해도 나로서는 상관없지만 이 소년이 치욕의 길로 들어설까 봐 걱정스러웠다. 치욕의 경사면에서 나의 사랑은 열광하고 있다. 매일 저녁 최후에 임박하여 석양의 하늘을 절정의 찬란한 빛으로 물들이듯이.

'그는 어떻게 될까?'

괴로움은 물결처럼 일렁이며 나를 휘감는다. 뤼시앵의 모습이 떠오른다. 뼈까지 얼어붙고 추워서 빨개진, 육중하고 예민한 그의 고운 손가락들이 가장자리에 때 묻은 뻣뻣한 바지 호주머니 속에 들어가려고 간신히 펴진다. 나는 또한 꽁꽁 얼어붙는 추위 속에서도 다방 앞에 서서 안으로 들어가지 못하고 머뭇거리는 그의 모습을 본다. 혹시 그런 아픈 발에서 새로운 춤, 새로운 패러디가 생겨날지도 모르겠다. 그는 저고리의 깃을 세우겠지. 그리고 매서운 바람에 입술이 터도 늙은 오입쟁이들에게 미소를 보낼 것이다. 고통이 내 위에서 펄럭였다. 그러나 내가 그를 포기하리라 결심했던 때와 같은 생각으로, 내가 그에게 헌신하는 모든 악으로부터 그를 구출할 때에 내 육체와 마음속에 향기가 퍼져 나가는 행복은 과연 무엇인가? 그는 나를 미워하지 않을 것이다. 나의 스페인 시대가 내뿜는 구역질 나는 냄새들이 콧구멍으로 들어온다.

이제부터 몇 장에 걸쳐 그의 자세들 중 하나에 대해 말해 보려고 한다. 그것은 내가 경험한 그의 자세 중 가장 수치스러운 것이다. 어설프고, 유치하고, 어쩌면 거만하게 보일지도 모르는 속죄의 감정 때문에 나는 다음 사실을 믿게 되었다. 즉 내가 지금껏 모욕을 참아 올 수 있었던 것은 그에게 그 같은 모욕을 주지 않으려고 생각했기 때문이었다. 그러나 이런 경험이 더욱 확실한 효력을 보이도록 나는 이 글을 통해서 잠시라도 뤼시앵에게 내 비참했던 삶을 다시 겪게 하는 것이다. 나는 『장미의 기적』이라는 작품에서 동료들에게 얼굴에 침 세례를 받았던 한 젊은 죄수의 치욕적인 상황을 마치 내 일이었던 양 "나는……."이라는 말로 묘사했다. 그러나 여기서는 다른 방식으로 기술하려고 한다. 비가 내리고 있었다. 다른 비루한 거지들과 뤼시앵은 항구 옆에 있는 공터의 돌담에 기대 앉아 있었다.

이 공터는 거지들에게 허용된 공간이었다. 거지들은 제각기 나무 조각들을 모아 군불을 지피고 있었다. 그 불로 부대에서 구걸해 온 일그러진 깡통 속의 쌀이나 콩을 데우고는 했다. 이것들은 멋진 군인들에게서 얻어 온 것이다. 만약 그가 그 군인들 가운데 있었다면 가장 아름다운 군인이 되었을 것이다. 그들이 남긴 밥찌꺼기와 그들의 연민 혹은 경멸이 뒤섞여 있는 이름을 알 수 없는 수프는 목구멍을 넘어가면서 돌처럼 굳어졌다. 그는 서러워서 가슴이 메었다. 참았던 눈물이 눈꺼풀을 무겁게 짓눌렀다. 비가 내려서 불은 거의 다 꺼져 버리고 연기가 피어올랐다. 거지들은 수프를 잘 싸놓으려고 온갖 궁리를 다했다. 깡통 그릇은 웃옷 앞자락 속에 감추거나 또는 어깨에 걸친 자루 아래 놓았다. 이 빈터는 람블라 거리와 만나는 대로를 떠받치고 있는 담벼락 아래 있었기 때문에 통행인들은 길가 난간에 기대어 진짜 기적의 뜰(거지들의 소굴)을 굽어볼 수 있었다. 거기서 우리는 언제나 가벼운 말다툼, 대수롭지 않은 싸움, 보잘것없는 거래가 이루어지는 모습을 볼 수 있었다. 그 행위들은 우스꽝스러운 짓거리에 불과했다. 가난한 사람들은 그로테스크하다. 여기서 그들이 하고 있는 놀이는 단지 숭고한 모험들로 왜곡된 반영일 뿐이다. 그것들은 아마도 부유한 저택 안에서 보고 듣고 할 만한 고고한 인간들이나 하는 짓거리였다. 싸움을 하거나 서로 욕설을 퍼붓는 이 거지들은 당신들의 세상에만 있는 어떤 고상한 속성으로 자기들을 꾸미는 일이 없도록 하기 위해 스스로 난폭한 몸짓이나 고함 소리를 제한했다. 또한 그러한 싸움을 구경하는 다른 거지들도 가벼운 시선으로 바라볼 뿐이다. 그들의 시선 역시 하나의 반사(反射) 외에 아무것도 아니기 때문이다. 그들은 누가 큰 소리로 웃기는 이야기를 하거나, 욕설을 퍼붓거나, 갑자기 대단한 궤변을 늘어놓거나, 또는 아주 능숙하게 남을 때리거나 하는 짓들에 대해 미소를 보내지도 칭찬하지도 않았다. 반대로 그들은 침묵으로 일관했다. 마음속으로 은밀하게 마치 이러한 언동이 예의를 벗어난 짓이기나 한 듯 비난을 퍼부었다. 성적 수치심을 거부하는 행위가 바로 그런 것이었다. 예를 들면, 그들 중 누구도 동료에게 동정하는 어조로 "가엾은 친구야, 곧 좋아질 거야!" 하고 말하는 자는 아무도 없을 것이다. 이 점잖은 자들은 재치가 있었다. 그들은 자기들의 안전을 도모하고 조금이라도 불행한 사태로 발전할 균열을 피하기 위해 가장 극단적인 예의에 가까운 무관심한 태도를 유지했다. 그들의 언어는 고전주의자들의 절도를 지니고 있었다. 그들은 스스로 자기들이 그림자, 혹은 반영에 지나지 않는 존재, 처절하고 일그러진 존재임을 알고 있었으며, 불행하지만 몸짓이나 감정의 분별력을 유지하려고 성심껏 노력하고 있었다. 그들은 작은 목소리로 말을 주고받지는 않았다. 큰 소리가 아니면 중간 정도의 크기로 말하는 것이었다. 내가 여기에서 묘사하려는 장면은 비가 쏟아지던 때 발생했다. 비록 뜨거운 7월의 대낮 태양 아래일지라도 비는 그들 머리 위로 부드럽게 내려와 몸을 떨게 만들었다. 이따금 병사의 모습이 보였다. 그가 스페인어로 몇 마디 지껄였다. 그러면 거지들 중 가장 추하고 가엾어 보이는 몇몇 늙은이들이 비참하게 황급히 나섰다. 병사는 그들 중 둘을 세탁소로 데리고 갔고, 그들은 거기서 빨래를 짜고 펴서 널었다. 뤼시앵은 이러한 부름에 한 번도 응하지 않았다. 그의 시선은 언제나 앞으로만 향해 있었다. 마치 슬픔의 피난처, 저 먼 깊은 바다가 그를 적시는 듯했다. 그의 시선은 고정되어 있었다. 그는 자기가 결코 이 몽상에서 벗어날 수 없으리라 믿었다. 땟자국이 얼굴을 더 분명히 드러내 주었다. 땀에 젖어 얼굴은 윤이 났고, 사진을 찍어도 좋을 모습을 하고 있었다. 그는 면도를 하는 경우가 드물었고, 손으로 비누칠을 해서 면도가 서툴렀다. 당시 나 자신이 그랬듯이, 세상과의 절연만이 오직 유일한 기회인 자가 거기에 자신을 묶어 두고 있는 밧줄을 끊어 버리지 못한 채, 자신의 젊음과 아름다움, 우아함에 대한 관심, 굶주림, 그리고 세속적인 명예욕 등으로 당신들의 세계와 계속해서 인연을 맺고 있었다. 나는 뤼시앵을 타락시키는 일이 몹시 괴로웠다. 하지만 그를 사기꾼, 악당, 불량배, 협잡꾼, 양아치, 깡패, 도둑놈 따위의 멋진 단어들로 부를 수 있다면 나는 매우 기쁠 것이다. 당신들은 이러한 이름들에 대해 조롱하는 투로 웃기는 세상이라고 말하며 악의 세계를 환기시키지만 말이다. 그런데 이 단어들은 노래하고 있다. 콧노래를 부르는 것이다. 또한 당신들에게 아주 달콤하고 음란한 즐거움을 불러내기도 한다. 왜냐하면 당신들은 이 단어들의 앞이나 뒤에서 사랑스러운, 친애하는, 존경하는, 사랑받는 등의 수식어를 붙여서 당신들의 애인에게 나지막하게 지껄일 것이기 때문이다. 나는 차라리 뤼시앵이 절망하고, 또 그 때문에 내가 고통스럽기를 원한다! 나는 수치심을 감싸고 있는 베일이 찢어지고, 몸의 부끄러운 부분이 드러날 때 얼굴이 타오르는 듯 빨개지고 몸을 어떻게 감출까, 또는 차라리 죽어 버릴까 하는 욕망이 일기도 한다. 그러나 그러한 괴로운 마음의 불안을 무릅쓰고 나 자신을 지탱해 나갈 때, 나는 파렴치한 행동으로 이상한 아름다움을 드러낸다.(나는 이 "이상한 아름다움"이라는 표현을 우연히 사용하게 되었다. 이를테면 그 말에서 감정이나 사랑을 방해받는 일 없이 겸손한, 그러나 불필요한 웃음이 허용되는 보다 밝은 세계를 발견할 수 있기를 가정하면서.) 뤼시앵은 괴로워했다. 그러나 그것은 은밀한 고민이었다. 그가 그런 상태로 자제하고 있었기 때문이다. 그는 때때로 자기의 손이 더러운 것을 보고 화를 내며 불현듯 우물로 달려가고는 했다. 그리고 용감하게 손과 발, 상체를 씻었다. 이어서 이가 빠진 빗으로 머리를 빗어 넘겼다. 하지만 이런 시도는 당신들의 세계에 합류하기 위한 헛수고일 뿐이었다. 며칠 후면 여기저기 몸에 묻은 때가 그의 용기를 좀먹어 버렸다. 그리고 삭풍은 그의 몸을 점점 더 얼어붙게 만들었다. 굶주림은 그를 허약하게 만들었다. 하지만 그의 허약함은 결코 병자들의 야윈 몸 같이 고상한 것이 아니었다. 그의 육체는 여전히 아름다웠다. 하지만 그는 몸을 드러내 놓고 자랑할 수 없었다. 그건 오만한 태도일 것이다. 몸에서 풍기는 고약한 냄새가 당신들과 그를 멀리 떼어 놓을 테니까.

이 정도 설명이면 그가 어떤 상태에 있는지 충분히 알

수 있을 것이다. 언젠가 프랑스 인 관광객들이 지나가다가 난간 위에서 그 성을 바라보았다. 그들은 바르셀로나에서 기항한 연락선을 타고 있었는데 지상에서 얼마간의 시간을 보내려고 상륙했던 것이다. 그들은 이 지방에 처음 온 이방인이었다. 그들은 멋진 개버딘 레인코트를 입었고, 부유하게 보였다. 그 격리된 비참한 섬들을 보면서 아름다운 경치로 생각할 법했다. 이 빈곤의 경치를 돌아보는 것이, 비록 고백하지는 않았지만, 그들의 항해 여행의 은밀한 목적일지 모른다. 그들은 다른 사람이 입을 마음의 상처는 조금도 배려하지 않고, 비렁뱅이들을 보면서 알아들을 수 있는 말로 대화를 나누었다. 그들이 쓰는 말들은 거침이 없었고, 거의 기교적이었다.

"하늘색과 초록색이 혼합된 누더기들의 빛깔이 참 잘 어울리는군."

"마치 고야의 화풍 같아……."

"왼쪽 풍경들은 매우 이상해 보여. 구성을 보면 귀스타브 도레의 작품이 연상되는걸……."

"저들은 우리보다 더 행복해 보이는군."

"저들은 빈민굴 녀석들보다 더 지저분한 구석이 있어. 너 카사블랑카에서 본 것 기억나지? 모로코 인 옷은 단순한 거지 나부랭이가 입어도 유럽 사람들에게는 없는 품위가 있어."

"아냐, 그건 우리가 녀석들이 무기력한 상태에 빠졌을 때 봐서 그래. 날씨가 좋을 때 봐야 해."

"정반대라니까. 저놈들 자세의 독특함은 뭐랄까……."

따뜻한 솜이 들어 있는 옷을 입고 산책하는 사람들은, 얼굴을 두 무릎 사이에 파묻고 쪼그리고 앉아서 비바람으로부터 몸을 보호하는 데 힘겨워하는 인간들을 관찰하고 있었다. 나는 우리를 혐오스럽게 멀리 피하는 저 부자들에 대해 한 번도 증오심이나 질투심을 가져 본 적이 없었다. 우리의 조심스러운 생활이 감정을 억누르고 복종과 비굴의 수칙을 따르도록 충고했다. 마치 부자가 부의 법칙을 따르듯 말이다. 뤼시앵은 부자들이 다가오는 것을 보면 심적 고통을 느꼈다. 그는 처음으로 자기와 다를 바 없는 인간들이 자신의 습관, 비정상적 태도, 이색적인 거동을 관찰하러 오는 것을 보았다. 그는 갑자기 심한 어지러움과 함께 뭐라고 형용할 수 없는, 바닥으로 추락하는 느낌을 받았다. 이 때문에 그는 숨이 가쁘고 심장이 두근거렸다. 그는 이 방문객들의 장갑 낀 손에서 사진기의 잔혹한 렌즈가 무정하게 반짝이는 것을 보았다. 거지 몇 명이 프랑스어를 알아듣긴 했지만, 그 말의 불손함과 권위적인 친절함이 섞인 뉘앙스를 구별하는 사람은 뤼시앵뿐이었다. 거지들은 각자 얼굴에 덮어쓰고 있던 모포나 누더기 속에서 무기력하고 경계하는 눈빛으로 약간 고개를 쳐들고 있었다.

"이봐, 자네들 돈 벌고 싶지……?"

뤼시앵은 다른 녀석들처럼 관광객들이 원하는 장면을 만들어 주기 위해 일어났다가 앉았다가 드러눕기를 반복했다. 그는 하라는 대로 어떤 늙은 거지에게 웃어 보이기도 하고, 또 자기의 더러운 머리카락으로 젖은 이마를 가리는 것도, 머리카락을 헝클어뜨리는 것도 참았다. 날씨가 어두컴컴했기 때문에 포즈를 취하는 시간도 길었다. 여행자들은 날씨가 어둡다고 불평하기도 하고, 자기가 가지고 있는 필름의 특징을 자랑하기도 했다. 다른 거지들은 자기들의 포즈가 스페인의 아름다운 경치에 봉사한다는 순진한 자부심을 느끼고 있었지만, 뤼시앵은 부끄러움이 넘쳐흘러 몸 전체를 뒤덮는 것 같았다. 그들은 스페인의 풍경을 이루는 빛나는 장소에 속했다. 나 역시 열여섯 살 때 마르세유에서 다른 아이들과 함께 신사들에게 뽑히기를 바라며 기다리고 있을 때, 세계 도처에서 모여 든 관광객들의 대상이 된 이 15~20명으로 이루어진 거지 그룹에 속하게 되리라고 짐작이나 했을까? 또 내가 게이들에게 고귀한 존재로서 도시를 구성하는 핵심적 요소라는 것을 어떻게 알 수 있었을까? 나는 이런 상황에서 내 또래 몇몇을 알게 되었고, 그들을 만나면 이렇게 말했다.

"아! 그래, 생각나. 너는 부트리 거리에 있었지. 아니 벨쉉스 광장에 있었던가."

게다가 거지들은 비굴하면 자기 몸을 사리기는커녕 경멸하듯 가장 더러운 장소를 골라서 앉았다. 뤼시앵은 물에 젖은 돌계단에 앉아서 발을 또 다른 진흙탕 속에 담갔다. 그는 이제 당신들의 세계로 돌아가려는 어떤 노력도 하지 않았다. 그는 절망에 빠져 있었다. 그의 가련한 모습은 돈 많은 아마추어 사진가에게 기념사진용으로 제공될 운명에 불과했다.

"네 사진은 다섯 번 찍었으니까." 이렇게 말하며 어떤 남자는 뤼시앵에게 10페세타를 건넸다. 뤼시앵은 스페인어로 고맙다고 인사했다.

거지들은 은밀하게 감사와 기쁨을 표시했다. 어떤 거지는 술을 마시러 가기도 했고, 또 어떤 거지는 이전의 모습대로 고개를 숙인 자세를 취하기도 했다. 이러한 자세는 마치 잠자는 것처럼 보인다. 그러나 실제로는 자기들의 참다운 모습이자 자기들을 구원할 어떤 진면목을 퍼뜨리고 있는 것이다. 즉 순수한 상태로 헐벗어 있음을 보여 주는 것이다.

이러한 장면은 그것으로 말미암아 내가 뤼시앵의 생각이 순수해져서 완전한 상태에 이르도록 하고, 그래서 마땅히 내가 그에게서 얻어 낸 행복을 누릴 수 있기를 바라는 많은 장면들 중 하나에 불과하다.

내가 그에게서 받은 인상은 이렇다. 즉 사랑스러움, 친절함, 상처받기 쉬움. 이 모든 것은 그의 특징이라기보다 약점이라고 하는 편이 낫다.(물론 이 결점들은 갑옷의 틈 정도에 불과하다.) 나는 뤼시앵이 불행한 거지로서의 삶 때문에 자살할지도 모른다고 생각했다. 그러나 한편 그를 나 자신보다 더 사랑하려면 그가 연약하다는 것을 깨달아야 했다. 특히 그를 저버릴 생각을 물리치려면 말이다. 그동안의 다양한 경험은 그 점에 도움이 되었다. 내가 직접 그런 삶을 살아왔기 때문이다. 뤼시앵이 내가 원하는 이미지를 갖도록, 그 역시도 나와 똑같은 시련을 무자비하고도 직접적으로 체험하기를 바라는 것이다. 그 경우에도 시련의 고통을 받는 것은 내 육체이자 내 정신일 것이다. 그리하여 나는 그와 같은 시련에서 출발하여 그를 스스로 모방해야 할 인간의 이미지로 만드는 것이다.

방금 나는 타인의 괴로움을 나의 것으로 간주하는 작업을 묘사했다. 하지만 꽤 서툴었던 것 같다. 게다가 지금으로서는 이러한 방식의 서술 구조를 어설프게 재조정할 생각이 없다. 이미 때가 너무 늦었고, 당신들에게 더욱 멋지게 보여 주고자 시도하기에는 나도 너무 지쳐 있으니 말이다.

그러나 어쨌든 뤼시앵을 행복 속에 안주시키는 것이 아니라 그가 스스로 행복을 느낄 수 있도록 나는 우선 나 자신의 모험을 통해 축적되고 이끌리고 그려진 마음속의 이미지에 따라 그를 동반하기로 했다. 그래서 나는 서서히 그를 훈련시켰다. 이를테면 언제나 내가 겪은 모험을 듣도록 하고, 내가 그러한 모험으로 단련된 사람임을 알게 하며, 나아가 그 자신이 얼굴을 붉히지 않고, 또 나를 동정해서 가엾게 여기는 일 없이 스스로 경험담을 이야기하도록 습관을 붙이고자 했던 것이다. 왜냐하면 그가 나의 경험을 활용하도록 하기 위해 내가 결심했다는 걸 알아야만 하기 때문이다. 그래서 나는 그가 나의 남창 경험을 알고, 그것을 인정해 주기를 요구했다. 그가 가장 비열한 나의 절도 행위들을 상세하게 알고, 그 때문에 그 자신이 심적 고통을 겪고, 또 그런 행위들을 수용할 것을 요구했던 것이다. 그리고 그는 나의 출신, 나의 비역질, 나의 비겁한 행동, 허옇고 엉큼한 얼굴의 늙은 도둑년을 어머니로 갖기 원하는 나의 괴상한 상상력에 대해서도 알아야 한다. 어디 그뿐인가? 구걸하러 다닐 때의 태도, 거지들이나 일반 사람들에게 잘 알려진, 말하자면 거지들에게 일상적으로 통하는, 거짓으로 변조한 탁한 음성, 남색가를 유혹하기 위해 꾸며 낸 교묘한 수단들, 히스테릭한 남창으로서의 거동, 미모의 젊은이들을 상대할 때의 부끄러움, 그들 중 한 젊은이가 대담하게 나의 사랑을 거역하던 장면, 어떤 깡패가 내게 은총을 베풀던 장면, 프랑스 영사관 직원이 내 모습을 보고 코를 막던 장면, 유럽 각지를 떠돌면서 누더기를 걸치고 허기와 모욕과 피로와 추악한 사랑 놀이로 계속되던 끝없는 여행……. 이 모든 것에 대해 알아야만 한다.

산페르난도 근처에서 스틸리타노가 나를 버렸을 때, 내 마음은 그 어느 때보다 처절했다. 서러운 감정이 너무 깊숙이 밀려왔던 것이다.(아랍 인은 가난한 사람을 "메스킨"이라고 부른다. 나는 정말 메스킨 같은 존재였다). 그 이후 여기저기 방랑 생활을 하면서 마음속에 내가 늘 간직하고 있던 것은 더 이상 그에 대한 추억이 아니라 어떤 전설적인 존재에 대한 생각이었다. 그것은 나를 구속하는 모든 욕망의 원천인 동시에 구실이었으며, 무서운 동시에 감미로웠고, 멀고도 가까운 존재였다. 왜냐하면 이제는 꿈속의 대상이 되어 버린 그는 거칠고 냉정하기는 했지만 일종의 애매한 기체와 같은 무정형성과 거대한 규모, 하늘에서의 섬광과 그 이름까지도 가지고 있기 때문이었다. 태양과 피로에 지친 나의 발은 스틸리타노를 밟아 뭉갰으며, 내가 일으키는 먼지는 만져서 느껴지지 않는 그의 육체였다. 나의 불타는 눈은 다가갈 수 없고 더욱 인간적인 그의 이미지의 가장 귀중한 부분을 포착하려고 노력했다.

여기서 시정(詩情)을 얻기 위해, 다시 말하자면 내가 지금도 잘 모르고 당시에도 알지 못했던 어떤 감동을 독자에게 전달하기 위해 지금 사용하는 어휘는 육체적 사치라든가, 지상의 갖가지 의식이 지니는 호화로움을 환기시킨다. 유감스럽게도 우리가 합리적인 것이었으면 하고 바라는 질서에 호소하는 것이 아니고, 이미 사멸해 버린 혹은 현재 의미를 상실해 버린 시대의 아름다움에 호소하는 것이다. 나는 이러한 감동을 표현함으로써, 내 감동을 오랫동안 숭배의 대상이 되어 왔던 여러 가지 물건들, 신체기관, 물질, 금속, 액체, 다이아몬드, 자주색 옷, 피, 정액, 꽃, 프랑스 국기, 눈, 손톱, 왕관, 목걸이, 무기, 눈물, 가을, 바람, 환상, 선원, 비, 크레이프 등의 영향력으로부터 해방될 수 있으리라 믿었고, 또한 그것들이 의미하는 세계(그것들이 명명하는 세계가 아니라 그것들이 환기하는 세계, 그리고 그 속에 내가 갇혀 있는 세계)의 지배로부터 벗어날 수 있다고 믿었지만, 이러한 나의 시도는 쓸데없는 것이 되었다. 나는 지금도 여전히 그것들에 의존할 수밖에 없다. 그것들은 번식하면서 나를 사로잡는다. 나는 그것들에 이끌려 역사 속의 여러 단계를 가로지른다. 그래서 나는 르네상스를 지나 중세, 샤를마뉴 왕조, 메로빙거 왕조, 비잔틴 시대, 로마 시대, 서사시 시대, 민족의 이동 시대를 거쳐서 결국 모든 창조가 가능한 신화 시대에 도달하는 것이다.

나는 스틸리타노가 침 속에 무엇을 숨기고 있는지, 또 그 끈적거림이나 색깔 속에 어떤 숨은 뜻이 있는지 생각해 보았다. 그의 타액은 병적으로 더러운 것이 아니라 오히려 사람의 마음을 움직이는 생명력으로 가득 차 있어서 다른 사람에게 정력의 낭비를 유발시키는 특수한 힘을 가지고 있었다.(당시 나는 독서를 하면서 우연히 종교적 분위기를 환기시키는 용어들에 의해 감동을 받았다. 이러한 감동을 통해 자연스럽게 나 자신의 사랑에 의미를 부여하기 위해 그런 말들을 사용하고는 했다. 결국 그 표현들은 나의 사랑을 기괴하면서도 균형잡힌 형태로 만들었다. 그러한 사랑과 더불어 나는 여러 가지 기본적인 힘들의 지배를 받는 하나의 원초적인 모험에 빠져들었다. 어쩌면 사랑이 나를 보다 훌륭하게 창조하기 위해 혼란스러운 말들, 즉 다양하게 지칭되고 사용되는 말들로 불려지는 사건으로 나를 데리고 갔는지 모른다. 말하자면 미사, 의식, 성모 방문제, 연도(連禱), 왕권, 마술 등. 이러한 어휘가 제안하는 어떤 무형의 우주, 그리고 내가 마음속에 품고 있는 우주에서 나는 산산조각이 나고 어디론가 사라져 버린다.) 이러한 무질서와 부조화 속에서 나는 이 마을에서 저 마을로 구걸을 다녔다.

스페인의 해안을 따라서 3~4킬로미터마다 세관원들이 바다를 감시하기 위해 지은 오두막 같은 작은 초소들이 나타났다. 나는 어느 날 저녁 이 오두막집에 들어갔고, 거기서 자려고 드러누웠다. 그때 누군가 들어왔다. 내가 비바람 속을 걸으며 비참한 지경에 빠졌을 때, 조금이라도 몸을 피할 수 있다면 아무리 작은 피난처라도 주거 공간이 될 수 있었다. 나는 때때로 그러한 장소들이 지닌 특성을 나름대로 잘 이용해 매우 합리적인 안전장치로 그것을 장식하고는 했다. 극장의 좌석, 공동묘지의 성당, 동굴,

더 이상 사용되지 않는 채석장의 막사, 기차의 화물칸 등의 장소들이 있다. 도대체 나는 무엇인가? 집에 대한 관념에 사로잡혀 있는 나는 항상 내가 택한 장소를 그 고유의 구조에 따라 상상하면서 아름답게 장식하곤 했다. 아무 데도 몸을 피할 곳이 없을 때, 나 자신이 현관 앞 조각, 발코니 기둥, 여인상, 석상 등, 이러한 장식물들에 의해 나타나는 부르주아의 육중한 안정감 등을 위해 이루어진 존재이기를 갈망했다.

'나는 이러한 것들을 애지중지하고 열렬히 사랑해야만 해. 또 나 자신이 그것들에 소속되기 위해 그것들을 소유해야 하고. 그래서 그것들이 지탱하고 있는 건물 양식 자체가 내 것이 되어야 해.' 나는 이렇게 생각했다.

그러나 유감스럽게도 나는 아직 그렇게 만들어지지 못한 상태였다. 모든 것이 그것으로부터 나를 떼어 놓았고 나의 사랑을 방해했다. 나에게는 세속적인 행복에 대한 취향이 결핍되어 있었다. 현재는 여윳돈이 있지만, 나는 이미 지쳐 버렸다. 그래서 나의 자리를 뤼시앵이 맡아 주기를 바랐다.

나는 바다의 습기로부터 몸을 보호하기 위해 웅크리고 앉아 있었다. 최대한 짧은 외투 속으로 몸을 웅크리면서 육체적 피로와 나 자신의 처지를 잊고 있었던 것이다. 등나무와 갈대로 만든 그 오두막에 대해 상상하면서, 즉 완전한 주거지, 급히 피해야 할 사람을 위해 건조된 거처를 만들어 주는 세세한 점들을 상상하면서 말이다. 잠시 동안 나의 영혼은 이 장소, 이 연약한 구조물(바다, 하늘, 바위, 광야)과 하나가 되었다. 어떤 사내가 나와 부딪쳤다. 그는 내게 욕설을 퍼부었다. 나는 더 이상 밤이 무섭지 않았다. 오히려 그 반대였다. 그는 서른 살 정도의 해안 경비원이었다. 그는 총을 가지고 있었고, 모로코와 스페인 사이에서 밀매를 하는 어부들이나 선원들을 감시했다. 그는 나보고 밖으로 나가라고 하더니, 이어서 등불로 얼굴을 비춰보았다. 그러나 내가 아직 젊은 사람이라는 걸 알고는 그냥 있어도 좋다고 말했다. 나는 그와 함께 저녁을 먹었다. 그는 빵, 올리브, 청어를 나누어 주고 포도주도 따라 주었다. 우리는 잠시 이야기를 나누었다. 잠시 후 그는 나를 애무했다. 그는 안달루시아 출신이라고 말했다. 그가 미남이었는지 아니었는지는 확실히 기억나지 않는다. 창문 밖으로 바다가 보였다. 배는 한 척도 보이지 않았다. 그런데 갑자기 사람들이 노를 저으며 떠드는 소리가 들렸다. 그는 밖으로 나가려고 몸을 움직였으나 나는 더 교묘하게 그를 애무했다. 그는 거기서 빠져나갈 수 없었고, 따라서 밀수입자들은 조용히 상륙할 수 있었다.

그 해안 경비원이 일시적 기분에 몸을 맡기고 있는 동안, 나는 그에게 봉사할 수밖에 없는 어떤 절대적 명령, 나를 지배하는 힘에 따르고 있었다. 말하자면 경찰관의 명령에 복종하고 있는 것처럼. 적어도 그 순간만큼 나는 개들이나 어린아이들에게 쫓기는 누더기 차림의 굶주린 방랑자가 아니었으며, 경찰관들을 조롱하는 대담한 도둑놈도 아니었다. 다만 정복자를 위무해 주는, 별이 빛나는 밤하늘 아래의 정부일 뿐이었다. 그 밀수꾼들이 아무 탈 없이 상륙할 수 있는지 없는지가 내 의지에 달려 있음을 알았을 때, 나는 그들은 물론이고 세상의 모든 무법자에 대한 책임이 막중함을 통감했다. 나는 어디에서나 감시를 받고 있어서 법망을 피할 수 없었다. 나를 지탱해 주는 것은 자존심뿐이었다. 결국 나는 사랑을 위장함으로써 그 경비원을 붙들고 있는 것이었기 때문에, 내 사랑이 강하면 강할수록 그를 붙드는 힘도 더욱 확실해질 것이라 생각했고, 달리 더 좋은 방법을 알지 못했던 나는 혼신을 다해 그를 사랑했다. 나는 그에게 가장 아름다운 사랑의 밤을 선사했다. 그것은 그의 행복을 위한 것이 아니라 그의 비열한 행위를 내가 책임지고, 거기서 그를 해방시켜 주기 위함이었다.

배반과 절도와 동성애가 이 책의 근본 주제이다. 이 세 가지는 서로 관련이 있다. 그 관련성이 언제나 명백한 것은 아니지만, 적어도 나는 배반과 절도와 동성애에 대한 취향 사이에는 어떤 밀접하고 상호적인 교류가 있음을 인정한다.

쾌락에 흠뻑 빠져 들어 절정을 맛보고 난 후, 해안 경비원은 혹시 무슨 소리를 듣지는 않았는지를 내게 물었다. 이 밤의 신비, 눈에 띄지 않는 도둑들이 배회하고 있는 바다의 신비는 내 마음을 혼란스럽게 했다.

내가 아주 우발적으로 시적이라고 일컬은 매우 특수한 감정은 내 마음속에 불안의 흔적을 남겼지만, 그것은 차츰 누그러져 갔다. 밤마다 들리는 속삭임과 바다에서 보이지 않는 노 젓는 소리는 내 독특한 상황과 더해져 나의 마음을 뒤흔들었다. 번민하는 영혼이 머물고 싶은 육체를 찾듯이, 나는 방황하면서 스스로를 기록하고 느끼는 의식을 찾아서 그 순간들을 포착하려고 주의를 기울이고 있었다. 그러한 의식을 발견하자마자 그 순간들은 즉각 스러지고 말았다. 즉 시인이 이 세상을 완전히 소모해 버린 것이다. 시인이 제시하는 또 다른 세상은 명상을 통해 끄집어 낸 것일 터이다. 내가 상테 교도소에서 글을 쓰기 시작했을 때 그것은 결코 나의 감동적 경험들을 되살리기 위한 것이라거나 혹은 남에게 그것들을 전달하기 위한 것이 아니라 그와 같은 감동에 뒤이어 오는 또 다른 감동 그 자체의 표현으로써(무엇보다도 나 자신에게) 알려지지 않은 질서를 확립하기 위한 것이었다.

"그래, 들었어." 내가 말했다.

그는 밀수꾼들이 어느 곳을 통해 상륙할 수 있을지 내게 물었다. 그는 어둠 속을 헤매듯 주변을 훑어보았다. 손에 총을 들고 쏠 태세였다. 그런데 정확성이 몸에 밴 탓에 나는 하마터면 그에게 방향을 가리킬 뻔했다. 내가 밀수꾼들에게 충성할 수 있었던 것은 오로지 나의 신중한 태도와 성찰 덕택이었다. 나는 마치 개처럼, 그를 따라다니며 함께 바위 사이를 돌아다녔다. 그러고 나서 오두막집으로 돌아와 또다시 애무를 시작했다.

나는 해안선을 따라 여행을 계속했다. 때로는 밤에, 때로는 낮에. 그동안 여러 가지 기가 막힌 일들을 경험했다. 피로감, 수치심, 비참함 등이 모든 사건을 정의할 수는 없지만, 어쨌든 그 의미는 당신들이 살고 있는 세계에서 부여하는 것과는 전혀 다른 것, 오직 다른 세계에서만 통하는 의미인 것이다. 저녁이 되자 사람들의 노랫소리가 들려왔다. 농부들이 오렌지를 따고 있었다. 낮에는 휴식을 취하기 위해 교회 안으로 들어갔다. 도덕의 영역은 그 기원이 기독교의 가르침 속에 있는 것이므로, 나는 신의 이념과 친숙하기를 희망했다. 아침에 미사를 드리면서, 죽음의 원죄 상태에서 성체를 배령했다. 신부(그는 스페인 신부였다.)가 성체기 속에서 꺼낸 성체를 들어올리고 있었다!

'이 빵은 어떤 소스에 담가 둔 것일까?' 나는 생각해 보았다. 소스는 창백한 신부의 손가락에 묻어 있는 도유(塗油)인 것이다. 그는 성체에서 한 조각을 떼어 내고 금으로 된 성스러운 그릇 속에 담긴 어떤 기름기 있는 액체를 휘젓기라도 하듯 경건한 몸짓으로 그것을 어루만지고 있었다. 나는 성체가 밀가루 반죽으로 만든 하얗고 건조한 얇은 빵이라는 걸 알고 있었기 때문에 놀라지 않을 수 없었다. 나는 신학자들이 말하는, 소위 빛의 신이라는 것을 인정할 수 없었다. 내게 신이란 너무 민감한 존재였다. 신이라기보다는 차라리 어떤 구역질나는 신비의 느낌이라고 하는 편이 나을 것이다. 그 느낌은 로마교회 종교의식의 지겹고 더러운(그리고 유치한 상상력에서 생겨난) 몇몇 사실들에 의해 감지되었다.

'내가 취하고 있는 훌륭한 법칙의 구조가 이렇게 구토를 느끼게 하는 것에서 나온 것이라니!' 나는 생각했다.

교회의 어둠 속에서 찬연하게 제의를 입은 신부 앞에서 나는 두려움을 느꼈다. 그러나 내 곁에 꿇어앉은 신사들이 내 누더기 옷으로부터 떠나지 않고, 그리고 그들이 혓바닥 끝으로 동일한 성체를 받기 때문에, 빵의 효력이 나타나는 것은 인간의 영혼에서일 뿐 그 밖의 다른 곳이 아니라는 것을 알게 되었다. 나는 빵을 사기의 현행범으로 체포하여 그것을 공범자로 끌어들이기 위해 마음속으로 욕설을 퍼붓거나 입 안에서 씹어 댔다. 또한 때때로 나는 나 자신을 신의 가호가 아니라 조금 전의 그 구토증에 내맡겼다. 여러 종교의식이나 예식날처럼 화려하게 단장한 촛대가 반짝거리는 성당의 어둠이나, 또는 죽은 자에게 바치는 노래 혹은 단순한 촛대용 소등기 등이 나에게 일으키는 이 구토증에 스스로를 내맡기곤 했던 것이다. 이처럼 구토증 같은 기묘한 느낌을 말하는 이유는 나중에라도 내가 전 생애를 통해 지금의 경우와 전혀 다른 조건 하에서 경험한 인상과 통하는 점이 있기 때문일 터이다. 군대, 경찰서 그리고 그 곳의 주인들, 감옥, 약탈당한 아파트, 숲의 영혼, 하천의 영혼(밤에 이러한 존재가 내게 주는 위협, 비난 혹은 공범의 감정), 그리고 점점 내가 참여하는 각각의 사건들이 마음속에서 혐오감과 공포감을 일으켰다. 그 때문에 나는 가끔 내가 신의 관념을 가슴속에서 키우고 있는 것이 아닌가 하는 생각이 들었다.

나는 남쪽을 출발하여 프랑스를 향해 계속 걸어갔다. 세비야, 트리아나, 알리칸테, 뮈르시, 코르도바 등에 대해 내가 체험한 것은 주로 밤의 수용소와 거기서 제공하는 밥 한 공기뿐이었다. 그러나 나는 이 도시들의 번쩍이는 값싼 물건들, 보잘것없는 겉치레들 아래서 몇 년 후 갑자기 나타나 이러한 것들을 깨뜨려 버릴 근육조직이나 뼈대를 갖춘 존재를 인식하고 있었다. 나는 마음 깊숙이 슬픔을 느끼면서도 육체적 쾌락과 예리한 분노의 존재를 무시할 수 없었다.

(어떤 공산주의 정기간행물에 실린 시로, 파시스트들이자 히틀러의 도당인 아줘르 군단의 군인들을 규탄할 목적으로 쓴 시를 일부 발췌하여 소개하고자 한다. 이들을 비난하기 위해서 쓴 이 시는 노래로도 불려진다. 여기에 그것을 인용하겠다.

아줘르 군단의 노래

우리는 선량한 가톨릭교도,
우리는 선량한 살인자,
공화국에 관해 말하지 말자.
차라리 곤봉 이야기나,
아주까리 꽃을 이야기하자.
(…)
카스티야에 눈이 내리네.
겨울바람이 울부짖을 때,
우리는 철의 십자훈장을 받으리.
우리에게 푸른 옷을 입혀 주시리라.
우리는 철의 십자훈장을 받으리.
모든 아가씨의 입술과 함께.
카스티야에 눈이 내리네.

스페인의 평범한 시인이 쓴 이 시는 스페인을 잘 표현하고 있다. 아줘르 군단은 히틀러를 지원하기 위해 러시아로 파견된 살인자 부대였다. 악마를 돕는 하늘의 빛!)

시 경찰관들이나 헌병들 중 그 누구도 나를 체포하려고 하지 않았다. 그들에게 나는 어떤 지나가는 것, 즉 더 이상 한 명의 인간이 아니라 법을 적용할 수 없는 어떤 이상하고 불행한 생산물에 불과했다. 나는 추잡함의 한계를 벗어난 자였다. 예컨대 스페인 왕족이나 귀족을 맞아들이거나 혹은 그런 부류들을 나의 조카라고 일컫고 그들과 고상한 말투로 이야기를 한다고 해도 조금도 놀라운 일이 아닐 것이다.

"스페인의 귀족을 영접하다니. 어느 궁전에서?"

당시 내게 최상의 존재가 될 수 있는 가능성을 부여하는 고독이 어느 정도였는지 당신들이 더욱 잘 이해하도록 나는 여기서 수사학적 방법을 활용할 것이다. 보통 이 시대에 승리나 지위를 성공적으로 표현하는 데 말이 가장 효력을 발휘하기 때문이다. 말로는 얼마든지 편안하게 나의 영광과 귀족의 영광이 유사하다는 것을 드러낼 수 있다. 내가 국왕이나 왕족과 친근한 관계에 있다면 그것은 양치기 아가씨가 프랑스 왕에게 제 친구처럼 이야기하듯 말을 건네는 것과 유사한 관계, 즉 보통 사람들은 알 수 없는 어떤 특수하고 은밀한 관계와 같은 것이다. 내가 말하는 궁전(특별히 다른 명칭이 없으므로)이란 바로 자존심이 나의 고독을 위해 만들어 준 것으로, 점점 더 미묘하고 섬세한 건축물의 총체가 될 것이다. 제우스는 가니메데스를 유괴하여 그에게 키스를 했다. 나 역시 모든 종류의 방탕한 삶을 허용할 수 있을 것이다. 나는 절망한 자의 자유로움과 단순한 멋을 가지고 있다. 나의 용기는 모든 인습적인 삶의 존재 이유를 저버리고 새로운 삶의 목적을 발견하는 데 있다. 그 발견은 서서히 이루어졌다.

메트레에서 감화원의 규율을 지켰다는 사실, 물론 그 감화원의 내부 규칙을 준수한 것은 아니었지만, 나중에 그 사실이 내게 여러 가지 이익이 되었음을 알게 될 것이다. 거기서 나는 감화원 수용자로서의 생활을 단련한 셈이었다. 사려 깊은 행동은 아니었지만, 대부분의 소년 부랑배들처럼 '죄수라는 것을 실현하기 위한' 무수한 행위들이 무의식중에 저질러졌다. 나는 순수한 고통과 기쁨을 경험했다. 그 생활은 누구나 진술할 수 있는 것들이다. 메트레 감화원은 나의 성적 갈증을 충족시켜 주기는 했지만 언제나 감수성에 손상을 입혔다. 나는 고통스러웠다. 머리를 깎고, 치욕스러운 제복을 입고, 비루한 장소에 감금되어 있다는 것이 잔혹할 정도로 부끄러웠다. 그리고 나보다 더 강력한, 또는 더 사악한 다른 수용자들이 나를 경멸하고 있음을 알았다. 이 서러움을 견디기 위해 나는 한층 더 움츠러들었고, 스스로 엄격한 규율을 적용해 마음속으로 다스리고 있었다. 이 규율이란 대략 다음과 같은 구조적 노력을 말한다.(이후부터 나는 이 규율에 따라 행동할 것이다.) 즉 나에게 가해진 모든 비난에 대해, 설사 그것이 정당하지 못하다고 해도, 나는 속으로 '그렇다.'라고 대답할 것이다. 나는 이 말을 발설하자마자 이를테면 내가 그것을 의미하는 문장을 말하자마자, 마음속으로부터 불현듯 어떤 욕구가 솟아나는 것을 느꼈다. 사람들에게 비난받을 만한 범죄를 저질러 보겠다는 욕구 말이다. 당시 내 나이는 열여섯 살이었다. 독자들은 이미 내 마음속에 결백하다는 생각이 차지할 여지가 전혀 없음을 이해하고 있을 것이다. 사람들이 나를 두고 비겁자, 배반자, 도둑놈, 남색가라고 비난했을 때 나는 스스로가 그 사실을 인정했다. 때로 아무런 증거도 없이 고소를 당하는 경우가 있었다. 하지만 나 자신이 죄가 있음을 인정하기 위해서 마치 내가 비겁자, 배반자, 도둑놈, 남색가 등으로 욕먹을 만한 행동을 했기 때문이 아닐까 하는 의구심이 들었다. 그러나 사실은 그렇지 않았다. 마음속으로 조금 더 참고 성찰을 함으로써, 나는 그와 같은 호칭으로 불려도 좋을 만한 충분한 이유를 발견할 수 있었다. 그리고 나 자신이 쓰레기로 형성되어 있음을 알고 오히려 어리둥절했던 것이다. 나는 추악한 자가 되었다. 그래서 나는 차츰 더러운 것에 익숙해져 갔다. 나는 언젠가 조용히 그 사실을 고백할 것이다. 사람들이 내게 가한 경멸은 증오로 바뀌었다. 결국 나는 성공했다. 그러나 여기에 이르는 동안 나는 얼마나 가슴이 메어지는 고통을 겪어 왔던가!*

그리고 2년 후 나는 아주 강한 사람이 되어 있었다. 이처럼 일종의 정신적 시련이라고 할 수 있는 훈련은 나중에 가난을 미덕으로 승화시키는 데 도움이 되었다. 그렇지만 이러한 승리는 오직 나 자신에게만 해당되는 것이었다. 내가 아이들 또는 어른들로부터 멸시를 당했을 때 견뎌 내야 하는 것은 나 자신이지 결코 타인이 아니기 때문이었다. 나 자신에 대한 영향력은 이처럼 커졌다. 또한 그것은 나의 내적 존재에게만 힘을 발휘했던 관계로, 세상에 대해서는 매우 서툴렀다. 스틸리타노도, 그 밖의 다른 친구들도 이 점에 대해 내게 도움이 되지 못할 것이다. 왜냐하면 그들 앞에서 나는 어떻게 하면 완전한 애인으로서 행동할 것인지에 집착하고 있었기 때문이다. 나는 유럽 각지를 떠돌아다니며 생활했다. 하지만 매일같이 어떤 명상에만 쏟아부었던 정신적 에너지를 다른 쪽으로 돌렸더라면 아마도 나의 삶은 기술적으로 좀 더 나은 쪽으로 나아갔을지 모른다. 지금부터 내가 이야기할 사건 이전에도 여러 가지 행동을 취하기는 했지만, 그 어느 것에 대해서도 나는 일찍이 내가 정신적 삶에 가졌던 냉철한 통찰력으로 대하지 않았던 것이다. 어느 날 저녁 나는 앙베르의 부두 근처로 나를 데리고 갔던 남자를 포박하는 데 성공하고는 나의 행동에 도취되어 있었다. 그날 스틸리타노는 로베르와 함께 춤추러 가고 없었다. 나는 고독하고 슬펐으며 질투심에 사로

---

* 나는《일요일의 프랑스》가 전하는 한 쌍의 젊은 약혼자들이 경험한 치욕을 하나의 특권처럼 부러워했다. 이 두 사람의 결혼식 날, 신부인 나딘에게 샤를르빌 시의 주민들은 '卍' 모양(나치의 문장(紋章))의 꽃다발을 증정했다. 독일군이 프랑스를 점령했을 때, 나딘은 베를린 태생의 독일군 대위의 정부였다. 그 이후 대위는 러시아 전선에서 전사했다. '나딘은 미사를 드리자마자 상복을 입었다'는 것이다. 이 신문에 게재되어 있던 사진은 나딘과 그의 남편이 사제들의 주례로 결혼식을 마치고 교회에서 나오고 있는 장면을 촬영한 것이다. 나딘은 '卍' 모양의 그 꽃다발을 밟고 지나가고 있었고, 샤를르빌의 주민들은 그녀를 심술궂은 표정으로 바라보았다. "자, 나에게 팔을 끼고 눈을 감고 있어" 하고 그의 남편은 말하는 듯했다. 나딘은 검은 천 조각이 달린 프랑스 국기들이 늘어선 앞을 지나며 미소를 지었다.

나는 이 젊은 여인의 자랑스러워하는 행복을 부러워한다. 내가 이 맛을 다시 볼 수 있다면, 이 세상을 전부 준다고 해도 그것과 바꾸지 않을 것이다.

잡혀 있었다. 나는 바에서 술을 마시고 있었다. 그 순간 불현듯 그 두 사람을 찾아야겠다는 생각이 들었다. 그러나 그들을 찾겠다는 생각이 떠오른 것은 그 자체가 이미 그들을 잃어버린 것임을 방증하는 것이었다. 그들이 술을 마시고 춤을 추던 술집, 담배 연기와 소음으로 가득 찬 그 술집은 정신 상태를 지상에 드러내 보이는 장소였다. 이를테면 그들이 그날 아침 다음과 같은 일로 나라는 존재와 그 세계와 단절했을 때의 정신 상태는 세속적인 행동으로 표현된 것에 불과하다. 어느 날 아침 내가 그의 방에 들어갔을 때, 스틸리타노는 막 출발하려고 하면서 장갑 낀 손을 내밀고 있었다. 로베르는 미소를 지으면서 거의 손이 닿지 않은 것처럼 느껴질 만큼 부드럽게 그의 장갑의 단추를 눌러서 잠가 주었다. 나는 더 이상 스틸리타노의 오른팔이 아니었다.

뚱뚱한 사내 한 명이 내게 불을 요구하면서 술을 한잔 권했다. 밖으로 나오자 그는 자기 집으로 나를 데리고 가려고 했다. 나는 거절했다. 그는 망설이더니 집 대신 부두로 가자고 했다. 나는 그가 금시계와 반지, 지갑을 가지고 있는 것을 보았다. 내가 보기에 그는 살려 달라고 고함을 지를 것 같지는 않았지만 체력이 강해 보였다. 나는 교묘한 술책을 써서 이 사내로부터 목적을 달성하는 수밖에 없었다. 나는 아무런 준비도 되어 있지 않았다. 스틸리타노가 준 노끈을 이용해 보겠다는 생각이 불현듯 들었다. 함께 부두의 한적한 곳에 도착했을 때 사내는 자기를 애무해 달라고 요구했다.

"좋아, 그러지."

나는 그가 도망치고 싶어도 달아날 수 없도록 바지를 발목까지 내리게 했다.

"좀 벌려 봐……."

그는 양손으로 내가 시키는 대로 했다. 나는 신속하게 그의 두 손을 허리 뒤로 묶어 버렸다.

"뭐 하는 거야?"

"멍청한 놈, 뭐 하는 건지 모르겠어?"

나는 언젠가 스틸리타노와 둘이서 자전거를 훔치려다 들켰을 때, 그가 쓰던 말투와 어조를 그대로 사용했다.

스틸리타노는 아무리 하잘것없는 물건을 바라보더라도 부드러운 시선으로 보았기 때문에 언제나 무척 만족스러워 보였다. 하나뿐인 그의 손은 레스토랑의 식탁 위에서 때 묻은 메뉴판을 잡을 때조차도 부드럽게 움직였다. 물건들이 그에게 착 붙어 떨어지지 않는 것은 당연했다. 그는 물건에 대해 전혀 경멸감을 표하지 않으니 말이다. 무엇이든 손을 대기만 하면, 스틸리타노에게는 그 물건의 본질적 특징이 느껴지는 것이었다. 그래서 그는 그것을 바르게 사용할 수 있었다. 그는 웃으며 그 물건과 하나가 되었다.

나는 어린아이들의 뾰로통한 표정보다 그들의 미소에 훨씬 더 매료되었다. 나는 가끔 그 미소를 한동안 응시하곤 했다. 그렇게 있다 보면 나는 곧 황홀해졌다. 그러면 이윽고 미소는 얼굴에서 떨어져 나가 어떤 이상한 영혼을 담은 생명체로 변하는 것이었다. 견고하면서도 연약한 생명을 가진 하나의 고귀한 동물이라고나 할까. 즉 그것은 경탄할 만한 신화 속의 키마이라,* 즉 환상이었다. 내가 그것을 그의 웃는 얼굴에서 떼어 낸 다음 호주머니 속에 넣고 다닐 수만 있다면, 그 장난기 어린 빈정거림으로 나는 여러 가지 경이로운 일들을 완수했을 것이다. 때때로 나는 이 미소로 몸치장을 해 보려고 시도했지만, 언제나 헛수고로 끝났다. 그러한 원망(願望)은 미소를 간직해 보겠다는 의도였지만 말이다. 미소는 진정한 도둑이다.

"뭐야, 나를 묶으려는 거야? 이봐, 가만히 있어. 내가 해 줄게……."

"이 자식, 잔소리하지 마! 내 마음대로 할 거야!"

뜻밖의 놀라운 일이 발생하거나 놈이 묶인 끈을 풀지도 모른다는 두려움 때문에 나는 좀 더 확실히 그를 포박했다. 나는 그의 호주머니를 뒤졌다. 그의 지폐나 종잇조각에 닿을 때마다 손가락에서 강한 쾌감이 느껴졌다. 그는 겁에 질려서 감히 움직이지도 못했다.

"나 좀 보내 줘……."

"닥쳐!"

이러한 순간들이 지속되지 말라는 법은 없었다. 내게 도둑맞는 피해자 중의 한 놈을 내 마음대로 잡고, 그로 하여금 비싼 대가를 치르도록 하고 싶었다. 우리가 있는 장소는 어둡긴 했지만 안전하지는 않았다. 순찰을 도는 부두 경비원들이 언제 튀어나와서 우리를 발견할지도 모를 일이

* 사자의 머리, 양의 몸, 용의 꼬리를 가진 전설의 괴물이다—옮긴이.

었다.

"이 늙은 개자식, 내가 너 같은 놈을 상대할 것 같아……."

나는 그의 조끼 단춧구멍에 매달린 회중시계 줄을 잡아당겨 그것을 낚아챘다.

"그건 기념으로 받은 물건이야." 그는 투덜거렸다.

"그래, 난 기념품을 좋아하지."

나는 그의 얼굴에 주먹을 한 대 갈겼다. 그는 말없이 앓는 소리만 냈다. 나는 그 앞에서 스틸리타노처럼 민첩한 동작으로 칼을 빼서 그의 면전에 내밀었다. 나는 이 순간 내가 어떠했는지 좀 더 정확하게 기술하고 싶다. 그때 내가 스스로에게 강요했던 이 잔혹성은 육체뿐 아니라 마음에도 놀라운 힘을 불어넣어 주었다. 나는 나의 희생물을 관대하게 처분해 풀어 줄 수도 있다고 생각했다. 또 한편으로는 그를 죽일 수도 있다고 생각했다. 포로 상태인 그 자신도 나의 힘을 인정하고 있을 것이다. 사방이 어두웠지만, 나는 그가 겸손하고 호의적이었으며 나의 도취감에 봉사하려고 했음을 알았다.

"입 다물어. 떠들면 죽어!"*

나는 어둠 속에서 한 발자국을 옮겼다.

"내 말 좀 들어 봐……."

"뭐?"

---

* 르네 이야기는 뒤에서도 또 하겠지만, 르네가 내게 한 말에 의하면, 니스의 어떤 남색가는 다른 남색가들을 대상으로 이 같은 짓을 하는 모양이었다. 그가 내게 이런 이야기를 해 줌으로써 우리는 한층 가까워졌다.

그는 내가 거절하리라는 것을 직감하고 두려움에 떨면서 부드러운 목소리로 더듬거렸다.

"제발 좀 놔 줘……."

그날 스틸리타노를 만났을 때, 나는 벨기에 돈으로 수천 프랑과 금시계 하나를 가지고 있었다. 그를 만나면 무엇보다 먼저 나의 공적을 이야기해 주고, 그와 로베르를 좀 화나게 만들어야겠다고 생각했다. 그러나 나의 걸음걸이는 점점 느려지고 자신감은 수그러들었다. 나는 이 모험의 유일한 보유자로 남기로 결심했다. 나는 나 자신을 잘 알고 있었다. 내가 무슨 일을 할 수 있는지 알 수 있는 자는 오직 나뿐이라는 것. 나는 전리품을 숨겼다. 나는 처음으로 강도당한 자의 얼굴이 어떤지 보았다. 그 모습은 매우 추했다. 내가 그런 추한 꼴을 만든 장본인이었다. 나는 그 사실을 통해 잔혹한 쾌감을 맛보았다. 그리고 그 쾌감은 내 얼굴 모습을 바꾸어 놓을 것이고, 얼굴에서 찬란한 빛을 발하게 하리라 믿었던 것이다. 당시 내 나이는 스물셋이었다. 나는 그 순간 더욱 잔인해질 수도 있고 위협적인 존재가 될 수도 있을 것 같은 느낌을 받았다. 돈과 시계의 소유는 내 속에 남아 있던 비참하고 빈곤한 삶에 대한 취향을 완전히 몰아냈다.(그렇다고 불행에 대한 취향이 손상된 것은 아니다. 다만 불행에 대해 으스대는 마음이 사라져 버렸을 뿐이다.) 그러나 다른 사람의 고통에 대한 잔혹성과 무관심한 태도를 지켜나가는 데 비렁뱅이의 엄격한 규율을 체험한 것은 내게 도움이 되었다. 나는 그 후에도 새로운 범행을 모색했다. 강도짓은 모두 성공적이었다. 그래서 결국 나는 부끄러운 좀도둑 생활의 엉큼한 버릇에서 해방되었다. 내가 사람을 공격한 것은 처음이었다. 과거에도 얼굴을 마주하고 싸운 적은 없었다. 나는 마치 예리한 칼날처럼 나 스스로 떨기도 하고, 사악하고, 냉혹하며, 경직되고, 빛이 날 정도로 단호하다는 걸 느꼈다. 이러한 변화에 대해 스틸리타노와 로베르는 물론 그 누구도 알지 못했다. 그들은 서로 우정을 나누었고, 함께 여자를 쫓아다니는가 하면, 여자를 무시하는 삶을 살아왔다. 스틸리타노에 대한 나의 태도는 변하지 않았다. 나는 예전처럼 그에게 존경심을 표했고, 로베르에게는 나름대로 버릇없이 대했다. 스틸리타노의 인간성은 내게 가장 귀중한 것의 저변에서 나를 감시하고 명령하며 보호해 주었다. 어떤 영웅의 갑옷이 나를 보호해 주듯이 말이다. 혹은 죽은 성인의 유물을 만짐으로써 그의 마력을 느껴 보겠다고 서두르는 사람처럼, 나 자신이 그의 음성이나 말이나 동작을 이용하고 있었던 것일까? 어쨌든 스틸리타노는 나 대신 싸웠다. 그는 남색가들과 술 마시는 일을 도맡았고, 그들 앞에서 엉덩이를 좌우로 흔들며 걸었으며, 그들의 바지를 벗겼다. 이러한 스틸리타노의 모습은 잠시도 내 머리에서 떠나지 않았고, 그 점을 인정하기까지 정말 고통스러웠다. 동시에 내가 만일 이러한 지지자를 거만하게 내쳐 버린다면 나 역시 곧 쓰러지리라는 것도 잘 알고 있었다. 그는 내가 몰래 그를 이용했다는 것을 전혀 몰랐다. 그리고 그는 사람들이 조국이라고 부르는 것에 해당한다는 사실, 즉 병사 대신 싸워 주면서 병사를 희생시키는 실체임을 알지 못했다. 방에서 거의 강제로 손님의 돈을 빼앗고 계단을 내려올 때 나는 몸이 떨리는 것을 느꼈다. 그때 황급히 스틸리타노가 내 옆을 지나가고 있었기 때문이다. 그러나 나는 전리품을 풀어 놓았을 때, 전리품을 그에게 줄 생각은 더 이상 하지 않았다. 그때 나는 이미 혼자였다.

나는 다시 불안해졌다. 나는 남자들의 세계에 의해 지배를 받고 있었던 것이다. 어둠이 그들을 뒤섞어 하나로 만들어 버렸을 때, 그 남자들 각자의 그룹은 내게 한 가지 수수께끼를 제공했다. 이를테면 내가 도저히 해결할 수 없는 문제를 눈앞에 던져 놓는 것이다. 아무 말 없이 부동자세를 취하고 있는 이 남자들은 제각기 사랑이라는 하나의 에너지인 태양의 주변을 회전하는 전자체와 같은 난폭함을 지니고 있었다.

'내가 그들 중 하나라도 폭발시킬 수 있다면, 그들은 어떻게 분해되고 어떻게 파멸될 것인가? 그들은 엄밀하게 자리를 지키기 위해 희미하게나마 그것을 알고 있을지 모른다.' 나는 다시 생각에 잠겼다.

몸이 소진될 때까지 남자들을 상대하려고 노력하다 보니 나는 어두운 힘에 끌려 들어갔다. 하지만 의식은 투명했다. 과거에 대한 회상은 나를 공포로 몰고 갔다. 그래서 나는 앞으로 위험한 짓은 하지 않기로 결심했다. 밤길을 가고 있을 때, 누구든 남자가 나를 향해 돌아서면 그 순간 스틸리타노에 대한 생각이 번개처럼 스쳐 갔다. 그는 내게 들어와 근육을 움직이게 하고, 거동을 부드럽게 했으며, 몸짓을 둔하게 만드는 등 내 몸에 색깔을 입히기 시작했다. 그는 나를 움직였다. 나는 보도를 걸으면서 그의 무겁고 육중한 육체가 나를 짓누르는 듯한 느낌을 받았다. 변두리에 사는 군주가 악어가죽으로 만든 구두 바닥을 누르는 힘처럼. 그에게 사로잡힌 나는 어떤 잔혹한 일도 저지를 수 있을 것 같았다. 눈이 더욱 밝아졌다. 이러한 변화는 타인에게 겁을 주기는커녕 나 자신을 사내다운 매력으로 충만하게 했다. 나 스스로 민첩하고 혈기 왕성해졌음을 느꼈던 것이다. 어느 날 저녁 나는 한 남색가의 거만한 태도를 보고 화가 치밀었고, 이윽고 두 주먹이 마치 눈에 보이지 않는 북을 치듯이 오르내렸다.

"이 더러운 새끼!" 나는 이를 악물고 말했다. 그러나 그 말을 하는 순간, 나에게 가장 귀중한 보배인 남색 행위를 비참하게 표현함으로써 내가 그들에게 치욕과 상처를 주었다는 절망감에 울컥 슬픈 감정이 몰려왔다.

출신과 성벽으로 말미암아 사회질서로부터 배제된 나는 사회의 다양성을 구별할 수 없었다. 나는 나를 거부하는 사회질서들이 서로 완벽하게 일치하는 것에 경탄했다. 나는 그 내부 조직들이 나와 다른 것들로 이루어진 엄격한 사회이자 거대한 구조물이라는 사실에 경악할 수밖에 없었다. 세상 그 무엇도 이상하지 않았다. 장군의 어깨에 달린 별들, 증권거래소의 시세표, 올리브 따기, 법정의 서식, 곡물 시장, 꽃을 심은 화단 등 이상해 보이는 것은 하나도 없었다. 이러한 질서, 그러니까 그 속에 있는 모든 구성 요소가 정연한 연관 관계 아래에 있다는 이 가공할 만한 질서는 하나의 의미를 가지고 있었다. 바로 나의 추방이 그렇다. 그때까지 나는 그늘 속에서 엉큼하게 이 질서에 거역해 왔다. 오늘에 와서 나는 감히 이 질서와 접촉하기 시작했다. 즉, 감히 그 질서를 구성하는 자들을 모욕함으로써 내가 그것에 손을 대었다는 것을 드러내기에 이른 것이다. 그와 동시에 그렇게 할 권리가 있다고 스스로 인정함으로써 나는 거기에 내 자리가 있다고 생각했다. 따라서 카페의 종업원들이 나를 "선생님"이라고 호칭하는 것은 당연해 보였다.

이러한 질서의 세계에의 틈새를 조금만 더 인내하면서 기회를 포착하면 그 틈새를 더 넓힐 수 있을 것 같았다. 그러나 나는 너무 오랫동안 고개를 숙이고 사는 삶에 익숙해 있었고, 또 이 세계를 지배하는 윤리와 정반대의 윤리를 따르는 삶에 젖어 있어서 거기서 벗어날 수 없었다. 나는 지금껏 당신들과 반대 방향에서 해 오던 고생과 노력으로부터 얻을 수 있는 이득을 잃을까 봐 두려웠다.

스틸리타노는 정부를 난폭하게 대했다. 나는 그것이 부러웠다. 그러나 한편으로 로베르에게 조롱을 당해도 그는 관대했고 화내지 않았다. 그럴 때 그는 흰 이를 드러내며 기분 좋다는 듯 웃었다. 나를 보고 웃을 때도 마찬가지였지만, 내가 그를 놀라게 할 만한 이유를 가지고 있지 않아서인지 그 웃음은 로베르에 대한 것만큼 신선해 보이지 않았다. 스틸리타노에게 있어 로베르의 조롱은 그의 발목에서 뛰노는 노루 새끼 같은 것이었다. 로베르는 스틸리타노의 주변에 꽃다발을 둘러 놓았다. 그 둘의 관계는, 외팔이 놈(스틸리타노)이 둥근 기둥이라면 다른 놈은 그것을 타고 올라가는 등나무와 같은 것이었다. 그렇게 서로를 사랑하면서도 사랑 행위를 전혀 하지 않는다는 사실에 나는 혼란스러웠다. 나와 스틸리타노는 점점 멀어지는 것 같았다. 내가 어떻게 알게 되었는지 기억나지 않지만, 아무튼 그가 경찰관으로부터 그 검은색 오토바이를 훔치지 않았다는 것을 알게 되었다. 아니, 그건 결코 훔친 물건이 아니었다. 그와 경찰관이 합의 하에 미리 말을 맞추고 있었던 것이다. 잠시 방치된 오토바이를 스틸리타노가 걸터앉아 훌쩍 타고 가서 팔았던 것이다. 그리고 그것을 판 돈은 둘이서 나누어 가졌다. 이 사실을 알고 나서는 그를 차츰 멀리했어야 했지만, 오히려 나는 그를 더 귀한 존재로 여기게 되었다. 나는 경찰관과 짜고 일하는 가짜 악당을 사랑하고 있었다. 두 사람은 '배반자'이자 '사기꾼'이었다. 진흙과 흙탕물로 뒤덮인 스틸리타노라는 인간은 여전히 내 몸을 희생해도 좋을 신성 같은 존재였다. 나는 이 두 단어의 의미에 '사로잡혀' 있었다.

스틸리타노에 대해 말하자면, 그가 이따금 지난 날을 환기하면서 세세하게 늘어놓은 회고담을 통해 알게 된 것이지만, 외인부대 시절의 과거 이외에도 우리가 헤어졌다 다시 만날 때까지 그가 어떻게 살았는지 나는 뻔히 알고 있었다. 아마도 그는 약 4~5년 동안 값싸게 구입한 레이스를 아주 비싸게 팔면서 프랑스 전역을 돌아다녔을 것이다. 그가 웃으면서 이야기한 내용을 여기에 소개하고자 한다. 그의 동료 중 한 녀석이 캉보 요양원의 어린 결핵 환자들이 만든 레이스를 오직 스틸리타노만 판매할 수 있도록 허용하는 증명서를 작성해 주었다.

"캉보 요양원이라고 썼단 말이야, 알겠어? 거기에는 도대체 요양원이라는 게 하나도 없거든. 그래서 누구든 나를 증명서 위조에 따른 사기죄로 고발할 수 없었지. 어느 시골을 가든, 나는 신부를 찾아갔어. 그리고 지금 말한 그 증명서와 이 잘려 나간 팔뚝과 레이스를 보여 주는 거야. 그리고 그에게 이렇게 말했어. 어린 환자들이 만든 레이스를 이 성당의 제단에 사용하면 정말 뜻있는 일이 될 거라고 말이야. 그런데 신부라는 작자는 도무지 말이 안 통해. 레이스를 사기는커녕 글쎄 나를 돈 많은 여자들에게 소개해 주지 않겠어? 신부가 소개한 사람인데 여자들이 그걸 알고서도 나를 내쫓을 수는 없을 것 아냐? 물론 그 물건을 사지 않을 수도 없었지. 그래서 결국, 미라 거리에서 5프랑에 사들인 기계로 짠 레이스 천 조각을 100프랑이나 받고 팔았지."

스틸리타노는 이처럼 가식 없이 무미건조하게 말했다. 그는 이렇게 해서 많은 돈을 벌었다고 떠벌였지만, 나는 그의 말에 콧방귀도 뀌지 않았다. 그는 결코 사업에 재주가 있는 녀석이 아니었다. 그는 무엇보다도 사기나 속임수라는 생각에 이끌려 일을 벌였을 것이다.

언젠가는 이런 일도 있었다. 그가 없는 사이에 나는 그의 서랍 안에서 군대 메달 한 다발을 발견했다. 그것은 전공(戰功) 훈장, 니삼 훈장, 모로코 주둔군 훈장, 흰 코끼리 훈장 등이었다. 그가 고백하기를, 파리에 있을 당시 프랑스 군복을 입고 이 훈장들을 가득 달고 잘려 나간 팔을 보이며 지하철 안에서 돈을 구걸했다는 것이다.

"매일 10프랑씩 벌었어." 그가 말했다. "마음속으로 파리 사람들의 어리석은 꼴에 욕을 퍼부었지."

그밖에도 그는 다양한 경험담을 들려주었지만, 여기서 모두 이야기할 시간은 없다. 나는 여전히 그를 사랑하고 있었다. 그의 장점이 언제나 마음에 드는 것은 아니었다. (자바의 장점도 그랬다.) 그것은 누구나 그 맛을 피해 가기 어려운 일종의 묘한 약품이나 냄새를 생각나게 했다.

그런데 어느 날 예기치도 않게 아르망이 돌아왔다. 나는 그가 담배를 피며 침대에 누워 있는 모습을 보았다.

"안녕, 잘 있었어?"

그는 이렇게 말하고 생전 처음으로 내게 손을 내밀었다.

"그래, 잘 지냈어? 별일 없었지?"

그의 목소리에 관해서는 이미 언급했을 것이다. 그의 목소리에는 푸른 눈동자 같은 냉정함이 깃들어 있었다. 그는 절대로 사람이나 물건에 시선을 고정시키는 일 없이 바라보는 버릇이 있었는데, 음성 역시 대화에 깊이 참여하고 있지 않는 듯한 비현실적인 음성으로 말하는 것이었다. 때로는 빛을 내뿜듯 강렬한 시선으로 바라보곤 했다.(뤼시앵이나 스틸리타노, 자바처럼.) 그러나 거의 그렇지 않았다. 그의 목소리도 마찬가지였다. 그가 마음속 깊이 간직한 채 발설하지 않았던 비밀들은 일군의 미미한 인물들에 관한 것이었다. 아무것도 표명하지 않았으므로, 그의 목소리는 아무런 배반도 하지 않은 것이었다. 그의 음색은 흐릿했지만 알사스 사람의 악센트가 섞여 있는 것을 숨길 수는 없었다. 이를테면 그의 마음속에 있는 인물들은 독일 인들이었던 것이다.

"그럼, 잘 지냈지. 네 소지품은 잘 보관해 뒀어." 내가 말했다.

나는 지금도 때때로 나를 붙잡아 간 경찰관이 이렇게 말했으면 하고 바란다. "사실 알고 보니, 도둑질한 것은 자네가 아니더군. 범인은 체포됐어!" 나는 어떤 경우든 결백해지기를 원한다. 내가 아르망에게 이런 대답을 했을 때, 나는 내가 아닌 다른 놈(그것도 사실은 나였겠지만 말이다.)이 그 자리에 있었다면 그의 소지품들을 들고 달아났으리라는 것을 아르망이 알아주었으면 하고 바랐다. 전율이 일어날 정도로 나는 그에 대한 충성심에 의기양양해졌다.

"아, 난 널 믿었어."

"그래, 넌 잘 지내지?"

"잘 지내."

나는 시트에 손을 대고 침대 끝에 걸터앉았다. 그날 저녁 그는 위에서 내리비치는 불빛을 받아서인지, 전성기 때의 힘과 근육을 드러내고 있었다. 나는 갑자기 나에 대한 스틸리타노와 로베르의 관계, 즉 설명할 수 없는 어떤 특별한 관계들이 나를 사로잡은 불안과 근심으로부터 벗어날 수 있을지 모른다고 생각했다. 아르망이 나를 사랑하지는 않더라도 그에 대한 나의 사랑을 받아 주기만 한다면, 그의 넘치는 힘과 젊음이 나를 구출해 줄 것이라고 굳게 믿었다. 그는 아주 적절한 때에 나타났다. 나는 벌써부터 그에 대한 찬탄을 늘어놓으면서 당장이라도 갈색 털로 더부룩한 그의 가슴에 내 뺨을 기대 보고 싶은 심정이었다. 나는 손을 내밀었다. 그가 웃었다. 그는 처음으로 나를 보고 웃었다. 그것으로 충분했다. 나는 그를 사랑하고 있었던 것이다.

"그럭저럭 작업을 해치우고 왔거든." 그가 말했다.

그리고 나를 향해 옆으로 돌아섰다. 나 역시 몸이 다소 굳어지는 느낌을 받았다. 그의 끔찍한 손이 쾌락을 추구하기 위해 내게 몸을 구부리도록 요구하고, 강압적인 동작을 취하게끔 하는 장면을 나 스스로 기대하고 있는 것이 아닌가 생각되었다. 그를 사랑하고 있던 나는, 만일 그가 그런 요구를 해 온다면, 그를 더욱 조바심 나게 하고 더욱 나를 욕망하도록 어느 정도 그에게 저항해 볼까도 생각했다.

"한잔 하고 싶은걸. 일어나야겠어."

그는 침대에서 내려와 옷을 입었다. 밖에 나오자 그는 내가 남색가들을 상대한 일에 대해 칭찬했다. 나는 깜짝 놀랐다.

"누가 그런 말을 했지?"

"상관할 것 없잖아."

그는 내가 한 놈을 끈으로 묶은 일까지 알고 있었다.

"훌륭한 재주야. 네가 그 정도인 줄 몰랐어."

그리고 그는 부둣가의 사람들은 내가 쓰는 방법을 알고 있다고 말했다. 나의 희생자들은 모두 자기 동료들이나 하룻밤 즐기려고 데려가는 부두 하역 인부들(그들 대부분은 남색가들과 거래를 하고 있었다.)에게 간혹 내 이야기를 한다는 것이었다. 나는 이미 남색가들 사이에서 유명하고 두려운 존재였다. 아르망은 나에 대한 소문을 전해 주려고 왔고, 그 소문으로 내가 위험에 처해 있음을 알려 주려고 했던 것이다. 그 자신도 이곳에 돌아오자마자 곧 그 사실을 알게 되었다. 로베르와 스틸리타노 역시 당장은 그 사실을 모르겠지만 머지않아 알게 될 것이었다.

"훌륭했어. 네가 한 일 말이야. 정말 마음에 들어."

"아니 뭘, 어려운 거 아냐! 그들은 겁을 먹고 있었어."

"훌륭했다니까, 글쎄. 믿기 어려울 정도야. 자, 한잔 하러 가자."

집에 돌아왔을 때, 그는 내게 아무것도 요구하지 않았다. 그래서 우리는 그냥 잠들어 버렸다. 다음 날 우리는 또 예전처럼 스틸리타노를 만났다. 아르망은 로베르와 알게 되었고, 그를 보자마자 그에 대한 욕망이 일어나는 듯했다. 로베르는 교묘하게 그의 눈길을 피했다. 어느 날 그는 웃으면서 아르망에게 말했다.

"너는 자노가 있잖아. 그 친구로 충분하지 않다는 거야?"

"아, 그는 또 다르지."

사실 내가 감행한 야간의 모험을 알고 난 이후로 아르망은 나를 동료로 대해 주었다. 그는 내게 말을 걸었고, 여러 가지 충고도 해 주었다. 나를 무시하는 듯한 태도도 사라졌고, 오히려 약간의 동정심이 섞인 모성애가 발동하는 듯 보였다. 나의 옷차림에 대해서도 충고를 아끼지 않았다. 밤에 각자 피우던 담배를 다 피우고 나면, 우리는 어김없이 잘 자라는 인사를 하고 잠들어 버렸다. 그를 사랑하게 된 지금은 그의 곁에 누워서, 기교적으로 애무할 방법을 고안해 내고 그에 대한 애정 표시를 하지 못하는 게 한탄스러울 따름이다. 그는 매우 신중하게 처신하라는 충고를 하는 것으로 나에 대한 우정을 표했다. 나는 나의 악행에 속임수가 들어 있고, 나의 용기에 두려움이 섞여 있음을 인정했지만, 그래도 아르망이 기대하는 그런 '내'가 되려고 꽤나 노력했다. 내 생각으로 영웅적인 행동에는 일반적으로 그것을 부인하는 태도가 어울리지 않는 법이다. 아르망은 단순히 내가 자기의 쾌락에 봉사하는 것을 허용하지 않을 것이다. 또한 나에 대한 존경심 때문에 그는 이전처럼 내 몸을 마음대로 건드리지 못할 것이다. 하지만 그의 거친 행동은 나에게 한층 더 용기와 힘을 북돋아 주었다.

스틸리타노와 로베르는 실비아가 벌어 온 돈으로 생활했다. 로베르는 언제나 우리가 남색가들을 대하는 엉큼한 행동을 정말 잊어버리기나 한 듯, 나의 작업을 무시하는 척했다.

"넌 그게 네가 할 일이라고 하는 거야? 정말 훌륭한 일이다." 그는 어느 날 내게 이렇게 말했다. "술 기운과 지팡이에 의지해 겨우 걸어 다니는 늙은이들에게 덤벼 들다니!"

"그건 옳은 일이야. 더 좋은 상대를 선택하는 거니까!"

나는 아르망의 대꾸가 나중에 나에게 도덕적으로 매우 대담한 변화를 가져오리라는 것을 깨닫지 못했다. 로베르가 대답을 하기도 전에 그가 좀 더 육중한 목소리로 덧붙였다.

"그럼, 나는, 나는 어떻게 할 것 같아, 응?" 그리고 스틸리타노 쪽을 돌아보면서 말을 이었다. "난 어떻게 할 것 같냐고? 난 필요하다면 말이야, 이를테면 노인네가 할망구라고 해도 달려들 거야. 남자가 아닌 여자라도 말이야! 그것도 가장 연약한 여자를 고르는 거지. 내게 필요한 건 돈, 바로 돈이니까. 훌륭한 일이란, 바로 성공을 의미하지. 안 그래? 우리가 기사도 정신으로 일하는 게 아니란 걸 알고 나면 정말이지 많은 것을 알게 되는 셈이야. 나는 그를 한 번도 이름이나 애칭으로 부른 적이 없어. 그래서 언제나 그에게 손짓으로 가리키면서 말을 하곤 했지! 그는 너희보다 훨씬 더 앞서 가고 있어. 그가 옳은 거라고."

그의 음성은 떨리지 않았지만 나의 감동이 얼마나 컸던지 나는 아르망이 무슨 놀랄 만한 비밀 이야기라도 끄집어낼지 몰라 두려웠다. 그가 한 말 중 마지막 말의 비중이 나를 안심시켰다. 그는 입을 다물었다. 나는 마음속에서 그때까지 수도 없이 겉치레에 불과한 명예를 맹목적으로 추종해 온 것에 대한 후회의 감정이 일어나는 것을 느꼈다.(마치 후회의 바다 속에서 거품이 일어나듯이 말이다.) 아르망은 그 후로 한 번도 이 문제를 거론하지 않았다.(스틸리타노와 로베르 역시 감히 이 문제로 논쟁하지 않았다.) 그러나 이 일은 내 마음속에 하나의 씨앗을 뿌려 놓은 꼴이 되었다. 깡패들 사이에 있는 어떤 특수한 명예의 법칙이 내게는 우습게 보였다. 아르망은 차츰 윤리적 면에 있어서 내게 절대적인 존재가 되었다. 나는 더 이상 그를 어떤 하나의 덩어리로 보지 않고, 수많은 고통을 겪은 경험의 총체로 보기 시작했다. 그렇지만 한편으로는, 그의 육체가 여전히 탄탄했기 때문에, 나는 나를 보호해 주는 그를 사랑했다. 절대 무서움이 없는 이 사나이(나는 그렇게 믿고 싶었다.)에게서 이러한 권위를 발견함으로써, 나는 스스로 새롭고 낯선 기쁨에 젖어 사고하고 있음을 느꼈다. 나는 의심할 것도 없이 나의 쾌락 속에 수치심이 섞여 있음을 느꼈다. 나 자신이 모순 덩어리이며 이율배반적인 것으로 꽉 들어찬 용기라는 사실도 알았다. 내가 그 모든 것을 알아차리게 된 직접적인 동기들, 그 모호한 의식들을 끄집어내어 진화시키고 활용하겠다고 결심한 것은 나중의 일이었다. 그때 이미 우리가 삶의 원칙을 세우는 것이 필요하다는 생각이 들었다. 얼마 지난 후, 나는 도덕의 베일에서 벗어난 나의 의지를 아르망의 반성과 태도에 의해 그가 경찰관임이 밝혀지는 과정에서 드러낼 것이다.

내가 베르나르디니를 만난 것은 마르세유에서였다. 그와 좀 더 친해지면 그들 베르나르라고 부를 생각이었다. 내 눈에는 오직 프랑스 경찰관만이 신화와 같은 어떤 신비한 힘을 지닌 존재로 보였다. 내가 스물두 살이었을 때 베르나르는 서른 살이었다. 그의 얼굴 모습을 정확히 묘사하고 싶지만, 나의 기억 속에는 처음 그를 봤을 때 받았던 육체적, 정신적 인상만이 강하게 남아 있다. 우리는 뒤바노 거리의 한 술집에서 우연히 만났다. 아랍 청년 하나가 그를 가리키며 말했다.

"저 친구는 사창가 기둥서방으로 정평이 나 있어! 언제나 젊은 처녀들을 데리고 있지."

그때 그와 함께 있던 여자도 꽤 아름다웠다. 그가 경찰관이라는 걸 누군가 내게 말하지 않았다면, 난 그에게 별 관심을 두지 않았을 것이다. 유럽 국가의 경찰관들은 도둑들에게 공포의 대상이었다. 나 역시 그들을 보면 그러한 두려움을 느낀다. 그중에서도 프랑스 경찰관은 나의 우발적 범행에 따라 발생한 위험보다, 천성적이고 돌이킬 수 없는 죄의식의 감정에서 오는 어떤 원천적인 공포감으로 나를 몰고 갔다. 깡패들의 세계와 마찬가지로 경찰관들의 세계도 나는 가까이 할 수 없었다. 그것은 명석한 의식이 나와 형체가 없는 우주가 융합하는 것을 방해했기 때문이다. 그 세계는 형체가 없을 뿐 아니라 휘발성을 가지고 있으며, 끊임없이 스스로를 창조하는, 기본적이고 신비스러운 존재이다. 유니폼을 입고 오토바이를 탄 그 경찰관들은 특권적인 힘과 더불어 우리 세계를 대표한다. 다른 어떤 나라의 경찰관보다 프랑스 경찰관은 특히 이러한 우주의 이미지를 띠고 있는 것 같다. 아마도 내가 심연을 발견했던 언어인 프랑스어와 관련이 있는지 모르겠다.(프랑스 경찰관은 더 이상 하나의 사회제도가 아니라 신성한 힘이었다. 내 영혼에 직접 영향을 끼치면서 나를 혼란스럽게 만드는 신성한 힘이었다. 오직 히틀러 시대의 독일 인들만이 경찰관인 동시에 범죄자가 되는 데 성공했다. 이 대립적인 양자의 종합, 이 위대한 진리의 권역은 우리를 오랫동안 공포의 도가니로 몰아넣었던 자력을 지닌 무서운 것이었다.)

베르나르디니는 나에게 악마 같은 존재, 즉 장례식이나 장의(葬儀) 때 사용하는 물건들처럼 구역질나는 악마 같은 존재인 동시에, 그와 반대로 영예로운 왕관만큼 매혹적인 면을 가진 존재로 이 지상에 나타나 내 눈앞에 우뚝 솟아 있었다. 나는 내 앞에 서 있는 이 사내의 몸을 바라보며 내 몸에서는 도저히 기대할 수 없는 이 상반된 특징을 발견하고 전율했다. 그의 헤어스타일은 왕년의 루돌프 발렌티노가 그랬듯이 직선으로 그은 하얀 가르마를 사이로 머리카락을 양쪽으로 나누고 반지르르하게 기름을 발랐다. 그는 강해 보였다. 얼굴에는 주름이 많았고, 어딘지 냉혹하게 보이는 구석이 있었다. 나는 그에게서 난폭하고 잔혹한 영혼을 갈망했다.

나는 조금씩 그의 아름다움을 이해하게 되었다. 혹시 내가 그의 아름다움을 창조하고 있는 것은 아닐까 생각하기도 했다. 그의 아름다움은, 이를테면 얼굴과 몸에 의해 드러나 있었지만, 그 아름다움의 의미는 경찰관이라는 관념에서 나오는 것이었다. 게다가 경찰관 조직 전체를 지칭하는 대중적 표현이 내 마음의 동요를 더욱 부채질했다.

"비밀경찰관이야. 일종의 짭새지."

다음 날부터 나는 기술적으로 그의 뒤를 따라가면서 멀리서도 놓치지 않으려고 노력했다. 나는 그를 교묘하게 미행했다. 그는 눈치 채지 못했지만, 나는 그를 내 삶의 한 부분으로 귀속시켰다. 그러나 결국 나는 더 이상 그를 가까이하지 못한 채 마르세유를 떠났다. 그 후 나는 그에 대한 달콤하면서도 고통스러운 추억을 은밀히 간직하게 되었다. 나는 2년 후 마르세유로 돌아오자마자, 생샤를 역에서 체포되었다. 경찰관들은 내가 무슨 자백할 것이라도 있는 양 나를 다그쳤다. 그러는 동안 조사실 문이 열렸다. 그런데 놀랍게도 그곳에 베르나르디니가 와 있었다. 나는 그가 동료들 틈에 끼어서 나를 윽박지르고 구타하지나 않을까 두려움에 떨었다. 그러나 그는 오히려 동료들을 말리는 것이 아닌가. 그는 내가 사랑스러운 눈빛으로 그를 미행하던 때도 나를 알아본 적이 없었다. 설사 두세 번 나를 지나치면서 보았다고 해도 이미 2년이란 세월이 흐른 때였다. 그런데 그가 내 얼굴을 기억할 수 있을까. 아마도 까맣게 잊고 있을 것이다. 그가 나를 위기에서 구해 준 것은 결코 동정이나 선행에 의한 것이 아니었다. 다른 놈들과 마찬가지로 그 역시 냉혹한 인간이었다. 그가 왜 나를 보호해 주었는지는 지금도 설명할 수 없다. 어쨌든 나는 석방된 지 이틀 만에 그를 만날 수 있었다. 나는 그에게 감사 표시를 했다.

"뭘, 별 것도 아닌 걸 가지고. 때릴 필요까지는 없는 일이었잖아."

"내가 한잔 살게. 같이 가자!"

그는 나의 제안을 받아들였다. 그 다음 날도 나는 그를 만났다. 이번에는 그가 나를 초대했다. 술집에 손님이라곤 우리밖에 없었다. 나는 가슴을 졸이며 그에게 말을 걸었다.

"오래전부터 널 알고 있었어."

"그래? 언제부터?"

나는 그가 화를 내지 않을까 겁먹은 표정을 한 채, 그에 대한 사랑과 그를 미행하면서 부렸던 나의 잔꾀를 잠긴 목소리로 털어놓았다. 그는 슬며시 웃었다.

"뭐라고? 나를 사랑하고 있었다고? 그럼 지금은 어떤데?"

"아직도 조금……."

그는 기분이 좋은지 더욱 큰 소리로 웃었다.(자바는 얼마

전 내게 고백했었다. 자신은 남자에게서보다 여자에게 사랑과 감탄의 대상이 되었을 때 더 자랑스럽다고 말이다.) 나는 당시 그의 곁에서 다소 우스꽝스러운 태도로 그에 대한 사랑을 고백했다. 왜냐하면 엄숙한 태도로 하는 고백이 혹시 그의 직업적 중요성을 상기시키지나 않을까 하는 우려 때문이었다. 나는 다소 비열한 태도로 웃으며 말했다.

"나로서는 어쩔 도리가 없어. 정말 잘생긴 남자가 좋거든."

그는 너그럽게 나를 바라보았다. 그의 남성다운 외모가 보호막이 되었기 때문에 잔혹한 측면은 자연스럽게 가려졌다.

"그럼 며칠 전 만났을 때, 내가 너를 때렸다면 어땠을까?"

"솔직히 무척 마음이 상했겠지."

나는 더 이상 말하는 것을 자제했다. 혹시라도 이러한 우스꽝스러운 일시적 사랑의 고백이 도를 넘어 어떤 심오한 사랑의 고백으로 발전하여 경찰관으로서의 그의 체면을 손상시킬지 몰랐기 때문이다.

"그런 생각은 다 잊어버릴 거야." 그가 웃으면서 말했다.

"글쎄, 그러길 바라야지."

당시 그의 곁에서 그리고 카운터 앞에서, 내가 그의 든든한 어깨와 그의 안정감에 압도되어 가장 흔들렸던 것은, 비록 눈에 보이지는 않았지만, 경찰관이라는 신분을 상징하는 그의 배지였다. 하지만 그는 그 사실을 모르고 있었다. 나에게 이 금속성의 물건은, 노동자의 손에 쥐어진 라이터, 혁대의 버클, 재크 나이프 혹은 갈퀴 등 사내들의 힘을 난폭하게 집중시키는 물건 같은 위력을 구비하고 있었다. 그때 오직 내가 그와 단둘이 어둠 속에 있었다면 나는 아마도 과감하게 그의 저고리 안쪽에 슬며시 손을 집어넣었을지도 모른다. 보통 습관적으로 경찰관들은 그곳에 배지를 달고 다닌다. 그의 남성적인 힘은 남자라는 성(性)보다는 오히려 그 금속 위에 있었다. 그의 성기가 내 손가락에 의해 흥분한다면, 아마 그는 성기를 더욱 팽창시키고 그것으로부터 어마어마한 크기의 힘을 끌어낼 수 있었을 것이다.

"우리 또 만날 수 있을까?"

"그래. 언제든지 놀러 오라고"

나는 나의 지나친 열정이 그의 심기를 건드릴까 두려워 며칠 동안 그를 만나러 가고 싶은 걸 참았다. 그러나 어쨌든 우리는 서로 사랑하는 사이가 되었다. 그는 자기 아내를 내게 소개시켜 주었다. 나는 행복했다. 어느 날 저녁 우리는 줄리에트 부두를 따라 걷고 있었다. 갑자기 우리 둘뿐이라는 적막감이 엄습해 왔다. 그곳은 외인부대 군인들로 북적대는 생장 요새 바로 가까이에 있었다. 항구의 한없는 비애감(나로서는 이 장소에 그와 단둘이 있다는 게 너무 절망스러웠다.)이 나를 불현듯 대담한 사나이로 만들었다. 다른 한편, 내가 그의 몸에 가까이 다가가면 동시에 그도 발걸음을 늦추는 것을 느낄 수 있을 정도로 나의 의식은 명료했다. 나는 떨리는 손으로 어설프게 그의 엉덩이를 더듬었다. 그러고 나서 어떻게 계속해야 할지 몰라 당황하면서, 무의식적으로 마음이 약한 남색가와 처음 가까이 할 때 쓰는 상투적인 말투로 말했다.

"지금 몇 시지?"

"엉? 봐…… 내 시계는 정오야."

그는 웃으며 대답했다.

그 후 나는 가끔 그를 만났다. 거리를 다닐 때, 나는 그의 곁에서 보조를 맞춰 걸었다. 그리고 한낮에는 될 수 있는 한 그의 그림자가 내 몸에 닿을 정도로 가까운 거리를 유지했다. 이런 단순한 놀이는 내게 커다란 기쁨을 주었다.

그동안에도 나의 도둑질은 멈추지 않았다. 이를테면 밤마다 나를 선택한 남색가들의 돈과 물건을 슬쩍했던 것이다. 부트리 거리(이 구역은 아직 파괴되지 않았다.)의 매춘부들은 내가 훔친 물건들을 사갔다. 나는 언제나 같은 일을 반복했다. 혹시 나의 행동이 과도한 게 아닐까, 이를테면 베르나르가 직접 마르세유 경시청의 관인을 찍어 준 새 신분증을 기회가 있을 때마다 경찰관들의 눈앞에 내밀어 보이는 행동은 좀 지나친 게 아닌가 하는 생각이 들었다. 베르나르는 내 생활을 잘 알고 있었다. 하지만 결코 나를 비난하지 않았다. 그렇지만 언젠가 한 번 그는 자기가 경찰관이라는 사실을 증명해 보이려고 한 적이 있었다. 그는 도덕에 관한 이야기를 건넸다. 모든 행위를 미적 관점으로만 보고 있던 나로서는 그의 말을 이해할 수 없었다. 도덕주의자들은 나의 행동을 악의라고 불렀다. 그런데 그들의 선의는 나의 악의와 충돌하면서 산산이 부서졌다. 사람들에게 해악을 끼치는 어떤 행동들은 증오의 대상이 된다는 것을 그들이 증명해 보여 줘도, 나는 단지 마음 깊은 곳에서 울리는 노래를 통해 그 행동들이 아름다운 것인지 혹은 우아한 것인지 판단할 것이다. 오직 나만이 그것을 수용할 것인지 거부할 것인지 결정할 수 있다. 그 누구도 나를 정해진 방향으로 이끌고 갈 수 없다. 다른 이가 내게 할 수 있는 일이 있다면, 그것은 나를 다소간 예술적으로 재교육시키는 정도에 국한될 것이다. 하지만 나와 다른 이, 둘 중에 보다 더 아름다운 사람이 상대를 교육시키는 것이라면, 그 다른 이는 나의 주장을 납득하고 따라오는 위험을 감수해야 할 것이다.

"나는 네가 짭새라고 비난하고 싶지 않아."

"그게 거슬리지 않아?"

나는 그의 어떤 점이 정신이 혼미할 정도로 강하게 나를 유혹하는지 설명할 수 없음을 알고 있었기 때문에, 다소 농담을 섞어 그의 자존심을 좀 건드려 봐야겠다는 생각이 들었다.

"좀 짜증이 날 때가 있긴 해."

"아니, 그럼 넌 경찰관이라는 직업이 용기가 필요하다는 걸 몰랐단 말이야? 생각보다 훨씬 위험한 일이야."

그러나 그는 육체적인 위험과 용기에 관해 말하고 있었다. 게다가 그는 자기 마음속을 들여다보는 경우가 없었다. 소수의 예외를 제외하고, 내 책에 등장하는 주인공들과 내가 사랑의 대상으로 선택한 남자들은 한결같이 육중한 외모를 가졌고 비도덕적이지만, 다들 투명한 정신을 지니고 있었다.(예컨대 필로르주, 자바, 소클레의 얼굴은 모두 탄탄한 남성다움을 지니고 있었지만, 변화무쌍한 대초원이라고 불리는 열대지방에서처럼 그 속에 많은 진흙탕의 늪지를 숨기고 있었다.) 베르나르도 그들과 닮았다. 그는 언제나 신사용 기성복을 우아하게 차려입고 다녔다. 즉 자신이 늘 조롱하던 마르세유 신사들의 옷차림을 하고 있었던 것이다. 그는 뒤축이 꽤 높은 노란 구두를 신고 있었는데, 그 때문에 몸은 언제나 활처럼 휘어 있었다. 그는 내가 알고 있던 남자들 중 거류 외국인 스타일을 한 가장 아름다운 사내였다. 다행히 나는 그의 마음속에서 영화에 자주 나오는 경찰관들의 충성심이라든가 혹은 엄격한 특성과는 전혀 다른 성질을 발견할 수 있었다. 그는 일종의 비열한 놈이었다. 그의 모든 결점과 더불어 나는 그가 얼마나 인간의 마음을 꿰뚫어 보는 심미안을 가지고 있었는지, 그리고 그의 총명함이 얼마나 많은 선행을 베풀 줄 알았던지 알고 있었다!

나는 그가 위기에 처한 범죄자를 추적하는 모습을 상상해 보았다. 전속력으로 달려가 범인을 체포하는 모습을. 그것은 마치 럭비 선수가 볼을 안고 달리는 상대 선수에게 덤벼들어 그의 허리를 꽉 붙잡고, 상대방에게 끌려가면서도 머리를 그의 허벅지나 팬티 사이에 밀어 넣은 채 꽉 붙잡고 있는 모습일 것이다. 그러면 도둑은 훔친 물건을 붙들고 놓치지 않으려고 필사적으로 몸부림칠 것이다. 그리고 두 사나이는 자신들이 그렇게 과감한 행동을 할 수 있는 튼튼한 육체와 강건한 마음을 가지고 있다는 것을 모를 까닭이 없으므로, 결국 언제 그랬냐는 듯 서로 친근한 미소를 교환하게 될 것이다. 이 짧은 연극의 결과로서 나는 도둑을 경찰관의 손에 맡겨 버리는 것이다.

내 동료들은 각자 경찰 조직의 내부에 분신을 가지고 있기를 원했다.(매우 열성적으로!) 이 점을 떠올리며 나는 어떤 모호한 욕망에 사로잡혀 있는 걸까? 범죄자도 아니고 경찰관도 아닌 나는 그들을 영웅과 일치하는 기사도적인 덕성으로 미화시켰다. 결코 한쪽이 다른 한쪽의 그림자가 될 수 없지만, 나에게 양쪽 모두 사회의 밖에 있는 자, 사회로부터 버림받고 저주받은 자라고 생각되었다. 아마도 나는 그들을 혼동하고 싶었는지도 모른다. 이를테면 그가 다음과 같이 말하듯이 그들 범죄자와 경찰관을 하나의 공통점으로 뒤섞어 놓음으로써 그 혼동을 더욱 명확하게 하기 위해서 말이다.

"경찰관은 교회 합창단의 순진한 아이들 가운데서 선발하는 게 아냐."

내가 범죄자든 경찰관이든 모두 아름다웠으면 하고 바라는 것은 바로 그들의 빛나는 육체로 당신들의 경멸에 대해 복수하기 위해서였다. 또한 그들의 튼튼한 근육이나 조화로운 얼굴이 동료들의 야비한 역할을 명예롭게 만들고 찬양함으로써 당신들 역시 그 점을 인정하지 않을 수 없도록 하기 위해서였다. 나는 잘생긴 젊은이를 만나면, 혹시 그의 영혼도 고귀할 것이라는 생각에 전율을 느꼈지만, 동시에 굴곡이 지고 무시당할 만한 정신이 허약한 육체 속에 깃들여 있다는 사실에 괴로웠다. 단정함은 당신들의 세계에 속하는 것이다. 나는 더 이상 그런 것을 원하지 않았다. 그러나 가끔은 그것에 대한 향수가 마음속에서 일어나는 것을 느낄 수 있었다. 그럴 때마다 나는 그 유혹과 싸워야 했다. 범죄자와 경찰관은 이 세상에서 가장 남성다운 빛을 발하는 자들이다. 그런데 사람들은 그 위에 베일을 씌운다. 물론 당신들에게는 치욕스러운 일일 것이다. 하지만 나는 당신들과 함께 이 치부를 고귀한 것으로 간주할 것이다. 범죄자와 경찰관이라는 적대적인 인간들이 주고받는 욕설은 증오심을 드러낸 것처럼 보이지만, 내게는 애정으로 가득 차 있는 듯 보이는 것이다.

나는 때때로 술집에서 베르나르를 만나거나 혹은 함께 거리를 산책했다. 그럴 때면 나는 나 자신이 권모술수에 능한 도둑이라고 생각되기도 했다. 즉 경찰관들과 의리를 지키기도 하고, 그들과 장난으로 연애질도 하는 도둑놈 말이다. 나는 언젠가 잡히는 순간까지 상대를 교묘히 농락하는 것이라고 생각했다. 우리는 한 번도 서로에게 무례하게 굴거나, 불쾌감을 주거나, 빈정거리며 협박조로 말한 적이 없었다. 단 한 차례의 예외를 제하고 말이다. 언젠가 그는 갑자기 내 팔을 붙들고 단호한 어조로 말했다.

"야, 이리 와. 너를 체포해야겠어……."

그러고는 미소를 머금은 채 부드럽게 덧붙였다.

"……같이 한잔 하러."

경찰관들은 흔히 이런 종류의 농담을 하는데 베르나르디니도 내게 유사한 농담을 건넸던 것이다. 그리고 그와 헤어지면서 나는 이렇게 말하곤 했다.

"자, 날 이만 석방해 줘."

이런 장난이 그에게는 습관적인 것일지 모르지만 나에게는 큰 충격이었다. 나는 경찰관들의 가장 내밀한 부분을 파고드는 것 같은 기분이 들었다. 사실 한 사람의 경찰관이 나를 상대로 자신의 직무를 빈정거림의 대상으로 삼았다는 것은, 내가 그들의 내부에 깊이 들어가서 방황하고 있음을 말해 주는 것이다. 또한 이와 같은 장난은 우리의 사회적 신분이 조롱의 대상이라는 것을, 우리가 서로의 조건에서 벗어나 미소를 지으며 우정으로 결합할 수 있음을 보여 주는 것이다. 우리 사이에 욕설이란 존재하지 않았다. 나는 그의 친구, 그것도 그의 가장 사랑하는 친구이기를 바랐다. 나는 우리가 경찰관과 도둑놈(우리는 본래 그런 관계로 얽혀 있지 않았던가.)이라는 각자의 가장 주된 성질로 사랑한다고 느끼지는 않았지만, 서로의 신분이 하나의 수단에 불과하다는 것은 알고 있었다. 마치 서로 만나면 전기의 음극과 양극이 만나는 것처럼 불꽃 튀는 어떤 것 말이다. 물론 나는 당시의 베르나르와 비슷한 매력을 지닌 다른 사내를 사랑할 수도 있었다. 비록 내가 상대를 선택할 수 있는 위치에 있지는 않았지만, 나는 애인으로 깡패보다 경찰관을 더 선호했다. 그와 함께 있을 때, 나는 주로 그의 당당한 행동이나 옷 아래에서 움직이는 근육, 그의 시선, 요컨대 그에게만 있는 여러 가지 특질에 의해 압도당했다. 그러나 나 혼자서 우리의 사랑에 대해 생각할 때 나는 경찰관이라는 어두운 힘의 지배를 받았다.(경찰관에 대해 이야기할 때는 으레 '밤'이라든가 혹은 '어둠'이라는 말이 떠오른다. 경찰관도 보통 사람들과 마찬가지로 다양한 색의 옷을 입고 있지만, 그럼에도 불구하고 그들을 생각하면 얼굴이나 제복 위에서 꼭 어둠의 그림자를 느끼곤 한다.)

어느 날 그는 내게 동료들을 팔아 달라고 말했다. 나는 그 제안을 받아들임으로써 그에 대한 사랑이 더 깊어지게 할 수도 있었지만, 독자들이 그 점에 대해 자세히 알 필요는 없을 것이다.

일반적으로 사람들은 재판관에 대해서 그가 초연한 태도를 취한다고 말한다. 비잔틴 제국의 상징적 표현에 의하면, 내시들은 하늘의 질서를 그대로 모방하여 천사들을 나타낸다고 한다. 재판관이 지닌 모호함, 그러니까 그리스정교에 있어서 천사의 상징인 그 모호함은 그들의 치마 복장 때문이다. 나는 다른 쪽에서 천사라는 이 하늘의 존재에 대한 생각이 야기하는 불안감에 대해 이야기한 바 있다. 재판관도 마찬가지다. 그들의 복장은 우스꽝스럽다. 그들의 습관은 희극적이다. 나는 그들을 보면서 그들을 판단한다. 그리고 그들의 지성에 대해 불안감을 느낀다. 언젠가 내가 도둑질하다가 잡혀 법정에 끌려나왔을 때 나는 레이 재판장을 향해 말했다.

"일반적으로 법정에서 금지되어 있는 사실을 상세히 진술하는 것을 허용해 주시겠습니까?(그것은 경찰관에서 돈을 받고 밀고하는 것을 일삼는 자들이 행한 어떤 도발 행위에 관한 것이었다.) 그리고 무엇보다도 재판장님께 질문을 하고 싶은데 허용해 주시겠습니까?"

"뭐라고? 아니, 절대 안 돼! 그건 허용할 수 없소. 법규에 따라……."

그는 나의 인간적인 진술이 가져올 파장 때문에 위기감에 사로잡힌 듯했다. 그의 완벽성이 손상당할 수 있었기 때문이다. 나는 큰 소리로 웃었다. 왜냐하면 나는 재판관이 회피하려는 것을, 즉 법의(法衣) 속으로 물러나려고 하는 것을 알았기 때문이다. 재판관을 조롱할 수는 있다. 그러나 경찰관을 그럴 수는 없다. 경찰관은 범죄자를 압도하는 군센 팔을 가지고 있으며, 강력한 오토바이를 마음대로 조종하는 다리를 가지고 있기 때문이다. 나는 경찰관을 존경했다. 그들은 사람을 죽일 수도 있다. 어떤 거리감을 두거나 대리인을 사용하는 것이 아니라 자기 손으로 직접 살인을 할 수 있는 것이다. 이 살인 행위는, 비록 명령에 따라 행해지는 것이라 해도, 어디까지나 독자적이며 개인의 의지에 따른 결정이므로 살인자로서의 책임을 피할 수 없다. 우리는 경찰관으로부터 사람 죽이는 행위를 배운다. 나는 이처럼 살인이라는 가장 어려운 행위를 하도록 운명지어진, 불길하지만 웃음을 띤 기계 같은 인간들을 사랑한다. 자바는 바펜 SS에서 그런 훈련을 받았다. 그는 유능한 경호원이 되기 위해 단검을 신속하게 사용하는 기술, 몇 가지 유도 기술, 올가미 던지는 기술, 맨손으로 싸우는 기술 등을 배웠다. 그는 실제로 독일군 장성의 경호원이었다. 경찰관도 당연히 이러한 교육을 받는다. 디킨즈 소설에 등장하는 젊은 주인공들이 소매치기 훈련을 받는 것과 마찬가지다. 나는 마약 단속반이나 교통 단속반에 출입했던 경험에 의해 경찰관들이 얼마나 어리석은지 알고 있다. 그러나 이 경험이 나를 방해하지는 않는다. 나는 또한 그들 대부분이 저속하고 추하다는 사실도 잘 안다. 그들은 아직 경찰관이 아니다. 이를테면 완벽한 성충이 되려고 몸부림치는 서투른 유충에 불과하다. 그와 같은 우습고 빈약한 존재들은 더욱 완전한 형태를 지향하는 수많은 과도적 단계 속의 풋내기일 따름이다. 그들 가운데 극히 일부만이 바라던 모습을 실현할 수 있다. 어쨌든 내가 경찰관을 귀한 존재로 사랑하는 것은 그들의 영웅적인 역할 때문이 아니다. 즉 범죄자를 추격하는 위험한 일이라든가, 자기희생이라든가, 그들을 대중적 영웅으로 만드는 겉모습 때문이 아니라, 그들이 책상에 앉아서 서류들이나 자료들을 검토하고 있는 모습 때문이다. 경찰서의 벽에는 수사 중이거나 도피 중인 살인범의 사진, 그리고 인상착의가 기록된 표시물 등이 붙어 있었고, 그밖에 기록부의 내용이라든가, 밀봉된 증거물 따위가 어렴풋한 증오심을 부추기고 외설적이고 추잡한 분위기를 조성하고 있었다. 나는 이 건장한 사나이들이 자신들의 정신을 좀먹고 부패시키는 것도 모르는 채 그 분위기 속에서 호흡하고 생활하는 것을 알고 그들에게 애정을 품게 되었다. 나의 헌신적인 생각이 지향하는 것은 바로 경찰관이었다.(이 경우에도 역시 나로서는 경찰관의 대표자로 매우 아름다운 자들을 필요로 한다.) 육체적 싸움에 능숙한 그들의 유연하고 강력한 몸에 이어서, 그들의 크고 두툼한 손은 섬세한 문제들을 가득 담고 있는 서류들을 투박하면서도 감동적인 손놀림으로 마구 뒤적거릴 수 있는 것이다. 그런데 그런 기록에 들어 있는 범죄 중에서 내가 알고자 하는 것은 가장 찬란한 범죄가 아니라 일반적으로 사람들이 천하게 생각하는, 그리고 좀처럼 대수롭지 않은 인간을 주인공으로 하는 가장 별 볼일 없는 범죄이다. 하여튼 범죄는 그것이 야기하는 도덕적 차이에 의해 다양한 환상을 만들어 낸다. 예를 들면 쌍둥이 형제 이야기, 즉 살인범인 형이 단두대 위에서 처형받는 바로 그 시간에 동생도 마지막 숨을 거두는 이야기라든가, 뜨거운 빵을 먹다 질식해 죽은 갓난아이 이야기라든가, 살인 행위가 늦게 발각되도록 사체 주변에 마련된 일종의 놀랄 만한 극적 장치라든가, 길을 잃어버리고 자기도 모르는 사이 범죄 현장으로 되돌아오던 중 체포되는 범죄자의 놀라움이라든가, 도둑놈의 도피를 도와주려는 듯 내리는 자비로운 눈이라든가, 도망가는 흔적을 헝클어뜨리는 바람이라든가, 한 남자를 참수형으로 몰고 가는 '우연'의 놀라운 발견이라든가, 범죄자에 적대적인 물건들의 악착같은 적의라든가, 혹은 그 물건들을 제압하려는 범죄자들의 능란한 솜씨 등, 이 모두가 교도소 안에 숨겨져 있는 비밀이다. 그러나 여기서 그 비밀들은 위협과 공포로 말미암아 한 조각씩 서서히 사나이들의 가슴을 쥐어짜듯 새어 나왔다. 나는 베르나르디니가 부러웠다. 그는 제멋대로 범죄자 명부에서 살인 사건이나 강간 사건을 끄집어낼 수도 있었고, 자기만족에 이를 때까지 사건을 부풀리거나 음미한 후 집으로 돌아갈 수도 있었다. 내가 말하고자 하는 바는 그가 추리소설을 읽듯이 기분 전환을 했다는 것이 아니다. 즉 그것은 오락이 아니라는 뜻이다. 오히려 그와 정반대다. 그것은 가장 예기치 못한 상황이며, 가장 불행한 것을 자기에게 끌어오는 것이며, 가장 치욕적인 고백을 자기의 일로 간주하는 것이다. 이것이야말로 가장 배부른 고백이 아니던가! 그것에 대해 결코 코웃음을 쳐서는 안 된다. 오히려 그것은 경이로운 자존심을 불러올 수 있는 매우 가능성 있는 것들이다. 의식이 투명하고 공감할 수 있는 증인이 이 비참한 고백을 듣는다면 그에게 가장 넓은 지성이 허용될 것이다. 혹은 그러한 지성을 추구하는 것은 나를 믿을 수 없는 영혼의 모험으로 향하게 한다. 마르세유의 경찰관은 얼마나 그런 사실을 내포하고 있을까? 그러나 나는 결국 베르나르에게 나를 다시 그곳으로 돌려보내 달라는 부탁도, 또 그의 보고서를 읽게 해 달라는 부탁도 감히 할 수 없었다.

나는 그가 오페라 극장 구역의 몇몇 깡패들이나 생상스 거리의 술집들을 본거지로 삼고 있는 부랑배들과 교제하고 있다는 사실을 알았다. 그는 나를 별로 신뢰하지 않았다. 그래서 그는 아무에게도 나를 소개하지 않았다. 나는 내가 경찰관을 사랑하는 것이 좋은지 나쁜지 한 번도 생각해 본 적이 없었다.

어떤 친구의 집에서, 그의 침대와 그 주변의 부르주아적인 가구들을 바라보면서 나는 생각했다.

'난 이런 장소에서 결코 사랑 행위를 하지 않겠어. 이곳에 있으면 사지가 얼어붙는걸. 하지만 이런 장소를 선택할 정도로 사랑으로부터 멀리 떨어져 있다는 강박관념에 빠져, 다시 내 기질을 발동시키고 사랑을 나누게 될 지도 몰라. 그렇게 되면 내 인생은 얼마나 처량할까.'

한 사나이를 사랑한다는 것, 그것은 단순히 밤과 관계있다는 특성을 나 스스로 부여한 사물들 중 몇몇에 나를 혼란스러운 상태에 빠지도록 맡겨 두는 것이다. 그것들(머리카락, 눈, 웃음, 엄지손가락, 허벅지, 몸에 난 털)이 나를 전율하도록 하는 어둠을 내 마음속에 설정해 주고 있기 때문이다. 이러한 사물들은 가능한 한 모든 것을 그림자로 만들어 버린다. 그뿐 아니라 그림자에서 또 다른 그림자로 한층 더 확대시킨다. 그래서 그림자를 한층 더 짙게 만들고 한층 더 그 영역을 확대하여 그것을 암흑으로 가득 차게 만들어 버리는 것이다. 나를 흥분시켜 혼돈으로 몰고 가는 것은 육체와 그 육체를 장식한 물건들, 사랑 행위, 온갖 에로틱한 동작만이 아니라 그것들에서 확장된 것에 의해서이다. 그런데 그와 같은 에로틱한 특징은 그 기호를 지니고 있는 사람, 그 세부적인 사물을 가지고 있는 사람이 겪은 모험에 의해 만들어진다. 나는 거기에서 다양한 모험의 씨앗을 발견한다고 생각한다. 이처럼 젊은이들 각자의 서로 다른 음영 지대에서, 나는 마음의 혼란을 증대시키기 위해 가장 불안을 야기하는 이미지를 끄집어낸다. 그리고 그 음영 지대의 모든 것들로부터 내 애인이 깊이 빠져 있는 밤의 우주를 이끌어 낸다. 이러한 사실을 보다 많이 구비하고 있는 자가 그렇지 않은 자보다 나를 더 강력히 유혹한다는 것은 더 말할 필요가 없다. 그리고 나는 그들이 내게 줄 수 있는 것을 받아들이면서 그들을 사랑의 힘의 증거인 여러 가지 대담한 모험의 연장선상에 놓는다. 내 연인들 각각은 모두 한 편의 추리소설을 상기시킨다. 따라서 내가 어두운 주인공들에 의해 이끌려 들어가는 위험한 야간의 모험들은 때때로 매우 긴 공동생활과 에로틱한 의식에서 만들어진 것이다.

베르나르디니는 그런 요소를 수없이 갖추고 있었다. 그

는 그 요소들이 무르익어 경찰관으로서 놀라운 성공을 이룰 수 있었다. 한편 경찰관 그 자체도 그와 같은 성질에 의미를 부여하고, 또 그것을 정당화했다. 나는 몇 주 후 마르세유를 떠났다. 나에게 희생당한 피해자들이 나의 소행을 퍼뜨려 신변에 위협이 닥쳐 왔기 때문이다.

"만일 나를 체포하라는 명령이 떨어지면, 넌 그렇게 할 거야?" 나는 베르나르에게 물었다.

그는 잠시 머뭇거렸으나 별로 난처해하지는 않았다. 한쪽 눈썹을 찌푸리면서 그가 대답했다.

"그럼 내가 직접 개입하지 않도록 조치를 취할 거야. 동료 중 누군가에게 맡겨야지, 뭐."

이런 졸렬한 행동은 나를 분노하게 만들기는커녕 오히려 나의 사랑을 더욱 크게 만들었다. 그러나 나는 그를 떠나 파리로 갔다. 나는 이전보다 마음이 안정되어 있었다. 한 경찰관과의 짧은 만남, 그에게 바친 사랑, 그에게서 받은 사랑, 우리 상호간의 상반된 운명이 만나 나누었던 성적 교제 등, 이 모든 것에 의해 나는 더욱 순수한 사람이 되었다. 나는 적어도 얼마 동안 욕망이 남기는 모든 잔재로부터 해방되어 심신이 자유로워졌다. 그 결과 나 스스로 정화되어 보다 가볍게 비약할 수 있는 느낌을 받았다. 그 후 15~16년쯤 지나서 어떤 경찰관의 아들과 사랑에 빠졌을 때, 나는 그가 악당이 되도록 부추긴 적이 있었다.

(피에르 피에브르라는 그 젊은이의 나이는 스무 살이었다. 그는 최근 내게 오토바이를 한 대 사 달라는 편지를 보내 왔다. 그의 역할에 대해서는 잠시 후에 말하려고 한다.)

지금 나는 그의 도움을 받고 있다. 아르망은 우리가 함께 번 돈의 반을 내 몫으로 주었다. 그는 내가 어느 정도는 독립적으로 살 것을 요구했다. 그는 내가 독방을 하나 가지기를 원했다. 아마도 그는 조심스럽게 나를 보호하려고 했겠지만, 상황이 점점 위험해지자 내 방을 다른 거리의 호텔로 옮겨 버렸다. 나는 매일 밤 12시쯤 그에게 갔다. 그와 함께 그날 밤 해야 할 모험에 대해 의논하곤 했다. 그리고 함께 점심을 먹으러 나갔다. 그는 그동안에도 스틸리타노가 한몫 하고 있던 마약 밀매에 계속 가담했다.

아르망에 대한 나의 사랑이 그처럼 깊지 않았다면 나는 행복했을 것이다. 하지만 나는 그가 과연 내 사랑을 알고 있는지 어떤지 궁금했다. 그의 존재는 나를 두렵게 만들었고, 그의 부재는 나를 불안하게 만들었다. 우리는 희생자의 물건을 강탈한 후 약 한 시간 정도 술집에서 함께 보냈다. 그러나 그 후의 일에 대해서, 즉 밤을 어떻게 보냈는지에 대해서는 전혀 아는 바가 없었다. 그래서 나는 항구의 젊은 부랑배들 모두에게 질투를 느꼈다. 어느 날 내 앞에서 로베르가 아르망을 조롱했을 때 나의 괴로움은 극도에 달했다. 나는 딱 잘라 말했다.

"내가 너에게 싫은 소리도 못할 줄 알아?"

"네가 무슨 말을 할 수 있어?"

"흥, 난 말이야, 무엇이든 널 마음대로 할 권리가 있다고."

"네가? 너 같은 더러운 자식이?" 로베르는 갑자기 웃음을 터뜨렸다.

"그래. 난 더러운 놈이야. 네 정부 노릇을 하고 있으니까."

로베르는 거침없이 말을 쏟아 냈다. 그의 말들은 전혀 허풍스럽게 느껴지지 않았지만 시선은 악의에 차 있었다. 나는 아르망이 한 대 거칠게 후려 갈기거나 혹은 로베르가 대꾸하지 못할 정도로 심한 욕을 하지나 않을까 생각했지만 그는 오히려 가볍게 웃고 있었다. 그는 이 풋내기의 친밀한 태도라든가, 또는 그의 수동적인 태도를 조금도 멸시하는 것 같지 않았다. 만일 그게 나였다면 어떤 태도를 취했든 그의 분노를 폭발시켰을 것이다. 그래서 나는 그들의 사랑을 전혀 눈치 채지 못하고 있었다. 나는 혹시 아르망이 존경했던 친구였을지 모른다. 그러나 나로서는 그가 나를 가장 귀중한 애인으로 선택해 주기를 더욱 바랐다.

어느 날 밤 아르망은 문틀에 기댄 채 공원을 지키는 수위와 같은 자세로 나를 기다리고 있었다. 나는 약속 시간보다 한 시간 가량 늦었기 때문에 그가 내게 욕설을 해 대든지 나를 때리든지 하리라 생각하고 겁에 질려 있었다. 층계의 마지막인지 혹은 그보다 하나 앞인지 모를 계단을 디뎠을 때, 나는 비로소 허리까지 윗옷을 벗은 그의 모습을 볼 수 있었다. 발목 근처에 구겨져 있는 그의 두툼한 청바지가 아르망의 가슴이 아니라 팔짱 낀 그의 양팔을 위한 방석으로 사용되고 있었다. 아마도 그의 얼굴이 그것들을 내리 누르고 있었겠지만, 나는 알 수 없었다. 오직 그의 두 팔만이 눈에 들어왔다. 단단한 근육이 우락부락 솟아오른 갈색의 살덩이들과 어울려 나선형으로 엮여 있었다. 한쪽 팔에는 문신이 섬세하게 그려져 있었는데, 이슬람 사원의 첨탑과 둥근 천장, 사막의 뜨거운 바람을 받아 기울어진 종려나무 한 그루가 그려져 있었다. 그 두 팔에 외인부대의 병사들이나 식민지 주민들이 모래로부터 보호하기 위해 머리를 감싸는 연한 갈색 모슬린 스카프가 목 주위를 휘감고 아래로 드리워져 있었다. 이 가슴 장식 밑으로 그것에 의해 완전히 덮인 근육이 불쑥 솟아나 있었다. 그 모습은 마치 두 팔만이 존재하고 있는 것처럼 보였다. 말하자면 그의 두 팔은 그의 앞에 놓여 있었고, 그것은 아르망의 방패이자 그의 두드러진 무기와 다름없었다.

태양계, 그 주위의 유성, 성운, 은하 등에 대한 신속하거나 혹은 무기력한 명상은 결코 내게 이 우주를 포함하는 것을 허용하지 않으며, 또 내가 이 우주를 포함할 수 없음에 대해 어떤 위로도 하지 않을 것이다. 나는 대우주 앞에서 나 자신의 미약함에 망연자실하고 말았지만, 어떠하든 강한 남자다운 속성은 곧 나를 안심시켜 주었다. 불안한 상념이나 고뇌들이 사라져 버리는 것이다. 나의 애정은 한껏 젊은 기분에 찬 팔찌의 효력에 맡겨졌다. 대리석이나 금을 재료로 만든 팔찌의 힘은 설사 대단히 훌륭한 것이라 해도 육체 그 자체의 가치를 지니지는 못한다. 그때 내가 다소 늦었기 때문에 그의 앞에서 거의 전율할 정도로 느낀 공포심이 오히려 나를 쉽게 감동하도록 했고, 그 감동으로부터 감각을 발견하도록 했을 것이다. 팔짱을 낀 두 팔의 모습이 주는 이상야릇한 남성적 힘은 그 자체로 충분히 전사(戰士)의 무기가 될 수 있었다. 게다가 이 두 팔에는 아프리카 전투의 추억이 부착되어 있었다. 또한 그 첨탑과 궁륭의 문신을 보자 내가 바다에서 카디스의 모습을 눈앞에 두고 스틸리타노에 버림받은 장면이 떠올라 마음이 뒤숭숭했다. 그의 앞을 지날 때 아르망은 부동자세로 있었다.

"좀 늦었어."

나는 감히 그의 팔을 바라볼 수 없었다. 그것은 너무 강력했다. 그 자체가 아르망이라는 한 인간을 드러내고 있었기 때문에, 나는 그때까지 그의 눈이나 입을 보면서 대화를 나눈 것이 잘못된 것이 아닐까 여겨질 정도였다. 그의 눈이나 입, 혹은 그것들이 나타내고 있는 것은, 방금 싸움을 끝낸 우락부락한 상체의 격투기 선수가 팔짱을 끼고 있는 모양 그 자체였다. 만약 그가 팔짱을 푼다면 가장 날카롭고 정확한 아르망의 실체는 그 순간 사라지고 말았을 것이다.

지금 와서 생각해 보면 당시에 내가 그의 팔짱낀 모습을 보고 얼굴을 붉히지 않을 수 없었던 이유는 잠시 후, 불끈 솟은 그의 근육을 보게 되리라는 생각 때문이었다. 우리는 아마 말을 타고 달리는 기사가 왕국의 깃발을 높이 쳐들고 홀로 말을 타고 가는 장면을 보면 감격하여 모자를 벗고 경의를 표할 것이다. 그러나 왕이 직접 그런 모습으로 나타난다면 누구나 압도당하고 말 것이다. 상징이 암시하는 함축성은 그것이 의미하고자 하는 것을 지니고 있으며 그 의미화된 사물을 드러냄과 동시에 파괴해 버린다.(그리고 아르망의 경우 팔짱 낀 모습이 가슴을 덮고 있음으로써 더욱 힘이 가중되지 않았던가!)

"가능하면 약속 시간에 도착하려고 노력했는데 늦어 버렸어. 하지만 내 잘못이 아니야!"

아르망은 대답하지 않았다. 그리고 여전히 등을 기대고 서 있었다. 그의 온몸은 축에 매달려 축과 한 덩어리를 이루고 있는 것 같았다. 마치 사원에 매달린 문들처럼 말이다.

(이 이야기를 하는 목적은 나의 지난날의 다양한 체험들을 미화하기 위해서다. 이를테면 그러한 모험들로부터 아름다움을 얻기 위한 것이며, 그것들 속에서 아름다움의 유일한 증거인 노래가 흘러나오는 것을 보여 주기 위함이다.)

그는 팔짱을 끼고 있었다. 아르망은 끝까지 무관심한 조상(彫像)처럼 서 있었다. 그 위에 더욱, 그때 청바지 아래에서 강제로 몸을 일으키지 못하게 했던 강력한 무기의 상징인 그의 팔은 내게 밤의 일을 상기시켰다. 그 호박 빛깔의 육체와 털, 그것들이 주는 에로틱한 감각의 혼합들.(어느 날 밤 그가 누워 있을 때, 마치 장님이 손가락을 더듬거리며 얼굴을 알아보듯이 나는 팔짱을 끼고 있는 그의 팔을 성기로 더듬은 적이 있었다. 그런데 그는 나의 행위에 대해 아무런 반응도 보이지 않았다.) 특히 별 모양의 푸른 문신은 하늘에 처음으로 나타나는 별처럼 보였다. 황혼이 다가올 무렵 어떤 외인부대의 병사가 그 이슬람 사원의 벽 아래에 있는 종려나무에 기대어, 이와 비슷한 무관심하고 압도하는 듯한 태도로 나를 기다리고 있었다. 그 사나이는 눈에 보이지 않는 보물을 지키고 있는 것 같았다. 지금 생각해 보면, 그는 우리의 사랑 놀이에도 불구하고 자신의 순결한 동정을 지키고 있으리라는 생각이 들었다. 그는 나보다 나이가 많았다. 우리는 메크네 공원에서 처음 만나기로 했다. 그는 언제나 나보다 먼저 와서 기다렸다. 그는 흐릿한 눈을 하고 담배를 피고 있었다. 아마 뭔가 어떤 명확한 환영을 주시하고 있었는지도 모른다. 그는 몸을 전혀 움직이지 않았다.(그는 내게 인사도 건네지 않고 악수를 청하지도 않았다.) 나는 그가 원하는 쾌락을 그에게 주었을 뿐이다. 그러고 나서 옷을 입고 황급히 그와 헤어졌다. 그가 두 팔로 나를 꼭 껴안아 주었다면 얼마나 좋았을까! 그는 미남이었다. 나는 그의 이름을 잊어버렸지만 그가 자신을 욕심쟁이 여자 굴뤼*의 아들이라고 말한 것을 기억한다.

그날 밤 아르망의 두 팔을 응시한 것은 모든 형이상학적 불안감에 대한 유일한 대응이었다고 나는 굳게 믿는다. 그의 팔 뒤로 아르망은 부서지고 사라졌다. 그렇지만 동시에 그는 자신의 신체가 할 수 있는 것 이상으로 확고한 존재였고, 더 큰 효력을 발휘했다. 왜냐하면 그는 문장(紋章)에 생명을 불어넣는 존재이기 때문이었다.

사실 나는 아르망이 내 뺨을 두세 번 때렸다는 것을 제외하곤 당시의 일을 명확하게 기억하지 못한다. 내가 이 점을 말하지 않고 넘어간다면 아마도 독자들에게 실례가 될 것이다. 그는 잠시라도 기다리는 것을 참지 못했다. 혹시 내가 사라지고 나면 다시는 돌아오지 않을 것이라는 생

* 화가 툴루즈 로트레크에게 영감을 주었던 물랭루주의 무용수이다—옮긴이.

각에 두려웠는지도 모른다. 며칠 동안 그와 로베르 사이의 말다툼을 내가 너그럽게 바라보는 듯 보였겠지만, 속으로는 사랑과 원한과 분노로 말미암아 고통스러웠다. 지금 같으면 내가 사랑하던 이 두 사나이의 화해를 위해 애씀으로써 그런 고통이 해소되었을지도 모른다. 나는 두 사람을 모두 사랑했다. 한 사람은 힘 때문에, 또 한 사람은 외모 때문에 사랑했다. 아무튼 지금 내 마음속에 있는 친숙하고 가능한 자비심은 두 사나이의 행복이 아니라 그들이 나타내고 있는 두 개의 완전한 존재, 즉 힘과 아름다움이라는 존재의 행복을 추구하기 위해 노력할 것이다. 만일 이 두 가지 특성, 이를테면 힘과 아름다움이 내 속에서 결합되도록 하려면 나의 선량함이 나를 벗어나서 완벽한 사랑의 매듭으로 성공하는 길 외에 다른 방도가 없을 것이다. 나는 약간의 돈을 가지고 있었다. 그래서 스틸리타노, 아르망, 실비아, 로베르 등 그 누구에게도 알리지 않고 기차를 타고 프랑스로 돌아갔다.

모베주 지방의 숲을 통과할 때, 난 마지막 국경을 넘어서는 순간 그처럼 떠나기 힘든 나라에 대한 향수가 밀려오고 있음을 깨달았다. 나를 둘러싸고 있던 지방, 그것은 결국 아르망의 빛을 발하는 친절한 표정 이외에 아무것도 아니라는 걸 느꼈으며, 그리고 친절이란 그의 잔혹성을 구성하는 모든 요소들을 거꾸로 본 데서 나오는 것임을 이해하게 되었다.

이 책은 나의 마지막 작품이 될 것이다. 이를테면 나의 문학적 기술(技術)이 어리석다는 등의 중대한 사태가 발생하지 않는 한, 또는 새로운 불행에 적응하기 위해 새로운 언어를 필요로 하지 않는 한 그렇다. 나는 하늘이 내 얼굴 한쪽에 떨어지기를 기대하고 있다. 신성성(神聖性), 그것은 바로 고통을 유익하게 사용하는 데 있다. 그것은 악마를 신이라고 강변하는 것이다. 다시 말해, 그것은 악의 고마움을 인정하는 것이다. 5년 전부터 나는 여러 권의 책을 펴냈다. 나는 그 일을 즐겁게 해 왔지만 이제는 끝을 낼 것이다. 나는 글쓰기를 통해서 내가 추구하고 있던 바를 얻었다. 나에게 가르침을 주고 내 삶을 이끌어 온 것은 나의 체험이 아니라 그 체험을 이야기하는 태도였다. 즉 다양한 일화들이 아니라 예술 작품들이었던 것이다. 삶이 아니라 그 삶의 해석이었던 것이다. 그것은 삶을 환기시키고, 그것에 대해 말하고 표현하기 위해 언어가 내게 제공해 주는 것이다. 나의 전설을 솜씨 좋게 만들어 내는 것이다. 나는 내가 무엇을 원하는지 알고 있다. 나는 내가 지금 어디쯤 와 있는지 알고 있다. 앞으로의 이야기는 정돈되지 않은 상태로 나열될 것이다.(나는 언젠가 상당 분량을 분실했다고 언급한 적이 있지 않았던가.)

(전설을 통해 내가 말하고자 하는 바는, 내가 누군지 아는 독자가 이 이야기를 읽은 후 나라는 인간에 대해 어느 정도 장식적인 관념이 아니라 장차 나의 삶이 다른 사람과 나 자신에게 형성될 수 있는 가장 대담한 관념과 일치한다는 것이다. 그 밖의 내가 나의 전설을 완성한 것이 범죄의 영역에서 가능한 가장 대담한 실존적 삶에 있다는 걸 상술하기만 하면 된다.)

거리에서 경찰관이 나를 알아보지나 않을까 하는 두려움만큼 나는 나 자신 속에 숨는 법을 알고 있다. 나의 가장 근본적인 것이 가장 은밀한 곳으로 깊숙이 물러나 숨어 있기 때문에 나는 아무런 공포도 느끼지 않는다.(즉 내 육체의 가장 깊숙한 장소에 들어가 작은 불꽃의 형태로 주위를 살펴보는 것이다.) 나는 경솔하게도 이 같은 생각을 한다. 내 육체로부터 모든 고유의 특징이 사라지고 그 결과 그것이 공허하게 보여서 누구에게든지 나라는 존재가 인식되지 못할 것이라고. 그만큼 나의 이미지, 나의 시선, 나의 손가락을 구성하는 모든 것이 없어지고, 그 고유한 성벽이 사라져 버리기 때문에 경찰관들조차 자기들 옆에서 보도를 걷고 있는 나 같은 자를 속이 텅 비어 버린 인간의 껍데기라고 생각하는 모양이다. 그러나 내가 인적이 드문 길을 지나가게 되자 내 속의 불꽃은 홀연히 커져서 사지로 번져 나가고 마침내 얼굴까지 올라와 그것을 나의 얼굴과 유사한것으로 변하게끔 빛깔을 부여하는 것이다.

나는 여러 차례 경솔한 짓을 했다. 즉 훔친 자동차에 몸을 싣는다든가, 이전에 내가 절도 행각을 벌인 가게 앞을 지나간다든가, 또는 누가 보아도 한눈에 가짜라고 알아볼 수 있는 증명서를 내보인다든가 하는 실수를 여러 번 저질렀다. 그래서 이러다간 머지않아 파멸할 것이라는 생각이 들었다. 나의 이러한 신중하지 못한 행동은 중요하다. 따라서 나는 빛의 날개를 가진 하나의 큰 파국이 사소하기 그지없는 극히 간단한 실수로부터 파생되고 말 것임을 알게 된 것이다.* 그러나 내가 불행이 어떤 은총이라도 되는 것처럼 기다리는 동안, 습관적으로 세상의 일에 온 힘을 쏟는 것은 좋은 일이다. 나는 가장 희귀한 운명 속에서 인생을 마치기를 원한다. 나의 운명이 어떤 방향으로 전개될지 알 수 없다. 어쨌든 그것이 희미하게 황혼으로 기우는 우아한 곡선이 아니라 지금껏 내가 보지 못한 아름다움을 지니고 있으며, 그 아름다움을 작동시키며 전복시키고 침식시키는 위험 때문에 더욱 아름다운 것이기를 바라는 것이다. 오, 내가 오직 그런 아름다움을 지니고 있기를! 나는 신속히 혹은 천천히 앞으로 나아갈 것이다. 하지만 과감히 이루어 내야 할 일은 기어코 해내고 말 것이다. 나는 겉모습을 파괴할 것이고, 나를 덮고 있는 틀은 불태워 내팽개칠 것이다. 어느 날 저녁 얌전히 그리고 순결하게 당신들의 손바닥 위에 나타날 것이다. 유리로 만든 조상(彫像)처럼. 당신들은 그런 내 모습을 보게 될 것이다. 내 주위에는 더 이상 아무것도 남아 있지 않을 것이다.

---

* 하지만 누가 나의 파멸을 막을 수 있을까? 파멸이라는 것에 대해 이야기를 하고 보니 나는 누군가로부터 들은 꿈 이야기를 떠올리지 않을 수 없다. '어떤 기관차가 나를 뒤에서 쫓아오고 있었다. 나는 철로 위를 한사코 달렸다. 내 귀에 점점 가까이 오는 이 기관차의 무서운 숨소리가 들려왔다. 나는 철로를 빠져나와서 들판으로 달려 들었다. 나를 귀찮게 따라오던 기관차는 결국 어떤 조그맣고 가느다란 목책이 서 있는 곳에 이르러 소리를 죽이고 서서히 멎었다. 그리고 나는 경계를 이루고 있는 이 목책이 나를 키워 준 농부의 소유지에 있는, 어릴 때 내가 항상 소를 감시하러 다니던 초원을 둘러싼 목책임을 알게 되었다.' 이런 꿈 이야기를 내게 해 준 친구에게 이렇게 말했다. "기차는 내 소년기의 경계선까지 와서 멈춘 거야……."

나는 시인이 인간에게 다가가기 위해 사용하는 수단의 진지함을 통해, 그리고 그 자료의 화려함과 웅장함을 통해, 그가 얼마나 인간과 유리되어 있는지의 여부를 헤아린다. 시인인 나, 나의 그런 비열한 태도는 감옥에서 힘든 노역을 감수하도록 강요했다. 그 비열함은 곧 나의 절망이었다. 그렇지만 그것은 절망을 몰아내는 힘인 동시에 동기가 되기도 했다. 작품이 가장 큰 절망 속에서 활력을 요구하는 가장 아름다운 것이라면, 시인은 그러한 노력을 기도하기 위해 인간을 사랑해야만 할 것이다. 그러한 노력이 성공할 수만 있다면 말이다. 그러나 작품이 자기 내부에 괴물처럼 매몰되어 있는 인간의 외침이라면, 사람들은 그런 심각한 작품을 멀리하는 게 좋을 것이다.

내게 필요한 엄중하고 진지한 수단이 당신들과 나를 서로 떼어 놓음으로써 내가 당신들에게 바치는 애정을 헤아려 보기 바란다. 나는 매우 타락하기 쉬운 존재다. 그래서 당신들의 숨결이 나를 타락시키지 않도록 나의 삶과 작품 속에 보호막을 설치해 놓았다. 그 점을 통해 내가 그대들을 얼마나 사랑하고 있는지 판단해 보기 바란다.(나의 신성함은 예술에 의해 증명된다. 그러니 신성함은 현실적이라야 할 것이다. 오직 작품을 쓰는 것만이 중요한 게 아니다. 미지의 목적지로 나아가기 위해 더욱 노력하면서 신성함으로 확고해진 하나의 작품에 의지하는 것도 중요하다.) 나의 애정은 호물호물한 반죽과도 같다. 혹시 당신들의 영혼이 새로운 파라다이스를 추구하는 방식들에 당혹스러워할지 모른다. 나는 악의 천진난만한 이미지를 부과할 것이다. 비록 내가 나의 목숨과 명예와 영광을 탐구하는 도상에서 상실하는 일이 있더라도.

창조하는 일은 전혀 경박한 놀이가 아니다. 창조자는 무서운 모험에 몸을 던진다. 언제든 창조물들에 의해 야기될 위험을 스스로 떠안아야 하기 때문이다. 애초에 사랑 없는 창조란 상상할 수 없다. 사람은 어떻게 하여 자신 앞에 자신과 마찬가지로 마땅히 혐오하고 멸시해야 할 자를 둘 수 있을까. 그러나 그때 창조자는 자기가 만든 자들의 죄를 몸소 짊어져야만 한다. 예수는 인간이 되었다. 그는 속죄한다. 신과 같이 그는 인간을 만든 후에 인간을 원죄로부터 해방시킨다. 사람들은 그에게 채찍질을 하고, 얼굴에 침을 뱉으며 조롱한다. 그는 마침내 십자가에 못 박혀 죽는다. 이것이 바로 "그(예수)는 육신으로 고통을 겪는다." 라는 표현의 의미다. 신학자들의 말은 무시해도 좋다. "세상의 원죄를 짊어지고 간다."라는 말은 정확히 말해 모든 죄의 힘과 결과를 느낀다는 것을 의미한다. 즉 악에 동의한다는 뜻이다. 무릇 창조자란 이같이 스스로 부여한 악이며, 자기가 창조한 영웅들이 자유롭게 선택하는 악을 몸소 짊어져서("짊어져서"라는 말은 정도가 좀 약하지만 말이다.) 그것이 자기 몸의 일부를 이루고 혈관 속을 흐르는 피처럼 완전히 자신의 본질이라는 것을 느낄 정도로 자기화해야만 한다. 나는 이런 관점에서 '창조'와 '속죄'로부터 관용의 신화의 여러 방법들 중 하나를 보고 싶다. 모든 창조자는 자신의 인물들에게 자의적 판단, 즉 스스로 자유롭게 결정할 권한을 부여하지만, 속으로는 은근히 그들이 선(善)을 택하기를 바란다. 이는 모든 연인이 상대로부터 사랑받기를 기대하는 것과 같은 이치이다.

나는 절망 속에서도 어느 한순간 고도의 행복한 현실에 주의를 기울이고 싶은 욕망에 빠진다. 예기치 않은 상실에 직면하여 홀로 남게 되었을 때, 특히 자기의 작품과 자신이 회복할 수 없는 파멸 앞에 이르렀을 때 그렇다. 나는 아무도 모르고 나만 알고 있는 그 비밀스러운 절망의 상태를 맛보기 위해 세상의 모든 재물을 다 내줄 수 있을 것 같다. 사실상 그렇게 하려면 모든 것을 내놓아야만 한다. 히틀러는 독일 패배의 마지막 순간에 자신의 궁전 지하실에 홀로 남아 일순간 실추의 명료한 의식을 경험했을 것이다. 이를테면 순수한 광명의 순간에 연약하면서도 견고한 명철한 의식을 확실히 맛보았을 것이다.

내 자존심은 수치심 때문에 주홍빛으로 변해 버렸다.

내 목표는 성스러움이지만, 난 그것이 무엇인지 표현할 수 없다. 나의 출발점은 윤리적 완성에 가장 가까운 상태를 가리키는 말 그 자체이다. 그것이 없다면 내 삶은 아무 의미가 없다. 내가 아는 사실은 그뿐이다. 아름다움처럼 성스러움을 정의할 수 없는 그 상태 속에서 나는 매 순간 그것을 창조할 생각을 한다. 즉 나의 모든 행위가 내가 모르는 그 성스러움으로 나를 인도하기를 바라는 것이다.

오, 매 순간 성스러움의 의지가 나를 이끌고 가기를! 나의 찬란한 삶에 사람들이 다음과 같이 말하는 날까지. "그는 성자(聖者)이다." 혹은 좀 더 운이 따라 준다면 "그는 성자였다."라고. 긴 시간 동안의 망설임이 나를 그곳으로 인도해 줄 것이다. 방법은 없다. 나는 단지 모호하게 성스러움을 행하고 있다는 확신 이외에 아무런 증거도 없이 나를 그렇게 이끄는 행동을 실천할 따름이다. 어떤 수학적 공식에 따라 성스러움을 얻을 수 있을지 모른다. 그러나 그렇게 얻어지는 것은 너무 용이하고 절제된 형태의 신성함이 아닐까 두렵다. 말하자면 이미 알려진 '아카데믹한' 성스러움이 아닐까 하는 두려움이다. 그것은 성스러움의 모조품에 불과하다. 윤리나 종교의 기초적인 원리에서 출발한 성인은 그것으로부터 완전히 자유롭게 된 후 그 목표에 도달할 수 있다. 성스러움이란 아름다움처럼(그리고 시처럼) 본래 유일하고 독특한 특성을 띤다. 그래서 나는 그것들을 서로 혼동하는 것이다. 그것의 표현은 독창적이다. 그러나 나에게 그 스스로를 이루는 유일한 토대는 체념인 것처럼 보인다. 그래서 나는 아직도 그것을 자유와 혼동하고 있다. 그러나 나는 무엇보다도 성자가 되기를 원한다. 이 말이 인간의 가장 고상한 정신적 태도를 가리키고 있기 때문이다. 나는 거기에 도달하기 위해 어떤 일이든 할 것이다. 나는 그것에 나의 자존심을 적용하고, 나의 자존심을 희생시킬 것이다.

비극은 즐거운 순간이다. 즐거운 감정은 웃음으로, 온몸의 경쾌함으로, 얼굴의 유쾌함으로 나타난다. 영웅은 비극의 주제가 갖는 심각성을 알지 못한다. 살짝 엿보는 경우는 있어도 그것을 볼 필요는 없다. 영웅은 태어날 때부터 주위의 사물에 무관심한 태도를 취한다. 뒷골목의 싸구려 댄스홀에는 음악에 대해 무관심하지만 진중한 젊은이들이 있다. 그들은 음악에 영향을 받아 움직이는 게 아니라 오히려 음악을 이끌고 가는 것처럼 보인다. 또 어떤 자들은 한 여자에게서 얻어 온 매독을 다른 계집들과 즐기며 뿌리고 다닌다. 즉 이들은 군대 막사에서 밀랍의 형상이 얼굴에 나타나 있는 경탄할 만한 육체의 퇴폐를 즐기며 입가에 미소를 띠운 채 조용히 걸어간다. 영웅이 필연적으로 죽음을 향해 걸어간다면, 만일 그것이 행복으로 향하고 있지 않는 한, 그는 마치 자기의 가장 완벽한 실현, 그래서 가장 행복한 실현을 향하고 있는 것처럼 기쁜 마음으로 나아간다. 주인공이 영웅적 죽음 앞에서 얼굴을 찡그릴 수는 없는 일이다. 죽음을 통해 비로소 영웅이 되는 것이니까. 죽음은 영광 없는 존재들(죽음을 인도하는 명백한 불행의 퇴적물들)이 그토록 고통스럽게 추구하고 있는 조건이다. 따라서 죽음은 곧 영광이다. 그것은 결국 이미 예고된 삶의 대관식이다. 그러나 무엇보다도 그것은 우리를 영원히 반짝거리게 하는 이상적 거울 속에 있는 우리 고유의 이미지의 시선이다. 우리의 이름을 간직하고 있는 빛이 꺼지는 날까지.

관자놀이에서 피가 났다. 두 병사가 서로 다투고 있었는데, 그 원인에 대해서는 이미 오래전부터 잊어버리고 있었다. 둘 가운데 보다 젊은 병사가 상대의 무쇠 같은 주먹에 맞아 관자놀이가 터져 쓰러졌다. 타격을 가한 자는 앵초 다발처럼 얼굴이 피로 물든 병사를 바라보고 있었다. 붉게 꽃이 피는 모양은 급속히 번져 나갔다. 처음에는 얼굴의 한 부분에서 시작했지만 곧 얼굴 전체로 퍼져 나갔다. 어느새 주변은 병사가 토해 내는 포도주인 것처럼 은은한 보랏빛이 촘촘히 박힌 수많은 꽃들로 덮여 버렸다. 잠시 후 먼지 속에 쓰러진 젊은이의 몸은 온통 하나의 퇴적물로 변했고, 그 위의 앵초 다발은 더욱 커져서 바람에 나부끼는 데이지 꽃다발이 되었다. 오직 그의 한쪽 팔만 알아볼 수 있었다. 팔은 가볍게 움직이고 있었다. 그러나 모든 풀은 바람에 흔들거리고 있었다. 이윽고 승리자에게는 우정의 표시로 보낸 서투르고 절망적인 작별 인사가 보일 것이다. 그러나 그의 편에서도 그 손은 곧 활짝 피어난 이들 꽃다발 아래로 자태를 감추고 말았다. 바람은 애석한 듯 서서히 멎었다. 그리고 살인을 저지른 난폭한 젊은 병사의 눈을 한동안 비추고 있던 하늘도 어두워지기 시작했다. 병사는 울지 않았다. 그는 꽃 무덤 위에 앉았다. 그것은 친구의 바뀐 모습이었다. 바람이 꽃들을 조금 흔드는 듯하더니 이내 다시 잠잠해졌다. 병사는 이마를 덮은 머리카락을 손으로 넘긴 다음 휴식을 취했다. 그는 잠이 들었다.

비극 속의 미소는 신들에 대한 일종의 유머에 의해 지배된다. 비극적 영웅이 자신의 운명을 섬세하게 희롱하고 있는 것이다. 그는 매우 점잖게 운명을 완성시키므로 이때 지배받는 대상은 인간이 아니라 바로 신들인 것이다.

나는 이미 절도범이라는 전과가 있었기 때문에 증거 없이 가벼운 고소나 혐의만으로도 범죄자로 몰릴 수가 있다. 법은 항상 내게 그와 같은 범죄의 가능성을 규정해 둔다. 내가 도둑질을 할 때뿐 아니라 매순간 내 삶 속에는 위험이 도사리고 있다. 언제나 절도를 범했다는 전과가 나를 따라다니기 때문이다. 안개 같은 막연한 불안이 삶을 뒤덮고 있어서, 삶 자체를 무겁게 만들기도 하고 동시에 가볍게 만들기도 한다. 나의 시선을 언제나 맑고 명민한 상태로 유지하려면, 나의 모든 행위가 또렷한 의식을 동반함으로써 언제나 신속하게 행동을 교정할 수 있고, 또한 그 의미를 바꿀 수 있는 정신 상태를 견지해야 한다. 나는 이런 불안감 때문에 항상 경계를 늦추지 않는다. 또한 그 불안감은 나를 숲 속의 빈 터에서 사람을 본 노루처럼 깜짝 놀란 태도를 견지하도록 한다. 그러나 이 불안감은 일종의 현기증을 일으킨다. 머릿속에서 윙윙거리는 소리가 들려오고, 낙엽 밟으며 걸어오는 발소리라도 들리면, 나는 컴컴한 어둠 속에 가라앉는다. 심지어 그 속에 몸을 숨기고 싶은 욕구가 일어나기도 한다.

고대인들에게 메르쿠리우스는 도둑의 수호신이었다고들 한다. 그러므로 당시의 도둑들은 어떤 가호를 받아야 하는지 잘 알고 있었을 것이다. 그러나 우리 같은 도둑들은 의존할 아무런 존재도 없다. 논리적으로 악마에게 기도를 드려야 할 것 같지만, 진지하게 그런 행동을 해 보겠다는 도둑은 없다. 그만큼 악마는 언제나 우리가 최후의 승리자라는 것을 잘 알고 있는, 신과 대립적인 존재다. 살인범이라도 감히 악마에게 기도하지는 않을 것이다.

내가 뤼시앵을 내버려 둠으로써 그 이후 그가 겪어야 할 어려움을 체험하기 위해 나는 커다란 파국을 만들어 낼 것이다. 그는 폭풍 한가운데 놓인 지푸라기가 될 것이다. 설사 이러한 불행을 제공한 사람이 나였다는 것을 알고 그가 나를 증오한다고 해도 내 마음을 움직이지는 못할 것이다. 양심의 가책이나 그의 아름다운 눈에 비친 비난의 시선도 나를 감동시킬 정도의 영향력을 지니지 못할 것이다. 나는 절망적인 슬픔에 빠져 있을 것이기 때문이다. 나는 뤼시앵보다 더 귀중한 것들, 그러나 내게 있어 양심의 가책보다는 덜 귀중한 것들을 상실하게 될 것이다. 그래서 나는 수치심이라는 허영심에 물든 범죄로 은폐하기 위해 기꺼이 뤼시앵을 죽일 수도 있었을 것이다. 하지만 불행하게도 어떤 종교적 공포감이 살인으로부터 나를 떼어 놓았으며, 오히려 내 마음을 뤼시앵에게 다가가도록 만들었다. 이 살인이 나를 신부가 되게 하고 살인의 희생자를 하느님으로 만들 위험성도 있었다. 살인의 효력을 파괴하기 위해 혹시 이 범죄 행위의 실제적인 필요성을 인정함으로써 그 효력을 극도로 약화시키는 것으로 충분하지 않을까 하는 생각도 들었다. 사실 내게 수백만 프랑이 생긴다면 살인을 저질렀을 것이다. 돈의 마력은 살인의 효과를 뛰어넘고도 남을 테니까.

어렴풋이 드는 생각이지만, 과거에 권투 선수였던 르두도 이러한 이치를 알고 있었을까? 그는 복수심에 불타 공범자를 죽였다. 그리고 그것이 강도 행위인 것처럼 위장하려고 피살자의 방을 마구 어지럽혀 놓았다. 이어서 그는 테이블 위에 떨어져 있는 5프랑 짜리 지폐를 호주머니에 챙겼다. 이 광경을 놀라서 바라보고 있던 정부에게 그는 이렇게 말했다.

"이건 마스코트로 넣어 두는 거야. 네가 고자질하지만 않으면 내가 죽였다고 말할 자는 없을 테지."

나는 좀 더 신속히 정신 무장을 해야 했다. 중요한 것은 살인을 하고자 마음먹었을 때, 자기 눈시울이나 코언저리에 슬픈 감정이 일어나지 않도록 하는 일이다. 또한 천진난만한 놀라움이나 경이로움의 효과를 나타내기 위한 것처럼, 이맛살을 찌푸리고 눈을 크게 뜨고 여유와 편안한 심정으로 살인에 대한 생각을 검토하는 것이다. 그렇게 하면, 사전에 발생할 수 있는 어떤 양심의 가책이나 비통한 심정도 마음 한구석에 일어나지 않을 것이고, 발밑에 가파른 낭떠러지라도 있는 양 어지럽지도 않을 것이다. 빈정거리는 웃음, 이빨 사이로 흘러나오는 부드러운 휘파람, 담배를 낀 손가락 사이의 다소 아이러니한 모습 등은 악마와 같은 고독 속에서 슬픈 감정을 느끼기에 충분하다. 적어도 살인자로서 그런 몸짓이나 미소, 부드러운 휘파람 소리를 습관적으로 몸에 지니고 있는 자를 사랑하지 않는 한 말이다. 언젠가 BR의 반지를 훔치고 난 후 이런 생각이 들었다.

'반지를 그가 잘 아는 녀석에게 팔았는데, 그가 알아차리면 어쩌지?'

그가 나를 사랑하는 만큼 나는 그의 서글픔과 나의 수치심을 상상할 수 있었다. 그래서 나는 최악의 상황을 고려했다. 죽음, 바로 그의 죽음을.

강도들이 체포된 장소인 오스만 거리에 가 보았다. 그 강도들 가운데 한 사람이 상점에서 도망치기 위해 유리창을 깨고 나가려고 했다. 그 사나이는 체포된 장소 주변에 파손된 유리를 쌓아 둠으로써 그보다 앞서 저지른 절도 행위에서 벗어나기 위해 자신의 체포에 어떤 중요성을 부여하고자 한 것일까? 그는 이미 자신의 존재를 피 흘리고 경이롭고 위협적인 화려함으로 포장시키기를 원했다. 그 스스로 이미 이러한 화려함 속의 불쌍한 존재가 되었다. 범죄자는 자기의 공적을 훌륭한 것으로 가장하는 법이다. 범죄자는 화려한 외견 속에서 운명이 마련해 주는 거대한 무대장치 밑으로 사라지기를 바란다. 또 자기의 행위를 엄격한 순간들로 해체하고 분해해 버린다.

"날 모욕한들 뭐 어쩌라고? 내 피가 이렇게……."

내가 그들의 본성을 체험하지 않았다면, 얼굴을 붉히는 일 없이 여전히 그 범죄자들이 아름답다고 찬미할 수 있을까? 그들의 불행이 수많은 시들의 아름다움을 위해 사용된다면, 예술가에 의해 범죄가 이용된다는 것은 불결한 일이다. 누군가의 기분 풀이를 위해 누군가는 생명과 명예가 위태로워지는 것이다. 작품 속의 주인공은 상상의 산물이지만, 거기에 영감을 주는 것은 살아 있는 인간이다. 나는 지금까지 경험해 보지 못한 고통을 타인에게서 보고 즐기는 짓은 하지 않았다. 나는 무엇보다 사람들의 멸시를 받을 것이고, 그들의 심판을 받게 될 것이다. 나는 뱅상 드폴의 성스러운 인격을 신뢰하지 않는다. 그는 어떤 죄수 대신에 수갑을 찼지만, 사실은 그 자신이 범죄를 저질러야 했다.

이 책의 어조는 가장 사악한 정신이 아니라 가장 훌륭한 정신으로부터 분노를 살 염려가 있다. 나는 추문들을 불러일으킬 생각이 없다. 단지 여기서 몇몇 젊은이들에 대해 기록하고 있을 뿐이다. 나는 그들이 이 기록을 여러 고행들 중에서 무엇보다도 가장 섬세한 고행의 위탁물로 간주해 주기를 바란다. 고행을 경험하는 일은 괴롭다. 그리고 나의 고행은 아직 끝나지 않았다. 이 고행의 출발점이 낭만적인 몽상이었다 할지라도 그런 것은 중요하지 않다. 중요한 것은 수학 문제를 풀듯이 진지하게 작업을 하고, 거기서 하나의 예술품을 창조하는 데 쓰일 자료를 추출하는 일, 혹은 모든 인간의 언어 중 가장 아름다운 언어라는 것 이외에는 다른 뜻이 없는 이 '성스러움'에 근접하는 완벽한 윤리적 완성에 필요한 자료를 얻어 오는 일이다. 그리고 아마 그 윤리적 완성이 실현된다면 그 자료들 자체는 용해되고 소멸될 것이다.

나는 이 세계와 대립하고 있다. 이 세계는 나를 구속하고 재단하면서 상처를 주고 날카로운 각을 내세운다. 그것은 내가 오려 낸 형태보다 더 날카롭고 더 잔혹하다. 하지만 그럴수록 나는 더 아름답고 더 찬란한 존재가 된다.

인간은 누구나 자신의 행위가 완성될 때까지 그것을 추구해 나가야 한다. 그것의 출발점이 무엇이었든 그 끝은 아름다워야 한다. 어떤 행동이 추잡하게 보이는 것은 그것이 아직 완성되지 못했기 때문이다.

내가 고개를 돌렸을 때, 나의 눈은 살인범의 두 다리가 만든 회색의 삼각형에 현혹되고 말았다. 그 다리 한쪽은 낮은 벽의 가두리에 걸쳐 있었고, 다른 한쪽은 땅바닥의 먼지 속에 파묻힌 채 움직이지 않았다. 그의 두 다리는 뻣뻣하고 거칠고 황폐한 모직물에 싸여 있었다. 나는 또다시 현혹되었다. 그때 내가 입에 물고 씹다가 무심코 내뱉은 흰 장미 줄기가 하필이면 묘하게도 삼각형을 이루는 그놈의 회색 바지 앞자락 단추 부근에 떨어졌기 때문이었다.(아마 다른 부랑배의 얼굴에 던진다는 것이 그렇게 된 모양이다.) 이 단순한 행위는 간수의 눈을 비켜 갔다. 다른 죄수들도 눈치 채지 못했다. 처음에는 몰랐다가 나중에 그 사실을 알게 된 그 살인범 역시 별로 충격을 받은 것 같지 않았다. 그러나 그는 자기의 옷을 보고 부끄러워 얼굴이 빨개졌다. 거기서 누군가 뱉은 침을 발견했다고 생각한 것일까? 아니면 한순간 프랑스의 가장 청명한 하늘 아래에 있다는 사실에 쾌감을 느낀 것일까? 그는 주홍색으로 변한 얼굴로 별일 아니라는 듯 가시투성이의 가지 끝에 매달린 장미를 슬며시 집어 호주머니 속에 넣었다.

내가 성스러움이라고 부르는 것은 하나의 상태가 아니라

나를 그 상태로 이끌고 가는 정신적 방식이다. 성스러움이란 이상적인 윤리의 지점을 말한다. 나는 그것을 눈으로 볼 수 없어서 이야기할 수 없다. 내가 그것에 다가가면 그것은 내게서 멀리 달아난다. 나는 그것을 욕망한다. 나는 그것에 의혹을 품는다. 이러한 접근 방식은 어리석어 보인다. 그러나 괴로운 동시에 즐거운 일이다. 그것은 미친 여자와도 같다. 바보같이 치마를 들추고 행복에 겨워 고함을 지르는 카롤린이라는 여인의 모습과 같다.

나는 희생을 최고의 미덕이라고 생각한다. 고독은 그 정도까지는 아니다. 희생은 훌륭한 창조적 미덕이 될 수 있다. 그것은 저주를 받아 마땅하다. 범죄가 나의 정신적 활력을 보장하는데 소용된다고 주장하면 놀라운 일인가?

나는 언제쯤 나 스스로 빛이 되는 이미지의 중심으로 도약할 수 있을까? 당신들의 눈앞에까지 전달해 주는 그 빛의 이미지 말이다. 나는 언제 시 속으로 뛰어들 수 있을까? 나는 성스러움과 고독을 혼동함으로써 이성을 잃는 위험에 빠져 있는지 모른다. 그러나 지금 이 문장에 의해 내가 제거하기를 원하는 기독교적 의미로서의 '성스러움'을 다시 거기에 부여하는 위험을 감수하는 것은 아닐까?

이러한 투명성의 추구는 공허한 일인지 모른다. 그것에 도달했을 때 투명성은 휴식을 의미할 것이다. 우리가 '나'이기를 포기하고 '당신'이기를 포기하면, 그 경우에도 존속하는 미소는 사물들에 놓여진 것과 동일한 미소일 것이다.

내가 상테 교도소(내가 가장 오래 머문 곳 중 하나이며, 이

전에도 이후에도 수차례 들어갔던 곳이다.)에 도착한 바로 그 날 나는 교도소장에게 불려갔다. 교도소에 들어오면서 지나는 길에 만난 한 친구에게 잡담을 늘어놓았다. 나는 15일간의 구류에 처해져 곧 감방으로 끌려갔다. 감방에 들어간 지 사흘 되던 날 간수 한 명이 내게 담배꽁초를 몇 개 넣어 주었다. 그것은 내가 들어가게 될 감방의 죄수들이 보내 준 것이었다. 이 감방은 아직 한 번도 들어가 보지 않았던 곳이었다. 감방을 나오면서 나는 그들에게 감사하다고 말했다. 기가 내게 말했다.

"우리 방에 누가 새로 온다는 건 알고 있었어. 문 앞에 '주네'라는 이름이 붙어 있더군. 주네가 누군지 아무도 몰랐지. 그런데 네가 도착하는 걸 누구도 보지 못했어. 그래서 우린 네가 독방에 들어간 줄 알았지. 그래서 그곳으로 담배꽁초를 보낸 거야."

죄수 명부에 내 이름이 실리고, 내가 이 감방에 배치된 걸 알게 되자, 이미 그곳에 들어와 있던 수감자들은 자기들이 전혀 가담하지 않은 범죄에 따른 이런 미지의 형벌에 대해 연대 의식을 발휘했던 것이다. 기는 그 감방의 보스였다. 그는 피부 빛깔이 희고, 코걸이를 한, 버터 색 피부의 젊은이였다. 그는 불굴의 양심과 엄격한 기율을 지니고 있었다. 그가 내게 말을 걸 때마다, 나는 "허리에 찬 자동권총의 일제 사격"이라는 이상한 표현의 의미를 체험하곤 했다.

언젠가 그는 경찰관에게 체포된 적이 있었다. 그때 나는 이런 대화가 오가는 것을 들었다.

"플랑드르 거리의 사건은 네가 저질렀지?"

"아니에요, 제가 하지 않았어요."

"바로 너야. 수위 아줌마가 너를 알고 있어."

"그러면 저와 비슷하게 생긴 놈이 했겠지요."

"아주머니는 네 이름이 기라는 것도 알고 있어."

"그럼 그 녀석은, 저와 비슷한 얼굴에 저와 똑같은 이름을 가졌겠죠."

"아주머니는 네 옷차림까지 알고 있던데."

"그럼 그놈은 제 얼굴에, 제 이름에, 저와 똑같은 복장을 한 놈이겠죠."

"머리카락의 빛깔도 같다고 하던데, 이 자식아!"

"그럼 저와 얼굴, 이름, 복장, 머리카락까지 똑같은 놈이 한 짓이겠지요."

"현장에서 네 지문을 발견했어."

"그럼 저와 얼굴, 이름, 복장, 머리카락, 지문까지 똑같은 놈이 한 짓이겠지요."

"언제까지 그런 식으로 대답할 거야?"

"끝까지요."

"사건의 장본인은 바로 너야."

"아니에요, 절대 아니에요."

나는 그로부터 다음과 같은 내용의 편지를 받은 일도 있었다.(이 편지를 받았을 때는 내가 상테 교도소에 다시 들어간 직후였다…….) "야, 자노, 네게 물건을 좀 보내려고 했지만 난 지금 빈털터리야. 지금 땡전 한 푼 없지만, 꼭 네게 전하고 싶은 말이 있어서 이렇게 편지를 쓴다. 이 말을 들으면 너도 기뻐할 거라고 기대하면서 말이야. 그 말이란 다름 아니라 난생 처음으로 네 모습을 떠올리면서 거길 흔들고 싶었어. 그래서 그냥 사정을 해 버렸지. 밖에 너를 생각해 주는 친구가 있으니 넌 적어도 성공한 셈이지……."

리샤르도라는 경찰관과 가까이 지내는 것을 두고 나는 이따금 그를 야단쳤다. 나는 그에게 경찰관이 밀고자보다 훨씬 더 비열한 인간이라는 것을 설명하려고 했다. 하지만 기는 거의 내 말을 듣지 않았다. 그는 언제나 잰걸음으로 걷는다. 그는 목 주변에 매우 부드러운 명주 와이셔츠의 가벼운 깃과 그의 두 어깨에 딱 들어맞는 양복을 몸으로 느끼며 걷는다. 그는 고개를 높이 쳐들고 눈을 크게 뜨고 앞을 바라보며 잿빛 바르베 거리의 쓸쓸하고 단조롭게 걸어간다. 그러나 가구를 갖추어 놓은 싸구려 여관방의 커튼 뒤에서 어떤 기둥서방이 그곳을 지나가는 그를 보고 있을지 모른다. 그가 말했다.

"그래, 결국 네가 옳았어. 다들 더러운 자식이야!"

얼마 지난 후, 내가 한 말을 그가 더 이상 생각하지 않는다고 믿게 되었을 때(사실 그가 은으로 된 수갑의 무게를 손으로 더욱 잘 느끼기 위해, 혹은 그의 공허한 마음속 어디에 그 생각을 놓을까 하고 망설이며 아무 생각 없이 보낸 이후로 상당한 시간이 흘렀다.) 그는 중얼거렸다.

"그래. 하지만 경찰관은 달라."

"아, 그렇게 생각해?"

경찰관과 밀고자를 동일시하면서, 밀고자보다 경찰관이 더 더럽다고 간주하는 주장에도 불구하고, 나 역시 기와 생각이 같았다. 다만 그들이 같지 않다는 것을 고백하지 않았을 따름이다. 나는 은근히 경찰관을 사랑한다. 그렇다. 나는 은밀하게 경찰관을 사랑했다. 나는 마르세유 벨성스 광장에 있는 경찰관 전용 식당 앞을 자주 지나다녔다. 그때마다 내가 느낀 감정을 그에게 말하지는 않았다. 그 구내식당 안에는 마르세유 경찰관들로 가득 차 있었다. 그들 가운데는 사복을 입은 자들도 있었다. 나는 그 식당의 분위기에 매료되었다. 거기서 기회를 엿보고 있는 뱀들에게 장소가 누추하다는 사실은 전혀 방해가 되지 않았다. 오히려 그 분위기가 더욱 친밀감을 조장하고 있는 듯했다. 그 속에서 그들은 서로 스치며 엉켜 있었다.

기는 아무 표정 없이 태연하게 걸었다. 그는 자기 입술선이 지나치게 부드럽다는 것을 과연 알고 있기나 할까? 그의 얼굴은 입술 때문에 어린아이 같은 느낌을 주었다. 그는 원래 금발이지만 갈색으로 물을 들였다. 그는 자신을 코르시카 인으로 간주해 주기를 바라고 있었다. 그 스스로 그 점에 집착하고 있었다. 나는 그가 화장하기를 좋아한다고 생각했다.

"나는 쫓기고 있어." 그가 말했다.

도둑의 활동은 부자유스러운 반면 열정적인 거동의 연속이다. 그 행동은 검게 탄 내부로부터 발화하므로 고통스럽고 측은하다. 도둑은 오로지 절도 행위를 한 이후, 그리고 오로지 문학의 힘을 빌려 자신의 행동을 찬미할 수 있다. 그의 성공의 찬가는 먼저 육체 속에서 울려 퍼지고 이어서 입을 통해 되풀이된다. 그의 실패는 그의 참담함을 오히려 기쁘게 만든다. 나의 미소에 대해, 그리고 어깨를 으쓱하고 올리는 나의 행동에 대해 기는 이렇게 말했다.

"아무래도 난 너무 어려 보여. 다른 부랑자 녀석들 앞에서 사내처럼 보여야지."

나는 굽힘 없는 그의 의지에 탄복했다. 그는 자기가 큰 소리로 웃으면 남자답게 보이겠냐고 물었다. 나는 그에게 연민을 느꼈다. 맹수 조련사가 사자로 하여금 밧줄 위를 걷도록 할 때와 같은 연민이 느껴지는 것이다.

나는 아르망에 대한 이야기는 별로 하지 않았다. 그것은 수치심 때문이었다. 혹은 그가 누구였는지, 그리고 내게 그는 누구인지 등 윤리적으로 그의 존재적 가치를 말하는 게 너무 어렵기 때문이기도 했다. 나는 그가 본질적으로 선하다고 생각한다. 나의 비밀스러운(고백할 수 없는) 성질들이 정당성을 발견하는 것도 바로 그러한 따뜻한 마음속에서였다.

내가 그런 느낌을 받은 것은 그와 헤어진 뒤 우리가 서로 다른 나라에 머물고 있을 때였다. 나는 그가 매우 지성적이라는 생각이 들었다. 여기서 지성적이라는 말은 이를테면 무의식적인 것이 아닌, 감히 말하자면 윤리적 규칙을 초월해 있는 어떤 것이다. 그것은 규칙을 모르는 사내들이 쉽게 실망시키는 그런 것이 아니다. 반대로 커다란 노력의 대가이며, 또한 대단히 귀중한 보물을 잃는다는 확신, 그러나 그가 잃어버린 것보다 더 귀중한 다른 보물을 창조한다는 확신 속에 있는 것이다.

어떤 국제적 규모의 깡패 조직들이 경찰관에 항복했다고 한다. "경찰관과 싸워 보지도 않고 비겁하게"라는 말로 벨기에 신문들은 보도했다. 우리는 그 사실을 어느 날 밤 술집에서 알았고, 그 자리에 있던 친구들은 각자 깡패들의 태도에 대해 떠들어 댔다.

"겁쟁이들 같으니. 안 그래?" 로베르가 말했다.

스틸리타노는 그에게 아무런 대꾸도 하지 않았다. 그는 내 앞에서 비겁하다든가 혹은 용감하다든가 하는 말참견을 두려워했다.

"넌 아무 말도 하지 않는데, 그렇지 않다는 거야? 그들은 은행을 털었다든지 기차를 습격했다든지 대단한 일만 해 왔다고 떠들더니 정작 경찰관들 앞에서는 아무 소리도 못하고 당하고 있으니 말이야. 마지막 총탄이 다할 때까지 사력을 다해 저항했어야지. 어쨌든 본국으로 이송된다니 잘됐지 뭐야. 프랑스가 그 자식들을 요구했다는군. 고국으로 돌아가는 길이 단축되었지. 나 같으면, 아주 그냥……."

"너, 나를 흥분시키려는 거냐!"

아르망은 갑자기 분통을 터뜨렸다. 그의 눈은 분노로 가득 차 있었다. 그러나 로베르는 점잖게 말했다.

"뭐야, 넌 그렇게 생각하지 않는다는 거야?"

"내가 네 나이 때는 훨씬 더 많은 일을 했어. 어른들 일에는 절대 끼어드는 법이 없었어. 경찰관에 잡힌 사람들에게 대해서는 특히 더 그랬지. 붙잡힌 자들에게는 오직 재판받는 일만 남아 있어. 너는 심판할 자격이 없다고."

이러한 설명 투의 어조가 오히려 로베르에게 약간의 용

기를 더해 주었다. 로베르가 대꾸했다.

"하지만 그 친구들이 꽁무니를 뺀 것은 어쩔 수 없는 사실이야. 정말 사람들의 주장대로라면……."

"이 바보 같은 새끼, 그래 네 말이 맞다. 사람들이 떠벌이는 것처럼 그 녀석들은 꽁무니를 뺐지. 그런데 그들이 원하는 바가 무엇인지 알고는 있어? 그걸 알고는 있냐고. 내가 알려 주지. 그 녀석들은 마지막이라는 걸 깨달았을 때 자기들이 평생 맛보지 못했던 멋진 시기를 누리고 싶었던 거야. 그게 바로 어려운 상황에서 항복하는 거지, 알겠어? 그 녀석들에게 자기 발로 경찰서에 들어갈 수 있다는 건 일종의 축제야. 그렇게 해서 좀 쉬어 보겠다는 거지."

스틸리타노는 태연한 얼굴로 듣고 있었다. 나는 그의 입가의 야릇한 미소를 보고, 그 미소의 의미는 그가 아르망의 대답에 익숙해 있음을 알아차렸다. 그러나 그의 경우는 아르망의 말에서 볼 수 있는 긍정적이고 영웅적이며 무례한 모습이 아닌 산만한 스타일이었다. 로베르는 더 이상 대꾸하지 않았다. 그는 아르망의 설명을 하나도 이해하지 못했다. 혹시 이해한 게 있다면, 그 설명이 자신과 우리 세 사람을 다소 멀어지게 했다는 것뿐이다.

나는 한참 지나서 나 스스로 그 정당성을 찾을 수 있었다. 아르망의 착한 마음씨는 이 정당성의 논쟁에 있어서 나를 편안하게 해 주었다. 그는 모든 것을 이해하고 있었다. (내 말의 의미는 그가 나의 의문을 풀어 주었다는 뜻이다.) 그렇다고 해서 앞에서 언급한 강도들의 항복해 대한 아르망의 설명이 그 강도들에게 그럴 만한 가치가 있었다고 말하려는 것은 아니다. 그러나 나의 경우라면, 즉 그런 상황에서 내가 항복했다면, 그건 적합한 경우라고 볼 수 있다. 아르망의 선함은 각자의 역할을 비열하게 포기하는 짓을 하나의 축제로, 장엄하면서도 조롱하는 듯한 행동으로 변모시키는 데 있었다. 아르망은 복권(復權)에 대해 신경을 썼다. 자기 자신이나 다른 사람들의 복권이 아니라, 정신적 비참으로부터의 복권이었다. 그는 공인된 세계의 쾌락의 표현들, 그 속성들을 정신적 비참에 부여했던 것이다.

나는 그의 당당한 체격이나 근육, 털의 빛깔에서 느껴지는 건강한 모습과는 비교도 되지 않았지만, 그래도 가끔 거울 속에 비친 내 모습을 볼 때, 그의 얼굴에서 볼 수 있는 다소 엄하고 부드러운 표정의 일단이 내 얼굴에서도 느껴진다고 생각했다. 그럴 때면 나는 나 자신에 대해 자부심을 느꼈고, 육중하고 일그러진 얼굴 또한 자랑스러웠다. 나는 그가 어느 공동묘지에 묻혀 있는지, 혹은 어딘가에서 여전히 아무 탈 없이 살아가고 있는지, 혹은 그의 부드럽고 건장한 육체를 남의 눈앞에 태연하게 과시하며 살아가고 있는지 알 수 없다. 나로서는 아무리 사소한 것이라도 그의 진실을 왜곡하고 싶은 생각이 없다. 내가 이름을 정확히 옮겨 적고 싶은 사람은 아르망뿐이다. 아무리 사소한 것이라도 배반은 그 자체가 지나친 것이다. 그는 의자에서 일어났을 때, 마치 세계를 통치하는 것 같았다. 그는 누가 그의 뺨을 때리더라도 비틀거리지 않을 것이고, 또 누가 그의 육체에 어떤 모욕을 가하더라도 전혀 구애 받지 않을 것이다. 그는 언제나 위대한 모습을 그대로 유지할 것이다. 그는 침대를 모두 차지하고 두 발을 벌리고 있었다. 내게 남은 공간은 그의 다리 속에 간신히 몸을 웅크리고 있을 정도밖에 없었다. 나는 그의 성기 아래에 얼굴을 파묻었다. 그래서 나는 이따금 그의 성기가 내 두 눈앞에 축 늘어져 있는 것을 보았고, 때로는 아침에 눈을 뜨면 그것이 크고 이상한 갈색 뿔이 되어 나의 이마를 장식하고 있는 것을 보기도 했다. 자리에서 일어나려고 하면, 그의 다리는 난폭하지는 않았지만 저항할 수 없는 압력으로 나를 침대에서 밀어냈다. 그는 아무 말 없이 담배만 피워 댔다. 나는 그동안 나의 재능이 만들어지고 휴식을 취하고 있는 성스러운 곳을 위해 커피와 토스트를 준비하곤 했다.

어느 날 저녁 우연히 대화를 나누던 중 우리는 새로운 사실을 알게 되었다. 아르망이 입에 풀칠이라도 하기 위해서 마르세유에서 브뤼셀까지 이 도시 저 도시의 카페들을 전전하며 손님들 앞에서 종이로 된 레이스를 가위로 오려 팔면서 구걸하러 다녔다는 것이다. 이 사실을 스틸리타노와 나에게 이야기해 준 부두 하역부는 그 사실에 대해 전혀 조롱하는 듯한 태도를 보이지 않았다. 그는 섬세한 솜씨로 천을 오리고 접어 만든 잡다한 물건들, 즉 손수건이나 냅킨, 작은 상보 등을 매우 자연스럽게 설명했다.

"난 아르망을 보았어. 그 친구가 손재주를 부리며 돌아다니는 것도 말이야……."

그 육중한 몸과 차분한 태도로 이루어진 나의 지배자가 여자들이 하는 잔일을 하고 다녔다니 참으로 감동적이었다. 하지만 그가 아무리 우스꽝스러운 짓을 하고 다녔다고 해도 내게는 아무런 영향을 미치지 않았다. 나는 그가 감옥에서 석방되어 나왔는지 아니면 탈옥했는지 알 수 없었다. 그러나 그에 관한 새로운 사실들로 미루어 보건대 그는 모든 종류의 섬세한 기술을 배우는 훈련소, 즉 마로니 강의 연안 지대나 프랑스의 중앙 교도소 같은 곳 출신임이 확실했다.

이 부두 하역부의 말을 들으면서 스틸리타노는 심술궂게 웃었다. 나는 그가 아르망에게 상처를 주는 게 아닐까 두려웠다. 내 생각은 틀리지 않았다. 스틸리타노에게 있어서 그 기계로 짠 레이스는, 신앙심이 두터운 별장의 여주인들을 속이기 위해 만든 것이긴 했지만, 고귀함의 상징이었다. 그것은 동시에 아르망보다 자기가 더 우수하다는 증거였다. 그러나 나는 감히 그에게 그런 말을 하지 말라고 부탁할 수 없었다. 자기 동료인 내게 그렇게 정신적 귀족처럼 구는 것은 나에게, 즉 나의 마음속에 조금만 건드려도 부서지는 아주 부드러운 빛을 발하는 이상한 상황을 드러내는 것이다. 나는 무관심한 척했다.

"그런 이야기는 매일 듣고 있어!" 스틸리타노가 말했다.

"뭐, 그게 나쁜 건 아니지."

"내 말이 그거야. 누구든 가능한 만큼은 자신을 옹호하며 살아가지."

나는 의심할 바 없이 스스로 안심하기 위해, 즉 나의 불안정을 떠받치기 위해 나의 연인들이 가장 단단한 물질로 만들어져 있다고 가정할 필요를 느꼈다. 그러나 나는 불현듯 가장 권위 있다고 믿었던 사나이가 사실은 비참하기 짝이 없는 인간임을 알게 되었던 것이다. 오늘날 나의 머릿속에 자주 떠오르는 것은 아르망이 식당의 테이블을 돌아다니며 베니스의 무늬가 들어 있는 레이스를 가위로 자르고 있는 장면이다. 그러나 나는 그가 이런 장사를 하고 다니는 것을 한 번도 본 적이 없었다. 그가 다른 사람의 도움 없이 평범한 삶의 수단이 아닌 수많은 자태를 취하며 우아함을 드러내 보였던 것은 아마 이런 장사를 하고 다녔을 때일 것이다. 게으름 때문인지, 나를 복종시키기 위함인지, 자신의 개성에 가치를 부여하기 위한 의식(儀式)의 필요성을 느껴서인지, 아무튼 그는 자기가 피울 담배를 언제나 내 입에 먼저 불을 붙여 자기 입에 넣어 달라고 부탁했다. 그것도 그가 담배를 피우고 싶은 욕망이 일어날 때까지 기다리는 것이 아니라 내가 미리 그의 마음을 예측해서 행동에 옮겨야 했다. 처음에 나는 그가 원하는 대로 담뱃불을 붙여 주었다. 하지만 나도 담배를 좋아했기 때문에, 나중에는 시간을 절약하기 위해 한꺼번에 담배 두 개비를 입에 물고 불을 붙여서 그중 하나를 아르망에게 주었다. 아르망은 그 방법을 무척 싫어했다. 그것이 아름다워 보이지 않았던 모양이다. 그래서 나는 할 수 없이 이전처럼 담뱃갑에서 담배 한 개비를 꺼내 불을 붙이고 그의 입에 넣어 주었다. 그러고 나서 나의 담배에 불을 붙였다.

상주(喪主)가 되는 일은 무엇보다도 벗어나야 할 고통에 복종하도록 한다. 나 스스로 인습적인 도덕으로부터 벗어나기 위해 이 고통을 필요한 힘으로 바꿔 놓을 것이다. 나는 꽃을 훔쳐다가 나의 소중한 애인의 무덤에 바칠 수 없다. 물건을 훔치는 행위는 노력 없이 얻을 수 없는 하나의 윤리적 태도를 결정하도록 한다. 그것은 영웅적 행위이다. 그리고 사랑하는 자의 죽음 때문에 겪는 고통은 인간 사이의 관계를 다시 생각하게끔 만든다. 그러한 고통은 살아 있는 자로 하여금 죽은 자에 대해 형식적으로나마 위엄을 갖추도록 요구한다. 그래서 위엄을 갖춰야 할 필요성 때문에, 돈이 없어 꽃을 살 수 없을 때에는 할 수 없이 꽃을 훔치게 되는 것이다. 따라서 꽃을 훔치는 행위는 죽은 사람과 이별하는 데 습관적인 격식을 갖추기 위한 형식을 수행할 수 없다는 절망감에서부터 비롯된다. 기가 찾아와서 모리스 B가 어떻게 죽었는지 말해 주었다.

"꽃다발이 필요해."

"왜?"

"장례식에 가야 해."

그는 말을 간단히했다. 말이 길어지면 마음이 약해질까봐 두려워하는 것 같았다. 지금은 눈물을 흘릴 때도, 슬퍼할 때도 아니라고 생각한 모양이었다. 도대체 어떤 꽃다발, 어떤 장례식, 어떤 의식을 마음속으로 생각하고 있는 걸까?

"장례식이니까 아무래도 꽃이 있어야지."

"돈은 있어?"

"한 푼도 없어. 기부를 받아야지."

"어디서?"

"물론 교회에서 기부를 받으려는 건 아니야. 친구들에게서 받아야지. 술집에 가서 말이야."

"모두 돈이 말라 버렸을 텐데."

기는 죽은 사람을 위해 훌륭한 묘지를 만들어 주려는 것이 아니다. 그는 무엇보다도 경찰관의 총탄에 의해 쓰러진 동료 깡패에게 세상의 호화로운 의식을 제공해 주고 싶었던 것이다. 가장 비천한 자에게 이 세상의 가장 호화로운 꽃으로 장식해 주고 싶었던 것이다. 그러나 그의 친구들은 자신들을 가장 비천한 자들이라고 간주하면서, 그렇게 간주되는 자들에게 어울리는 방식으로 그의 죽음을 영광스럽고 명예롭게 하자고 했다.

"우리가 죽인 경찰관 놈들은 모두 고급스러운 장례식을 한다고 생각하면 이가 갈리지 않아?"

"억울해?"

"넌 화도 안 나? 재판장이라는 작자들을 봐. 그들이 죽었을 때에는 재판소 직원들이라면 누구나 장례 행렬을 따라가잖아."

기는 몹시 흥분해 있었다. 분개하는 그의 얼굴에서 빛이 발하는 듯했다. 그는 죽은 친구에게 관대했고, 친구를 기쁘게 해 주고 싶은 생각뿐이었다.

"아무도 돈이 없어."

"그렇다면 돈을 만들어야지."

"그 친구들과 어디 가서 꽃이나 훔쳐 오지 그래."

"바보 같은 소리야!"

그는 마지막 말을 부끄럽고 후회스럽게 생각하는 듯 알아듣기 힘들게 말했다. 미친 사람이라면 죽은 자를 위해 이상한 장례식을 해 줄 수도 있다. 그는 어떤 특별한 의식을 만들어 낼 수도 있을 것이다. 아니 반드시 만들어 낼 것이다. 기는 이미 똥 누는 개처럼 감동적인 태도를 취하고 있었다. 그는 힘을 주고 있으며, 시선을 고정시킨 채 사지는 새우처럼 구부려 몸체를 떠받치고 있었다. 그리고 막 떨어지려고 하는 김이 모락모락 나는 똥의 머리에서부터 꽁무니에 이르기까지 바들바들 떨고 있었다. 나는 지금도 당시 그의 쓸데없는 태도를 보았을 때의 놀라움과 수치심을 기억하고 있다. 그리고 내가 아직 어렸을 때, 그러니까 오래전 어느 일요일에 있었던 일이 생각난다. 딸을 잃은 나의 수양 어머니가 동네의 묘지에서 주위를 둘러보더니 누구의 것인지도 모르는 어떤 새 무덤에서 금작화 한 송이를 훔쳐 그것을 자기 딸의 무덤에 꽂아 두었던 것이다. 어디에서든 꽃을 훔쳐서 사랑하는 사람의 무덤을 장식하는 일이 훔쳐 온 사람의 마음에 결코 만족감을 주지 않는다는 것을 기도 잘 알고 있었다. 거기에 어떤 유머도 허용되지 않는 것이다.

"그래서, 너 어떻게 할 셈이야?"

"어디든 들어가서 재빨리 훔쳐 와야지."

"목표 장소가 어딘데?"

"없어."

"그럼 어떡해?"

그날 밤 그는 동료들과 함께 몽파르나스 묘지의 꽃을 약탈했다. 그들은 우선 프루아드보 거리의 공중변소 근처 담을 뛰어넘어 들어갔다. 기의 말에 의하면, 그것은 아주 우스꽝스러운 도둑질이었다. 아마 그날도 기는 도둑질을 하기 전 언제나 그랬듯이 대변을 보았을 것이다. 그는 밤이 되어 어두워지기 시작하면 언제나 아파트의 뒷문 앞이나, 그렇지 않으면 그 집의 뜰 안으로 들어가서 집 뒤의 작은 층계 아래에다 바지를 벗고 똥을 누었다. 그는 이런 익숙한 행동을 통해 마음의 안정을 얻을 수 있었다. 그는 똥덩어리라는 말이 속어로 '보초병'이라는 뜻을 가지고 있음을 잘 알고 있었다.

"이렇게 우선 여기에 보초병부터 두는 거야." 그는 말했다. "이렇게 해 두면 우리는 보다 가벼운 마음으로 집 안으로 들어갈 수가 있어. 이 장소가 우리에게 낯익은 것처럼 보이거든."

그들은 전등을 들고 장미꽃을 찾아다녔다. 장미꽃은 잎이 많지 않아서 쉽게 구분할 수 있었다. 그들은 기쁨에 도취되어 묘지들 사이에서 농담을 주고받으며 뛰어갔다. "우린 거기서 모든 걸 다 보게 될 거야." 기가 내게 말했다.

여자들은 화환을 만들거나 꽃다발을 준비하는 일을 맡았다. 그러나 가장 아름다운 것을 만들어 낸 것은 남자들이었다.

아침에 꽃은 모두 시들어 있었다. 그들은 꽃다발을 쓰레기통에 버렸다. 아파트 여자 관리인은 전날 밤 얼마나 떠들썩한 술잔치가 벌어졌던 건지 이상하게 여겼을 것이다. 평소 그들의 방으로 꽃다발이 들어가는 것을 본 적이 없었기 때문이다. 물론 가끔 난초가 올라가는 일은 있었다. 대부분의 남색가들은 이런 보잘것없는 장례식에 참석하려 들지 않았다. 그들의 거만한 태도나 위엄에는 사교계의 엄숙한 의식이 필요했다. 그래서 그들은 거기에 자기들 대신 정부들을 참석시켰다. 기는 장례식에 참석했다. 돌아오는 길에 그는 나에게 와서 장례식의 슬픈 분위기를 이야기했다.

"정말 비참해 보였어! 네가 오지 않은 건 불행한 일이야. 참석한 사람들이라곤 갈보나 깡패뿐이더군."

"아, 그만 해 둬. 그들이라면 매일 보니까!"

"아니 그런 뜻이 아니야, 장. 내가 하고 싶은 말은 장례 담당자들이 가족에게 뭔가 물었을 때 누군가가 대답을 해 주어야 했기 때문이지. 나는 정말 부끄러웠어."

(내가 메트레 감화원에 있었을 때, 나는 그곳 부속병원에서 죽은 어린 원아의 장례식에 참석하도록 명령받은 적이 있었다. 우리는 죽은 아이를 따라 소년원의 조그만 묘지로 갔다. 묘지를 파는 이들은 모두 어린 소년들이었다. 그들이 관을 땅에 내려놓았을 때, 나는 맹세하건데, 만일 보통 장례식 때처럼 매장인들 중 한 사람이 "가족은 어느 분이시죠?" 하고 물었다면 장의 차림으로 서슴지 않고 앞으로 나갔을 것이다.)

"뭐가 그렇게 부끄러웠다는 거야?"

"참 너무 비참해. 가난한 자식들의 장례식은." 기는 크게 기지개를 펴더니 미소를 지었다. "밤새도록 떠들어 대며 술을 퍼마셨지. 그렇게 하고 다들 만족해서 집에 돌아갔어. 이젠 정말 구두끈을 풀 수 있을 것 같아."

나는 어렸을 때 성당을 한 번 털어 보았으면 하는 욕구가 있었다. 나중에 성당에서 카페트나 꽃병, 때때로 그림까지 훔치는 기쁨을 체험했지만 말이다. AM 성당을 털기 위해 G와 함께 안에 들어갔을 때 그는 레이스에 아름다움을 느끼지 못했다. 내가 그에게 사제들이 입는 백의나 제단 천 같은 것들이 비싸다고 말해 주자 그는 얼굴을 찡그렸다. 그는 물건의 정확한 값을 알고 싶어 했다. 성기(聖器)가 들어 있는 성소에서 나는 중얼거렸다.

"모르겠는걸."

"얼마쯤 될까, 50프랑 정도?"

나는 아무 대답도 하지 않았다. 나는 매우 분주하게 사제들이 옷을 입고, 또 옷을 벗고, 단추를 끼고, 흰 사제복 위에 허리띠를 졸라매기도 하는 이 방에서 나가고 싶었다.

"응? 얼마쯤 되냐니까? 50프랑?"

그의 성급한 성격에 못 이겨 나는 이렇게 대답했다.

"아니야, 더 비싸. 10만 프랑은 돼."

G의 손가락은 떨리기 시작했고 움직임이 무거워졌다. 그의 서투른 손가락들은 레이스나 천에 상처를 입었다. 욕심에 눈이 먼 데다 방에 밝기가 좋지 않아서, 그의 얼굴은 추한 표정을 하고 있는지 아름다운 표정을 하고 있는지 알 수 없었다. 우리는 루아르 강변에 이르러서야 비로소 마음을 가라앉힐 수 있었다. 그리고 첫 화물열차를 기다리며 강변의 풀밭 위에 앉아 있었다.

"넌 그런 걸 잘 알고 있으니 운이 좋은 거야. 난 아무것도 몰라서 그 비싼 레이스를 두고 올 뻔했어."

바로 그때 기는 자기와 좀 더 함께 일하자는 제안을 해왔다. "넌 단지 내게 한탕 할 게 뭔지 알려 주기만 해. 행동은 내가 할 테니.” 그가 말했다. 나는 거절했다. 강도질은 누군가 계획한 것을 다른 사람이 실행에 옮길 수 없는 것이기 때문이다. 실제로 행동을 할 때에는 예기치 않은 일이 발생하기 때문에 부득이 계획을 수정해야 할 때가 있다. 결국 기는 도둑질하며 사는 것을 오로지 훌륭하고 찬란한 삶이며, 그 삶이야말로 주홍빛이며 금빛이라고 간주하고 있었던 것이다. 그러나 나에게 그 생활은 어둡고 음침해 보였다. 또한 모험적이고 위험해 보였다. 그 점에 있어서 기와 나의 생각은 일치했다. 그 위험은 지붕에서 떨어져 골절을 당한다든가, 자동차로 쫓기다가 담장에 부딪친다든가, 6. 35밀리 구경 권총의 총탄에 맞아서 죽는다든가 하는 것과는 별개의 것이다. 대성당의 보물을 훔치기 위해 추기경으로 변장하는 일, 경쟁의 대상인 다른 강도단을 따돌리기 위해 비행기를 타는 일과 같은 고도의 스펙터클들은 내게 어울리지 않는다. 그런 호화스러운 놀이가 뭐가 중요하단 말인가?

기는 자동차를 훔칠 때마다 주인이 나타나는 바로 그 순간 자동차를 몰고 도망가도록 계획을 세웠다. 기는 자동차 주인이 도난당한 자기 차가 자기를 버리고 도둑과 멀리 사라지는 것을 불쌍한 표정으로 바라보는 모습을 즐겼다. 그 즐거움은 기에게 축제와 같은 것이었다. 그는 다소 강제적으로 꾸며 낸 듯한 금속성 목소리로 껄껄대고 웃으며 바람처럼 사라졌다. 전속력으로 자동차를 몰고 가 버리는 것이었다. 도둑맞은 사람의 모습은 어이없고 놀란 표정, 분노와 부끄러움 그 자체였다. 그 모습을 보고 내 마음은 고통스럽지 않을 수 없었다.

내가 감옥에서 나온 후 우리는 매춘부의 기둥서방들이 모여드는 술집에서 만났다. '라 빌라' 라는 바였다. 술집의 벽에는 사인이 들어 있는 그림들로 꽉 차 있었다. 밤에 유흥장에서 손님을 끄는 여자들, 권투 선수들, 무용수들의 그림들이었다. 기도 나처럼 탈옥한 지 얼마 되지 않았기 때문에 돈이 없었다.

"뭐 좋은 일 없을까, 응?"

"있어." 나는 그에게 나지막한 소리로 말했다.

친구가 소장하고 있는 미술품 몇 점을 훔쳐서 외국에 팔아먹을 계획이었다.(나는 얼마 전 『꽃의 노트르담』이라는 소설을 쓴 적이 있다. 그 책을 출간하면서 나는 몇몇 돈 많은 사람들을 알게 되었다.)

"그 친구를 죽여야 할까?"

"그럴 필요 없어. 내 말 들어 봐."

나는 숨을 깊게 들이쉬고 나서 그에게 얼굴을 바짝 가져다 댔다. 나는 카운터 받침대의 쇠막대에 놓여 있던 손의 위치를 바꾸고, 다리를 옮겨 놓았다. 요컨대 언제라도 뛰어나갈 준비를 하고 있었다.

"들어 봐. 그 자식을 한 일주일 동안 처넣을 수가 있어."

그때 기의 얼굴에 어떤 움직임이 있었다고 말할 수는 없지만, 분명 그의 얼굴 표정은 달라졌다. 그의 얼굴은 부동인 채로 오히려 딱딱하게 굳어졌다. 나는 갑자기 그의 어두운 눈초리가 두려워졌다. 기는 얼굴을 옆으로 약간 숙이고 있었다. 그는 끊임없이 내 마음속을 들여다보기라도 하듯 나를 뚫어지게 바라보았다. 좀 더 정확히 말하면, 그의 시선은 나를 꼼짝 못하게 사로잡았다. 그때 나는 갑자기 "난 너를 찔러 버리겠어!" 하는 말의 진정한 의미를 깨달았다. 다음과 같이 말하는 그의 목소리는 나지막하고 억양도 전혀 없었지만, 내 배에다 총부리를 들이대고 있는 듯했다. 그 목소리는 하나의 기둥이나 쇠망치같이 견고하게 그의 입에서 나왔다. 감정을 잘 드러내지 않는 단조로운 목소리는 한층 더 압축되고 강하게 느껴졌다.

"어떻게, 네가 나한테 그런 말을 할 수 있지, 자노? 한 녀석을 감옥으로 보내겠다고 말한 건 바로 너야?"

내 얼굴은 그의 얼굴만큼 동요하지 않았지만 굳어 있었다. 하지만 나는 의도적으로 더욱 긴장한 표정을 지어 보였다. 나는 검은 구름이 한데 몰려 있는 듯한 그의 얼굴의 폭풍우와 천둥과 번개에 대해 툭 튀어나온 돌출부와 커다란 바위만 한 나의 얼굴로 대항했다. 그러한 그의 엄격함이 멸시 속에서 무너지고 부서질 것임을 알면서도 나는 한 순간을 그렇게 버티고 있었다. 나는 재빨리 비굴한 행동을 원했다는 것을 그가 의심하지 않도록 나 자신을 만회할 방법을 찾으려고 고심했다. 시간은 별로 필요하지 않았다. 나는 침묵으로 일관했다. 나는 그의 놀라움과 멸시가 나에게 쏟아지도록 내버려 두었다.

"난 한 녀석쯤은 죽여 버릴 수 있어. 네가 원한다면 놈을 때려 패고, 엉망으로 만들어 놓겠어. 말만 하면 돼. 자노, 이제 알겠어? 그 자식을 죽여 버릴까?"

나는 여전히 입을 다문 채 그를 바라보았다. 그는 내 얼굴 표정을 결코 꿰뚫어 볼 수 없을 것이다. 기는 내가 극도로 긴장하고 있다는 걸 알아보았음에 틀림없다. 그를 감동시킬 정도로 그를 놀라게 했던 하나의 결정, 확고한 의지 등. 사실상 내가 무엇인가 대단히 극적인 순간에 처해 있는 것처럼 생각하는 듯했다. 그러나 사실 나는 그의 진지한 성격이 두려웠다. 그날 밤만큼이나 그가 사나이다운 힘에 넘쳐 있는 것처럼 보인 적은 없었다. 그는 카운터 앞의 둥글고 높은 의자에 앉아 있었다. 의자에 앉아 있는 그의 모습, 근육질의 허벅지는 빳빳한 바지 밑에서 솟아올라 있었고, 그 위에 놓인 손은 큼직하고 두툼하며 거칠었다. 내가 명확히 정의 내릴 수는 없었지만, 그는 나쁜 짓, 어리석음, 씩씩함, 우아함, 화려함, 끈덕짐 등 우리 주변의 기둥서방들과 공통된 특징을 지니고 있었다. 그는 그들과 대등한 동료였다. 나는 그에게, 또 그들에게 완전히 압도당했다.

"누군가를 감옥에 보낸다는 게 어떤 건지 넌 잘 알 거야. 우리 둘도 가 봤지. 그러니까 그렇게는 할 수 없어."

그는 친구들을 배반하든가 혹은 팔아 버린 적이 있을까? 나는 그가 PJ라는 경찰관과 친하게 지내고 있어서, 그가 경찰관의 끄나풀이 아닌지 두려웠다. 아니 어쩌면 그걸 기대했는지도 모른다. 그를 두려워한 것은 밀고당할 위험성 때문이었다. 또 다른 두려움이 있었다면, 그가 나보다 먼저 배반할 것이라는 점 때문이었다. 그것을 기대했다는 것은, 그 경우 내가 비열함 속에서 동료와 지지자를 얻을 수 있었기 때문이다. 그때 나는 자기의 그림자를 잃어버린 나

그네의 고독과 절망감을 이해했다. 나는 계속 침묵을 지켰고, 그저 기를 바라보고만 있었다. 그의 표정에는 전혀 동요가 없었다. 아직 나에게 실패를 만회할 시기가 오지 않은 것이다. 그가 깜짝 놀라서 어찌할 바를 모르고 있는 가운데 머지않아 그의 발목을 붙잡을 때가 오기를 기다리자는 심정이었다. 그러나 나는 이미 그가 나를 멸시하고 있음을 알아차렸다. 그가 나에게 다음과 같이 말했기 때문이다.

"그런데 자노. 난 널 형제같이 생각하고 있단 말이야. 이해하지? 만일 이 동네의 어떤 놈이 너에게 그런 난처한 일을 당하도록 하면, 난 그놈을 살려 두지 않을 거야. 그런데 네가 그런 말을 하다니……."

그때 우리 쪽으로 매춘부들의 정부들이 다가오자, 그는 목소리를 낮추었다.(정부들 역시 우리가 하는 이야기를 들을 위험이 있었다. 술집은 만원이었다.) 나는 애써 진지하게 보이려고 눈살을 찌푸렸고 입술 안쪽을 깨물고는 한동안 침묵으로 일관했다.

"네가 아닌 다른 놈이 나한테 그런 짓을 제안했다면……."

나는 나 자신을 보호하겠다는 굳은 의지로 무장하고 있었음에도, 그의 멸시하는 듯한 다정다감한 태도에 대해 속으로는 굴욕감을 느꼈다. 나로서는 그의 말투나 어조, 그 말의 내용을 이해하기 힘들었다. 그는 전문적인 밀고자인가 아닌가? 그것을 분명히 알 수는 없을 것이다. 비록 그가 그런 밀고자라고 해도 그가 허용하는 수준의 범죄 행위에 대해 나를 경멸할 수는 있을 것이다. 그리고 그런 짓을 하도록 권유를 받으면 그가 받아들일 수 있는 어떤 다른 도둑보다 위신도 매력도 떨어진다는 이유로 나를 추잡한 여정의 동반자로 선택하기를 꺼려할 수 있다. 하여튼 나는 그가 나를 멸시한다는 것을 잘 알고 있었다. 그것은 나를 설탕 덩어리같이 녹여 버릴 수도 있었다. 나는 그다지 확고한 태도를 지니고 있지는 않았지만, 그래도 어느 정도 엄격함을 지니고 있어야 했다.

"하지만, 자노. 다른 놈이었으면 난 그냥 내버려 두지 않았을 거야. 난 어째서 네가 그런 말을 하도록 내버려 두는지 모르겠어. 정말 모르겠어."

"됐어."

그가 고개를 쳐들었다. 그리고 입을 벌리고 멍청하게 있었다. 나의 말투에 놀란 모양이었다.

"뭐라고?"

"됐다고 말했어."

나는 그에게 좀 더 가까이 다가가 한쪽 손을 그의 어깨 위에 올려놓았다.

"기, 이제 나도 안심했어. 난 네가 R(위에서 말한 경찰관)과 그처럼 친하게 지내고 있는 것을 보고 많이 걱정했어. 솔직히 깜짝 놀랐지. 네가 밀고자가 된 게 아닌가 해서 말이야."

"너 미쳤구나. 내가 그와 가깝게 지낸 것은 무엇보다도 그놈이 어떤 건달보다도 더 건달 같은 자였기 때문이야. 그리고 또 그놈한테서 신분증 같은 걸 얻기 위해서였다고. 그놈은 돈으로 움직일 수 있는 놈이야."

"좋아. 지금은 널 이해하지만, 어제 네가 그놈과 술 마시고 있는 것을 봤을 때, 사실 기분 나빴어. 정말이지, 난 밀고자만은 참을 수가 없거든. 너를 의심한다는 것, 그건 뒤통수를 한 대 얻어맞은 기분이야, 너도 잘 알잖아? 네가 나를 속이고 있다고 생각하다니."

그가 나를 비난할 때 조심스러운 태도를 취했던 것과는 달리 나는 나도 모르게 다소 언성을 높였다. 그의 경멸의 중압에서 벗어나 겨우 원기를 회복하고 한숨을 돌리자마자, 나의 목소리가 너무 크고 빠르게 튀어나왔던 것이다. 나는 다소 들떠 있었다. 나는 멸시로부터 솟아난 기쁨과 술집에 있던 그 모든 기둥서방들을 상대로 싸워야 했던 상황에서 벗어난 기쁨, 언어의 지배가 주는 위신의 회복으로 말미암아 이번에는 내가 기의 기세를 눌렀다는 기분이 들었다. 그 기쁨이 나를 들뜨게 만들었던 것이다. 게다가 나는 스스로에 대한 어떤 연민에 휩싸여 힘들이지 않고 감동적인 어조로 말할 수 있었다. 나는 피해 없이 어려운 일을 해결하기는 했지만 결국 패배한 것이기 때문이었다. 나의 견실하고 굽힘 없는 태도는 손상을 입었다. 그리고 위에 말한 그 강도질(그것에 대해 누구도 재론하지 않았지만 말이다.)은 완전히 사라져 버렸다. 굉장히 멋을 부린 뚜쟁이들이 우리 주변에 있었다. 그들은 목소리가 컸지만 사뭇 은밀하게 대화를 나누고 있었다. 기는 나에게 자기 정부에 관해 말하기 시작했다. 나는 가까스로 말대꾸를 할 뿐이었다. 큰 슬픔이 몰려오기 시작했다. 때때로 분노가 번개처럼 일어나기도 했다. 희망으로 찢어진 틈새로 한순간 피어나는 고독(그 고독의 이미지는 나에게서 뿜어 나오는 안개 또는 수증기 같은 것이라고 해도 좋다.), 바로 그 고독이 또다시 나를 완전히 가두어 버리고 말았다. 나는 자유로운 상태에서 한 친구를 사귈 수 있었다.(나는 기를 경찰관 끄나풀로 확신하고 있었기 때문이다.) 그러나 결국 나는 그 친구를 얻지 못했다. 내가 그와 함께 배반을 저지를 수 있었다면 얼마나 좋았을까. 나는 내 공범자들을 사랑하고 싶었다. 이상하게도 고독한 강도라는 처지는 별 볼일 없는 애송이 녀석과 단둘이 갇혀 있는 꼴을 허용하지 않았다. 범죄 행위 중에 나라는 존재를 거의 전적으로 구성하고 있는 물질(혹은 빛)인 공포가 나를 공범자의 품속으로 파고들게 할 위험이 있다. 말하자면 내가 키가 크고 힘이 센 공범자를 고르는 것은 작업이 실패로 돌아갔을 경우 그가 나를 보호해 주기를 원해서가 아니라, 공포에 사로잡혀 그의 환상적으로 우묵하게 파인 가슴이나 사타구니의 피난처로 달려들고 싶었기 때문이다. 이런 선택은 위험하다. 그 선택의 결과로 공포가 완전히 사라져 버리고 애정으로 돌변하는 일이 종종 있기 때문이다. 나는 그러한 멋진 어깨, 또는 잔등이나 허리에 너무 쉽게 몸을 내맡기고 말았다. 그렇게 일하는 기의 모습은 욕망을 자극했다.

그는 두려움에 사로잡혀 나를 찾아왔다. 나는 그의 두려움이 사실인지 어떤지 알 수 없었다. 오늘 아침 그의 얼굴은 정말 애처로울 지경이었다. 그는 뚜쟁이들과 함께 상테 교도소의 복도나 계단에 있을 때가 훨씬 편안해 보였다. 그리고 그들의 위엄은 변호사를 만나러 갈 때 입는 실내복 속에서 나왔다. 그곳에서 기의 거동이 편안해 보였던 것은 교도소가 주는 안정감 때문이 아닐까?

"난 어떻게 해서든 이 더러운 곳을 벗어나야겠어. 시골로 줄행랑칠 수 있게 뭐든 하나만 알려 줘."

그는 어떻게 해서든 뚜쟁이들 사이에서 살려고 했다. 나는 그의 신경질과 치명적인 두뇌 운동 속에 남창들이나 여배우들의 비극적인 어조가 있음을 알고 있었다. 나는 '도대체 몽마르트르의 사나이들이 속아 넘어가다니 가능한 일인가.' 하고 의아하게 생각했다.

"갑자기 그런 소릴 해도 어쩔 수 없잖아. 지금 당장 할 수 있는 강도질은 없어."

"어떤 일이라도 좋아, 자노. 필요하다면 한 놈 죽일 수도 있어. 2만 프랑만 수중에 들어온다면 총으로 쏴 죽일 수도 있을 것 같아. 어제는 하마터면 감방으로 끌려갈 뻔했어."

"그렇다고 내가 앞에 나설 수 없지." 나는 미소를 지으며 말했다.

"넌 이해할 수 없어. 이렇게 호화로운 호텔에서 살고 있으니."

그의 말에 나는 화가 났다. 나는 왜 호화로운 호텔, 샹들리에, 응접실, 인간의 우정을 두려워하지 않으면 안 되는가? 혹시 안락한 삶이 내 정신에 어떤 과감한 행동을 하도록 허용할지 모른다. 그리고 내 정신이 어디론가 멀리 간다면 분명 내 육체 역시 그 뒤를 따라갈 것이다. 갑자기 그가 나를 바라보며 웃었다.

"나를 응접실에서만 맞이하는군. 침실로 가면 안 될까? 거기 네가 좋아하는 아이가 있지?"

"그래."

"그 애는 친절해? 누구지?"

"소개해 줄게."

그가 돌아간 후 나는 뤼시앵에게 기에 대해 어떻게 생각하느냐고 물었다. 나는 드러내지 않았지만 그들이 서로 사랑하면 좋겠다고 생각했다.

"옷차림이 괴상하더군. 그런 스타일의 모자를 쓰다니, 꽤나 우스꽝스러운 옷차림이야."

그는 곧 화제를 바꾸어 버렸다. 기의 문신, 그의 다양한 모험과 용감성도 뤼시앵의 관심을 끌지 못했을까? 뤼시앵은 오직 그의 이상한 옷차림만 보았다. 부랑배들의 우아함은 고상한 취향의 사람들에게는 비판의 대상이 될지 모른다. 그러나 그들은 낮에, 특히 저녁에는 감동할 만큼 진지하게 몸치장을 한다. 고급 매춘부들이 몸치장에 세심한 주의를 기울이는 것처럼. 그들은 사람들의 시선을 끌고 싶은 것이다. 에고이즘은 유일하게 그들의 인간성을 육체(왕자나 귀족보다 멋있는 옷차림을 한 뚜쟁이들의 거처)에 한정시킨다. 그러나 거의 언제나 그 목적을 달성하고야 마는 악당들의 옷치장에 대한 탐구는 기에게 무엇을 의미할까? 그것들을 세부적으로 보면 우스꽝스럽게 차양이 좁은 푸른색 중절모자이며, 몸에 착 달라붙은 저고리와 웃옷 호주머니에 꽂은 장식용 손수건 등인데, 이러한 멋진 차림은 대체 무슨 목적을 띠고 있을까? 그렇지만 비록 그에게 뤼시앵이 지니고 있는 어린아이 같은 우아함이나 신중한 분위기를 띠고 있지 않다고 해도 기의 정열적인 기질, 보다 더 따뜻한 심정, 보다 더 열렬하고 치열한 생활 등은 그를 내게 더욱 귀중한 존재로 만들어 주었다. 그는 스스로 공언한 대로 사람을 죽일 수도 있는 인간이다. 그는 자기 혼자만을 위해, 혹은 한 친구를 위해 하룻밤 사이에 전 재산을 날려 버릴 수 있는 인간이다. 그는 대단한 담력을 가지고 있다. 경우에 따라서 내가 보기에 뤼시앵의 모든 특징은 그 우스꽝스러운 부랑배가 가진 단 하나의 미덕만큼도 가치가 없을지 모른다.

뤼시앵에 대한 사랑과 그에 대한 사랑이 주는 행복이 벌써 당신들의 세계에 더욱 적합한 윤리를 인정하도록 나를 이끌고 가는 기분이다. 그렇다고 해서 내가 이전보다 더 관대하다는 것은 아니다. 나는 지금도 꽤 관대한 편이다. 그러나 내가 향하고 있는 굳건한 목표, 빙하의 꼭대기에 박아 놓은 쇠말뚝처럼 잔혹한 목표가 오히려 나의 사랑을 위협하는 것처럼 보인다. 그 목표는 나의 자존심과 절망감에 더할 나위 없이 감미롭고 고귀한 것이 아닌가. 뤼시앵은 내가 이처럼 지옥과 같은 지점에 당도해 있다는 사실을 모른다. 나는 아직 당분간은 그가 나를 이끄는 대로 따라가고 싶다. 만일 뤼시앵이 도둑놈이고 배반자였다면 그에 대한 나의 사랑은 얼마나 황홀한 것이었을까? 이를테면 나는 현기증을 느끼고 추락했을 것이며, 구토를 할 정도로 도취되었을 것이다. 그는 나를 사랑할까? 내가 단지 그의 애정이나 나에 대한 그의 가벼운 혼동이 도덕률이나 부드러운 성품에 복종하는 것은 아닐까? 그럼에도 불구하고 나는 나 자신을 어떤 쇠뭉치 같은 괴물과 연관시키고 싶다. 도둑질도 하고, 살인도 하며, 아버지나 어머니를 태연히 재판관에게 인도하면서 미소를 짓거나 또는 얼음처럼 차가운 표정을 짓는 괴물 말이다. 한걸음 더 나아가 나는 나 자신이 하나의 괴물과 같은 예외적 존재가 되기를 갈망한다. 나는 신의 대리인이 되고 싶다. 그것은 나의 자존심은 물론 나의 도덕적 고독에 대한 취향도 만족시켜 주리라. 뤼시앵의 사랑은 나를 충족시켜 주었다. 그러나 내가 오랫동안 살아온 몽마르트르를 지나칠 때, 그 순간 내 눈에 보이는 것, 온갖 천하고 더러운 것이 심장을 뛰게 하고, 육체와 영혼을 욕망으로 부풀어 오르게 했다. 나는 누구보다도 악명으로 알려진 구역에서 가치 있는 것은 아무것도 없다는 것, 그리고 그런 곳에 신비로울 것도 없다는 것을 잘 알고 있었다. 그럼에도 그 장소는 내게 여전히 신비스러운 곳으로 남아 있다! 그 환경에 맞는 삶을 위해 다시 그 지역으로 돌아가 사는 일은 불가능한 과거로의 회귀를 요구하는 것이다. 창백한 얼굴을 한 거리의 부랑배들은 박약한 영혼의 소유자들이며, 무서운 깡패들은 한스러운 바보들이기 때문이다. 밤이 깊어져 뤼시앵이 침실로 가 버리면 나는 겁에 질려서 이불 속으로 기어 들어간다. 거기에 몸을 파묻고 혹시 내 옆에 더 힘이 세고, 더 위험스러우며, 더 다정다감한 육체를 가진 도둑놈이 있으면 좋겠다는 생각을 한다. 나는 가까운 장래에 가장 외설적인 항구의 가장 음탕한 지역에서 위험에 노출된 무법자의 생활을 계획해 본다. 나는 뤼시앵을 포기할 것이다. 그는 자신의 뜻대로 살아갈 것이고, 난 나의 길을 갈 것이다. 나는 바르셀로나, 리오, 혹은 어딘가 다른 곳으로 갈 것이다. 먼저 감옥으로 가지나 않을까. 감옥에 가면, 또다시 세크 고르기를 만나게 될 것이다. 그 거대한 흑인과 나는 정답게 등을 맞대고 누울 것이다. 이 밤보다 더 광대한 흑인이 나를 뒤덮어 버리리라. 내 몸 위에서 그의 모든 근육들은 한 지점으로 매우 강렬하게 충전되고 견고하게 집중되어 씩씩한 남성의 지류임을 느끼게 될 것이다. 그 육체는 나의 기쁨을 위해서만 존재하며, 그 자신의 이익과 행복에 의해 전율할 것이다. 우리는 한동안 움직이지 않고 있을 것이다. 그러다가 그는 한층 더 깊이 파고들 것이다. 일종의 졸음과 같은 것이 나의 양 어깨 위의 흑인을 압도할 것이다. 그의 밤이 나를 짓누르고, 나는 서서히 용해되리라. 나는 입을 벌린 채로, 그는 강철 같은 축과 그 어둠의 지렛대에 묶인 채 그대로 굳어 버릴 것이다. 내 몸은 한층 가벼워질 것이다. 나에게 어떤 책임감도 더 이상 남아 있지 않을 것이다. 나는 독수리가 가니메데스*에게 제공한 것과 같은 투명한 눈으로 세상을 굽어보리라.

뤼시앵을 사랑하면 사랑할수록 나는 도둑질과 도둑으로서의 취향과 멀어졌다. 그를 사랑하는 것은 기쁘다. 그러

---

* 제우스에게 납치되어 신들에게 술 따르는 일을 한 트로이의 미소년으로, 남색의 상대를 일컫는 말로도 쓰인다—옮긴이.

나 그림자처럼 연약하고, 흑인처럼 육중하고 거대한 슬픔이 내 인생 전체를 뒤덮고 있다. 그것은 내 인생 위에 거의 머물러 있지 않고, 단지 스쳐 지나가면서 그것을 무너뜨린다. 또한 살짝 열린 나의 입속으로 들어오기도 한다. 그것은 내 전설의 회한이다. 뤼시앵에 대한 나의 사랑은 보기 흉한, 그러나 달콤한 향수를 맛보게 한다. 나는 그를 포기하기 위해 프랑스를 떠날 수도 있다. 그러면 나는 그를 프랑스에 대한 나의 증오심 속에 뒤섞어 버려야 할 것이다. 그러나 이 매력 있는 사나이는 내가 경탄해 마지않으며 이상적인 부랑배들에게 있는 특징들, 즉 눈과 머리카락과 가슴과 다리를 갖추고 있다. 그를 버리면 그 모든 것을 버린 느낌이 들 것이다. 그러니 그의 매력이 그를 구하고 있는 셈이다.

오늘 저녁 나는 그의 곱슬머리 속에 손가락을 넣고 이리저리 뒤적거려 보았다. 그는 꿈꾸는 듯한 목소리로 말했다.

"내 아이가 보고 싶어."

이 말은 그에게 어떤 무정함을 주기는커녕 오히려 그를 측은하게 만들었다.(그가 선원이었을 때 어떤 항구에서 만난 아가씨가 그의 아이를 뱄다.) 나는 더욱 엄숙하고 더욱 다정하게 그의 얼굴을 바라보았다. 나는 이 의기양양한 표정의 소년, 활기차고 상냥하고 장난꾸러기 같은 미소를 띤 소년을 젊은 신부에게 보내는 것과 같은 시선으로 바라보았다. 나는 이 '수컷'에게 입힌 상처를 떠올리면서 불현듯 그에게 존경심과 새로운 배려의 필요성을 느꼈다. 이 희미하고 멀리 있고, 거의 편협하다고 할 수 있는 상처는 분만의 고통을 상기할 때처럼 그를 나른하게 만들었다. 그는 나를 보며 미소를 지었다. 나는 행복감에 더욱 가슴이 뭉클했다. 말 그대로 하늘이 방금 우리의 결합을 축복이나 해 준 듯이 말이다. 나는 내 책임이 한층 더 무거워졌음을 느꼈다. 그러나 그가 훗날, 비록 다른 애인들 곁에 있게 되어도, 지난날 내가 자기에게 어떤 존재였는지 잊어버릴 수 없을 것이다. 그의 마음은 이 사실에 대해 어떤 반응을 일으킬까? 상처를 받았다면 그 상처는 완전히 아물 수 있을까? 그 역시 기처럼 무관심할까? 무겁고 깊은 고민의 고통, 즉 상처받은 수컷의 슬픔에 대해 어깨를 으쓱하며 미소 짓고 남의 일인 양 내팽개친 채 활기차게 돌아다닐 수 있을까? 이것을 상처받은 남자의 우수라고 할 수 있을까? 이 모든 사실에서 그는 어떤 멋스러움을 느끼는 것은 아닐까?

로제는 자기가 방금 끌어들인 남색가와 너무 긴 시간을 보내게 하지 말아 달라고 부탁했다. 우리의 계획은 다음과 같았다. 즉 로제가 자기에게 다가와서 말을 건 남색가와 공중변소나 숲에서 나오면, 한 번은 스틸리타노가 또 한 번은 내가 멀리서 그들의 뒤를 따라 방까지 가는 것이었다. 그곳은 대부분 지독한 냄새를 풍기는 더러운 뒷골목의 여관방이었다. 과거에 매춘부였던 여자가 운영하는 조그만 여관이었다. 나는(혹은 스틸리타노는) 계단 밑에서 몇 분 동안 기다린 다음, 방으로 올라갔다.

"너무 늦지 않도록 해, 자노. 알겠지? 너무 늦지 말라고."

"하지만 적어도 옷 벗는 시간은 필요하잖아."

"물론이지. 좀 빨리 서두르란 말이야. 보통 때와 마찬가지로 문 앞에 종이뭉치를 떨어뜨려 놓을 테니까."

그는 이런 식의 재촉하는 말투로 자주 내게 요구해 왔다. 어느 날 나는 그에게 물었다.

"왜 그렇게 빨리 하라고 보채는 거야? 잠시 기다리기만 하면 끝날 텐데."

"너 미쳤어? 난 무섭단 말이야."

"뭐가 무섭다는 거야?"

"자식이 날 애무하기 시작하면 난 끝장이야. 거절할 자신이 없어."

"그럼, 그가 하자는 대로 내버려 둬."

"무슨 말이야? 하기야 내가 흥분하면 그럴 수 있겠지만. 그래도 그럴 수 없지. 절대 스틸리타노에게 이런 얘기는 하지 마."

로제는 마치 숲 속에서 길을 잃고 식인귀에 끌려가면서도 작고 하얀 조약돌을 길에 뿌려 두고 있는 듯 보인다. 그는 나쁜 간수에게 억류된 채 문 앞에 남긴 표시물로 자기의 장소를 알리고 있었던 것이다. 어느 날 저녁 나는 어리석게도 그의 두려움을 무시해 버렸다. 스틸리타노와 나는 오랫동안 계단 아래에서 기다리다가 방으로 올라갔다. 우리는 그가 있는 방을 찾아서 아주 조심스럽게 문을 밀었다. 벽면을 움푹하게 만들어 침대를 들여놓은 곳과 작은 현관 사이에 방이 놓여 있었다. 로제는 나체로 침대 위에 누워 있었다. 발가락에는 붉은 카네이션을 꽂고 있었다. 그는 거울 앞에서 천천히 옷을 벗고 있는 늙은 사나이를 유혹하는 중이었다. 우리는 거울로 다음 장면을 볼 수 있었다. 로제는 교묘한 몸짓으로 다리를 얼굴 쪽으로 옮겨 카네이션을 손으로 집었다. 잠시 동안 그 꽃의 냄새를 맡는 시늉을 하더니, 이번에는 그것으로 자기 겨드랑이를 쓰다듬었다. 노인은 흥분하기 시작했다. 그는 단추를 풀고 멜빵을 벗으며 멍한 표정을 지었다. 그의 열정적인 두 눈은 묘하게 꽃이 놓여 있는 젊은 육체를 탐욕스럽게 바라보았다. 로제가 웃고 있었다.

"넌 나를 휘감아 줄 찔레꽃이야."

늙은이가 말했다. 이 말이 노인의 입에서 나오기 전에, 로제는 잠시 시트 속에서 몸을 비틀고 있었다. 그는 갑자기 돌아서 엎드리더니 카네이션을 엉덩이 사이에 꽂았다. 그러고는 뺨을 베게에 대고 누워 웃으며 큰 소리로 말했다.

"그럼 이건? 이리와서 이걸 감싸 줘요."

"응, 그러지." 하고 말하며 스틸리타노가 문을 열고 안으로 들어갔다.

그는 침착했다. 나는 그의 수치심에 대해 말하고자 한다. 나는 이미 앞에서 수치심이 어떻게 때때로 야수적이라고 할 만한 그의 난폭한 성미를 장식하는지 언급한 바 있다. 그러나 지금 내 생각으로 이 수치심은 결코 어떤 물건, 예컨대 그의 이마나 손을 가려 주는 물건이 아니요, 어떤 특별한 감정은 더더구나 아니다.(그것이 스틸리타노를 아름답게 꾸며 주지는 않았다.) 그것은 일종의 육체적, 정신적 답답함이나 인간 내부기관의 서로 다른 부분들이 유연하고 고상하게 작용하는 것을 방해하는 마찰이다. 또한 그것은 하나의 유기체가 다른 유기체의 기쁨에 참여하기를 거부하고, 자유 반대편에 있다. 그것을 자극하는 일은 어리석고 비열한 짓일 것이다. 이 수치심을 일종의 장식이라고 부르는 것은 신중하지 못하다. 나는 가끔 인간의 행동에 어리석음만이 만들어 낼 수 있는 우아함이 있으며(어떤 때는 망설임 때문에, 또 어떤 때는 버릇없는 언행으로 인한 어리석음 말이다.) 또 그 우아함이 그러한 행동에 하나의 장식이 될 수 있음을 부정하지 않는다. 그러나 스틸리타노의 수치심은 창백한 표정으로 나타났다. 수치심을 야기한 것은 결코 혼란스러운 생각이나 이상한 물결의 쇄도가 아니었다. 또한 그것은 미지의 것이긴 해도 예감할 수 있는 새로운 상태로 그를 이끌고 가는 마음의 혼란도 아니었다. 내가 그의 얼굴을 붉게 물들도록 계시를 준 어떤 세계의 입구에서 그가 머뭇거리고 있었다고 해도 나는 그에게 매력을 느꼈을 것이다. 그것은 사랑이 아닌 인생 그 자체의 역류다. 그것은 그 이후 바보 같은 행동에서 비롯된 무서운 공허감을 남겼을 뿐이다. 지금까지 나는 스틸리타노의 태도에 대해 그의 피부 빛깔만을 근거로 내가 말할 수 있는 내용을 모두 나열했다. 이런 설명만으로는 충분치 않지만, 내 기억 속에 잔존하고 있지만 이미 사랑이 식어 버린 한 인간에 대한 묘사를 비교적 성공적으로 한 것이라 믿는다. 그러나 이번에 그는 수치심을 느끼고도 목소리나 거동이 전혀 어색하지 않았다. 그는 위협적인 자세를 취하며 침대로 다가갔다. 그러나 그보다 훨씬 더 빠른 동작으로 몸을 일으킨 로제는 서둘러 옷이 있는 곳으로 갔다.

"더러운 놈."

"뭐, 넌 그렇게 말할 권리가 없어……."

나이 많은 신사는 두려움에 떨고 있었다. 그 모습은 마치 간통 현장을 들킨 것을 그린 풍자화가들의 데생과도 흡사했다. 그는 거울을 등지고 서 있었다. 좁은 어깨와 다소 노란 빛깔의 대머리가 거울에 반사되었다. 장미처럼 불그스레한 불빛이 이 장면을 비치고 있었다.

"너, 입 닥쳐! 빨리 옷이나 걸치라니까." 그는 로제를 돌아보며 말했다.

로제는 벗어 놓은 옷 더미 가까이에 서 있었다. 순진한 그는 아직도 손에 주홍빛 카네이션을 들고 있었다. 그의 몸은 흥분한 상태였다. 로제가 옷을 입는 동안 스틸리타노는 노신사에게 돈을 요구했다.

"이 더러운 놈! 내 아우에게 입맞춤이라도 하겠다는 거냐?"

"그런 게 아니라……."

"입 닥치라니까. 어서 돈이나 내놔."

"얼마를 드리면 됩니까?"

"다 내놔."

스틸리타노의 말투는 어찌나 냉혹했던지 노신사는 더 이상 저항하지 않았다.

"시계도 이리 줘."

"하지만……."

"열 셀 때까지 내놔."

스틸리타노의 말에 나는 습관적으로 어린 시절의 놀이를 떠올렸다. 그 때문에 그의 모습은 더욱 잔인해 보였다. 그는 장난을 치고 있는 것 같았다. 장난에 불과한 것이므로 얼마든지 계속할 수 있었던 것이다. 노인이 회중시계 줄을 풀어 시계를 내밀자, 스틸리타노는 시계를 낚아챘다.

"반지도 내놔."

"반지까지는……."

노신사는 더듬거리며 말했다. 스틸리타노는 방 한가운데 꼼짝 않고 서서 탐나는 물건들을 하나씩 정확히 지적했다. 나는 그의 뒤쪽 약간 왼편에 있었다. 바지 호주머니에 두 손을 넣고 거울에 비친 그의 모습을 보았다. 나는 그가 두려워 떨고 있는 늙은 남색가 앞에서 자기 성질보다 한층 잔인하게 행동하지 않을까 생각했다. 사실 노신사가 손가락 마디가 굵어져서 반지가 잘 빠지지 않는다고 말하자, 그는 내게 수돗물을 틀어 놓으라고 명했다.

"비누칠을 해 봐."

그 늙은이는 말 그대로 손에 비누칠을 했다. 그리고 반지를 빼내려고 했으나 허사였다. 그는 절망한 채 손가락이 잘리는 건 아닐까 겁먹고 있었다. 그는 어떤 약혼녀가 제단 앞에서 수줍고 불안해하는 것처럼 스틸리타노에게 손을 내밀었다. 스틸리타노는 덩치가 컸다. 내가 혹시 이 거인과 젖은 손을 부들부들 떨고 있는 늙은이와의 결혼식에 참석이라도 한 것인가? 어느 날 B가 정원을 안내해 주면서 "여기가 나의 꽃밭 중 가장 아름다운 곳이야!"라고 말했을 때 내가 바로 카네이션이 덮여 있는 언덕 앞에 말뚝처럼 우두커니 서 있었으니 그는 내가 받은 감동을 거의 눈치챘을 것이다. 스틸리타노는 이상하게 빈정거리는 듯한 묘한 태도와 섬세함으로 반지를 뽑아 내려고 애썼다. 노신사는 그가 만지작거리는 손을 다른 손으로 떠받치고 있었다. 아마 그는 미모의 젊은이에게 이런 식으로 모든 것이 털리는 것을 은밀히 즐기고 있었는지 모른다.(여기에 어떤 불쌍한 꼽추가 겪은 이야기를 기록해 둔다. 그는 한순간의 쾌락도 맛보지 못한 채 르네에게 유일하게 가지고 있던 1000프랑짜리 지폐를 빼앗기면서 소리쳤다. "유감스럽게도 월급 타기 전이라 줄 돈이 없어! 있다면 전부 주었을 텐데." 그러자 르네는 이렇게 응수했다. "그럼 그걸 우편으로 보내 줘. 방해하지 않을 테니.") 마치 아이들에게 하듯이, 혹은 내가 언제나 하나밖에 없는 그의 손에 비누칠을 해 주듯이, 이번에는 스탈리타노가 늙은이의 손에 정성껏 비누칠을 해 주는 것이었다. 그때 두 사람은 매우 차분하게 있었다. 그들은 나름대로 잘 작동되는 단순한 작업에 서로 공조하고 있었던 것이다. 스틸리타노는 무리하지 않고, 인내심을 발휘했다. 나는 그가 마찰을 통해 손가락을 반지가 빠질 정도로 가늘게 만들 거라고 확신했다. 드디어 그는 그 노인에게서 물러났다. 그리고 언제나 그렇듯 서두르지 않고 두 번 노인의 뺨을 갈겼다. 그는 반지를 포기하고 말았다.

이 이야기를 이렇게 길게 늘어놓은 데는 두 가지 이유가 있다. 첫째는 지금까지도 잊을 수 없는 유혹의 장면이 나를 사로잡고 있었기 때문이다. 늙은이들에게 몸을 파는 로제의 몰염치한 태도와 더불어 내 마음 깊은 곳에서 진동하는 서정적 요소들을 덧붙여야 한다. 무엇보다도 스무 살 된 젊은이의 건강한 육체를 장식하는 꽃들이 그렇다. 이 젊은이는 항상 미소를 머금은 채, 자신의 남성다운 용기와 두려워 떨고 있는 노인의 욕망을 대치시키고 있었다. 거기에 순종하면서 말이다. 스틸리타노의 난폭한 행동은 이러한 만남을 파괴하기 위한 것이며, 그의 잔혹성은 이 파괴를 마지막까지 몰고 갈 것이다. 결국 그 방 안의 많은 젊은이들은 겉모양이야 어떻든 스스로 공범이자 욕정의 대상임을 보여 준 거울 앞에 서 있었다. 그리고 반나체의 우스꽝스럽고 불쌍한 한 노신사라는 존재가 있다. 그 노인을 보고 내가 불쌍하다고 말했으니 그 노인은 나에게 짓눌린 인간의 모습으로 상징적으로 나타난 존재에 다름 아닌 것이다.

두 번째 이유는 이렇다. 나는 아직 모든 것을 다 잃었다고 생각하지 않는다. 스틸리타노가 로제를 사랑하고, 로제는 스틸리타노를 사랑하고 있다고 고백하고 있기 때문이다. 수치심 속에서도 그들은 서로의 진정한 모습을 인식하고 있었다.

뤼시앵이 살며시 방으로 들어오거나 혹은 바람처럼 재빨리 들어오거나 나는 언제나 똑같은 감동을 맛보았다. 그에 대해 내가 추측했던 온갖 상상의 고통들은 실제보다 더욱 신랄하고 고통스러웠다. 그 이유는 내가 그에 대해 가지고 있는 생각이 그 생각의 구실이며 토대가 된 풋내기 소년 자신보다 더욱 소중하다고 믿었기 때문일까? 나는 그의 육신이 괴로워하는 것을 태연히 바라볼 수 없었다. 때때로 깊은 애정을 나누는 순간에 그의 눈초리가 약간 흐릿해질 때가 있었다. 가령 아래위의 속눈썹들이 서로 가까워지고 수증기 같은 것이 눈동자를 흐리는 것이다. 그러면 그의 입에 감동적인 미소가 스쳐 지나간다. 그리고 그의 얼굴은 공포심을 야기했다. 그 얼굴에 대한 공포, 그것은 곧 내가 이 소년을 사랑하게 되었다는 의미였다. 나는 물속에 빠지듯이 그 속으로 빠져 들어갔다. 익사하고 있는 내 모습을 보는 것처럼. 죽음은 나를 그 깊숙한 곳으로 몰고 갔다. 나는 그의 잠자는 얼굴을 너무 자주 들여다볼 수 없었다. 그 경우 나의 힘은 상실되고 말 것이다. 그리고 내가 거기서 거둬들이는 힘은 오직 나를 파멸시키고, 그를 구원하기 위한 것일 뿐. 내가 그에게 쏟는 사랑은 그로부터, 즉 그의 마음속에서부터 오는 심오한 정다움의 온갖 표현들로 이루어져 있다. 그 기호들은 그저 우연히 생겨나는 것처럼 보이며 오직 나를 속박할 뿐이다.

나는 이따금 우리가 함께 도둑질을 하게 되면 그가 나를 더욱 사랑하고, 애인으로서 나의 변덕을 받아 주지 않을까 생각해 본다.

"괴로움이 그의 수치심을 몰아낼 거야. 그래, 수치심의 껍질을 벗겨 내겠지."

그의 사랑은 그와 동등한 자와 관계를 맺을 때 비로소 더욱 격렬해진다. 우리 삶이 혼란스럽다고 해서 더 강해지지는 않을 것이다. 나는 그렇게 생각한다. 나에게서 비롯하는 고통이 그에게 고통을 준다면, 그가 거기서 벗어나도록 나는 차라리 그를 죽여 버릴 것이다. 내가 다른 글에서 이 지상의 대사라고 부른 뤼시앵은 나와 인간들을 연결시켜 준다. 나의 일은 내가 모든 정성을 다 바치고 싶은 질서를 부정하는 질서에 사용된다. 애석하게도 그를 위해, 그리고 그에 의해서 말이다. 그렇지만 나는 그를 실제로 사람의 눈에 보이며 또 움직이는 걸작품으로 만들기 위해 노력할 것이다. 위험은 순진함, 태평함, 게으름, 정신의 천진함, 인간적 존경심 등 그것이 내게 제안하는 모든 요소 안에 있다. 나는 그것들에 별로 익숙하지 못하지만, 그것들을 성공적으로 잘 활용하여 행복한 해법을 찾고 싶다.

그 자신이 이러한 것과 정반대의 성질을 지니고 있어도, 나는 똑같이 뜨거운 마음으로 노력했을 것이라고 생각한다. 지금과는 정반대로, 그러나 보기 드문 목표를 향해서.

나는 책의 앞부분에서 우아함이 행동의 가치를 결정하는 유일한 기준이라고 말했다. 배반을 택하라는 주장이 앞의 말과 모순된 것은 아니다. 배반은 은총과 근육질의 힘으로 구성된 우아하고 아름다운 동작이다. 나는 이 경우 고상함의 관념을 단호히 배격할 것이다. 고상함은 사람의 눈에 띄지 않는, 거의 볼 수 없는 아름다움, 그리고 조화로운 형태를 위해 주의를 딴 데로 돌리게 만든다. 그러한 아름다움이나 형태는 세상에서 버림받은 행동이나 사물과는 다른 것에서 찾아야 한다. 내가 "배반은 아름답다."라고 써도 아무도 오해하지 않을 것이며, 또한 그 누구도 "배반이 절대적 선을 완성한다면 그것은 반드시 필요한 것이며 고상한 것이다."라고 내가 말하고 싶어 하거나, 그것을 믿는 척하는 비열한 짓은 하지 않을 것이다. 어떤 영웅적인 동기도 그것을 정당화 할 수 없는 배반, 음험하고 천박한 배반, 가장 비겁한 감정들, 이를테면 시기심이나 증오심, 탐욕에서 나오는 배반 말이다. 하지만 어떤 윤리적 가치관은 증오심을 감히 고귀한 감정들 중 하나로 분류하기도 한다. 그것이 성립되기 위해서는 다만 배반하는 자가 자신의 배반을 의식하는 것으로 충분하다. 또한 그를 다른 사람과 이어 주는 사랑의 관계들을 끊을 줄 알거나 그러기를 바라는 것으로 충분하다. 사랑, 그것은 아름다움을 얻기 위해 필연적이다. 그리고 사랑을 파괴시키는 잔혹성 역시 필요하지 않을까.

그가 사내의 용기를 가지고 있다면(내가 말하는 의미를 이해해 주길 바란다.) 범죄자는 범죄가 그를 만들었던 자가 되기를 결심한다. 그에게 있어서 자기의 정당성을 찾는 것은 쉬운 일이다. 그렇지 않다면 어떻게 살아갈 수 있을까? 그는 그 근거를 자존심에서 이끌어 낸다.(분노와 마찬가지로 자존심이 지니고 있는 놀라운 언어 창조의 능력을 지적해 두고자 한다.) 가장 과감한 자유 의사 표시인 자존심을 통해 그는 자신의 수치심 속에 틀어박히게 된다.(절대 신에 도전하는 루시페르*처럼.) 그 수치심 속에서 그는 자기가 내뱉는 침으로 자신을 감싸고, 자존심으로 비단을 짠다. 그 비단옷은 자연스럽지 못하다. 죄를 범한 자는 자기를 보호하려고 비단옷을 짜고, 자기를 미화하려고 그것을 주홍빛으로 물들인다. 죄의식 없는 자존심은 존재하지 않는다. 자존심이 가장 과감한 자유라면, 그리고 그 자존심이 자존심으로

* 악마의 우두머리이다——옮긴이.

짜여진 내 죄의식을 세워 주는 신비스러운 망토라면, 나는 죄인이 되기를 원한다. 죄의식은 괴상한 행위(혼돈 상태를 파괴하는 행위)를 야기한다. 만일 죄지은 자의 마음에 흔들림이 없다면, 그는 자신의 마음을 고독이라는 초석 위에 게양하고 있는 것이다.(왜냐하면 오직 죄를 지은 것으로는 충분하지 않기 때문이다. 이를테면 그 죄가 그럴 만한 가치가 있는 죄라야 하고, 또 그 자가 죄를 저지를 만한 가치가 있는 자라야 하기 때문이다.) 고독은 내게 주어진 것이 아니라 내가 획득한 것이다. 나는 아름다움의 배려로 고독 속에 빠진다. 나는 고독 속에서 나를 정의하고, 내 주변의 경계를 정하며, 혼동 상태에서 벗어나 나를 정리하고 싶다.

나는 그야말로 주워 온 아이여서 외로운 청소년기를 보냈다. 내가 도둑이었으므로 도둑이라는 직업의 특성을 믿을 수 있었다. 나는 스스로를 괴물과 같은 예외적 존재라고 생각했다. 사실 나의 도둑에 대한 취향과 활동은 동성애와 관련되어 있으며, 바로 거기에서 나온 것이다. 그것은 일찍부터 나를 습관적이지 않은 고독 속에 가두고 말았다. 도둑질이 어느 정도로 광범위하게 퍼져 있었는지 알고 나는 놀라 자빠질 뻔했다. 내가 통속적인 도둑으로 전락한 것이다. 거기에서 빠져나오기 위해 내게 필요한 것은 도둑으로서의 운명을 영광으로 알고, 그 운명을 원하는 것이다. 어리석은 자들은 그것을 보고 조롱하며 떠들 것이다. 사람들은 나를 질 나쁜 도둑이라고 말할까? 그건 별로 중요하지 않다. 도둑이라는 말은 주로 훔치는 일을 하는 자를 가리킨다. 그가 도둑으로 불리는 한, 도둑이 아닌 다른 특징들을 전부 제거함으로써, 그는 도둑으로 뚜렷하게 부각될 것이다. 그런 경우도 단순하게 정의할 수 있다. 시(詩)는 도둑의 특질을 가장 심오하게 의식하는 곳에서 나온다. 즉 당신들이 시라고 지칭할 정도로 근본적으로 변하여 전혀 다른 특질로 인식되는 것이 바로 시이다. 어떻든 간에 나의 특이성에 대한 의식이 '도둑'이라는 반사회적 활동으로 불리는 것은 내가 바라던 바이다.

죄인이나 죄를 저지른 것을 자랑으로 여기는 자는 분명 자기의 특이성을 사회에 빚지고 있다. 그는 이미 특이성을 갖추고 있는 것이다. 사회가 그 사실을 인정하고 또 그것을 죄라고 단정한 이상 그렇다. 나는 사회와 대립하기를 원했지만, 그보다 앞서 사회는 내게 유죄를 선고했다. 이를테면 도둑이라는 것보다 고독한 정신을 두려워하는 서로 화합할 수 없는 적으로 사회가 단죄를 내린 것이다. 그런데 사회는 그 자신과 싸워야 할 특이성을 내포한다. 즉 사회에게 그 특이성은 응징을 위한 칼, 회한, 괴로움, 사회가 감히 뿌릴 수 없는 피를 흘리게 하는 상처가 될 것이다. 가장 빛나는 운명을 가질 수 없다면, 나는 가장 비참한 운명이기를 바란다. 그것은 불모의 고독을 위해서가 아니라 아주 희귀한 재료에서 새로운 작품을 만들어 내기 위함이다.

나는 어느 날 기를 만났다. 그를 만난 곳은 몽마르트르나 샹젤리제가 아니라 생투앙이었다. 그는 지저분한 누더기를 걸치고 있었다. 그는 상인들보다 더 가난하고 더 더러운 소비자들 틈에 홀로 있었다. 그는 침대 시트 한 세트를 팔려고 애썼다. 물론 그것은 어느 여관방에서 훔쳐 온 것이 분명했다.(나 역시 이처럼 나 자신의 거동을 초라하고 우스꽝스럽게 만드는 짐을 메고 다닌 적이 더러 있었다. 팔을 움직이기 거북할 만큼 겨드랑이에 낀 책들, 보기 흉하게 뚱보로 만든 허리에 감은 시트들과 모포들, 다리에 달라붙을 정도로 매단 양산들, 옷소매 속에 가득히 담은 낡은 훈장들 따위였다.) 그는 처량해 보였다. 나는 자바와 함께였다. 나와 기는 곧 서로를 알아보았다. 내가 말했다.

"아니, 기 아냐?"

그가 내 얼굴에서 무엇을 느꼈는지 모르지만, 그는 나를 보더니 끔찍하다는 표정을 지었다.

"그래 안녕. 날 내버려 둬."

"이봐, 내 말 좀 들어 봐……."

그는 양팔에 시트 두 장을 힘겹게 걸치고 있었다. 그의 태도는 마치 진열창에서 옷감을 전시하는 마네킹처럼 매우 고상하게 보였다. 그는 뭔가 강조하려는 듯 머리를 약간 한쪽으로 기울이며 말했다.

"나를 잊어 줘."

"하지만……."

"제발, 날 잊으라니까……."

그는 수치심과 굴욕감 때문인지 나와 좀 더 길게 대화하기를 원치 않는 듯했다. 그래서 자바와 나는 가던 길로 떠났다.

매혹적인 강도들이 자기 자신을 되찾기 위해 스스로를 부정하거나 파괴하고자 행하는 몸짓들(나는 그 몸짓들에 사로잡혀 있다.)을 통해서 모리스 R은 그것들을 몸으로 체득하기 위해 여러 가지 속임수를 고안하거나 적용한다. 그의 교묘한 솜씨는 그가 마니아라는 것을 증명해 주고 있으며, 아마 그 자신은 모르고 있겠지만 비밀리에 자신의 마음속에서 열심히 악을 추구하고 있음을 증명하고 있다. 그는 자기방어를 위해 교묘한 장치로 집을 무장했다. 즉 창문의 손잡이에 강력한 전류가 흐르도록 금속판을 씌워 놓았고, 방의 여기저기에 비상벨 시스템을 설치했다. 또한 모든 문에 복잡한 잠금장치를 달아 놓았다. 사실 집에 보호해야 할 정도로 귀한 물건은 거의 없었다. 하지만 그는 그와 같은 장치를 통해 범죄자들의 민첩하고 교활한 정신과 부단히 접촉하고 있었다.

신: 마음속의 법정
신성: 하느님과의 결합

신성은 법정의 기능이 정지될 때 비로소 존재할 것이다. 이를테면 재판관과 재판을 받는 자가 서로 결합할 때 발생한다.

법정이란 선과 악을 구별하는 곳이다. 그곳은 판결을 내리고 형벌을 부과한다.

나는 재판관이나 피고가 되는 일은 더 이상 하지 않을 것이다.

사랑하는 젊은이라면 서로 에로틱한 상황을 추구하려고 노력할 것이다. 그러한 상황은 상상보다 훨씬 묘한 느낌을 준다. 그것을 발견하는 사람은 초라하지만, 그것을 야기하는 사람은 보다 심오하게 보인다. 르네는 자기 마누라 성기 안에서 포도를 터지게 한 다음 그것을 꺼내 그녀와 함께 나누어 먹고는 했다. 때때로 그는 그것을 친구들에게 나누어 주었다. 그러면 그들은 이 이상한 잼을 보고 놀라곤했다. 또한 그는 자기의 성기 끝에 초콜릿 무스를 바르기도 했다.

"내 마누라는 미식가야." 그가 말했다.

내 애인 중에는 자신의 음모에 리본을 장식한 사내도 있었다. 또 어떤 친구는 사랑하는 남자 친구의 성기에 꽃으로 만든 면류관을 씌우기도 했다. 그것은 데이지 꽃으로 만든 작은 왕관이었다. 이처럼 열정적으로 침실에서 혹은 단추 달린 바지 자락 속에서 일종의 남근숭배가 벌어지고 있었다. 이러한 혼란의 틈을 이용하여 풍부한 상상력을 가진 자는 각양각색의 식물들이나 동물들을 초대하는 기막힌 축제를 벌일 것 아닌가! 그리고 거기에서 얼마나 황당한 정신의 모습들이 펼쳐질 것인가! 나는 밤마다 자바의 성기에서 뽑힌 털과 찢어진 베개에서 나온 새털을 배열해 본다. 불안이라는 단어를 발음할 때는 입술 모양이 둥글게 된다. 나는 내가 육체의 그 부분을 생각할 때 엄숙함이 나의 가장 본질적인 덕이 된다는 것을 알고 있다. 요술쟁이가 모자 속에서 경이로운 기적들을 만들어 내듯이 나는 여기에서 또 다른 미덕을 끌어낸다.

르네가 섹스할 만한 남색가들이 있는지 내게 물었다.

"당연히 네 친구는 빼고……. 네 친구들은 성스러우니까 말이야."

나는 잠시 생각에 잠겼다. 마침내 이전에 자바와 며칠 동안 함께 묵은 적이 있는 피에르 W라는 사내가 떠올랐다.

피에르 W는 나이가 많았고(쉰 살 정도였다.) 대머리였다. 남색가로서 멋 부리는 취향이 있었고, 쇠로 된 안경을 걸치고 있었다. "그 작자는 섹스를 하기 전에 안경을 서랍장 위에 올려놓지." 하고 자바가 설명한 적이 있었다. 그는 그를 남프랑스의 코트다쥐르 해안에서 만났다고 했다. 어느 날 나는 농담으로 자바에게 이 피에르 W라는 사내를 좋아하느냐고 물어보았다.

"그 자식을 사랑하는 거지, 어서 고백해!"

"너 미쳤구나. 그놈을 사랑하다니. 그냥 좋은 친구라고 생각할 뿐이야."

"그럼 존경한다는 건가?"

"글쎄, 그렇다고도 할 수 있지. 내게 먹을 것을 가져다주기도 했고 돈을 주기도 했어."

그가 내게 이런 이야기를 한 것은 지금으로부터 6개월 전이었다. 최근에 나는 그에게 물어보았다.

"그럼 그 피에르 W라는 친구의 집에 뭐 좀 훔칠 건 없어?"

"별 것 없어. 금장식이 된 손목시계 정도는 있겠지."

"그게 전부야?"

"혹시 돈이 있을지 모르지만 어디 감췄는지 찾아봐야

할걸."

르네는 좀 더 상세한 설명을 원했다. 그는 결국 자바로부터 그것을 알아냈다. 자바는 그의 옛 연인과 만날 약속을 받아들였고, 르네가 겁탈하기 위해 매복하고 있는 곳으로 그 사내를 데리고 나올 것이다. 자바가 돌아간 후 르네가 말했다.

"자바는 웃기고 비열한 녀석이야. 저런 짓을 할 정도면 보통 더러운 놈이 아냐. 난 감히 저런 짓은 못해."

폭풍우와 상가(喪家)가 뒤섞인 듯한 이상한 분위기가 세상을 음침하게 만들었다. 내가 자바를 사랑하고, 자바는 나를 사랑하는데, 알 수 없는 증오심이 우리를 에워싸고 있었다. 우리는 더 이상 참을 수 없을 정도로 서로를 미워했다. 이 분노에 가까운 증오심 때문에 나는 그를 멀리하고 있다는 느낌을 받았고, 그 역시 나를 피하는 것 같았다.

"에이, 더러운 자식!"

"쓰레기 같은 놈!"

그는 처음으로 결심했고, 미친 듯이 화를 내며 나를 죽이려고 했다. 그의 몸은 분노로 굳어졌다. 그는 내게 사람이 아닌 유령 같은 존재로 보였다. 그래서 그는 내게 죽은 존재였으며, 나 역시 그에게 사라진 존재와 같았다. 그렇지만 이런 와중에서도 우리는 확실한 의식을 갖고 서로의 흥분을 감시하고 감독함으로써 화해할 수 있다는 확신을 가지고 있었다. 그런 진정한 화해에 의해 우리는 다시 서로를 알아보고 기쁨의 눈물을 흘렸다.

내가 자바를 사랑하는 데에는 비열함, 무기력함, 저속한 태도와 감정, 어리석음, 겁 많은 성격 등은 결코 방해가 되지 않는다. 나는 이 모든 특징에 그의 친절함을 덧붙이고 싶다. 이러한 여러 요소들의 대립, 뒤섞임, 융합은 이름 붙일 수 없는 어떤 새로운 장점을 만들어 낸다. 그것은 합금과 같다. 나는 여기에 자바의 신체적 특성을 추가할 것이다. 그의 육중한 몸집과 시커먼 피부색 말이다. 이 새로운 특질을 표현하는 데에는 결정체의 이미지가 요구된다. 말하자면 위에 열거한 다양한 요소들 각자가 하나의 단면을 형성하고 있는 것이다. 그래서 자바는 다양한 빛을 발한다. 그의 물 같은 특성과 여러 가지 불같은 특성은 바로 내가 자바라고 부르며 사랑하는 독특한 품성에 다름 아니다. 좀 더 정확히 말하면, 나는 그의 비열함이나 어리석음을 사랑하는 것이 아니다. 내가 사랑하는 것은 어느 한 가지 특성으로서의 자바가 아니라 그것들이 혼합된 자바이다. 그것이 나를 매혹시킨다.

사람들은 이와 같은 연약한 성질들의 결합이 바위와 같은 결정체의 예리한 각을 형성하고 있음에 놀랄 것이다. 또한 내가 행위 그 자체가 아니라 행위의 윤리적 표현을 측량할 수 있는 세계의 속성에 비유하는 것을 이상하게 생각할 것이다. 나는 방금 "나를 매혹시킨다."라고 말했다. 이 매혹이라는 말은 그 자체 속에 하나의 다발과 같은 관념을 포함하고 있다. 차라리 수정의 빛과 같은 광선의 집합체라고 하는 편이 나을 것이다. 그리고 그 수정의 빛은 그것을 형성하는 단면들이 배합된 결과다. 나는 자바에게서 볼 수 있는 그 무기력함이라든가 비열함이라든가 하는 성질이 형성하는 새로운 미덕을 이 결정체의 빛에 비유한다.

이 미덕은 그 빛을 발하는 자의 것이 아니라면 어떤 이름도 붙일 수 없다. 이 불길은 그에게서 나오자마자 나를 태워 버린다. 나라는 불에 탈 수 있는 물질을 만났기 때문이다. 그것이 바로 사랑이 아닐까. 나는 나의 내부에 있는 이 가연성의 물질에 비할 수 있는 것을 찾는 데 노력했지만, 오랫동안 성찰한 끝에 그러한 성질들이 없음을 알게 되었다. 자바라는 인물에게서 그러한 성질들을 만났을 때 나는 그에게 현혹되고 말았다. 그는 반짝인다. 그리고 나는 타오른다. 그가 나를 태우기 때문이다. 내가 잠시 명상하려고 글쓰기를 멈추자 머릿속에 떠오르는 단어들은 빛과 열을 환기시키는 말들로, 그것들은 일반적으로 사랑에 관해 이야기할 때 쓰이는 단어들이다. 이를테면 현혹, 광선, 열정, 매혹, 타는 듯한 느낌 등. 그럼에도 불구하고 자바의 여러 성질, 즉 그의 불을 구성하는 것은 무엇이든 모두 얼음처럼 차갑다. 그것들 각자는 정열의 부재, 관능적 쾌락에 대한 욕구의 부재를 환기시킨다.*

방금 내가 쓴 내용은 자바에 대한 설명이 아니라 어느 순간 내 앞에 비친 그의 모습을 떠올리며 표현해 본 것이다. 나는 그 점을 잘 알고 있다. 어느 순간이란 바로 우리의 우정이 결렬되었던 그 순간을 말한다. 그가 나를 떠난 그 순간, 내가 왜 그렇게 괴로웠는지를 이미지로 설명해 본 것이다. 우리의 이별은 고통스럽고 가혹했다. 자바는 나를 피했다. 침묵, 성급히 끝내는 키스, 서둘러 돌아가는 방문(그는 언제나 자전거를 타고 왔다.) 따위는 모두 그가 나를 피하는 행위였다. 나는 샹젤리제의 마로니에 나무 밑에서 그에게 열정적으로 사랑을 고백했다. 우리 관계의 열쇠를 쥐고 있는 건 나였다. 아직도 내가 그에게 애정을 간직하고 있는 것은, 특히 그와 헤어지려고 하는 순간에 애착을 느낀 것은 그가 내게 베풀어 준 감동 때문이었다. 또한 그것은 갑작스러운 결별의 가혹함과 나의 결정 앞에서 어

* 자바의 꿈 이야기를 해야겠다. 내 방으로 들어갈 때(그가 나의 애인하고 잠을 자기 때문에 그는 낮에 나를 보러 온다.) 자바는 자기가 꾼 꿈에 대해 말했다. 꿈 이야기를 하기 전에 먼저 그는 전날 지하철역에서 선원 한 사람을 만난 이야기를 했다.

"난생 처음으로 잘생긴 녀석과 자면서 돌아눕고 말았지 뭐야!" 그가 말했다.

"그럼 한 번 껴안아 보지도 못했단 말이야?"

"미쳤어? 그럴 리가 있나. 난 그의 차에 올라탔지. 그가 내게 제안이라도 했다면 그와 사랑을 나누었을 텐데."

그러고 나서 그는 만족한 태도로 그 선원에 대해 설명하기 시작했다. 마지막에 가서 그는 이 만남 이후 밤에 꾸었던 꿈에 대해서도 이야기했다. 그 꿈속에서 그는 배를 탄 소년 선원이었는데 어떤 다른 선원이 칼을 들고 자기를 따라왔다고 한다. 그 선원이 밧줄에 매달려 있는 그를 잡았을 때 높이 쳐들고 있던 칼을 그의 발 아래 떨어뜨렸다. 자바가 말했다.

"내가 셋까지 세겠어! 정말 네놈이 겁이 없다면 어서 나를 죽여 봐!"

그가 마지막 말을 발설하자마자 모두 수포로 돌아갔다. 그는 내게 말했다.

"그런데 그 순간 난 그의 엉덩이를 봤어."

"다음에는 어떻게 됐지?"

"잠에서 깼지."

쩔 줄 몰라 하는 그의 태도 때문이었다. 그는 정신적으로 큰 충격을 받았을 것이다. 내가 그에게 우리 둘에 관해서, 특히 그에 관해 던진 말은 우리의 존재적 상황을 너무 처참하게 드러내 주었기 때문에 결국 그의 두 눈에는 이슬이 맺혔다. 그는 슬퍼했다. 그는 아무 말 없이 슬픔에 젖어 있었다. 그리고 그의 슬픔은 그를 시의 후광으로 둘러싸이게 해서 한층 더 매혹적으로 보였다. 그는 안개 속에서 빛을 내는 존재였기 때문이다. 그래서 나는 그와 이별하지 않으면 안 되는 순간 그에게 더욱 애착을 느꼈다.

내가 담뱃갑을 건네자 그는 담배 한 개비를 집어 들었다. 그의 손은 무거운 근육으로 이루어진 몸집에 비해 너무 야위고 연약했다. 나는 일어서서 그를 포옹했다. 나는 이것이 마지막 키스라고 말했다.

"아니야 자노, 난 언제든지 너와 키스를 할 거야." 그가 대답했다.

몇 분 후 이 장면을 되돌아보았을 때, 갑자기 그의 가냘픈 손이 나의 결심을 결정적이고 돌이킬 수 없도록 했다는 확신이 들었다.(당시에는 그것을 구별할 수 없었지만 말이다.)

신년 초 뭉그러진 겨우살이 나무의 열매로 인해 끈끈해진 듯한 손가락들. 정액이 가득히 묻은 두 손.

우리 방은 벽과 벽을 이은 철사 줄 위에 세탁물을 걸어 놓았기 때문에 어두컴컴했다. 와이셔츠, 셔츠, 손수건, 양말, 수건, 팬티 등 거기에 걸린 세탁물은 한 방에 살고 있는 두 젊은이의 몸과 마음을 측은하게 만들었다. 우리는 서로에게 우정을 느끼며 잠들었다. 그의 손바닥은 오랫동안 비누물 속에 담겨 있었기 때문에 부드러웠다. 하지만 그는 섹스를 할 때 평소보다 난폭하게 움직임으로써 그 부드러움을 상쇄하고 말았다.

(여기에서 자바와 화해한 내용을 써 넣으려고 했지만 이야기의 주인공에 대한 애정을 위해 삭제했다.)

프랑스의 주요 도시마다 나와 함께 도둑질을 했던 동료들이 있다. 어느 도시에나 적어도 한 명 이상 살고 있었다. 꼭 함께 일을 하지는 않았어도 교도소에서 만나서 한탕 할 계획을 세우거나 큰일을 도모하거나 준비하던 도둑이 있었다. 나는 어느 도시에서 홀로 어려움에 처하게 되면, 그들로부터 도움을 받을 수 있으리라 확신했다. 프랑스 전역에, 때로는 외국에까지 흩어져 있는 동료들은 비록 자주 만나지는 못했지만 언제나 나에게 위안이 되는 존재들이었다. 그들이 활동하고 있고, 어느 그늘 밑에서 아름다운 모습으로 살아가고 있음을 알게 되면 나는 행복하고 마음이 차분해진다. 내가 호주머니에 넣고 다니는 수첩에는 항상 그들의 이름이 암호로 기록되어 있었다. 그 작은 수첩은 나를 위로하는 힘을 지녔다. 성기와 동일한 권위를 가지고 있었던 것이다. 그것은 나의 보물이었다. 여기에 그 수첩에 적힌 내용의 일부를 옮겨 본다. "니스의 장 B, 어느 날 밤 알베르 1세 공원에서 만남. 그는 돈을 뺏기 위해 나를 죽일 용기는 없었지만, 몽보롱 사건에 대해 내게 알려 주었음. 오를레앙에서 르네 D, 자크 L과 마르티노를 만남. 뒤의 두 사람은 선원이고 브레스트에 머물러 있음.

부장 교도소에서 그들을 만남. 함께 마약 거래를 함. 칸에서 니스 출신 데데를 알게 됨. 기둥서방. 리옹의 몇몇 포주들. 그중 한 놈은 흑인, 또 다른 한 놈은 술집 주인. 마르세유에는 이런 부류의 친구들이 스무 명이나 있음. 포의 가브리엘 B 등." 나는 그들을 아름답다고 말했다. 그 아름다움은 평범한 것이 아니라 특별한 것이다. 즉 힘이나 절망으로 이루어져 있으며, 그 내용이 하나의 설명을 전제하는 수많은 성질들로 이루어져 있다. 수치심, 악의, 나태, 체념, 경멸, 권태, 용기, 비겁함, 공포 등 그 목록은 계속 이어질 것이다. 이와 같은 여러 성질들이 친구들의 얼굴이나 육체에 새겨져 있다. 그리고 그것들은 거기서 서로 충돌하고 뒤섞이며 경쟁하고 있다. 바로 그런 이유로 나는 그들이 하나의 영혼을 가지고 있다고 말한다. 나와 그들을 결합시켜 주는 것으로 공범 관계 말고도 어떤 은밀한 협약, 잘 정돈된 일종의 규정 등을 덧붙여야 할 것이다. 그것을 파괴할 수 있는 것은 거의 없을 것이다. 나는 그것을 교묘한 수단으로 취급하고 보호하는 방법을 안다. 그것은 우리가 함께 사랑을 나눈 밤의 추억, 혹은 어떤 경우 짧은 사랑의 대화 혹은 쾌락의 예감이 지닌 미소와 한숨과 더불어 행해지는 신체적 접촉과 같은 추억이다. 그들은 모두 마치 전류가 양극에서 분극 작용을 하듯이 내가 그 거친 특성들을 하나씩 재충전하는 것을 친절하게 받아들였다. 나는 그들이 모두 희미하지만 내게 용기를 북돋아 주거나, 나를 고양시키고, 그들을 보호하도록 내게 충분한 힘을 축적시켜 주었다고 믿는다. 그러나 지금 나는 고독하다. 내가 주머니 속에 가지고 다니는 이 수첩은 내가 그와 같은 친구들을 데리고 있었다는 증거다. 그러나 그들의 인생은 겉으로 보기에 내 인생과 마찬가지로 지리멸렬하다. 사실 나는 그들에 관해 별로 아는 것이 없다. 그들 중 대부분은 감옥에 있을 것이다. 그렇다면 그 밖의 사람들은 어찌 되었을까? 그들이 방랑 생활을 하고 있다면 나는 어떤 우연한 기회에 그들을 만날 수 있을까? 만나게 된다면 우리는 각자 어떤 모습으로 만나게 될까? 아무튼 비천함과 고귀함의 대립이 존재할 수밖에 없는 것이라면, 나는 거기서 자랑스러운 순간과 혹독한 순간을 구별할 수 있을 것이고, 역시 그 순간들을 어떤 엄격함의 흩어져 있는 요소들로 인식할 수 있을 것이다. 나는 의도적으로 걸작을 창조하기 위해 그러한 엄격함을 마음속에 받아들이고 싶다.

아르망은 바다처럼 덩치가 크고 육중하다. 피곤에 지쳐 있는 무거운 눈꺼풀, 짧은 머리, 납작한 코를 가졌다. 그의 코가 납작한 것은 누구에게 얻어맞아서가 아니라 우리와 당신들의 세계를 격리시키는 유리 벽에 부딪쳐서이다. 그의 겉모습은, 당시에는 그런 느낌이 아니었지만, 지금은 교도소를 상기시킨다. 그것은 나로 하여금 그를 매우 의미심장하고 교도소의 대표적인 거장으로 보이게 한다. 나는 늘 교도소에 마음이 끌렸다. 언제나 그곳으로 달려가고 싶었고, 바로 지금 절망하여 과감하게 나를 삼켜 버리도록 하고 싶다. 나는 교도소에서 모성적인 느낌을 받았지만 그것은 결코 여성적인 것이 아니다. 남자들은 때때로 이런 말을 주고받는다.

"어이 할망구, 좀 어때?"

"잘 있었어? 이 갈보 놈아!"

"그래, 이 암말 년아."

이러한 말투는 비참한 사람들의 세계나 범죄 세계에서 쓰인다. 즉 스스로 벌을 받는 범죄 세계에서의 불명예의 표시이다.(나는 이 오점을 한 송이의 꽃을 대하듯 말한다. 가령 백합꽃처럼. 백합이 불명예의 상징이었던 시대의 그 백합꽃인 것처럼 말이다.) 이렇게 부르는 것은 과거에 강했던 남자들이 노쇠해졌음을 의미한다. 그들은 오늘날 상처를 받은 채 모호한 상태로 꿋꿋이 참고 지낸다. 오히려 그들은 그러한 상태를 바라고 있는지도 모른다. 그들을 비굴하게 만드는 애정은 여성성이 아니라 모호한 상태를 발견하는 데서 온다. 나는 그들이 남성의 잔혹한 가시가 무뎌지는 일 없이 알을 낳거나 품으면서 스스로 번식할 준비를 갖추고 있다고 믿는다.

가장 천한 거지들끼리 주고받는 인사말 가운데 이런것이 있다.

"요즘 재미 어때, 그랑슈 말이야?" 그랑슈, 차이나처럼 기아나*도 여성 명사다. 그곳에는 소위 문제아라고 불리는 남자들이 모두 수용되어 있다. 게다가 그곳은 지구의 허리띠에 해당하는 가장 뜨거운 황금 열이 내리쬐는 열대지방에 속해 있으며, 난폭한 원시인들이 숨어 사는 정글과 늪

* 남아메리카 대륙 중북부 해안의 프랑스령으로, 북쪽으로는 대서양과 카리브 해, 동남쪽으로는 브라질, 서쪽으로는 베네수엘라와 경계를 이룬다 — 옮긴이.

지대에 있다. 나는 마음을 위로해 주는 도취감과 두려움이 뒤섞인 채 기아나로 향한다. 지금은 이미 사라져 버렸지만 기아나는 나의 육체적 인격이 아니라, 그것을 감시하고 있는 자아로서의 또 다른 인격이 향하고 있는 곳, 불행과 형벌의 이상적인 장소이기 때문이다. 기아나에 남아 있는 죄수들은 그랑슈나 차이나의 문제아들처럼 모두 남성다움을 유지하고 있다. 하지만 궤주(潰走)는 그 남성성을 증명하는데 아무 소용 없음을 알려 준다. 아르망은 사나이였지만 무기력했다. 마치 영웅이 월계수 나무 위에서 잠을 자듯, 그는 튼튼한 근육 위에서 잠자고 있는 것이다. 그는 자기의 힘 속에서, 힘 위에서 휴식을 취하고 있다. 그가 어린 아이의 섬세한 목덜미를 거칠게 휘어잡거나 졸라매는 것은 어떤 의도 때문이 아니다. 또는 그가 오랫동안 살아왔던 세계(나는 그가 나중에 거기에서 돌아왔다고 믿는다.)의 몰인정하고 신중하지 못한 방법이나 태도를 잊지 않고 있기 때문이다. 앞에서도 말한 것처럼 그가 선량한 것은 나의 가장 비밀스러운 욕망들(내가 가장 큰 고통과 형벌을 겪은 다음에 발견한 욕망들), 그러나 나를 가장 아름다운 인간으로, 즉 나의 본질에 가장 가까운 인간으로 만들어 주는 유일한 욕망들, 이러한 욕망들을 내게 충분히 채워 주는 정신적 휴식처를 제공해 주었기 때문이다. 나는 기아나를 갈망한다. 그러나 그 기아나라는 이름을 가진 장소는 주민들이 이미 떠나 버리고 거세된 지리학적인 장소가 아니다. 그곳은 우리의 주변에 있으며 집거 생활을 하는 곳이다. 말하자면 공간이 아니라 의식 속에 존재하는, 숭고한 모델과 위대한 불행의 원형이다. 기아나는 훌륭하다. 숨쉬기 운동을 할 때마다 육중하고 느릿느릿 규칙적인 리듬으로 그녀(기아나)를 들어올렸다가 내리는 것, 그것은 그 리듬을 지휘하는 착한 마음씨의 분위기를 나타낸다. 이 장소는 가장 건조한 기후에 잔혹할 정도의 불모성을 내포하고 있는 듯하다. 그래서 기아나는 선량함의 테마로 표현된다. 이것은 모성적 젖가슴의 이미지를 떠오르게 하고, 그것을 받아들이게 한다. 거기에는 안정감을 주는 힘이 실려 있다. 거기로부터 다소 구토를 일으키는 냄새가 풍겨 나오기도 하며, 부끄러운 말이지만 평온함을 주기도 한다. 성모마리아와 기아나, 나는 이 두 존재를 불행한 자들을 위한 성령이라고 부른다.

아르망은 기아나처럼 나쁜 성질을 가지고 있는 것 같다. 그런데 지금 내가 그와의 관계를 돌이켜 보면, 잔혹한 이미지가 아니라 가장 부드러운 이미지들이 떠오른다. 정확히 말하자면 내가 그에 대한 사랑이 아니라 당신들에 대한 사랑을 표현하고자 하는 것과 같은 이미지인 것이다. 내가 앞에서 말한 바와 같이 후회나 수치심 같은 감정으로 괴로워하며 벨기에를 떠났을 때, 나는 기차 안에서 오직 그에 대한 생각만 했다. 이제 더 이상 그를 손으로도, 눈으로도 만날 희망이 없다고 생각했기에 나는 모호한 상태로 그에 대한 환영을 좇고 있었다. 기차가 우리 사이를 점점 멀리 떼어 놓자 나는 그와 격리된 공간과 시간을 최소한으로 단축시키는 데 힘을 쏟지 않을 수 없었다. 어디 그뿐인가. 나는 좀 더 빨리 사유에 속도를 가하면서 공간과 시간을 역류하고자 애썼다. 그동안 그가 착했다는 생각이 점점 구체적으로 나를 지배했다. 그 생각만이 유일하게 아르망에 대한 상실감으로부터 나를 위로해 주었다. 당시 기차는 무시무시한 소음을 내며 모베주 근처의 철교를 건너고 있었다. 기차는 처음에 전나무 숲을 가로질렀다. 그때 갑자기 맑은 풍경이 전개되는 것을 발견했는데, 전나무 숲의 아늑한 그늘과 갑자기 단절된 것이 마치 파국을 준비하도록 하는 듯했다. 나는 한순간 철교가 붕괴되어 기차가 두 동강으로 잘린 것 같은 착각에 빠졌다. 이 어처구니없는 재난으로 기차가 지옥에 떨어질 찰나였다. 나는 모든 행동을 좌우할 정도로 내 마음속을 지배하던 아르망의 선량함이 이미 조각난 기차를 다시 접합하고 파괴된 철교를 원상 복귀하여 승객들에게 그 참변을 면하게 할 수 있는 충분한 힘을 가지고 있을 것이라고 생각했다. 철교를 건너고 난 뒤에도 나는 지금 내가 이야기한 일이 바로 그대로 행해졌던 것이 아닌가 하고 자문했다. 기차는 계속해서 철로 위를 달렸다. 프랑스의 경치는 벨기에를 재빠르게 뒤로 몰아냈다.

아르망은 착한 친구였지만 선을 행하지는 않았다. 아르망이라는 이념은 강력한 뼈와 근육으로 된 골격과는 거리가 멀었다. 그것은 일종의 수증기 같은 요소였다. 나는 결국 그 속으로 도피했다. 그 피난처는 매우 온화했다. 나는 그 속에서 세상 밖으로 감사의 메시지를 보냈다. 나는 아르망에게서 뤼시앵에 대한 내 사랑의 정당성을 찾을 수 있고, 그의 동의를 받아 낼 수 있다고 생각했다. 그는 스틸리타노와 달리 사랑에 대한 부담감과 거기에서 비롯하는 모든 것을 고려하여 나를 선택했을 것이다. 아르망은 나를 완전히 사로잡고 있었다. 그의 선량함은 통상적인 도덕으로 인정받는 성질의 것이 아니었다. 내가 그것에 대해 생각하면 그때마다 마음속에서 여전히 평화의 이미지들이 생성될 정도로 감동적이었다. 나는 그 사실을 언어를 통해 체험할 수 있었다.

내가 만났던 스틸리타노, 필로르주, 미카엘리스 등 모든 남색가나 불량배는 하는 일 없이 무기력할 때에는 얌전한 정도가 아니라 무척 엄숙한 분위기였고, 사랑을 나눌 때가 아니면 꼿꼿한 자세로 있었다. 그들은 쾌락을 추구할 때, 혹은 춤을 출 때 언제나 고독했다. 그들은 스스로를 성찰하면서 사내다움과 정력 속에서 자기 내면을 섬세하게 들여다보는 것이다. 이를테면 향유로 목욕한 것처럼 고귀하고 빛나는 남성성을 억제함으로써 스스로의 모습에 황홀해한다. 그동안에도 격렬하고 난폭한 존재들과 만나면서 조금도 상처를 입지 않은 풍만한 애인들은 오로지 자신들의 아름다움 때문에 고립되고 자신 속에 스스로를 반영하면서 언제까지나 정부의 모습으로 남아 있게 된다. 나는 이러한 아름다운 소년들을 모아서 꽃다발을 만들고 싶다. 그래서 그들을 꽃병에 꽂아 두고 싶다. 그렇게 하면 그들의 분노가 그들을 고립시키고 있는 눈에 보이지 않는 물질을 녹여 버리지 않을까? 또한 그들 모두를 포함하고 있는 아르망의 그림자 속에서 그들은 비로소 꽃으로 피어날 것이고, 나의 이상적인 기아나가 자랑으로 여길 만한 축제를 내게 열어줄 것이다.

성당의 성례(聖禮)는 다만 한 가지를 제외하고 모두 엄숙한 분위기를 자아낸다.(성례라는 표현 자체가 이미 엄숙하지만 말이다.) 나는 그 점을 이상하게 생각해 왔다. 이제 바야흐로 참회를 위한 의식이 여러 성례 의식 중에서 본래의 자기 자리를 차지하려고 한다. 어린 시절을 되돌아 보면, 이 참회 의식은 단지 참회당의 창구멍 저편에서 어른거리는 그림자와 함께 행해지는, 음험하고 수치스러운 말과 의자 위에 꿇어앉아 빠르게 암송하는 몇몇 기도문에 불과했다. 어른이 된 오늘날의 그것은 지상의 모든 화려한 예식으로 발전했다. 이것이 단두대로 가는 짧은 산책이 아닌 이상, 이 산책은 널리 전개되어 바다를 건너가 일생 동안 하나의 신화적인 지역에서 속행될 것이다. 아무튼 나는 더 이상 기아나의 망나니들의 특성에 대해 말하고 싶지 않다. 그것은 결국 기아나의 어두움과 찬란함을 드러내는 것일 테니까 말이다. 밤, 종려나무, 태양, 황금 등은 언제나 제단 위에서 볼 수 있는 물건들이다. 만일 내가 당신들의 세계에서 살아야 한다면, 아무리 환대를 받는다 해도 나는 질식해 버리고 말 것이다. 내가 거기에서 살고 있다고 가정하면 난 그 생각만으로도 견디기 힘들 것이다. 오늘날 나는 힘들게 싸워 획득하여 당신들과 허울뿐인 휴전에 서명했지만 나는 당신들의 세계에서 유배 생활을 하고 있는 것이다. 내가 알 수 없는 어떤 죄를 속죄하려고 교도소에 가고 싶어 하는지 모르겠지만, 그곳에 대한 나의 향수는 너무도 강렬하다. 어떻게 해서든 그곳으로 붙잡혀 가고 싶다. 나는 오직 그곳에서만 내가 그곳에 들어간 이후 두절되었던 삶을 지속할 수 있다고 확신한다. 명예나 재산에 대한 고정관념에서 해방되어, 천천히 주도면밀한 인내심으로 수형인으로서의 고통스러운 행동을 완수할 것이다. 그리고 매일 규칙에 따라 주어진 작업을 완수해 나갈 것이다. 감옥을 만들어 내고 감옥에 복종하도록 하는 명령에서 나오는 권위에 다름 아닌 그 규칙 말이다. 나는 기진맥진해질 것이다. 그러나 거기서 새로 만날 친구들이 나를 도와줄 것이다. 나 또한 그들처럼 과거에 겪은 모든 경험에 의해 세련되고 친절한 인간으로 거듭날 것이다.

하지만 내가 말하는 교도소는 이미 폐쇄되고 없다. 그러므로 기독교인들이 마음속으로 그리스도의 수난을 받아들이는 것처럼 나는 마음속에서 은밀히 그것을 재건하여 거기서 정신적인 삶을 살 작정이다. 이 계획을 실천하는 유일한 길은 우선 아르망과 함께 스페인의 거지들을 찾으러 가는 것이다. 부끄럽고 혐오스러운 자신의 가난을 추구하면서.

이 글을 쓰고 있는 지금 내 나이는 서른다섯이다. 나는 남은 생애를 명예와 정반대의 것 속에서 보내고 싶다.

스틸리타노는 아르망보다 더 엄격한 성격이다. 그들의 성격을 고찰할 때 나의 정신은 그들에 대한 다양한 표현을 따라가며 그것과 일치된다. 아르망은 점점 확대되는 우주로 비교될 것이다. 즉 그는 관찰이 가능한 크기로 축소되거나 설명되는 것이 아니라 내가 그를 좇아가면 다른 존재로 변해 버린다. 이에 반하여 스틸리타노는 이미 명백히 규정된 존재다. 그래서 이 두 사람이 돈을 벌려고 선택한 레이스의 차이는 매우 의미심장하다. 스틸리타노가 감히 아르망의 재능에 대해 조롱하는 투로 말했을 때 아르망은 즉석에서 화를 내지 않았다. 그는 노여움을 억제하고 있었다. 나는 스틸리타노의 잔소리가 그에게 상처를 주었다고 생각하지 않는다. 그는 침착하게 계속해서 담배를 피우고 있었다. 잠시 후 그가 말했다.

"넌 나를 바보라고 생각하겠지."

"그런 말 한 적 없어!"

"알아."

그는 멍한 시선으로 다시 담배를 피우기 시작했다. 나는 그때 아르망을 괴롭히고 있던 어떤 굴욕감을 직접 본 셈이었다. 그런 굴욕감은 아마도 허다했을 것이다. 그의 자랑스러운 몸집은 단지 대담한 특질들, 존경할 만한 요소들만으로 이루어진 것이 아니다. 그의 아름다움이나 활력, 목소리, 명석한 두뇌가 언제나 승리를 보장하지는 않았다. 그는 초라한 모습으로 레이스 짜는 법을 배우기도 했다. 보통 아이들에게나 필요한 기술을 배우면서, 그가 허리를 구부리지 않으면 안 되었기 때문이다. 사람들은 아이들에게 레이스 이외의 물건은 건네지 않는 법이다.

"글쎄 그럴 것 같지는 않은데." 로베르가 두 팔을 테이블 위에 얹은 채 턱을 괴고 말했다.

"뭐가 그럴 것 같지 않다는 거야?"

"에이, 글쎄, 네가 그런 일을 할 수 있을지 말이야."

습관적으로 퉁명스러운 성미의 그였지만, 역시 자신의 비참한 상황을 드러내 놓고 이 사내에게 정면으로 도전할 수는 없었다. 로베르는 마지막 말을 하면서 머뭇거렸다. 스틸리타노는 비웃고 있었다. 그는 누구보다 아르망의 고통을 잘 인식하고 있을 것이다. 그는 나처럼 두려워하면서도 한편 기대감으로 그의 물음에 응수했다. 하지만 로베르는 감히 명확히 말하지 못했다.

"어디서 배운 적이 있는 거야?"

부두 일꾼 한 명이 우리에게 다가왔기 때문에 이 질문은 허공에 뜨고 말았다. 이 친구는 아르망 곁을 지나면서 시간을 말했을 뿐이었다. 11시라고. 피아노 소리를 내는 자동 기계음의 곡조가 담배 연기로 그득한 술집 분위기를 경쾌하게 만들었다. 아르망이 대답했다.

"응."

그는 여전히 슬픈 표정이었다. 이 술집에는 갈보들이 눈에 띄지 않았다. 전체적인 분위기는 단순하고 친숙했다. 누군가 의자에서 일어나도 별로 거기에 주의를 기울이는 자가 없었다.

내가 아르망의 투박한 손가락과 손바닥을 생각하며 그런 손에서 만들어진 레이스가 볼품없을 것이라고 여기게 된 것은 한참이 지나서였다. 아르망은 그와 같은 일에 너무 서툴었다. 그러나 적어도 그 기술은 교도소나 감옥에서 배웠을 것이다. 죄수들의 손재주는 놀랄 만하다. 범죄를 저지르는 데 사용하는 그들의 손가락에서 이따금 섬세하고 부드럽고 뛰어난 걸작들이 만들어지곤 한다. 그 재료는 성냥개비, 마분지, 노끈 등 무엇이든 쪼가리들에 불과하지만 말이다. 그리고 이런 소질에 대한 그들의 자부심은 재료와 걸작의 두 특성을 모두 갖추고 있다. 즉 그것은 매우 천하고 부서지기 쉬운 것이다. 가끔 방문객들이 감방의 죄수들을 칭찬하는 일이 있다. 가령 호두 껍데기로 만든 잉크병을 보고 훌륭한 솜씨라고 감탄하는 것이다. 마치 원숭이나 개를 칭찬하는 것처럼. 그들의 간교한 속임수에 놀라워하기도 한다.

부두의 사나이가 멀리 사라지자 아르망은 본래의 얼굴로 말했다.

"인간이라고 해서 무엇이든 배워서 할 수 있다고 믿는다면, 넌 정말 어리석은 놈에 틀림없어!"

지금 내가 쓰고 있는 이야기는 대부분 상상의 산물이지만, 당시 이 말을 했던 아르망의 목소리만은 똑똑히 기억한다. 은연중에 그 유명한 목소리가 으르렁대는 것이다. 폭풍이 손가락뼈로 가볍게 건드려 세계에서 가장 정확한 성대를 울리는 셈이다. 아르망은 여전히 입에 담배를 문 채 일어섰다.

"그만 가자!" 그가 말했다.

"그래."

그는 언제나 이 마지막 말을 통해 잠자러 갈 시간이 되었음을 알렸다. 스틸리타노가 돈을 냈다. 아르망은 흡족해하며 우아하게 나갔다. 그는 걸음을 재촉했다. 그는 거리를 걸었다. 그날 밤, 그가 습관처럼 입에 담고 있는 상스러운 말이나 표현을 하나도 발설하지 않았다는 것을 제외하고는 보통 때처럼 여유 있는 태도였다. 그는 나쁜 입버릇 때문에 자주 천박한 자로 간주되었다. 아마 그는 그날 서글픈 감정을 참았을 것이다. 그는 고개를 쳐들고 빠른 걸음으로 꼿꼿하게 걸었다. 아르망 곁에서 스틸리타노는 세

음으로 꼿꼿하게 걸었다. 아르망 곁에서 스틸리타노는 세련되고 빈정거리는 태도를 보였다. 로베르는 젊은이답게 건방졌다. 나는 그 세 사람의 특징을 언제나 생각함으로써 그들을 몸에 지니고 다녔다. 나는 그들의 의식을 반영하는 존재였다. 날씨는 추웠다. 나와 함께 걷고 있던 건장한 사나이들이 추위를 타는 듯했다. 그들은 손을 육체의 가장 부드럽고 따뜻한 곳에 두기 위하여 호주머니 깊숙이 찔러 넣고 있었다. 그 때문에 바지와 엉덩이를 적나라하게 드러났다. 아무도 말이 없었다. 사크 거리 근처에 도착했을 때, 스틸리타노가 로베르와 아르망에게 악수를 청하면서 말했다.

"돌아가기 전에 실비아를 좀 들여다봐야겠어. 자노, 너도 함께 갈래?"

나는 그를 따라갔다. 우리는 얼마 동안 비틀거리며 묵묵히 보도를 걸었다. 스틸리타노는 미소를 띠고 있었다. 그리고 시선을 다른 곳에 두며 말했다.

"어느새 아르망과 단짝이 되었구나."

"응, 그런데 왜?"

"아니 그냥 궁금해서……."

"왜 그런 질문을 하는데?"

"별 거 아냐!"

우리는 다시 실비아가 일하는 장소로부터 점점 멀어져 갔다. 우리는 계속 걸었다.

"그런데 있잖아?"

"뭐야."

"내게 돈이 있다면 넌 그 돈을 과감하게 훔칠 수 있겠어?"

나는 대담성이 단지 정신의 한 형태에 불과하다는 것을 알고 있었기 때문에 단호히 그렇다고 대답했다.

"물론이지. 만일 네가 큰 돈을 가지고 있다면 말이야."

그는 웃었다.

"그럼 아르망? 너도 그럴 수 있겠어?"

"왜 그런 걸 묻지?"

"대답해 봐."

"그럼, 넌?"

"나 말이야, 물론 할 수 있지. 돈만 많다면 상대가 누구든 난 상관없어. 훔쳐 낼 자신 있다고. 못할 이유가 없지. 그럼 넌 어쩔래? 대답해 봐."

나는 이런 식으로 '의심을 나타내는 반과거형 대신 현재형으로 시제를 바꿔 말하면서' 우리 두 사람이 아르망의 돈을 훔치는 데 동의하고 있다는 사실을 알았다. 나는 미리 계산해 보고, 그리고 수치심 때문에 일부러 염치없는 말을 하는 체하며, 스틸리타노에게 내가 직접 그의 돈을 훔칠 수 있음을 인정하고 말았다. 우리의 관계로 미루어 볼 때, 이 비정한 행동을 하려면 친구에게 그런 잔혹한 짓을 할 수 없다는 생각을 지워 버려야 했다. 그리고 사실 우리는 무엇인지 모르는 어떤 관계가 우리를 맺어 주고 있음을 알았다. 우리의 공모는 이해관계에서 온 것이 아니라 우정에서 생겨난 것이었다. 내가 대답했다.

"그건 위험해."

"뭐, 그렇게까지 위험하지는 않아."

나는 스틸리타노가 내게 이러한 제안을 한 것에 당황하지 않을 수 없었다. 그것은 분명 그가 로베르와의 우정을 무시한 것이라고 생각되었기 때문이다. 나는 고마움에 그를 포옹하고 싶었지만, 그의 미소가 그런 분위기를 가로막았다. 마침내 나는 스틸리타노가 로베르에게 같은 제안을 했는데, 로베르가 거절한 것이 아닐까 하는 생각에 이르렀다. 바로 그 순간에 로베르도, 나와 스틸리타노를 이어 주는 관계와 비슷한 내밀한 관계를 아르망과 맺으려고 노력하고 있는지 몰랐다. 그러나 나는 마치 파트너를 교환하는 댄스홀에서처럼 내가 당연히 선택해야 할 기사를 택했다고 확신했다.

스틸리타노는 자신이 내게 기대하는 바가 무엇인지 설명했다. 그것은 브라질 깃발을 펄럭이는 화물선 아룬타이호의 선원이나 기관사가 아르망에게 가지고 오기로 한 마약 궤짝을 네덜란드나 프랑스로 운반해 가기 전에 내가 훔쳐 내는 일이었다.

"네가 아르망 눈치를 볼 게 뭐야? 우린 스페인에서 같이 지낸 사이 아냐?"

스틸리타노는 나와 스페인에서 함께 지낸 일이 무슨 영웅적인 드라마이기라도 한 듯 말했다. 우리는 차갑고 축축한 어둠 속을 걸어가고 있었다.

"아르망이 누구든 속일 수 있다고는 하지만…… 감히 너를 그렇게 할 수는 없을 거야."

나는 더 이상 말대꾸할 필요가 없었다. 나는 빠져나가면서 남에게 억지로 강요할 만한 윤리적 법칙을 선포할 능력이 없기 때문이었다. 나는 나의 죄에 대해 용서를 구하기 위해 마땅히 재판을 받을 것이다. 그 경우 습관적으로 속임수를 쓰게 되겠지만 말이다.

"……그는 거침없이 해치울 놈이야. 그 자식에 대한 얘기는 충분히 들었어. 그놈을 아는 기둥서방들에게 물어보라고."

"만약 그놈이 내가 한 짓이라는 걸 알게 되면……."

"절대 알 수 없어. 넌 그놈이 그것을 어디에 감췄는지 알려 주기만 하면 돼. 그놈이 외출할 때 내가 그의 방에 가서 슬쩍할 테니까."

나는 아르망을 구출해 보려고 이렇게 말해 보았다.

"난 그가 설마 그걸 자기 방에 두었으리라곤 생각하지 않아! 분명 다른 곳에 숨겨 두었을 거야."

"그렇다면 그 장소를 찾아내야지. 너처럼 영리한 놈이 그걸 못 찾을 리 없어!"

앞서 말한 대로, 아르망이 나에게 어떤 존경심을 표하기 전이었다면 나는 아르망을 배반하지 않았을 것이다. 그를 배반하다니, 생각만 해도 혐오스러운 일이다. 무엇보다도 그가 나를 신뢰하지 않는데 그를 배반한다는 것은 아무런 의미가 없다. 그것은 다만 나의 삶을 이끌고 가던 기초적인 규칙에 복종하는 것일 따름이다. 그런데 지금 나는 그를 사랑하고 있다. 나는 그의 전지전능한 힘을 인정했다. 비록 그가 나를 사랑하고 있지 않아도 그는 그의 품안에 나를 포용할 수 있었다. 그의 윤리적 권위는 내게 너무 절대적이고 관대했기 때문에 그의 가슴에 대고 직접 반항하는 것은 불가능했다. 그래서 나는 오로지 감정적인 영역에서 행동하는 것 외에 나의 독립성을 증명할 방도가 없었다. 아르망을 배반한다는 생각에 나는 기분이 밝아졌다. 나는 그를 두려워하고 또 매우 사랑했다. 그래서 그를 속이고, 그를 배반하고, 그의 물건을 훔치고 싶은 욕망이 일어났던 것이다. 나는 신성모독을 동반하는 불안한 쾌락을 예감하고 있었다. 그가 신이었다면(그는 연민의 감정을 알고 있다.) 그리고 내게 호의를 베풀어 주었다면 그를 부정하는 일은 오히려 감미로웠을 것이다. 게다가 더욱 잘된 것은 나를 사랑하고 있지 않으며, 그래서 내가 배반할 수 없는 스틸리타노가 나를 도와주고 있다는 사실이다. 스틸리타노의 인격은 놀라울 정도로 예리해서 심장을 관통하는 비수의 이미지로 사용되었다. 악마의 힘, 우리에 대한 그의 위력은 아이러니함에 있다. 그의 매력은 아마 우리를 냉담하게 대하는 태도에 있을지 모른다. 아르망이 세속적인 도덕률을 부정할 때의 힘은 그 자신의 힘을 증명하는 동시에 그를 지배하는 규율의 힘도 증명하고 있는 것이다. 그런데 스틸리타노는 그러한 규율에 대해 미소를 지을 뿐이다. 나는 그의 아이러니에 완전히 매료되었다. 결국 그의 아이러니는 얼굴에 위대한 아름다움을 나타내는 대담함이었다.

우리는 한 술집에 들어갔다. 스틸리타노는 내가 해야 할 일이 무엇인지 설명했다.

"로베르에게도 이 말을 했지?"

"미쳤어? 이건 우리 둘만의 일이야!"

"정말 돈이 된다고 생각해?"

"물론이지! 그놈은 대단한 수전노야. 그놈은 프랑스에서 엄청난 일을 해치웠거든."

스틸리타노는 이 일을 오래전부터 계획한 모양이었다. 나는 그때 그가 베일에 덮여 있던 어두운 삶으로 거슬러 올라가는 것을 눈앞에서 목격했다. 그는 웃고 있었지만 언제나 뒤에서 신경을 곤두세우고 노리고 있었던 것이다. 우리가 술집에서 나왔을 때, 거지 한 명이 다가왔다. 한 푼이라도 좋으니 적선해 달라고 했다. 스틸리타노는 경멸하는 태도로 거지를 바라보았다.

"야, 이 친구야. 돈이 필요하면, 우리처럼 훔치란 말이야."

"어디 가서 훔치란 말이요?"

"내 호주머니 속에 있지. 탐이 나거든 손을 집어넣어 보라고."

"당신이 보는데 어떻게……."

스틸리타노는 더 이상 아무 말도 하지 않았다. 계속 이런 식으로 말하면 말이 길어져서 마음이 약해질까 봐 두려웠기 때문이다. 스틸리타노는 기술적으로 말을 끊을 줄 알았다. 자기의 엄격한 성격을 명확히 보여 주기 위해서, 혹은 분명하게 맺고 끊는 모습을 보여 주기 위해서였다. 그는 내게 말했다.

"우린 말이야, 돈이 필요하면 어디든 돈이 있는 곳에서 그걸 슬쩍하면 되는 거야. 거지들을 위해 그런 짓을 하는 게 아니야!"

스틸리타노는 그것이 내게 엄중한 행위의 교훈을 주기

위한 절호의 기회라고 생각했다. 또는 그 자신의 이기주의를 한층 더 강화시킬 필요를 느끼고 있었다. 어쨌든 그는 적당히 무관심한 태도와 그럴 듯한 어조로 말했다. 그의 충고는 안개가 자욱한 밤공기 속에서 철학적 진리라도 되는 것처럼 다소 오만하게 들렸다. 그러나 그의 말은 타인을 동정하는 경향이 있는 나의 타고난 성격을 즐겁게 해주었다. 사실 나는 이 자연에 반(反)하는 진리 속에서 나 자신을 보호할 수 있는 태도의 미덕을 인식할 수 있었다.

"네 말이 옳아." 내가 말했다. "우리가 붙잡혀도 감옥에 가는 건 그놈이 아니니깐 말이야. 용기가 있으면 곤경에서 벗어나도록 해야지."

이 말에 의해서, 나는 비록 은닉된 시기이긴 하지만 내 생애의 가장 중요한 시기에 모욕을 주었을 뿐 아니라 다이아몬드적 특성을 가진 부유한 삶을 살았다. 즉 다이아몬드 상인들의 도시에서, 그리고 그 단면들이 반짝거리는 이기적인 고독의 밤에 거처를 잡고 있었다. 우리는 실비아가 일하는 곳으로 가 보았지만 너무 늦었다. 그녀는 벌써 돌아간 뒤였다.*(그의 아이러니는 정부에 관한 이야기를 할 때는 사라진다는 것을 기록해 두어야겠다. 그는 그녀에 관한 이야기를 할 때 조금도 친절하거나 미소 짓는 법이 없었다.) 벨기에에서는 프랑스에서처럼 매춘이 통제되지 않았기 때문에 남색가들

---

* 그것은 이미 잘 알려진 신호였기 때문에 우리는 신속히 헤어졌다. 창녀들이 매음굴에 없다면, 그것은 곧 경찰관이 근처에 나타났다는 의미였다. "창녀가 없는 곳에는 경찰관이 있다."라는 말은 암흑가의 격언으로도 통한다.

은 별 어려움 없이 정부와 살 수 있었다. 스틸리타노와 나는 그의 호텔 쪽으로 걷기 시작했다. 그는 재치 있게 우리의 계획에 관해서는 더 이상 말하지 않고, 스페인 시절 우리의 추억을 환기시키는 이야기만 늘어놓았다.

"당시 넌 애인을 몹시 좋아했지."

"지금은?"

"지금? 그럼 지금도 그렇다는 거야?"

그가 나의 애정을 시험하고 있다는 생각이 들었다. 그는 내가 아르망을 포기하기를 바라고 있는 것 같았다. 오전 3~4시쯤이었다. 우리는 막 빛과 소음이 강렬한 나라에서 돌아왔다.

"지금은 전과 같지 않아."

"정말?"

그는 미소를 지었다. 걸으면서 곁눈질로 나를 흘겨보았다.

"뭐가 잘못됐어?"

스틸리타노의 미소는 무서웠다. 나보다 훨씬 더 강해야 한다는 고민, 나의 본성을 극복해야 한다는, 그에게 거짓말을 해야 한다는 생각이 특히 그때 이후로 자주 들었다. 차분한 어조로 말은 했지만 그 생각은 도발적인 말들을 내뱉게 했다. 나는 이때 하나의 정리(定理)의 전제로써 제기된 이 명제를 명백히 설명해야만 했다. 나의 새로운 태도는 반대의 것이 아닌 이 설명에서 빠져 나와야 했다.

"모든 게 좋아."

"그럼, 왜 그래? 내가 예전처럼 마음에 들지 않는다는 거야?"

"이젠 널 사랑하지 않아."

"아, 그래!"

우리는 그때 철길을 받치고 있는 아치 모양의 구름다리 밑을 지나고 있었다. 그곳은 다른 곳보다 더욱 어두웠다. 스틸리타노는 걸음을 멈추고 나를 돌아보았다. 그는 나를 뚫어지게 바라보더니 한걸음 다가왔다. 나는 물러서지 않았다. 그는 입이 거의 내 입에 닿을 정도로 다가와서 중얼거렸다.

"장, 너의 뻔뻔스러운 태도가 맘에 들어."

한동안 침묵이 흘렀다. 그가 단도를 꺼내 나를 찔러 죽이지나 않을까 두려웠다. 그래도 나는 저항하지 않았을 것이다. 그런데 그는 웃고 있었다.

"담뱃불 좀 붙여 줘." 그가 말했다.

나는 그의 호주머니에서 담배를 하나 꺼내어 불을 붙인 뒤 한 모금 빨아들였다. 그러고 나서 그것을 그의 입에 넣어 주었다. 스틸리타노는 그것을 능숙하게 혀로 한 번 굴려서 오른쪽 끝으로 옮겨 놓았다. 그는 다시 얼굴에 미소를 지으며 앞으로 다가오더니, 내가 뒤로 물러서지 않으면 얼굴을 담뱃불로 지질 것처럼 위협했다. 나의 손은 저절로 그의 몸으로 향했다. 그는 흥분하고 있었다. 스틸리타노는 웃으면서 내 눈을 응시했다. 그는 담배 연기를 어렵지 않게 가슴 속에 채울 수 있을 듯했다. 입을 벌려도 연기는 전혀 새어 나오지 않았다. 그 자신과 주변의 물건들로부터 잔혹성 이외에 아무것도 느낄 수 없었다. 상냥하고 온순한 기미는 모두 자취를 감추고 없었다. 그러나 나는 굴욕적인 자세를 취하고 있는 그의 모습을 오래전부터 알고 있었다. 장터 오락장 중에서 거울 궁전이라는 것이 있었다. 가건물로 된 그 내부는 수은을 입힌 거울과 투명한 유리판으로 격리되어 미궁처럼 만들어져 있었다. 입장권을 끊어서 들어가게 되어 있는데, 문제는 거기서 빠져 나오는 데에 있었다. 어떻게 해서든 나오려고 애써 보지만 거울에 비친 자기 모습이나 또 다른 방문객들과 절망적으로 부딪치기 일쑤였다. 거리의 구경꾼들은 미궁 속에서 보이지 않는 길을 찾아 헤매는 이들을 바라본다.(지금 내가 말하려고 하는 장면을 떠올리며, 나는 '아담 미루아르'라는 제목의 발레를 구상한 적이 있다.) 그날, 이 이동 오락장 근처에 왔을 때 그 가건물 주변에 수많은 구경꾼들이 운집해 있던 것으로 미루어 분명히 뭔가 대단한 볼거리가 있을 것이라는 생각이 들었다. 물론 그 오락장은 유일한 것이었다. 모두가 큰 소리로 웃고 있었다. 군중들 속에 로제가 있었다. 그는 그 유리 거울들의 복잡한 장치를 뚫어지게 바라보고 있었다. 그의 긴장한 얼굴은 슬퍼 보였다. 나는 스틸리타노의 모습을 발견하기도 전에 이미 그가 홀로 그 유리 사이의 복도에서 길을 잃고 헤매고 있음을 알아차렸다. 아무도 그의 목소리를 알아들을 수 없었지만, 그의 동작이나 입 모양을 볼 때 그는 분명 화를 내며 고함을 지르고 있었다. 그는 자기를 바라보며 웃고 있는 군중을 향해 분노를 표시했다. 가건물의 문지기는 무관심했다. 이와 같은 상황은 흔히 볼 수 있는 장면이었다. 스틸리타노는 혼자 남아 있었다. 다른 모든 사람이 다 빠져나간 자리에 홀로 있었다. 세상이 이상하게 보이기 시작했다. 갑자기 군중과 사물들에 그림자가 드리워졌다. 그 어두움은 절망에 직면한 나의 고독의 그림자였다. 스틸리타노가 고함을 치거나 유리벽에 부딪치거나 하는 데 지쳐서, 이제는 구경꾼들이 자기를 비웃어도 할 수 없다는 듯 체념하고 웅크리고 앉아 있었기 때문이다. 그는 더 이상 행위를 지속할 수 없었다. 나는 그 자리를 떠나야 할지, 그를 위해 싸워서 유리 거울 감옥을 파괴해야 할지 망설였다. 나는 로제를 봤다. 그는 여전히 스틸리타노를 바라보고 있었다. 나는 그에게 다가갔다. 그의 부드러운 머리카락은 한가운데서 좌우로 갈라져 안쪽으로 곡선을 그리며 두 볼을 지나 입이 있는 곳에서 합쳐지고 있었다. 그의 머리 모양은 어떤 종려나무처럼 보였다. 그의 눈가에 눈물이 고여 있었다.

만일 독자들이 이러한 장터 오락장, 감옥, 꽃, 성스러운 성당의 물건들, 역, 국경, 마약, 선원, 항구, 변소, 장례식, 누추한 방 따위의 부대 장치들을 이용하여 보잘것없는 멜로드라마를 만들고, 시와 범상한 미를 뒤섞어 놓았다고 비난한다면 나는 뭐라고 대답해야 할까? 나는 내가 범법자들을 사랑하면서 그들의 육체적 아름다움 이외의 어떤 아름다움도 받아들이지 않는 사랑을 한다고 말한 바 있다. 지금 열거한 부대 장치들은 모두 남자들의 폭력과 난폭한 행동에 물들어 있는 것들이다. 여자들은 이런 물건들과 거리가 멀다. 그런 물건들에 생기를 넣어 주는 것은 남자의 몸짓이다. 북쪽 지방의 장터 오락 시설들은 몸집이 큰 금발의 사내들에게 바쳐진 것이다. 그들만이 오락장을 따라

다닌다. 처녀들은 그들의 팔에 겨우 매달려 있을 뿐이다. 그녀들은 스틸리타노의 불행을 비웃고 있었다.

마침내 로제는 유리 거울 상자 안에 들어가기로 결심했다. 우리는 그가 사방이 거울인 방 안에서 길을 잃어버릴 것이라고 생각했다. 로제는 때로는 급하게, 때로는 천천히 갔던 길을 되돌아오기도 하고, 또 자기 위치를 확인하기 위해 눈을 바닥에 두고 자신만만하게 앞으로 걸어갔다. 방향을 잡는 데 마룻바닥은 유리 벽보다 덜 위선적이었다. 그는 확신을 가지고 움직였기 때문에 마침내 스틸리타노에게 닿을 수 있었다. 우리는 뭔가 중얼거리는 그의 입술을 볼 수 있었다. 스틸리타노는 일어섰고 조금씩 평정을 되찾았다. 그들은 자랑스러운 듯 의기양양하게 밖으로 나왔다. 그들은 나를 보지 못했다. 그들은 웃으면서 자유자재로 돌아다니며 계속 축제를 즐기고 있었다. 나는 혼자서 집으로 돌아왔다. 상처받은 스틸리타노의 모습에 나는 왜 그리도 괴로워했을까? 나는 그가 담배를 태우면서 한 개비 분량의 연기를 한꺼번에 들이마실 수 있다는 것을 알고 있었다. 담배는 마치 빨갛게 타는 불꽃으로 보일 뿐이다. 그가 담배를 빨아들이면 그때마다 얼굴이 환히 밝아졌다. 나의 손가락이 그를 살짝 건드릴 정도로 다가가자 그가 성적으로 흥분하고 있음을 느낄 수 있었다.

"어때, 마음에 들어?"

나는 대답하지 않았다. 대답한들 무슨 소용이 있겠는가? 그는 나의 욕망이 시들어 버린 것을 알고 있었다. 외팔이인 그는 손을 호주머니에서 꺼내, 팔로 내 어깨를 끌어안았다. 그의 몸이 나를 세차게 밀어붙였다. 그 순간에도 그는 담배를 입에 물고 있었다. 그래서 입맞춤은 피할 수 있었다. 누군가 우리에게 다가왔다. 나는 급히 그의 귀에다 이렇게 속삭였다.

"사랑해."

우리는 서로 엉킨 몸을 풀었다. 내가 그의 호텔 문을 나설 때 그는 내가 아르망에 관한 모든 정보를 자기에게 줄 것이라고 확신하고 있었다.

나는 호텔로 돌아왔다. 그리고 혼자서 침대 속으로 들어갔다. 나는 아무리 애인들이 나를 속이고 미워해도 결코 그들을 미워할 수 없었다. 나는 로베르와 자고 있는 아르망과 벽 하나를 사이에 두고 있었다. 내가 그들 중 한 사람의 자리에 있지 않다는 생각, 혹은 그들과 함께 있다는 생각, 혹은 그들 중 어느 누구도 될 수 있다는 생각에 나는 미칠 것만 같았다. 부러웠지만, 결코 그들을 미워할 수는 없었다. 나는 조심스럽게 나무 계단을 올라갔다. 그것은 거의 모두 나무로 만들어져 있어서 삐걱거리는 소리가 났다. 그날 밤 아르망은 허리띠를 풀면서 여느 날처럼 채찍으로 때리는 시늉을 하지 않았다. 그는 아마도 강하고 남성다운 슬픔을 혼자서 느끼고 있었을 것이다. 그리고 조용히 몇 가지 몸짓을 통해 로베르에게 자기의 욕망을 채워 주도록 지시했을 것이다. 아르망은 자기의 힘을 더욱 발휘했을 것이다. 그 힘은 물론 불행이나 비열한 행동에서 나오는 것이다. 그 레이스는 비렁뱅이들의 다양한 속임수와 마찬가지로 취약한 구조를 가지고 있었다. 그러한 구조는 당신들의 윤리관에는 거의 형성되어 있지 않다. 그것은 인위적 기교에 지나지 않으며 손발의 불구나 상처, 실명처럼 위장에 불과하다.

이 책은 하늘을 따라 자기의 고독한 여정을 계속 추구하면서 한 작가나 세계로부터 분리된 대상, 즉 하나의 예술작품이 되기를 바라지 않는다. 나는 내 과거의 삶을 다른 방식으로, 다른 언어로 설명할 수도 있었다. 하지만 나는 나의 삶을 그야말로 영웅적으로 묘사했다. 그 이유는 내 속에 그렇게 하는 데 필요한 요건이 갖춰져 있다고 생각되었기 때문이다. 내 안에는 서정성이 존재하고 있다. 논리적 일관성을 배려하다 보니 나의 모험을 추적해 가는 것이 이 책의 전반적 분위기와 스타일이 되었다. 이 책은 과거가 내게 제시하는 숱한 암시들을 상술하는 데 사용될 것이다. 나는 가난한 생활이나 징역살이한 범죄를 반복해 말하거나 비중 있게 다루었다. 나는 앞으로도 그런 삶을 지향할 것이다. 그러나 가톨릭 성인들의 방식처럼, 그것을 찾으려고 미리 숙고한 계획을 향해 가는 것이 아니라 고통스러운 여정에 대한 혐오감을 숨기는 일 없이 천천히 걸어갈 것이다.

내가 하는 말을 잘 이해하고 있는가? 내가 다루는 것은 불행의 철학이 아니다. 오히려 그와 정반대다. 나 자신이 향하고 있는 교도소, 즉 내가 세상과 정신의 장소라고 부르는 곳이 내게 당신들의 명예나 축제보다 더 큰 기쁨을 제공해 준다. 그렇지만 나도 명예나 축제를 추구할 것이다. 나는 당신들의 인정과 당신들의 축성식을 열망한다.

이 책은 나에게 영웅적인 것이 되었고 창세기가 되었다. 여기에는 내가 위반할 수 없는 계율이 내포되어 있다. 아니 내포되어 있어야 한다. 만일 이 책이 내게 치욕스러운 영광(이 책은 그 치욕스러운 영광의 위대한 지배자이다.)을 보존하도록 할 정도로 가치를 띠고 있다면, 이 책 말고 무엇에 나를 맡길 것인가? 그리고 단순히, 좀 더 평범한 도덕적 관점에서 이 책이 나를 감옥으로 유인하고, 그곳으로 나의 육체를 끌고 가는 것은 당연한 귀결일 것이다. 다시 분명히 말해 두지만, 그것은 당신들의 관습에 의해 지휘된 신속한 절차에 따른 것이 아니라 이 책이 간직하고 있는 숙명에 의한 것이다. 숙명이란, 내가 그것을 바라고 있는 것처럼 경험의 장(場)이자 증거로써 나를 그 미덕과 책임의 증인으로 붙잡고 있는 숙명이 아닐까?

나는 이러한 교도소의 축제에 대해서 말하고 싶다. 내 주위의 상처 입은 남성들의 존재가 벌써 내게 허용된 하나의 커다란 행복이다. 나는 여기에서 다만 그러한 행복의 존재를 알리는 것으로 그치려고 한다. 그렇지만 또 다른 상황(군대, 스포츠 등)에서라도 그러한 것을 내게 제공해 줄 수 있을 것이다. 이 『도둑 일기』의 두 번째 권에 나는 '풍속의 사건'이라는 제목을 붙일 생각이다. 그 책에서는 내가 스페인이라고 부르는, 나의 나라를 여행한 후 마음속에서 발견하는 개인적 교도소의 축제들에 대해 보고하고, 묘사하고, 설명해 볼 생각이다.

작품 해설

성소(聖所)를 훔친 도둑

—나는 훔친다. 고로 존재한다.

1 두 죽음

1986년 4월 15일 오전, 파리 시내 한복판에 있는 몽파르나스 묘지에서는 수많은 군중의 애도 물결 속에 한 장례식이 거행되었다. 장폴 사르트르의 연인이자 실존주의 문학 운동의 동료, 『제2의 성』의 작가 시몬 드 보부아르의 죽음이었다. 그녀의 장례식은 동시대 한 위대한 정신의 죽음, 그러나 결코 사라지지 않을 그 정신에 대한 엄숙하고 비장한 의식이었다. 관을 실은 고급스러운 차와 꽃다발은 부와 지성, 아름다움을 상징했다. 운구 행렬은 그 자체가 프랑스, 아니 세계 지성들의 회합이었고, 이미 그녀의 화려한 부활을 예고하고 있었다. 그녀는 6년 전 먼저 세상을 떠난 사르트르의 묘에 합장되었다.

같은 날 저녁, 장 주네의 부음 소식이 석간에 실렸다. 장 주네는 파리의 허름한 호텔방에서 숨을 거뒀다. 그는 죽기 4년 전 모로코로 떠나 그곳에 정착해 생활하다가, 『사랑의 포로』의 교정을 위해 잠시 파리에 와 있던 중 갑자기 지병인 후두암이 도졌던 것이다. 이로써 좀도둑이자 비렁뱅이, 남창, 동성애자, 그리고 방랑 시인이었던 주네는 저세상으로 떠났다. 그의 저승길은 지상에서의 그의 인생길과 다를 바 없이 초라했다. 운구는 평소 그의 소망대로 다시 모로코의 산기슭으로 향했다. 모로코와 스페인이 마주보고 있는 지브롤터 해협 부근의 라라슈 언덕, 옛 스페인의 공동묘지가 있는 공터였다.

같은 날 일어난 두 죽음은 매우 대조적이었다. 최고의 지성을 자랑하는 파리 고등사범학교(École Normale Supérieure) 출신인 보부아르의 경우, 그녀의 타계 소식은 언론에 의해 즉각 세상에 알려졌다. 세계적인 페미니스트이자 저명한 여류 작가의 죽음은 위대했다. 그녀의 마지막 가는 길은 인파로 둘러싸였다. 그녀의 인생은 마지막까지 얼마나 행복했던가. 부르주아적인 죽음, 파리 중심의 잘 가꾸어진 공원묘지, 그리고 사르트르와의 영원한 재회……. 그 휴식의 공간에 무엇이 더 필요할까.

한편 소외와 방랑, 절망과 반항으로 점철된 삶, 주네의 죽음은 보부아르의 경우와 너무도 달랐다. 그 역시 생전에는 부조리극의 주요 극작가로, 시인으로, 약자의 편에 선 사회 운동가로 명성을 얻었다. 그러나 그는 언제나 자처해서 추방자의 삶을 살았으며 마지막까지 여행자의 임시 거처인 호텔방에서 고독하게 죽었다. 잔혹한 4월, 14일에서 15일 새벽 사이, 파리의 음울한 뒷골목에서의 죽음이었다.

2 작가, 도둑, 일기

장 주네는 1910년 12월 19일 파리 빈민 구제국 소속의 의료원에서 사생아로 태어났다. 그는 태어난 지 7개월 만에 어머니 카미유 가브리엘 주네로부터 유기되어, 역시 빈민 구제국의 보호 아래 위탁 양육되었다. 출생부터 여느 아이들과 달랐던 그는 고독과 소외, 자학의 불행한 어린 시절을 보내며 반항아로 성장해 갔다. 10세 때 이미 절도죄로 교도소에 수감되었고, 그 이후 철저한 아웃사이더로서 밑바닥 생활을 하며 부랑자, 도둑, 남창 등 온갖 사회악을 겪었다. 그는 23세 때 절도범으로 현장에서 체포되어 교도소들을 전전했다. 당시 그곳에서 만난 사람들은 주네와 삶을 공유할 수 있는 유일한 동족들이었다. 이처럼 어둡고 소외된 삶의 경험들은 훗날 작가 주네의 문학적 배경이 되었다.

주네는 명석한 두뇌와 감수성, 그리고 시적인 상상력을 타고 났다. 그에게는 스스로 보고 느낀 것을 섬세하게 기록할 수 있는 능력이 있었다. 그래서 우주 공간은 그의 행동과 처지, 마음 상태를 기록하는 공책이 되었다. 그는 1942년 감옥 안에서 처음으로 「사형수」라는 시를 썼다. 그것은 사형수 모리스 필로르주의 영전에 바치는 긴 애도의 노래였다. 1944년에는 『꽃의 노트르담』을, 1946년에는 『장미의 기적』을, 1947년에는 『장례식』을 연달아 발표했다. 감옥살이, 그 어둡고 밀폐된 공간에서 절망하고 외로움을 느낄수록 주네는 자아의 세계로 침잠했다. 그리고 매일매일 허공에 일기를 썼다. 사색에 잠겨 눈으로 본 것들, 귀로 들은 것들은 낱말이 되었다. 어두운 바닥, 깊은 침묵으로부터 절규와 탄식의 언어들이 솟아났다. 그의 목소리는 세상에 대한 증언이 되었다. 그는 감옥의 억압적 분위기 속에서 죄수들의 삶, 사형수들의 괴로움과 공포, 다양한 범행 동기 등 '존재하는 것들'의 진정한 모습을 보았다. 유폐와 감금, 갈증과 허기는 오히려 그의 정신을 풍요롭게 만들었다. 그의 언어는 보석처럼 광채를 띠기 시작했다. 희곡 「하녀들」(1946), 「발코니」(1955)를 비롯해, 소설 『도둑 일기』(1949), 『고도의 감시』(1949), 『흑인들』(1958) 등은 자신의 이야기 혹은 사회로부터 소외되거나 배척받는 자들의 이야기였다. 주네는 1947년 절도죄로 종신형을 선고받았지만 사르트르, 보부아르, 콕토 등의 탄원으로 당시 대통령이었던 뱅상 오리올로부터 형 집행이 유예되었다.

『도둑 일기』는 주네의 불연속적인 기억들로 이루어진 내적 고백록이자 자전적 소설이다. 배반과 절도, 동성애의 기록이지만 매우 섬세하고 '아름다운 이야기'이다. 소설 속의 인물들은 그 누구도 권선징악의 인습에 구속되거나 도덕성을 표방하지 않는다. 위대한 영웅의 삶과는 거리가 멀다. 소설은 오히려 아름다움과는 정반대의 것, 추함, 불결함, 사악함으로 지칭될 수 있는 것, 주변부적 삶을 다루고 있다. 그래서 일반적인 미의식으로 보면 '도대체 무엇이 아름다운 것인지' 혼란스러워진다. 이 소설은 과연 아름다운가? 만약 그렇다면, 그것은 소설의 정신 때문인가, 형식 때문인가? 이 기묘한 소설의 서술자이며 주인공인 장 주네는, 사르트르의 찬사처럼, 성자(聖者)인가? 아니면 보편적인 모럴의 기준대로, 악의 화신인가? 우리는 이 작품을 다 읽고도 이러한 의문에서 벗어나지 못한다. 내용 전체가 부조리와 역설, 모순으로 가득 찬 에피소드들, 타락한 자들, 비열한 군상의 행적들을 나열한 파노라마에 불과하기 때문이다. 하지만 몇 가지 주목할 점이 있다. 이 작품 속에는 기막힌 사랑과 모험과 진실이 있다. 그리고 독자들의 호흡을 가쁘게 만드는 서술적 매력이 있다. 존재하는, 그러나 다가가기 어려운 세계에 대한 호기심, 속도감과 리듬감 있는 이야기, 거침없는 묘사가 이어진다. 독자들은 어느덧 주네의 동반자가 되어 그의 편에서 세상을 바라보게 된다. 도둑 출신의 작가, 사회의 지탄과 멸시의 대상인 존재가 악의 찬가를 부르고 있다. 오욕이 고귀함으로, 범죄자나 남창이 신성(神聖)의 후광으로 둘러싸인다.

이것이 『도둑 일기』가 지닌 신비로운 힘이다. 주네는 악 그 자체이다. 그는 자신에게 쏟아지는 욕설과 비방을 즐긴다. 사회악으로 규정된 것들을 의도적으로 행함으로써 자신을 버린 사회에 반항하는 것이다. 즉 자신을 배반한 세계의 질서에 냉소와 조롱으로 대응한다. 그는 강자의 논리가 지배하는 현실의 부조리를 깨닫고 있었다. 선은 언제나 강자의 위선에 불과하다는 것. 소설 속에서도 언급되어 있지만, 파시즘과 같은 거대한 악이 지배 권력이 되어 어느 시절 어느 장소에서 최고의 미덕으로 통했다는 것은 충격적이다. 다수, 집단, 전체의 악이 선으로 통한다! 이것이 현실 논리이다. 이러한 주네의 현실 인식은 반도덕적, 반유럽적, 반문화적 정신과 맞닿아 있다. 앞선 시대의 니체나 아르토가 그랬듯이. 결국 주네는 악 그 자체를 통해 기존의 타율적인 도덕과 위선을 부정한다. 그것만이 위선으로 무장한 힘에 효과적으로 대항하는 수단이었던 것이다. 그는 말한다. "도덕주의자들은 나의 행동을 악의(惡意)라고 불렀다. 그런데 그들의 선의(善意)는 나의 악의와 충돌하면서 산산이 부서졌다. 사람들에게 해를 끼치는 어떤 행동이 그런 이유로 증오의 대상이 된다는 것을 그들이 증명해 보여 줘도, 나는 단지 마음 깊은 곳에서 울리는 노래를 통해 그 행동이 아름다운 것인지 우아한 것인지 판단할 것이다. 오직 나만이 그것을 수용할 것인지 거부할 것인지 결정할 수 있다. 그 누구도 나를 정해진 방향으로 이끌고 갈 수 없다." 이러한 인식은 선과 악에 대한 기존의 가치관에 구애받지 않겠다는 뜻이다. 주네는 어떠한 외적 요소에도 관계하지 않고 사물이든, 사람이든, 사상이든 스스로 판단함으로써 모든 타율적 도덕으로부터 자유롭기를 원했다. 주네의 자유의지, 자유정신의 승리인 것이다.

주네는 뛰어난 묘사력을 가진 언어의 장인이다. 『도둑 일기』에서 볼 수 있듯이, 그는 약자들을 미화할 줄 아는 상상력을 지녔다. 바리오치노 거리에서 만났던 건달들에 대한 묘사는 압권이다. 스틸리타노는 외팔이이지만 키가 크고 힘이 세다. 그는 아름다운 눈을 가졌으며, 성적 매력이 넘친다. 그는 한 여자의 기둥서방으로 살아가지만 주네 역시 그의 애증의 대상이다. 주네는 그의 그늘에서 벗어나지 못한 채 만남과 헤어짐을 반복한다. 이 책에서 스틸리타노에 대한 언급이 많은 것은 주네의 삶에서 그가 차지하는 비중이 크기 때문일 것이다. 또한 주네가 불결한 건달 살바도르의 바지 속에 있는 이를 잡으며, 그 벌레와 자신을 비교하는 장면의 묘사는 빛을 발한다. 마치 비천한 밑바닥 삶이 특권적으로 보일 정도로 아름답게 읽힌다. 고상한 얼굴에 우아한 태도를 지닌 미카엘리스, 마르세유에서 만난 경찰관 베르나르디니는 주네에게 부러움의 대상이다. 이 경찰관은 "제멋대로 범죄자 명부에서 살인 사건이나 강간 사건을 끄집어 낼 수도 있었고, 자기만족에 이를 때까지 사건들을 부풀리거나 음미한 후 집으로 돌아갈 수도 있었다." 젊고 총명한 아르망은 한때 주네가 사랑에 빠졌던 청년이다. 주네는 아르망에게 상처를 주지 않으려고 늘 조심스럽게 행동한다. 그는 주네가 "정확한 이름을 옮겨 적고 싶어 하는 유일한 사람"으로 등장한다. 이들 모두 주네의 연인이자 동료이다. 주네의 표현대로 "번민하는 영혼이 머물고 싶은 육체들"인 것이다. 소설은 이들의 성격이나 태도, 갈등과 우정을 섬세하게 그리고 있다. 특히 사랑의 언어나 성행위 장면은 생생하게 묘사된다.

문체는 그 작가와 동일시된다. 작가의 의식과 정신이 곧 그의 글인 것이다. 문체가 아름답고 표현력이 탁월하다는 것은 작가의 정신적 지평이 깊고 넓다는 뜻이다. 주네에게 글쓰기는 고독에 대한 저항 수단이다. 그는 때때로 수감 시절을 떠올리곤 한다. "당시에는 정말 외로웠다. 밤마다 나는 자신을 내팽개치는 흐름 속에 몸을 던지곤 했다. 세상은 하나의 급류와 같았다. 나를 바다 속으로, 죽음으로 데려가기 위해 수많은 힘이 한데 뭉쳐진 격류였던 것이다. 나는 고독을 체험하는 쓰디쓴 즐거움을 맛보았다. 독방 속에서 멍하니 몽상하고 있으면, 내 머리 위에서 돌연히 한 죄수가 감방 속을 종횡으로 이동하는 소리가 들렸다. 그 소리에 향수를 느낄 정도다." 또한 주네에게 글쓰기는 사회의 배반으로부터 탈출하는 해방구이다. 그는 사생아라는 원죄를 타고난 인간으로서, 소외되고 타락한 악마로서, 단어의 환영을 쫓으며 자위(自慰)하고자 한다. 오직 자유로운 글쓰기를 통해 기존의 가치 체계에 반항하는 것이다. 그는 죽는 순간까지 어떤 권리도 지위도 없이 펜에 의존했다. 그에게 글쓰기는 숨 쉬는 행위와 같았으며, 고통을 뛰어넘는 위안이었다. 현실을 이상으로 배반하는 것, 그것은 괴로운 자들의 생존 전략일 터이다. 이 경우 역설과 반어법은 매우 효과적이다. "신성성(神聖性), 그것은 바로 고통을 유익하게 사용하는 데에 있다. 그것은 악마를 신이라고 강변하는 것이다." 이처럼 주네는 자신이 체험한 현실을 독자적으로 해석하며 재창조한다. 그의 글은 단순한 연대기적 혹은 자전적 기록이 아니라 하나의 탁

월한 문학이 되었다. 작품 속의 크고 작은 사건들은 서로 교차하거나 중첩되는 상호 텍스트적인 특성을 가졌다. 그것들은 결과적으로 배반과 절도, 동성애로 수렴된다. 이 세 가지 성질은 보편적 악의 상징이자, 주네의 기질적 특성이기도 하다.

주네의 천재성은 초등학교 수준의 학력으로 정확한 프랑스어를 구사한다는 것뿐 아니라 길고 짧은 문장들의 배합, 상징과 은유, 변용과 생략 등 구문법이 능숙하다는 데서 증명된다. 시적 단상들, 독창적인 사유 체계, 압축된 이미지의 메타포는 그의 인식의 지평이 얼마나 다채로운가를 보여 준다. 게다가 어둠의 자식답게 부랑아들, 범죄자들, 매춘부들의 은어와 속어가 현란하게 뒤섞여 있다. 노골적인 성애 묘사는 물론 뒷골목의 현장감을 그대로 느낄 수 있다. 결국 작가의 의식과 상상력과 체험이 한 편의 독특한 서사시로 승화된 것이다.

독자들은 『도둑 일기』에서 어떤 교훈을 찾으려고 해서는 안 된다. 여기서는 독서의 흥미만이 유일한 미덕일 것이다. 이 작품은 오히려 범행을 숭배하고 악을 절대미로 간주하는 위험한 내용으로 그득하다. 따라서 독자들은 역설의 상징적 의미를 좇으며 읽어야 할 것이다. 주네는 이러한 역설로 자신의 죄악을 변명한다. 그리고 의도적으로 악을 미화한다. 그에 따르면 '거꾸로'의 세상에서는 악이 선이다. 선의 원리가 있듯이 악의 원리도 있다고 말한다. 이 작품은 본질적으로 반사회적이다. 그 밑바닥에는 불가사의 한 허무감이 감돈다. 주네는 '비참한 사람들'의 복권(復權)을 성취하고 동시에 주문(呪文)의 힘으로 자신을 해방시키려고 한다. 스스로 악의 꽃, 야생화가 되고자 한다. 거기에서 아름다움과 서정을 발견할 수 있기를 희망한다. 주네의 천부적 재능은 물건을 도둑질하는 데에만 있는 것이 아니다. 그는 말〔言〕을 '훔치는' 재능도 타고났다. 소설은 이야기이고, 이야기는 묘사다. 사실이든 상상이든 모든 것이 묘사를 통해 전개된다. 주네의 경험은 메모와 기억의 창고에서 숙성되고 발효되어 고결한 언어로 재탄생한다. 마치 화금석이 뜨거운 용광로에서 용해되어 불순물의 제거 과정을 거친 후 금으로 추출되는 것처럼. 독자들은 마법에 홀려 지금까지 맛보지 못한 말의 유희에 빠질 것이다. 순전히 '작가 주네'의 상상의 힘이다. 도둑과 일기의 절묘한 만남, 그것은 '도둑 주네'가 '시인 주네'에게 속삭이는 고백인 것이다.

3 성자 혹은 악마

악의 토양에서도 아름다운 꽃이 필 수 있을까? 그것이 가능하다면 기적이다. 주네의 또 다른 소설 제목처럼 '장미의 기적'인 것이다. 그 꽃은 선악의 피안(彼岸)에서 거침없이 피어날 것이다. 그러나 냉정하게 생각하면 그것은 말장난에 불과하다. 악은 악이다. 그것은 결코 선도 미덕도 될 수 없다. 인류는 '휴머니즘'이라는 이름으로 전쟁을 반복해 왔다. 그것은 언제나 평화를 위한 전쟁이었다……! 결코 정당화될 수 없는 최악의 범죄이다. 타인을 수단으로 자신의 욕구를 충족시키는 행위, 살기 위해 죽이거나 훔치는 행위, 모두 명백한 악이다. 거기에는 어떤 변명도 통하지 않는다. 악은 정상적으로 질서가 유지되는 사회에서 축출되어야 마땅하다. 그리고 악의 바이러스는 불결과 비열, 비참과 타락 속에서 기생한다. 쓰레기와 거지는 깨끗한 사회에서는 숙정(肅正)의 대상이다. 주네도 그 점을 잘 알고 있다. 그런데 그는 왜 악을 행하는가? 상반된 가치관이나 역설을 펼치는 명분은 무엇인가? 앞서 말했듯이 그는 자기를 버린 부모, 나아가 자기를 배반한 사회를 증오한다. 그 사회를 부정하는 것이다. 거기에 반항하고 복수하고자 한다. 그 방법은 스스로 악의 세계를 선택하고 그 속에 깊이 들어가 악과 하나가 되는 것이다. 자신을 악의 제단에 바치는 것, 즉 희생 제의로 사용하는 것이다. 『도둑 일기』의 곳곳에서 그는 '우리 세상'의 전도된 모습을 보여 준다. 가장 '아름다운 도둑', '아름다운 범죄', '아름다운 감옥'을 설정하고 그것을 지향한다. 주네는 자신이 지쳐서 기력이 다할 때까지 악의 탑을 세우려 한다. 그의 출생지가 배반과 저주와 버림의 땅이기에 그렇다. 그의 집은 감옥이다. 그곳에 가면 언제나 친구들이 있다. 사랑과 안식이 있다. 감옥이 범죄자의 종착지이기에 주네에게는 그곳이 성소(聖所)이다. 도둑질은 뒷골목 세계에서 기본적 소양에 속하며, 매음과 강도, 살인은 강력하고 잔혹할수록 성스러워진다. 그것이 암흑가의 법칙이자 질서인 것이다. 더구나 주네는 남창의 세계에서 매력적인 여자로 통한다. 육감적인 여자, 그것으로 충분하다. 그의 주변에 언제나 자신을 욕망하는 자들이 있고, 그 역시 그들에게 몸을 팔 수도, 기댈 수도 있다.

다른 세계, 다른 삶은 불법과 반도덕이 아름다움으로 통하는 구역이다. 악마의 세계인 것이다. 그곳의 조건은 언제든 어디론가 떠날 수 있어야 한다는 것이다. 일정한 주소, 즉 정착지가 없다. 스페인, 벨기에, 프랑스, 폴란드, 독일, 체코슬로바키아……. 유랑을 하면서 구걸하고 훔치고 빼앗는다. 밀입국과 마약, 살인을 일삼는다. 주네는 이렇게 반문하는 듯하다. 왜 나에게 이러한 짓거리가 허용되지 않는가? 나치 치하의 독일에서는 더 큰 범죄와 살인과 폭행이 이루어졌고, 그 민족은 그것을 받아들이지 않았는가? 지금도 거대한 권력과 마피아는 손을 맞잡고 약자의 피를 빨아먹으며 부귀영화를 누리고 있지 않는가? 그들의 법은 합법이고, 그들의 사회는 도덕적인가?

독자들은 아직도 혼란스럽다. 그저 조심스럽게 작가의 역설을 경청할 뿐이다. 한편 범죄의 성공담은 긴장과 흥미를 유발시킨다. 그 행위가 실제의 상황처럼 그럴듯하게 표현될 때 더욱 그렇다. 악한이 영웅처럼 보인다. 도덕을 배반하는 것이 아름답게 보인다. "아름다움이란 마음의 상처 이외의 그 어디에도 연유하지 않는다. 그 상처는 독특하고, 저마다 다르며, 감추어져 있기도 하고 때로는 드러나 보이기도 한다. 그 상처는 누구나 자신 안에 간직하여 감싸고 있다가 일시적이나마 뿌리 깊은 고독을 찾아 세상을 떠나고 싶을 때, 은신처처럼 찾아든다." 이와 같은 주네의 독백이 들리는 듯하다. 가엾은 주네, 그의 마음의 상처를 달래 줄 수만 있다면……. 그렇다고 그의 행동에 면죄부를 줄 수는 없다. 결국 그에게 탈옥, 체포, 재수감의 폐곡선이 그어진다.

주네는 『도둑 일기』로 명성을 얻은 후 사르트르, 보부아르, 자코메티, 콕토 등과 가깝게 지냈다. 최하층의 도둑으로서 놀라운 신분 상승이 아닐 수 없다. 당대 최고의 사상가이자 프랑스 지성의 상징인 사르트르는 그를 '성자(聖者)'라고 치켜세웠다. 대단히 충격적인 일이다. 좌파의 선두에 서서 기득권과 권위적 체제에 도전하던 사르트르에게 도둑 시인은 자신의 논리를 뒷받침하는 데 더없이 좋은 본보기였을 것이다. 사르트르에게 주네는 보수주의 전통에 대한 반항과 혁명을 위한 폭탄이 되었다. 부르주아 문학이 대중의 의식을 뒤흔들고 전복시키는 데 이보다 더 자극적인 소재가 없었다. 악마를 성자로 만들기. 가장 더러운 것을 가장 고결한 것의 자리에 올려놓는 것이다. 비천한 암흑의 사각지대에 한 줄기 빛을 던져 줌으로써 자신의 주의 주장을 극대화하는 효과를 거두는 것이다. 그는 『성 주네, 배우이자 순교자』라는 책에서 주네를 사회악의 순교자로 지칭하며 성자의 반열에 올려놓았다. "모든 진실, 오로지 진실만을 말한다. 그러나 그것은 신성한 진실이다. 그의 자서전은 자서전이 아니다. 그것은 겉모습일 뿐이다. 그것은 신성한 우주진화론이다. 그의 이야기는 이야기가 아니다. 그것은 독자들을 열광시키고 사로잡는다."

주네는 진정한 혁명가이다. 그에게 자유는 자유 그 자체를 위한 것으로 획득된다. 그의 고결함은 사회체제에 충격을 가하고, 견고한 적에 맞서 자신만의 도덕성을 찾아냈다는 데에 있다. 사르트르는 주네가 악을 명쾌하고도 일관된 체계로 만들었다고 말한다. 주네에게 자기기만은 없다. 그는 오로지 행위와 성찰을 통해 깨달음을 얻은 자유인인 것이다. 날 때부터 버림받은 자, 타자의 역을 맡았던 시인 주네는 스스로 자신의 길을 택했다. 이 선택은 범죄자에서 심미가로, 다시 작가로 방향을 바꾼다. 매번 변신할 때마다 자아를 더 먼 곳으로 밀고 가고, 자유의 욕구를 한 차원 더 끌어올린다. 주네는 지금까지 무시당하고 있던 세계를 적나라하게 폭로함으로써 우리의 도덕과 터부를 되돌아보게 한다.

결국 『도둑 일기』에서 감옥과 죄수는 호화로운 수식과 상징의 복장으로 나타난다. 주네는 자신을 위한 변명이 아니라 자신을 있는 그대로 보여 주는 것으로 모럴리스트를 자처한다. 그런 그에게 사르트르와 콕토는 우호적이다. 사르트르가 주네를 성자로 서품한 책은 뛰어난 실존주의 문학 비평서로 간주된다. 그러나 그 책을 접한 주네는 말할 수 없는 정신적 고통을 겪었다고 고백한다. 즉 자기가 아닌 타인에 의해 자신이 완전히 발가벗겨진 느낌을 받았다는 것이다. "나는 상당한 시간 동안 나 자신을 되돌아보았다. 거의 글쓰기를 할 수 없을 지경이었다. 사르트르의 책은 내게 심리적 퇴행을 가져오는 공허를 불러일으켰다. 이

퇴행은 나를 연극으로 이끌고 갔다." 주네는 랭보가 『지옥에서 보낸 한 철』을 쓴 이후 장기간 침묵했던 것처럼 글쓰기를 중단한다. 그리고 1955년 『발코니』의 출간을 기점으로 연극에 몰두한다. 무대 위에 투영된 자신의 모습을 보는 일로 위안을 삼은 것이다. 긴 침묵이 이어진다. 마침내 문학적, 연극적 영감이 메말라 버린 것일까? 창조적 상상력이 소진된 것일까? 아니면 문학적 성공을 앙가주망, 곧 사회 참여 운동으로 전환하려는 열망이 생긴 것일까?

1968년 이후 주네는 더 이상 서구 사회의 가치와 의식에 대해 관심 없다고 말한다. 그리고 억압받는 제3세계의 동포들을 돕는 운동에 뛰어든다. 그는 미국의 흑인 인권 운동 단체인 '검은 표범단'을 지지하고, 베트남 전쟁 반대 시위에 합류하며, 팔레스타인 해방 운동에 가담하기도 한다. 그의 아랍 체류는 프랑스를 오가며 죽을 때까지 지속된다. 사르트르에 의해 성자로 서품된 주네, 그러나 로마 교황청은 그의 책을 금서로 규정한다. 그는 사악한 범죄자, 사회의 질서를 파괴하는 반도덕주의자라는 낙인이 찍힌다. 특히 동성애를 찬양하는 반기독교적 색채가 농후하다. 군 당국은 그의 반복된 탈영 사실을 근거로 단죄한다. 프랑스 대표적 보수주의 논객이며 가톨릭 작가인 프랑수아 모리아크는 주네의 작품을 '똥'에 불과하다고 혹평한다. 주네의 모든 작품, 즉 그의 시, 산문, 연극에 대한 해석은 개인의 자유에 속한다. 판단도 독자들과 관객들의 몫이다. 오늘날 모든 가치와 이념이 무너지고 있다. 확고부동하던 도식과 체계가 상대성이론에 따라 요동친 지 오래다. 저주받은 사생아의 입에서 뿜어져 나온 배반의 논리, 그 처절한 상흔의 껍질을 깨고 나온 세계관에 신성성을 부여하는 일은 또 다른 역설을 낳고 있다.

2008년 여름

박형섭

작가 연보

1910년	12월 19일, 파리 아사스 가(街)에서 출생. 가정부인 어머니 카미유 가브리엘 주네(Camille Gabrielle Genet)로부터 생후 7개월 만에 유기되어, 파리 빈민 구제국(Assistance publique)에 위탁됨.
1918년	프랑스 중부 산악지대 알리니의 레니에 부부에게 위탁됨.
1919년	어머니 카미유 가브리엘 주네 사망.
1923년	초등학교 수석 졸업.
1924년	파리 근교 센에마르는의 알랑베르 직업학교(École d' Alembert)에 입학하여 인쇄술을 공부함.
1926~1929년	절도, 무임승차, 부랑죄 등으로 투렌의 메트

레 교도소에 수감됨. 이 교도소는 그의 작품들에 자주 등장하는 무대가 되었음. 시를 쓰기 시작함.

1929년 메트레 교도소를 벗어나기 위해 군 입대를 지원함.

1931년 모로코 원주민 부대에 지원 입대함.

1933년 제대 후 파리 복귀. 앙드레 지드와 만남. 프랑스와 스페인을 떠돌아다님.

1934년 알제리 원주민 부대에 지원 입대함.

1936년 탈영하여 유럽 전 지역을 떠돌며 방랑 생활을 하면서 부랑자, 도둑, 남창 등으로 생활함.

1942년 프렌 교도소에 수감됨. 소설 『꽃의 노트르담 *Notre-Dame des Fleurs*』 집필. 사형수 모리스 필로르주의 영전에 바치는 시 「사형수 *Le Condamné à mort*」 발표.

1943년 『꽃의 노트르담』을 읽고 감동받은 장 콕토와 만남. 『장미의 기적』 집필.

1944년 생 제르맹 데 프레에 있는 카페 플로르에서 장폴 사르트르, 시몬 드 보부아르, 로제 블랭, 알베르토 자코메티와 만남. 이들은 주네의 예술 창작에 중요한 역할을 함. 『꽃의 노트르담』 발표. 『장례식 *Pompes funèbres*』 집필.

1945년 시 「장송곡 *Marche funèbre*」 발표.

1946년 콕토가 삽화를 그린 마지막 소설 『브레스트의 싸움 *Querelle de Brest*』 집필. 희곡 「엄중한 감시 *Haute Surveillance*」(1949년 초연)와 「하녀들」(1947년 초연) 발표. 『장미의 기적』 발표.

1947년 희곡 「화려한 것 *Splendid's*」(1995년 초연) 집필. 희곡 「동 주앙 *Don Juan*」과 「엘리오가발루스 *Héliogabale*」도 집필했으나 남아 있지 않음. 시 「노예선」 발표.

1948년 시 「사랑의 노래 *Un Chant d'amour*」, 「쉬케의 어부」, 「퍼레이드」 발표.

1949년 『도둑 일기 *Journal du Voleur*』(갈리마르) 출간. 라디오 극 「죄 지은 아이 *L'Enfant criminel*」(폴 모리앙) 출간. 절도죄로 종신형을 선고받지만 사르트르, 보부아르, 콕도 등의 탄원으로 뱅상 오리올 대통령으로부터 특별사면을 받음.

1950년 콕토의 도움으로 영화 「사랑의 노래」 촬영. 비올레트 르뒤크의 단편 무성영화에 어린이 역의 배우로 출연. 시나리오 「감옥 *Le Bagne*」을 집필했으나 영화화하지 못하고, 희곡으로 개작했으나 역시 일부분만 완성하고 그침. 발레 「거울 부인」 발표.

1951년 시나리오 「금지된 꿈 *Les Rêves interdits*」 발표. 이 작품은 1966년 토니 리차드슨과 잔 모로 주연의 영화 「마드무아젤 *Mademoiselle*」로 연출.

1952년 사르트르의 『성 주네, 배우이자 순교자 *Saint*

Genet, comédien et martyr』(갈리마르)가 출간됨.

1955년 희곡 「발코니 *Le Balcon*」 발표.

1956년 희곡 「병풍들 *Les Paravents*」 집필 시작.

1957년 『알베르토 자코메티의 작업실 *L'Atelier d'Alberto Giacometti*』 집필. 자코메티는 주네의 초상화를 많이 그린 화가였음. 피터 차덱의 연출로 런던에서 「발코니」 초연.

1958년 희곡 「흑인들 *Les Negres*」(1959년 초연) 발표. 『렘브란트의 비밀』, 『곡예사』 등 발표.

1960년 피터 브룩 연출로 파리에서 「발코니」 초연.

1961년 희곡 「병풍들」 완성.

1963년 조셉 스트릭의 연출로 「발코니」 영화.

1966년 『로제 블랭에게 보내는 편지』 출간. 파리 국립 오데옹 극장에서 「병풍들」 공연. 로제 블랭 연출, 마리아 카자레스, 마들렌 르노 등의 출연으로 프랑스에서 초연되었으나 큰 스캔들을 일으킴. 당시 문화부장관 앙드레 말로의 지지로 공연됨.

1967년 자살을 시도하지만 미수에 그침. 《텔켈 *Tel Quel*》에 「……라는 이상한 말 *L'étrange mot d'...*」 발표.

1968년 5월 학생 혁명에 참여. 베트남 전쟁 반대 시위에 가담하기 위해 미국 방문.

1970년 미국의 흑인 인권 운동 단체인 '검은 표범단'의 투쟁에 가담하기 위해 미국 방문. 팔레스타인 해방 기구의 초청으로 중동 방문, 팔레스타인 캠프에 6개월 간 머물며 야세르 아라파트를 만남.

1971년 《줌 *Zoom*》에 팔레스타인에 관한 글 시리즈 발표. 장마리 파트 연출로 「하녀들」 공연.

1972년 요르단 방문, 추방. 레바논에 체류.

1977년 시나리오 「밤의 도래 *La Nuit Venue*」의 영화 제작을 시도했으나 실패.

1979년 후두암 증상이 나타나기 시작함.

1980년 코메디 프랑세즈가 「발코니」 공연을 거절함.

1981년 메트레 감옥에서의 연대기를 기록한 시나리오 「성벽의 언어 *Le Langage de la muraille*」 발표.

1982년 모로코 정착, 정기적으로 중동 방문. 『팔레스타인 연구 *La Revue d'études palestiniennes*』에 「샤틸라의 네 시간 *Quatre heures à Chatila*」라는 제목으로 발표.

1983년 『사랑의 포로 *Un captif amoureux*』 집필 시작. 파트리스 셰로의 연출로 「병풍들」 공연. 프랑스 문학상(Grand Prix National des Lettres) 수상.

1985년 『사랑의 포로』 완성.

1986년 4월 15일, 최후의 원고인 『사랑의 포로』의 교정을 위해 파리에 왔다가 사망. 유언에 따라 모로코 지브롤터 해협 부근의 라라슈 언덕에 묻힘.

세계문학전집 184

도둑 일기

1판 1쇄 펴냄 2008년 8월 25일
1판 22쇄 펴냄 2022년 10월 28일

지은이 장 주네
옮긴이 박형섭
발행인 박근섭, 박상준
펴낸곳 (주)민음사

출판등록 1966. 5. 19. (제 16-490호)
서울특별시 강남구 도산대로1길 62(신사동) 강남출판문화센터 5층 (우편번호 06027)
대표전화 02-515-2000 팩시밀리 02-515-2007
www.minumsa.com

ISBN 978-89-374-6184-2 04800
ISBN 978-89-374-6000-5 (세트)

* 잘못 만들어진 책은 구입처에서 교환해 드립니다.

민음사 세계문학전집

세계문학전집 목록

45 젊은 예술가의 초상 조이스 · 이상옥 옮김 서울대 권장도서 100선
46 카탈로니아 찬가 오웰 · 정영목 옮김
47 호밀밭의 파수꾼 샐린저 · 공경희 옮김 《타임》 선정 현대 100대 영문소설 | 미국대학위원회 선정 SAT 추천도서 | 《뉴스위크》 선정 100대 명저 | BBC 선정 꼭 읽어야 할 책
48·49 파르마의 수도원 스탕달 · 원윤수, 임미경 옮김
50 수레바퀴 아래서 헤세 · 김이섭 옮김 노벨 문학상 수상 작가 | 국립중앙도서관 선정 청소년 권장도서
51·52 내 이름은 빨강 파묵 · 이난아 옮김 노벨 문학상 수상 작가
53 오셀로 셰익스피어 · 최종철 옮김 서울대 권장도서 100선
54 조서 르 클레지오 · 김윤진 옮김 노벨 문학상 수상 작가
55 모래의 여자 아베 코보 · 김난주 옮김
56·57 부덴브로크 가의 사람들 토마스 만 · 홍성광 옮김 노벨 문학상 수상 작가
58 싯다르타 헤세 · 박병덕 옮김 노벨 문학상 수상 작가
59·60 아들과 연인 로렌스 · 정상준 옮김 《뉴스위크》 선정 100대 명저
61 설국 가와바타 야스나리 · 유숙자 옮김 노벨 문학상 수상 작가 | 서울대 권장도서 100선
62 벨킨 이야기 · 스페이드 여왕 푸슈킨 · 최선 옮김
63·64 넙치 그라스 · 김재혁 옮김 노벨 문학상 수상 작가
65 소망 없는 불행 한트케 · 윤용호 옮김 노벨 문학상 수상 작가
66 나르치스와 골드문트 헤세 · 임홍배 옮김 노벨 문학상 수상 작가
67 황야의 이리 헤세 · 김누리 옮김 노벨 문학상 수상 작가
68 페테르부르크 이야기 고골 · 조주관 옮김
69 밤으로의 긴 여로 오닐 · 민승남 옮김 노벨 문학상 수상 작가 | 미국대학위원회 선정 SAT 추천도서
70 체호프 단편선 체호프 · 박현섭 옮김
71 버스 정류장 가오싱젠 · 오수경 옮김 노벨 문학상 수상 작가
72 구운몽 김만중 · 송성욱 옮김 서울대 권장도서 100선 | 국립중앙도서관 선정 청소년 권장도서
73 대머리 여가수 이오네스코 · 오세곤 옮김
74 이솝 우화집 이솝 · 유종호 옮김 논술 및 수능에 출제된 책(1998~2005)
75 위대한 개츠비 피츠제럴드 · 김욱동 옮김 《타임》 선정 현대 100대 영문소설
76 푸른 꽃 노발리스 · 김재혁 옮김
77 1984 오웰 · 정회성 옮김 《타임》 선정 현대 100대 영문소설 | 《뉴스위크》 선정 100대 명저
78·79 영혼의 집 아옌데 · 권미선 옮김
80 첫사랑 투르게네프 · 이항재 옮김
81 내가 죽어 누워 있을 때 포크너 · 김명주 옮김 노벨 문학상 수상 작가
82 런던 스케치 레싱 · 서숙 옮김 노벨 문학상 수상 작가
83 팡세 파스칼 · 이환 옮김
84 질투 로브그리예 · 박이문, 박희원 옮김
85·86 채털리 부인의 연인 로렌스 · 이인규 옮김
87 그 후 나쓰메 소세키 · 윤상인 옮김
88 오만과 편견 오스틴 · 윤지관, 전승희 옮김 미국대학위원회 선정 SAT 추천도서
89·90 부활 톨스토이 · 연진희 옮김 논술 및 수능에 출제된 책(1998~2005)
91 방드르디, 태평양의 끝 투르니에 · 김화영 옮김
92 미겔 스트리트 나이폴 · 이상옥 옮김 노벨 문학상 수상 작가
93 페드로 빠라모 룰포 · 정창 옮김

94 **차라투스트라는 이렇게 말했다** 니체 · 장희창 옮김 국립중앙도서관 선정 청소년 권장도서
95·96 **적과 흑** 스탕달 · 이동렬 옮김 국립중앙도서관 선정 청소년 권장도서
97·98 **콜레라 시대의 사랑** 마르케스 · 송병선 옮김 노벨 문학상 수상 작가 | BBC 선정 꼭 읽어야 할 책
99 **맥베스** 셰익스피어 · 최종철 옮김 서울대 권장도서 100선 | 미국대학위원회 선정 SAT 추천도서
100 **춘향전** 작자 미상 · 송성욱 풀어 옮김 서울대 권장도서 100선
101 **페르디두르케** 곰브로비치 · 윤진 옮김
102 **포르노그라피아** 곰브로비치 · 임미경 옮김
103 **인간 실격** 다자이 오사무 · 김춘미 옮김
104 **네루다의 우편배달부** 스카르메타 · 우석균 옮김
105·106 **이탈리아 기행** 괴테 · 박찬기 외 옮김
107 **나무 위의 남작** 칼비노 · 이현경 옮김
108 **달콤 쌉싸름한 초콜릿** 에스키벨 · 권미선 옮김
109·110 **제인 에어** C. 브론테 · 유종호 옮김 BBC 선정 꼭 읽어야 할 책
111 **크눌프** 헤세 · 이노은 옮김 노벨 문학상 수상 작가
112 **시계태엽 오렌지** 버지스 · 박시영 옮김 《타임》 선정 현대 100대 영문소설 | 《뉴스위크》 선정 100대 명저
113·114 **파리의 노트르담** 위고 · 정기수 옮김 미국대학위원회 선정 SAT 추천도서
115 **새로운 인생** 단테 · 박우수 옮김
116·117 **로드 짐** 콘래드 · 이상옥 옮김 《뉴스위크》 선정 100대 명저
118 **폭풍의 언덕** E. 브론테 · 김종길 옮김 미국대학위원회 선정 SAT 추천도서
119 **텔크테에서의 만남** 그라스 · 안삼환 옮김 노벨 문학상 수상 작가
120 **검찰관** 고골 · 조주관 옮김
121 **안개** 우나무노 · 조민현 옮김
122 **나사의 회전** 제임스 · 최경도 옮김 미국대학위원회 선정 SAT 추천도서
123 **피츠제럴드 단편선 1** 피츠제럴드 · 김욱동 옮김
124 **목화밭의 고독 속에서** 콜테스 · 임수현 옮김
125 **돼지꿈** 황석영
126 **라셀라스** 존슨 · 이인규 옮김
127 **리어 왕** 셰익스피어 · 최종철 옮김 서울대 권장도서 100선 | 《뉴스위크》 선정 100대 명저
128·129 **쿠오 바디스** 시엔키에비츠 · 최성은 옮김 노벨 문학상 수상 작가
130 **자기만의 방 · 3기니** 울프 · 이미애 옮김
131 **시르트의 바닷가** 그라크 · 송진석 옮김
132 **이성과 감성** 오스틴 · 윤지관 옮김
133 **바덴바덴에서의 여름** 치프킨 · 이장욱 옮김
134 **새로운 인생** 파묵 · 이난아 옮김 노벨 문학상 수상 작가
135·136 **무지개** 로렌스 · 김정매 옮김
137 **인생의 베일** 서머싯 몸 · 황소연 옮김
138 **보이지 않는 도시들** 칼비노 · 이현경 옮김
139·140·141 **연초 도매상** 바스 · 이운경 옮김 《타임》 선정 현대 100대 영문소설
142·143 **플로스 강의 물방앗간** 엘리엇 · 한애경, 이봉지 옮김 미국대학위원회 선정 SAT 추천도서
144 **연인** 뒤라스 · 김인환 옮김
145·146 **이름 없는 주드** 하디 · 정종화 옮김
147 **제49호 품목의 경매** 핀천 · 김성곤 옮김 《타임》 선정 현대 100대 영문소설

148 **성역** 포크너·이진준 옮김 노벨 문학상 수상 작가 | 퓰리처상 수상 작가

149 **무진기행** 김승옥

150·151·152 **신곡(지옥편·연옥편·천국편)** 단테·박상진 옮김 《뉴스위크》 선정 100대 명저

153 **구덩이** 플라토노프·정보라 옮김

154·155·156 **카라마조프가의 형제들** 도스토옙스키·김연경 옮김

157 **지상의 양식** 지드·김화영 옮김 노벨 문학상 수상 작가

158 **밤의 군대들** 메일러·권택영 옮김 퓰리처상 수상 작가

159 **주홍 글자** 호손·김욱동 옮김 서울대 권장도서 100선 | 미국대학위원회 선정 SAT 추천도서

160 **깊은 강** 엔도 슈사쿠·유숙자 옮김

161 **욕망이라는 이름의 전차** 윌리엄스·김소임 옮김

162 **마사 퀘스트** 레싱·나영균 옮김 노벨 문학상 수상 작가

163·164 **운명의 딸** 아옌데·권미선 옮김

165 **모렐의 발명** 비오이 카사레스·송병선 옮김

166 **삼국유사** 일연·김원중 옮김 서울대 권장도서 100선

167 **풀잎은 노래한다** 레싱·이태동 옮김 노벨 문학상 수상 작가

168 **파리의 우울** 보들레르·윤영애 옮김

169 **포스트맨은 벨을 두 번 울린다** 케인·이만식 옮김

170 **썩은 잎** 마르케스·송병선 옮김 노벨 문학상 수상 작가

171 **모든 것이 산산이 부서지다** 아체베·조규형 옮김 《타임》 선정 현대 100대 영문소설 | 《뉴스위크》 선정 100대 명저

172 **한여름 밤의 꿈** 셰익스피어·최종철 옮김 미국대학위원회 선정 SAT 추천도서

173 **로미오와 줄리엣** 셰익스피어·최종철 옮김 미국대학위원회 선정 SAT 추천도서

174·175 **분노의 포도** 스타인벡·김승욱 옮김 노벨 문학상 수상 작가 | 《타임》 선정 현대 100대 영문소설

176·177 **괴테와의 대화** 에커만·장희창 옮김

178 **그물을 헤치고** 머독·유종호 옮김 《타임》 선정 현대 100대 영문소설

179 **브람스를 좋아하세요...** 사강·김남주 옮김

180 **카타리나 블룸의 잃어버린 명예** 하인리히 뵐·김연수 옮김 노벨 문학상 수상 작가

181·182 **에덴의 동쪽** 스타인벡·정회성 옮김 노벨 문학상 수상 작가

183 **순수의 시대** 워튼·송은주 옮김 《뉴스위크》 선정 100대 명저 | 퓰리처상 수상작

184 **도둑 일기** 주네·박형섭 옮김

185 **나자** 브르통·오생근 옮김

186·187 **캐치-22** 헬러·안정효 옮김 《타임》 선정 현대 100대 영문소설 | 《뉴스위크》 선정 100대 명저 | BBC 선정 꼭 읽어야 할 책

188 **숄로호프 단편선** 숄로호프·이항재 옮김 노벨 문학상 수상 작가

189 **말** 사르트르·정명환 옮김

190·191 **보이지 않는 인간** 엘리슨·조영환 옮김 《타임》 선정 현대 100대 영문소설 | 미국대학위원회 선정 SAT 추천도서 | 《뉴스위크》 선정 100대 명저

192 **왑샷 가문 연대기** 치버·김승욱 옮김 퓰리처상 수상 작가

193 **왑샷 가문 몰락기** 치버·김승욱 옮김 퓰리처상 수상 작가

194 **필립과 다른 사람들** 노터봄·지명숙 옮김

195·196 **하드리아누스 황제의 회상록** 유르스나르·곽광수 옮김

197·198 **소피의 선택** 스타이런·한정아 옮김 퓰리처상 수상 작가

199 피츠제럴드 단편선 2 피츠제럴드 · 한은경 옮김
200 홍길동전 허균 · 김탁환 옮김
201 요술 부지깽이 쿠버 · 양윤희 옮김
202 북호텔 다비 · 원윤수 옮김
203 톰 소여의 모험 트웨인 · 김욱동 옮김
204 금오신화 김시습 · 이지하 옮김
205·206 테스 하디 · 정종화 옮김 미국대학위원회 선정 SAT 추천도서 | BBC 선정 꼭 읽어야 할 책
207 브루스터플레이스의 여자들 네일러 · 이소영 옮김
208 더 이상 평안은 없다 아체베 · 이소영 옮김
209 그레인지 코플랜드의 세 번째 인생 워커 · 김시현 옮김 퓰리처상 수상 작가
210 어느 시골 신부의 일기 베르나노스 · 정영란 옮김
211 타라스 불바 고골 · 조주관 옮김
212·213 위대한 유산 디킨스 · 이인규 옮김 서울대 권장도서 100선 | BBC 선정 꼭 읽어야 할 책
214 면도날 서머싯 몸 · 안진환 옮김
215·216 성채 크로닌 · 이은정 옮김
217 오이디푸스 왕 소포클레스 · 강대진 옮김 서울대 권장도서 100선
218 세일즈맨의 죽음 밀러 · 강유나 옮김
219·220·221 안나 카레니나 톨스토이 · 연진희 옮김 서울대 권장도서 100선
222 오스카 와일드 작품선 와일드 · 정영목 옮김
223 벨아미 모파상 · 송덕호 옮김
224 파스쿠알 두아르테 가족 호세 셀라 · 정동섭 옮김 노벨 문학상 수상 작가
225 시칠리아에서의 대화 비토리니 · 김운찬 옮김
226·227 길 위에서 케루악 · 이만식 옮김 《타임》 선정 현대 100대 영문소설 | 《뉴스위크》 선정 100대 명저
228 우리 시대의 영웅 레르몬토프 · 오정미 옮김
229 아우라 푸엔테스 · 송상기 옮김
230 클링조어의 마지막 여름 헤세 · 황승환 옮김 노벨 문학상 수상 작가
231 리스본의 겨울 무뇨스 몰리나 · 나송주 옮김
232 뻐꾸기 둥지 위로 날아간 새 키지 · 정회성 옮김 《타임》 선정 현대 100대 영문소설 | 《뉴스위크》 선정 100대 명저
233 페널티킥 앞에 선 골키퍼의 불안 한트케 · 윤용호 옮김 노벨 문학상 수상 작가
234 참을 수 없는 존재의 가벼움 쿤데라 · 이재룡 옮김
235·236 바다여, 바다여 머독 · 최옥영 옮김
237 한 줌의 먼지 에벌린 워 · 안진환 옮김 《타임》 선정 현대 100대 영문소설
238 뜨거운 양철 지붕 위의 고양이 · 유리 동물원 윌리엄스 · 김소임 옮김 퓰리처상 수상작
239 지하로부터의 수기 도스토옙스키 · 김연경 옮김
240 키메라 바스 · 이운경 옮김
241 반쪼가리 자작 칼비노 · 이현경 옮김
242 벌집 호세 셀라 · 남진희 옮김 노벨 문학상 수상 작가
243 불멸 쿤데라 · 김병욱 옮김
244·245 파우스트 박사 토마스 만 · 임홍배, 박병덕 옮김 노벨 문학상 수상 작가
246 사랑할 때와 죽을 때 레마르크 · 장희창 옮김
247 누가 버지니아 울프를 두려워하랴? 올비 · 강유나 옮김

301·302·303·304·305 **레 미제라블** 위고·정기수 옮김

306 **관객모독** 한트케·윤용호 옮김 노벨 문학상 수상 작가

307 **더블린 사람들** 조이스·이종일 옮김

308 **에드거 앨런 포 단편선** 앨런 포·전승희 옮김 미국대학위원회 선정 SAT 추천도서

309 **보이체크·당통의 죽음** 뷔히너·홍성광 옮김

310 **노르웨이의 숲** 무라카미 하루키·양억관 옮김

311 **운명론자 자크와 그의 주인** 디드로·김희영 옮김

312·313 **헤밍웨이 단편선** 헤밍웨이·김욱동 옮김 노벨 문학상 수상 작가

314 **피라미드** 골딩·안지현 옮김 노벨 문학상 수상 작가

315 **닫힌 방·악마와 선한 신** 사르트르·지영래 옮김

316 **등대로** 울프·이미애 옮김 《타임》 선정 현대 100대 영문소설 | 《뉴스위크》 선정 100대 명저

317·318 **한국 희곡선** 송영 외·양승국 엮음

319 **여자의 일생** 모파상·이동렬 옮김

320 **의식** 노터봄·김영중 옮김

321 **육체의 악마** 라디게·원윤수 옮김

322·323 **감정 교육** 플로베르·지영화 옮김

324 **불타는 평원** 룰포·정창 옮김

325 **위대한 몬느** 알랭푸르니에·박영근 옮김

326 **라쇼몬** 아쿠타가와 류노스케·서은혜 옮김

327 **반바지 당나귀** 보스코·정영란 옮김

328 **정복자들** 말로·최윤주 옮김

329·330 **우리 동네 아이들** 마흐푸즈·배혜경 옮김 노벨 문학상 수상 작가

331·332 **개선문** 레마르크·장희창 옮김

333 **사바나의 개미 언덕** 아체베·이소영 옮김

334 **게걸음으로** 그라스·장희창 옮김 노벨 문학상 수상 작가

335 **코스모스** 곰브로비치·최성은 옮김

336 **좁은 문·전원교향곡·배덕자** 지드·동성식 옮김 노벨 문학상 수상 작가

337·338 **암 병동** 솔제니친·이영의 옮김 노벨 문학상 수상 작가

339 **피의 꽃잎들** 응구기 와 시옹오·왕은철 옮김

340 **운명** 케르테스·유진일 옮김 노벨 문학상 수상 작가

341·342 **벌거벗은 자와 죽은 자** 메일러·이운경 옮김 퓰리처상 수상 작가

343 **시지프 신화** 카뮈·김화영 옮김 노벨 문학상 수상 작가

344 **뇌우** 차오위·오수경 옮김

345 **모옌 중단편선** 모옌·심규호, 유소영 옮김 노벨 문학상 수상 작가

346 **일야서** 한사오궁·심규호, 유소영 옮김

347 **상속자들** 골딩·안지현 옮김 노벨 문학상 수상 작가

348 **설득** 오스틴·전승희 옮김

349 **히로시마 내 사랑** 뒤라스·방미경 옮김

350 **오 헨리 단편선** 오 헨리·김희용 옮김

351·352 **올리버 트위스트** 디킨스·이인규 옮김

353·354·355·356 **전쟁과 평화** 톨스토이·연진희 옮김

357 **다시 찾은 브라이즈헤드** 에벌린 워·백지민 옮김

세계문학전집은 계속 간행됩니다.